Golly

Lucky und Bajazzo
Roman

ISBN 978-1500510589
© Knopf Verlag Velburg-Oberweiling
erste Auflage 2014
Druck: Amazon
Printed in the USA

KNOPF
VERLAG

Für *die Bettina* vielleicht.

Ähnlichkeiten mit (schon) verstorbenen oder (noch) lebenden Personen sind weder zufällig noch gewollt.
هیچ چیز درست است همه چیز مجاز است (Hasan-i Sabbah ... oder Friedrich Nietzsche?)

Si enim fallor sum
   (Augustinus von Hippo)

« Il n'y a donc point de doute que je suis, s'il me trompe ; et qu'il me trompe tant qu'il voudra il ne saurait jamais faire que je ne sois rien, tant que je penserai être quelque chose. De sorte qu'après y avoir bien pensé, et avoir soigneusement examiné toutes choses, enfin il faut conclure, et tenir pour constant que cette proposition : Je suis, j'existe, est nécessairement vraie, toutes les fois que je la prononce, ou que je la conçois en mon esprit. »
   (René Descartes)

»Im Wesen des Erlebnisses selbst liegt nicht nur, daß es, sondern auch wovon es Bewusstsein ist, und in welchem bestimmten oder unbestimmten Sinne es das ist.«
   (Edmund Husserl)

"If I do not exist the Universe does not exist."
   (Henry Ewiger)

Illustrationen vom Autor

*Übersetzungen fremdsprachiger Zitate,
Personen-, Sachregister und Witze
im Anhang am Ende des Romans*

Erster Teil

Anfang September 1986

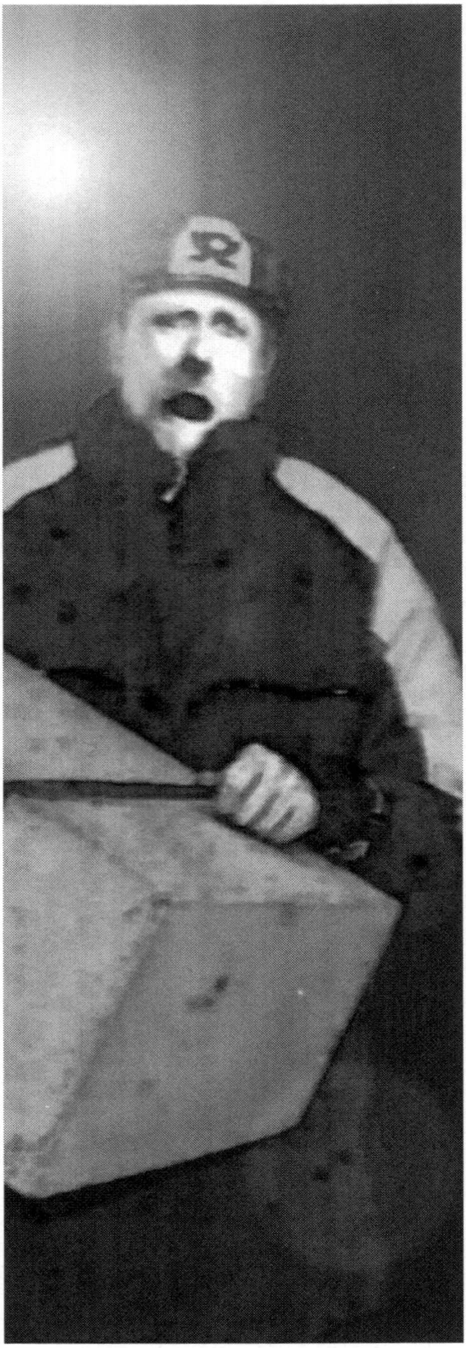

I

»... *flottsch*«
(Ernst Jandl)

»Was liest du gerade?«
Schon während ihrer Gymnasialzeit begrüßten sich die beiden Freunde grundsätzlich mit diesen paar Wörtern – entweder der eine den anderen oder der andere den einen, je nachdem wer eben schneller war; und jene Floskel, den *running gag*, wandten die Leseratten immer noch an, wenn sie sich einmal, wie heute, zufällig begegneten. Das geschah nicht oft in den vergangenen fünfzehn Lenzen.

Der eine – man kann auch sagen: der andere – wurde Lucky genannt. Die Bezeichnung, ein typischer Pennälerspitzname, entstand inmitten *des* Schuljahres, in dem zum ersten Mal Englisch gelernt werden musste, passte wie angegossen; und er tauchte wie von selbst auf, unausweichlich.

Lucky entstammte einer ärmlichen, vom Katholizismus geprägten bayerischen Familie. Dem Vater, Maximilian Glück, nach dem Zweiten Weltkrieg als Hilfsarbeiter der Deutschen Bundesbahn beschäftigt, waren Glaubensdinge sehr wichtig und er ließ hierüber bei der zukünftigen Verwandtschaft bereits in der Familienplanung keinen Zweifel aufkommen. Er insistierte – lange vor der Trauung – darauf, dass seine Gemahlin ihm einst vier Söhne schenken müsse; und er wusste im Voraus deren Vornamen. Matthäus, Markus, Lukas und Johannes sollten sie heißen. Und zwar in der *richtigen Reihenfolge*. Es versteht sich von selbst, dass Gudrun Schitz, das hübsche braunäugige dunkelhaarige Bauernmädel aus der mittleren Oberpfalz als Jungfrau in den Hafen der Ehe gelotst wurde.

Der Plan ließ sich in den ersten acht Ehejahren einwandfrei einhalten – Ehre sei Gott in der Höhe! Und nach einiger Zeit standen die Glücksöhnchen wie drei Diskantorgelpfeifchen am Sonntag vor der Kirche und erwarteten fromm den Beginn des Kindergottesdienstes. Es fehlte zu Vater Max' Verdruss nur *eine* Nummer in der Sammlung. In dieser Hinsicht passierte nämlich in den nachfolgenden verflixten vierundachtzig Monaten nichts. Als niemand mehr damit rechnete, kam wie ein Himmelsgeschenk Wunschkind IV. Das Nesthäkchen geriet aber leider – Gottes Wege sind geheimnisvoll – zu einer Johanna, was dem Erzeuger überhaupt nicht gefiel.

Richtig angefressen fühlte er sich. Zerknirscht. Hadernd mit seiner Frau, die wegen einer Unterleibserkrankung lange nicht und nach Johannas Geburt gar keine Kinder gebären konnte: Die Ärzte rieten Mutter Glück dringend zu einer Totaloperation. Dafür empfand sie Dankbarkeit. *Irgendwer* hatte *irgendwie* insgeheim etwas gut bei ihr. Das Familienoberhaupt wäre anderenfalls auf dem Plan (und auf Gudrun) herumgeritten, bis es mit einem Johannes geklappt hätte – und wenn er weitere zwölf Blagen hätte produzieren müssen, unzufrieden mit Herrgott, Welt und Weib: »Ze*fix*!«

Ihm ward eine Apostelin geboren!

Am liebsten hätte er Johanna baldmöglichst eine Geschlechtsumwandlung verordnet und sie gezwungen, sich einen *Johannes* annähen zu lassen. So etwas auch bloß zu denken war für einen Strenggläubigen wie ihn Sünde; indes, es gab ja die Beichte; und danach befand sich alles wieder im Lot. Ergo tat er Buße und etwas in den Klingelbeutel. Ansonsten erübrigte er kein Geld. Zumindest nicht für die Familie. Aber das Elend der Glücks mag vorerst nicht Gegenstand der Erzählung sein.

Nun braucht man nicht groß zu raten, welcher der Buben sich Lucky nennen durfte, und dies auch gerne tat, ab der Quarta am Realgymnasium. Der dritte! Geboren am 24. Mai 1952 im Sternzeichen *Geflügelter Stier* oder *Schwarzes Schaf* schlug er gewaltig aus der Art. Ausgestattet mit hoher Auffassungsgabe, überbordender Phantasie in Verbindung mit der dazugehörigen Kreativität und enormem Gedächtnis, versetzte Lukas bereits in der Grundschule alle Lehrer in Erstaunen. So blieb es nicht aus, dass der Kleine fürs Gymnasium vorgeschlagen wurde. Nur wegen des eindringlichen Zuredens der Lehrerin, dem Fräulein Krause, ließ sich Vater Glück endlich breitschlagen, ihm eine Höhere Bildung zu gewähren. Zu jener Zeit sah er Gudrun öfter als gewöhnlich an und fragte zweifelnd und argwöhnisch: »Von wem hat der Kerl eigentlich die Intelligenz?«

AUF DEM GYMNASIUM hagelte es miserable Noten, und Lukas schaffte das Klassenziel jedes Jahr aufs Neue mit Ach und Krach. Gnadenlos unterfordert, missriet er zu einem richtig faulen Schlot und Unfug treibenden Kobold, den bloß spezielle Dinge interessierten: Literatur, Musik, Bildende Kunst, Theater, Kino und noch einmal Literatur, Musik, Bildende Kunst, Theater und Kino.

Im Jahreszeugnis des Frühsommers 1969 stand zu lesen: *Bei unregelmäßiger, immer nur auf die jeweils schlechtesten Fächer gerichteter Arbeitsweise lässt sich nur ein dürftiges Leistungsbild erbringen. Der wenig zurückhaltende Schüler sollte seine Energie nicht nur seinen Hobbies zuwenden.*

Lucky kommentierte die alptraumhafte Beurteilung mit den Worten, dass der Klassenleiter und Englischlehrer – *Bloody, der harte* Pittner, im Gegensatz zum Lateinlehrer *Alois, dem weichen* wenn auch strengen und unerbittlichen Bittner – des Deutschen nicht mächtig sei, da er dreimal das Wort *nur* in nur zwei Sätzen und *seine* zweimal in einem verwende und zudem *Hobbys* falsch schreibe. »Eingedeutschte englische Wörter, die auf *y* enden, erhalten nämlich einen deutschen Plural, folglich einfach ein *s* hinten dran. Die Bildung *ies* entspricht der englischen Rechtschreibung«, dozierte Lucky, mit dem Zeugnis in der Hand, vor den Mitschülern – und bekam postwendend einen Verweis von *Bloody,* noch zum Ende des Schuljahrs.

Natürlich stellte es für den Buben nicht wirklich ein Problem dar, das Abitur zu schaffen. Lässig und mit einem miserablen Notendurchschnitt von 3,55.

Faulheit prägte bis zum Schulabgang Lukas Glücks Leben, kombiniert mit Überheblichkeit: Er fing tausend Sachen an und brachte nichts zu einem akzeptablen Ende, da ihn von vorneherein alles langweilte und er sich, während er das eine fertigzumachen vorhatte, etwas Neuem zuwandte in der arroganten und felsenfesten Meinung, von Idioten umgeben zu sein. Andererseits sammelte er, der dazu fähig war, sich so gut wie alles zu merken, einen unübersichtlichen Haufen von mehr oder weniger sinnlosem Wissen an.

Hochbegabtenförderung gab es in den frühen Sechzigern ja nicht. Schüchterne Überlegungen zum Thema fanden in der BRD erst ab 1978 statt. Man definierte den Hochbegabten damals als jemanden, der einen Intelligenzquotienten von mindestens 120 aufwies. Lucky lag weit darüber. Darin bestand das Schlamassel. Lukas Glücks Glück hingegen war, dass ihm der *Lucky* halbwegs passabel vorkam. Deshalb beschloss er, den Namen ein Leben lang zu behalten – als ob es nichts Wichtigeres gab.

Etwas komplizierter verhielt es sich mit dem *Kose*namen des anderen – es ließe sich auch sagen: des einen. Ab der Mitte der Gymnasialzeit rief man ihn Bajazzo. Gleich nach dem Abitur legte sich die Bezeichnung von selbst ab, denn an der Universität kam kaum jemand auf die Idee, ihn nicht beim bürgerlichen Namen zu nennen. Nur Lucky sprach den Freund – in all den Jahren, in denen sie sich immer wieder einmal trafen – stets mit Bajazzo an, dessen bürgerlicher Name ursprünglich Hanns Caspar lautete. Nach der bestandenen zweiten Lehramtsprüfung heiratete der die herzallerliebste Marianne, nahm deren Nachnamen an und hieß fürderhin Hanns Kämpfert. Das habe sich – an dieser Meinung hielt er fest – positiv auf den Beruf als Lehrer an einer Realschule im ländlichen Mittelfranken ausgewirkt. Und er sei mit dieser Namensänderung, wie er glaubte, einem ähnlichen Schicksal entronnen, wie es Heinrich Mann im Roman *Professor Unrat oder das Ende eines Tyrannen* beschrieb. Immerzu trieb ihn die Angst um, irgendein Racker könnte den wahren Zunamen herausfinden und ihn an die große Schulglocke hängen. Das ist vielleicht sogar einer der Gründe, warum Bajazzos Ehe nach ein paar Jahren scheiterte und er für unbestimmte Zeit unbezahlten Urlaub vom Schuldienst nahm, um das Heil in Fernost zu suchen.

Was dachten sich aber seine Eltern dabei, ihm *den* Vornamen zu geben? Hanns' Mutter insistierte darauf: Das Kind – es blieb das einzige – musste wie ihr Vater heißen: Hanns. Schließlich brachte *sie* das Vermögen von Bajazzos Opa, eines angesehenen bodenständigen Bleistiftfabrikanten, in die Ehe ein. Hanns Junior verfluchte *die Alten* gelegentlich wegen ihrer mangelnden Sensibilität, ja Dämlichkeit – und vor allem Vater, der innerhalb von weniger als zwei Dekaden den ehemals stattlichen Betrieb ruinierte.

Bereits in der Volksschule riefen ihn nämlich alle *Hanskasperl*, sogar seine geliebte Lehrerin, das Fräulein Buse.

»Da braucht man weder ein Sigmund Freud noch ein Alfred Adler zu sein, um festzustellen, dass das einen Menschen prägt«, greinte Hanns oft, wenn er nach einem der viel zu häufigen Ehestreitigkeiten auf Mitleidstour ging. »Ich bin genug gehännselt [sic] worden: Da wird pausenlos in dieselbe Kerbe gehackt. Und nun wirft mir meine liebe Frau vor, dass ich nichts als ein Versager bin wie mein Vater, ein Clown, ein kleiner Lehrer, der sich vor Schülern und im Kollegium zum Hampelmann macht. Pausenlos in dieselbe Kerbe.«

ZURÜCK ZU HANNS' SCHULZEIT: Vom Abc-Schützen-Stadium bis zur Untertertia blieb er das Hanskasperl und erst dann – die Mittelstufe durfte sich im Rahmen der Schulplatzmiete eine Inszenierung von Ruggero Leoncavallos Oper ansehen – wandelte sich das Sobriket mir nichts dir nichts in das sehr viel angenehmer klingende Wörtchen *Bajazzo*. Na ja; einen Namensfauxpas wie *Hanns Caspar* müsse es halt *auch* geben, das sei eben Schicksal, versuchte er sich wieder und wieder erfolglos einzureden, und – wie gesagt – selbst als *Kämpfert* schaffte er es nicht, gänzlich über dem Hanskasperl zu stehen: Er sah sich in geselliger Runde manchmal gezwungen, mit einem kleinen, überhaupt nicht amüsanten und deshalb missratenen Schwank seine Souveränität zur Schau zu stellen und desavouierte sich damit selber; zumal, wenn er einen kleinen Rausch hatte, was leider viel zu oft vorkam: »Ich bin am 8. Januar 1953 im Sternzeichen Steinbock, Kapriolcorn – besser *Narr* geboren.« Bajazzo gönnte sich hier gewöhnlich eine Kunstpause und wartete darauf, ob das Wortspiel aus dem englischen *Capricorn*, astrologisch für Steinbock und *Kapriole – Bocksprung* im Sinn eines übermütigen Streiches oder verrückten Einfalls beim Zuhörer ankam. Suchend ließ er den Blick schweifen. Niemand schmunzelte. Dann fuhr er resigniert fort: »Längst bin ich aus der Astrologie ausgetreten, die meiner Meinung nach nichts weiter ist als Humbug – und hieß bis zu meiner Eheschließung Hanns Caspar, weil mein Opa mütterlicherseits den Rufnamen Hanns trug. Ja, lacht nur ... In Südfrankreich zum Beispiel scheint es Sitte zu sein, dem Erstgeborenen neben einem eigenen Vornamen detto den des Vaters und der Großväter zu geben. Ein ehemaliger Brieffreund aus Montpellier heißt *par exemple* Guy Roger Ernest Albert Thomàs – dagegen klingt Hanskasperl doch richtig niedlich?!«

HANNS' UND GUYS VÄTER lernten sich auf einer internationalen Messe kennen und stellten fest, dass ihre Söhne gerade das zwölfte Lebensjahr erreichten. Guys Vater bot an, dass Hanns die Ferienwochen in der Camargue verbringen könne, um Guy kennenzulernen. Gesagt, getan.

Guy sprach kein Wort Deutsch, Hanns kein Französisch. Die gewieften Einzelkinder wussten sich immerhin zu helfen – und wendeten eine Art Geheimsprache an, verstanden sich im Handumdrehen halb bewusst, halb unbewusst, als Protagonisten eines bedeutenden kindlichen Abenteuers, das Enid Blyton geschrieben hätte haben können, erforschten mit einem kleinen Boot die Geheimnisse des Rhônedeltas, stachen unter fürsorglicher Aufsicht zum Makrelenfischen in See, suchten vergrabene Schatztruhen in den

Dünen von Palavas und trieben kurzweilige, abenteuerliche Dinge. Wie sie sich verständigten? Nun, sie hatten beide seit Eintritt ins Gymnasium Latein als erste Fremdsprache und darum begrüßten sie sich während der gesamten Ferien bereits morgens mit einem herzlichen »SALVE!« – Sei gegrüßt! –, gefolgt von einem »QVID AGIS?« – Wie geht's? – und einem »VALIO BENE.« – Gut. Und dann blieben sie den lieben langen Tag dabei – bis zum »BONA NOX!« – Gute Nacht! – vorm Schlafengehen.

Guys Eltern kannten glücklicherweise kaum ein lateinisches Wort. Sie hätten sich ansonsten des Öfteren entsetzt über die frühpubertären Phantasien der Knaben. So jedoch fanden sie das Palaver der Kleinen goldig. Der Wortschatz der Jungs beschränkte sich aufs Nötigste obwohl sie als arge Streber galten, und mit der Grammatik haperte es an allen Ecken und Enden; dieser Umstand mündete in einer ebenso merkwürdigen wie herzallerliebsten Kommunikation auf *Kauderwelsch*. Stets begleitet von Hanns' *Langenscheidts Lilliput Wörterbuch deutsch-lateinisch* (gerade einmal fünf Zentimeter hoch, dreieinhalb Zentimeter breit, aber immerhin zwei Zentimeter dick) und Guys französisch-lateinischem Pendant reichten die Kenntnisse allemal. Gottlob durften Lateinlehrer, Altphilologen und Mönche keine Kirchenmäuschen spielen. Denn hätte sie jemand gezwungen, Guys und Hanns' Konversation zu lauschen, sie hätten sich bereits zu Lebzeiten in zukünftigen Gräbern gedreht.

Später, in der Schule war Englisch längst als neues Fach eingeführt, ja vielleicht erst nach dem Abitur und dem Studium, fiel Hanns auf, dass die Anfangsbuchstaben von Guys vielen Namen (G. R. E. A. T.) einen Sinn ergaben, nämlich *Great!*

DER ERSTE ABENTEUERURLAUB, kombiniert mit dem Experiment, sich in einer fremden Sprache zu unterhalten, formte Hanns in Hinblick auf seine Lust zu reisen und es prägte die Leidenschaft für Fremdsprachen. Dass er dann fürs Lehramt *nur* Biologie und Chemie studierte, machte ihn einigermaßen trübsinnig: Er empfand das – »im Nachhinein ist man klüger!« – als eklatante Fehlentscheidung aufgrund der verwirrenden Zulassungsbeschränkungen an der Hochschule. Hanns hatte einfach traumhafte Abiturnoten: »Da kann ich ja studieren, *was ich will!*«.

Woher jedoch sollte denn ein vor den Unbilden der bösen Welt behüteter Abiturient, zumal einer wie Bajazzo, über dem die schützende Hand wohlhabender Eltern lag, wissen, was er *will*? Und wäre es für ihn besser gewesen, sich für Romanistik und Geographie zu entscheiden, jene Fächer, die ihm stets die meiste Freude bereiteten? Hätte ihn da der Realitätsschock beim Eintritt ins Berufsleben nicht erheblich mehr getroffen?

BAJAZZO FRAGTE ZUERST. »Was liest du gerade?«
»Den Jahresbericht.«

Diesen bitteren Dauerwitz nötigte sich Lucky dem ehemaligen Klassenkameraden gegenüber immer wieder einmal ab. Das jeweils zum Schuljahresende herausgegebene DIN-A5-Druckwerk des Realgymnasiums beinhaltete neben statistischen Übersichten, Chroniken, Nachrufen, den Abituraufgaben in den Fächern Deutsch, Englisch, Französisch, Latein, Mathematik und anderem Krimskrams eine Liste aller Schüler, nach Altersstufen und Klassen geordnet.

Lucky fand bereits in der Schulzeit die Aufzählung der jeweiligen Berufe der Väter diskriminierend und unrühmlich. Zwischen Diplomvolkswirt, Professor, praktischer Arzt, Verwaltungsdirektor, Gymnasiallehrer, Heimleiter, Apotheker, Stoiker, Personalleiter, Zahntechniker, wissenschaftlicher Mitarbeiter, Oberregierungsrat, Verleger, Staatsanwalt, Sprachforscher, Prokurist und Bleistiftfabrikdirektor wirkte nämlich Eisenbahnschaffner ziemlich schäbig und führte bei dem sensiblen Lucky zumindest ansatzweise zu Minderwertigkeitsgefühlen. Er bildete sich ein, dass ihn die Klassenkameradinnen (in die er sich übrigens ausnahmslos unsterblich verliebte – na ja, es waren ja *nur drei*) des Öfteren mitleidig ansahen.

»Wieder den Jahresbericht. Du kommst nicht darüber hinweg?«
»Nein, natürlich nicht. Ich frage mich auch heute, mit welch einer Sorte von Volldeppen wir es zu tun hatten in unserer *geliebten* Schule. Du kannst dich bestimmt erinnern, wie viele Kriegsinvaliden mit knarrenden Beinprothesen durch den Unterricht humpelten: Als schlimmster davon erwies sich der *Ali* – Dr. Joachim Ahlborn –, ein in ätzendem sächsischem Zungenschlag auf subtil psychologischer Ebene agierender Kinderquäler, ein Sadist mit buschigen, quasi Waigelschen Augenbrauen, dem der Geifer aus den Mundwinkeln lief, wenn das Wetter umschlug. Wie hatten sich solche Leute im Zweiten Weltkrieg verhalten? Handelte es sich um fehlgeleitete Intellektuelle? Mitläufer? Oder – wie ich glaube – hundertprozentige Nazis wie meinen Vater mit seinem katholischen Heiligenschein?! – Ich hasse die antisemitischen Sprüche! Nach dem Essen pflegt er beispielsweise zweimal zu rülpsen und sagt in die Rülpser hinein, die

er jeweils mit einem *A* beginnen lässt: *Absalon der Weise spricht: Absatznägel frisst man nicht.* Wie ich ihn verabscheue, meinen Alten! Weißt du, Bajazzo, das eklige Ritual führte dazu, dass meine Mutter, die dämliche Kuh, wenn sie meiner kleinen Schwester nach dem Stillen den Rücken klopfte, wie man das halt tut, um bei den Zwergen die Luft aus dem Magen zu kriegen, zu sagen pflegte: *Jetzt musst du aber dein Absalä machen.* Dein Absalä! Bis zur Vergasung!« Lucky gönnte sich eine gewichtige Pause, um die antisemitische Bedeutung des zur zynischen Floskel gewordenen Wortes *Vergasung* in Bajazzos Bewusstsein zu zwingen. Zugleich schien er den Grant hinunterzuwürgen, der *wie toter Jud' schmeckte*. Es gelang ihm nicht.

»Bist du fertig mit dem Monolog, der Schimpftirade? Da sehen wir uns seit Ewigkeiten endlich wieder und du hast nichts Besseres zu tun als auf Teufel komm raus zu keifen«, versuchte sich Bajazzo einzubringen; erfolglos, denn Lukas Glück kam aufs erste Thema zurück und fuhr unbeirrt fort.

»Schließlich besuchten wir *die* Eliteschule in unserer ehemaligen Reichsparteitagsstadt. In diesem Lyzeum führte für einen Lehrer an einer CSU-Mitgliedschaft kein Weg vorbei; das war ein ungeschriebenes Gesetz: Nimm beispielsweise *Johnny* – Johannes Fiedler –, Englisch, Deutsch und Geschichte! Der *Jungspund* hatte nicht am Krieg teilgenommen, nun ja, vielleicht am Volkssturm der letzten Wochen. Einmal – auf dem Deutschlehrplan stand Literatur des zwanzigsten Jahrhunderts – krähte er: *Brecht ist für mich ein Brechmittel!* Und er fand das Wortspiel *so* witzig, dass er es für die Blöden in der Klasse wiederholen zu müssen glaubte: *Brecht: ein Brechmittel!* Ich beobachtete, dass das ein paar Kameraden in ihren Vergesslichkeitsblock notierten, den sie nachts abergläubisch unterm Kopfkissen verbargen – um dem Auswendiglernen zu entgehen. *Den Seinen gibt's der Herr im Schlaf!«* Lucky schüttelte sich angeekelt, um sogleich weiter zu zetern: »Kannst du dich erinnern, wie bei uns Standesdünkel, Borniertheit und der Mief *der guten alten Zeit* in allen Ritzen hing? Wie sich der grauenerregende Geist eines Blockwarts manifestierte, wenn der steinalte Pedell Breinbauer mit dem gigantischen Schlüsselbund durch die Hallen rasselte? Küss die Hand, Herr Kerkermeister!« Lucky zitierte den Titel eines Songs der österreichischen Band *Erste Allgemeine Verunsicherung*, veröffentlicht auf der Schallplatte *Geld oder Leben*, 1985. »Hast du das etwa nicht wahrgenommen, du verwöhntes Einzelkind, du großkopferter Pseudokommunist, du Bleistiftspitzer, du ...«

»Passt schon, Lucky«, grinste Bajazzo.

»... du Wolkenkuckucksheimbesucher, du Himalayatourist! – Natürlich nicht, nicht einmal ansatzweise.«

»Das reicht. Unser *Zeugnis der Reife* hat man uns schließlich vor über fünfzehn Jahren ausgehändigt! Fang nicht immer und immer wieder mit demselben Scheiß an. Ich habe die Nase voll von deinen Schulgeschichten.«

»Und ich von meinen Alpträumen: Der *Ali* verfolgt mich nach wie vor mit seinem Holzbein und der feuchten ostmitteldeutschen Aussprache.« Lucky seufzte. »Schwamm drüber: Du wolltest irgendwann die andere Seite der Welt erkunden. Das hast du zumindest bei unserem letzten Treffen kundgetan.«

»Stimmt. Ich komme gerade zurück aus Indiens Südosten. Doch lass mich davon später berichten. Was treibst *du* denn so? Bist du weiterhin am Studieren?«

»Freilich!«, antwortete Lucky, gar nicht kleinlaut: »Mein achtundzwanzigstes Semester fängt bald an, das dritte in Medizin. Es lässt sich nicht genug lernen – und in jedem Fachgebiet wächst die Erkenntnis ins Unermessliche, Stunde für Stunde, Tag für Tag. Da kommt nicht einmal so einer wie ich mit.«

»So einer wie du? Was meinst du damit?«

»Ein uomo universale.«

Der Begriff des Universalmenschen, den Lucky hier nicht ganz unprätentiös einführt, entstand in der Renaissance und folgte den Gedanken des Humanismus. Ein Universalmensch, allgemein gebildet und lernwillig, hinterfragt Dinge kritisch und rückt den *Menschen an sich* in den Mittelpunkt. Seine umfassende Bildung versetzt ihn in die Lage, viele unterschiedliche Tätigkeiten zu verrichten. Er existiert in Harmonie zur Natur. Als Verkörperung eines typischen *uomo universale* gilt neben Leon Battista Alberti vor allem Leonardo da Vinci.

»*So einer* willst du sein! Angeber. Und wovon ernährt sich ein Universalmensch? Reparierst oder vielmehr *restaurierst* du weiterhin alte Autos vorzugsweise der Marken Mercedes und BMW, fährst sie in den Libanon und verkaufst sie dort?«

»Das ist lange her. Und ich habe sie weder repariert, noch restauriert – nur *verschoben*. Alt waren die Kisten übrigens *auch* nicht ... Bald eskalierte der Bürgerkrieg. Zwar gilt seit eh und je: *Wer sich nicht in Gefahr begibt, kommt darin um, ...*«

»Deine dummen Spontisprüche! Es schien sich ja zu rentieren, sonst hättest du die Strapazen nicht auf dich genommen: Du verdientest doppelt als Schmuggler?! Mercedes', BMWs und so weiter runter, Red Leb rauf ...«

»Das mit dem Haschisch hast *du* gesagt! Gegenwärtig schlage ich mich mit Taxifahren durch: Tagsüber studiere ich, nachts sitze ich in der Kutsche. Apropos, ich lebe in einer netten Wohngemeinschaft mit Gerd, Wilhelm, Barbara, Renate und Ingebrit – das sind lauter Jungspunde, drücke den Altersdurchschnitt ordentlich nach oben; das hebt entsprechend mein Befinden. Es macht Spaß mit denen. Und zweihundert Mark im Monat plus zirka zwanzig Mark Telefongeld plus hundert Mark Haushaltskasse sind wirklich erschwinglich. Der Job des Taxifahrens bringt außerdem erkleckliche Einkünfte. Mal sehen, vielleicht kaufe ich mir morgen oder übermorgen eine Konzession.«

»Aha. Sickert da kapitalistisches Denken in dein Hirn?« Bajazzo schob eine kurze Pause ein, um seinen Satz wirken zu lassen. Dann fragte er, unverschämt grinsend: »Und du fährst im Augenblick gerade Taxi? *Lässt* du bereits *fahren?* Wie sagt ihr zu Gelegenheitstaxerern? Brunzer?«

»Holzkopf. Selbst ich nehme mir manchmal frei. Und ja: heute *fährt* einer meiner Mitbewohner.«

Lucky ärgerte sich ein wenig. Deshalb gab er zurück: »Und *du?* Wovon lebst *du?*«

»Ich fange in Forchheim demnächst mit dem Schuldienst an, habe genug vom Vagabundieren und Meditieren und ein kleines nettes Häuschen gemietet. Das kann ich in den nächsten Tagen beziehen. Bislang wohne ich in meinem altehrwürdigen Bus – und bei Muttern.«

»Der Wiedereinstieg ging so einfach?«

»Dank der Beziehungen, über die meine Eltern immer noch verfügen.«

»Ah! Du bist aufgewacht; zu einem *Buddha* geworden. *Shubh Prata*, meine Heiligkeit, hochverehrter *Erwachter*. Wie in Hesses *Siddharta*. *Eine indische Dichtung* hast du dich gewandelt – vom Asketen zum ...«

»Schenke dir den Sarkasmus, Lucky.«

»Wie hast du denn als Reisender deine Brötchen verdient? Mit Drogenhandel? Weil du dich derart gut mit *Shit* auskennst.«

»Geschwätz! Ich musizierte auf Straßen und in Hotelbars, um begüterte Touristen mit Beatlessongs zu unterhalten: *How does if feel to be one of the beautiful people? [...] Baby You're a Rich Man!* Meine Gefühle: durchwachsen.«

»Hast du gegenwärtig eine Freundin?«
»Nein. Leider nicht. In Zeiten der neuen Krankheit wird es von Tag zu Tag schwieriger, jemanden zu finden.«
»AIDS?«
»HIV. Ja. die Mädels zieren sich derzeit mehr denn je.«
»Na ja, wenn du *meinst*, Bajazzo. Hast du gewusst, dass das Virus im Biowaffeninstitut der US-Armee in Fort Detrick entwickelt wurde?«
»Unsinn! Woher hast du die Information?«
»Das stand vor einem knappen Jahr in einem Artikel der sowjetischen *Literaturnaya Gaseta* zu lesen, eine auf kulturelle Themen spezialisierte russische Gazette – und Professor Jakob Segal, ehemaliger Direktor des Instituts für angewandte Biologie an der Humboldt-Universität in Ostberlin, vertritt die gleiche These. Segal behauptet, das Erbmaterial des AIDS-Erregers sei von Geningenieuren in Maryland konstruiert worden. Im Augenblick findet in Salisbury die *Achte Konferenz der blockfreien Staaten* statt.«
»Die Hauptstadt Simbabwes heißt jetzt Harare!«
»Ist ja gut, Klugscheißer! Dort hat Segal angeblich erst gestern einen Vortrag gehalten mit dem Titel: *AIDS: USA Homemade Evil, Not Made in Africa.*«
»Die Amis! Zum Kotzen.«
»Genau.«
»Lass uns von etwas Anderem reden. Sag mir lieber: Was?«
»Was *was*?«
»Was du *lie-hist!* Außer Tagblättern und Jahresberichten, die dich beleidigen und erzürnen.«
»Ach so. Ich habe Arno Schmidt für mich entdeckt.«
»*Zettels Traum?* Ich bin gespannt, ob der irgendwann ordentlich gesetzt wird oder ob man sich für alle Zeiten durch das Faksimile des Maschinenskripts quälen muss. Nach dem Ausleihen des Wälzers in einer Bibliothek kam ich nicht weit damit. Allein ihn beim Lesen zu *halten*, nervt tödlich.«
»Nein, nicht *Zettels Traum*. Der Schinken erfordert das Zimmern eines Stehpultes. Ich genieße immer wieder die kürzeren Sachen aus den Fünfzigern. Es wird soeben begonnen, das Gesamtwerk zu editieren, die *Bargfelder Ausgabe*. Band 2 der Werkgruppe I ist vor ein paar Wochen erschienen: *Das steinerne Herz, Tina, Goethe, Gelehrtenrepublik*. Gönn dir das gelegentlich! Kennst du *Enthymesis, Leviathan, Gadir, Alexander, Brand's Haide, Schwarze Spiegel, Umsiedler, Faun, Pocahontas, Kosmas?*«

»Kennst du *mich?* Ich lese gerade den Briefwechsel mit Alfred Andersch. Du magst wie ich weiterhin Literatur, in der experimentiert wird?!«

»Na klar. Ich habe lange genug Literaturwissenschaft studiert. *Es befanden sich II – römisch zwei – Kisten auf dem Dachboden: Klar, sie standen hochkant.* Ich kann es nicht wörtlich zitieren. Schmidts Akribie, sein kreativer Umgang mit kleinsten Details fasziniert mich!« Lucky seufzte verzückt. »Vorschlag, Bajazzo: Bevor wir hier den ganzen Abend herumlabern und uns den Arsch abfrieren: Lass uns einen trinken gehen.«

»Wo? Hast du eine Empfehlung?«

»Bügelbrett.«

»Die Kneipennamen werden immer bescheuerter: Bügelbrett! Das kenne ich nicht, aber schließlich hielt ich mich in den letzten iraṇṭu ...«

»Irantu?«

»Tamilisch für *zwei*. Was der Schmidt kann, kann ich ebenfalls!« Bajazzo zeigte mit den Fingern ein *Victory*.

»Kannst du nicht!«

Bajazzo ignorierte Luckys Einwurf: »Ich war in den letzten iraṇṭu Jahren im Sri Aurobindo Ashram in der südindischen Stadt Pondicherry.«

»O Gott! Es geht dahin, das politische Bewusstsein. Du kommst nicht drum herum mir zu schildern, was du bei den Bhagwans erfahren hast.«

»Sri Aurobindo hat nichts mit dem indischen Philosophieprofessor und Begründer der Neo-Sannyasbewegung, Bhagwan Shree Rajneesh und auch nicht mit dessen Anhängern zu tun! Nichtsdestoweniger bin ich jetzt Anand; den Namen hat mir irgendwann irgendwo irgendein Guru gegeben.«

»Ha! Anand Kämpfert. Wie hast du dich verändert, Hanns Caspar! Lass uns ins *Bügelbrett*. Da kannst du von deinen Experimenten berichten.«

»Wo liegt oder steht das *Bügelbrett?*«

»Gleich um die Ecke. Ich selbst kenne das Lokal bislang vom Hörensagen. Meine Wohngenossen schwärmen davon. Angeblich gibt es dort *Vetze* vom Fass – mit Vater-Vau. Nicht *Wetze-*, sondern *Fetzebräu*. Du weißt: *Der Alligator lebt!«*

Indem sie sich in Richtung des Lokals aufmachten, unterhielten sie sich weiter.

»Der Alligator?«

»So heißt deren Spezialbier, ein extra herbes Pils. Du kennst *Vetze* nicht? Auf den Bierfilzen der Brauerei stehen *Reime* wie *Schöner als ein Blumenstrauß ist jedenfalls ein Vetzerausch* oder *Mit einem kleinen Vetzerausch schaut doch die Welt viel schöner aus* oder – die Weihnachtsedition: – *Einen netten Vetzerausch hat häufig Sanctus Nikolaus*. Ich sammle!«

»Du sammelst Bierdeckel? Sag, dass das nicht stimmt!«

»Nur die vom Vetzebräu, sonst glaubt mir das kein Mensch, wenn die ihren PR-Manager auswechseln, was hoffentlich nie geschieht!«

Bajazzo lachte.

»Und hier kommt der unbedingte Gipfel der Idiotie: – *Hast ein Vetzeräuschchen musst du nicht ins Häuschen*. Ich könnte mich wegschmeißen.«

Bajazzo grinste: »In Poona hat's Poonator. Ne, Quatsch. Überhaupt keinen Alkohol gibt es. Deshalb vertrage ich kaum mehr etwas. Kennst du: *Lieber Bier in Trier als Bluna in Poona*? Das findet sich auf einer Single der Band *Lusthansa*.«

»Stopp, Bajazzo, von so einem Dreck will ich nichts wissen. Ist dir der Vetzespot an einer Hauswand in der Nordstadt bekannt? Unter dem Abbild eines Drachentöters, der dem Untier gerade einen ewig langen, unhandlichen Spieß durchs durstige Maul jagt und der unlogischen Feststellung dass *der Alligator lebt*, steht folgender, meiner Meinung nach absolut sinnfreier Spruch: *Für dieses Bier, da wollen wir danken dem Ritter Georg fromm und forsch. Drum heißen auch die meisten Franken entweder Georg oder Schorsch.*«

»Nein, die Werbung kenne ich nicht, im Gegensatz zu Braumeister Georg Ritter – dem *Ritter Schorsch*. Ich wusste gar nicht, dass *der* bei Vetzebräu arbeitet!«

»Ach du glaubst, es geht gar nicht um den *Heiligen Sankt Georg*, der Märtyrer, Ritter und Drachentöter von Beruf war, sondern um einen Bierbrauer? Ja. Dann leuchtet das ein. Aber … *Ritter Georg fromm und forsch*? Nein, jetzt verstehe ich: *Wir* sollen ihm fromm und forsch danken! Träfe ich also jenen Bierbrauer, träte ich ihm mutig entgegen, würde mich gottesfürchtig bekreuzigen und mit niedergeschlagenen Augen ein demütiges *vergelt's Gott* murmeln.«

»Ich kann den Kontakt herstellen, wenn du willst. Gleich morgen rufe ich meinen alten Freund Ritter an«, feixte Bajazzo.

»Tu das! Und frag ihn bitte, warum die meisten Franken Georg respektive Schorsch heißen! Handelt es sich bei einem Altvorderen deines Spießgesellen etwa ebenfalls um einen Bierbrauer namens Georg Ritter? Sag, Hanns Bleistift-Caspar? Braumeisters Großpapa hat vermutlich Millionen Fränkinnen geschwängert; und die männlichen Enkelableger bekamen alle den Vornamen des Superopas verpasst: Georg! *Schorsch, mei' Tropfen!* Aus diesen Fakten ließe sich der Name für ein Starkbier kreieren!«

»Du meinst: *Bockulator?*«

»Fast! *Schorschmultiplikator* oder verkürzt *Plikator.* Übrigens, einen *Boggulador* gab es einst wirklich, *Geismann* in Fürth kreierte das Gesöff – allerdings schrieb der sich vorne mit *hartem b* und in der Mitte mit einfachem *k,* wahrscheinlich, um die eigentlich schlüpfrige Bedeutung zu verschleiern.«

»Oh Lucky, du bist und bleibst der alte. Auf zum Agitator ... äh: Alligator.«

»Das ist l-leiwand, Bajazzo!« Lucky mimte lallend einen Betrunkenen: »A-gi-tator, hicks ... weil Al-li-ligator lässt sich manchmal nicht wirklich leicht sagen«. Er kicherte.

»Alsdann! Hineinspaziert.«

WÄHREND DER SCHULZEIT waren Lucky und Bajazzo ein Herz und eine Seele gewesen – ihre Klassenkameraden nannten sie gar *die Agas.* Man hatte im Biologieunterricht die ornithologische Bezeichnung für Rosenkopfpapageien aufgeschnappt – *Agaporniden, Unzertrennliche* – und verstümmelte den Begriff nach Pennälermanier. Nach der Reifeprüfung schieden sich die Wege der beiden und sie trafen sich nur noch sporadisch. In den letzten Jahren waren sie sich so gut wie gänzlich abhanden gekommen.

Die heutige Begegnung geschah zufällig mitten in der Stadt, an einem jener kalten Tage, die Anfang September 1986 herrschten.

Lucky, der vor ein paar Minuten den Freund auf der gegenüber liegenden Straßenseite entdeckt hatte, schaute zweimal. Bevor er ihm ein »Hallo Bajazzo! Bist du's? Bist du's nicht?«, hinüberwerfen konnte, kam ihm der andere zuvor.

Der rief fröhlich herüber: »Was liest du gerade?«

»Den Jahresbericht. Du siehst blendend aus! Ich hätte dich fast nicht erkannt.«

NUN BETRATEN SIE das *Bügelbrett,* eine von kaltem Neonlicht unerträglich hell beleuchtete Szenekneipe. Lärm (oder Musik?) schlug ihnen entgegen. Verdrossene bleiche No-Future-Gestalten, manche mit grünen, gelben, blauen und feuermelderrot gefärbten Resthaaren, die inmitten ihrer ansonsten kahlgeschorenen Schädel liebevoll mit Gel eingeschmiert und *gestylt* waren, wippten kommunikationsunfreudig vor sich hin, einige in verschlissenen schwarzen Lederjacken mit aufgemalten Zielscheiben in der Herzgegend, viele – Jungs wie Mädels – gepierct mit Haar- und Sicherheitsnadeln, die man sich körper- und schmerzverachtend durch Lippe, Nasenflügel und Augenbraue gestochen hatte. Wo blieb das politische Bewusstsein?

Der Irokesenschnitt hinterm Tresen wies Lucky und Bajazzo den Weg. »Es gibt einen schummrigen Nebenraum mit Kerzenlicht!«, brüllte er. »Euch alte Männer verlangt es doch nach so etwas!«

»Alte Männer? Wir sind knapp über dreißig, du Schmock!«, maulte Bajazzo mit seiner lautesten Stimme.

»Eben!«, raunzte es zurück.

Die nachfolgenden Einwürfe Hanns' gingen unter in einem mörderischen Grunzen und Jaulen, das aus schäbigen Lautsprechern toste. Wohin war die überirdisch prachtvolle Musik der Sechziger verschwunden, The Kinks, The Who, Janis Joplin, The Beach Boys, Fleetwood Mac, Frank Zappa & The Mothers of Invention, Bob Dylan, The Band, The Beatles, The Doors, The Rolling Stones, The Small Faces, The Lovin' Spoonful, James Brown, Bob Marley & The Wailers, Alexis Korner's Blues Incorporated, Cream, Jimi Hendrix, The Velvet Underground, Captain Beefheart, Pink Floyd, beispielsweise? Um nur einige zu nennen. Der amerikanische Blues?

IM DEZENT BELEUCHTETEN NEBENRAUM hielt man es leichter aus. Zwar pumpten dröhnend die Bässe herüber, machten rhythmisch und monoton *dumpf, dumpf, dumpf, dumpf,* aber das ohrenbetäubende Kreischen übersteuerter Schrubbgitarren und die absichtlich miserabel gemischte Konservenstimme eines gurgelnden, röchelnden Sängers, der sich zweifellos selbst nicht einmal eine Gegenwart geschweige denn eine Zukunft gab, schwappte relativ erfolglos gegen Wände und die verschlossene Tür. *Schön!* – soweit dieses Wort in dem Zusammenhang überhaupt anwendbar ist.

»WORÜBER REDETEN wir soeben?«, fragte der vom Radau genervt wirkende Bajazzo.

»Was heißt eigentlich *Anand?* Das ist indisch, nicht wahr?«

»Sanskrit, altindisch. Du wirst es nicht glauben: *Anand* heißt *Lucky.* Wenigstens ungefähr.«

»Bajazzo, du Namensdieb!«, schmunzelte da der Freund. »Soll ich mich ab jetzt an deiner Statt Hanskasperl nennen?«

»Schluss mit dem Thema. Wir sprachen über Arno Schmidt.«

»Du weichst aus, Bajazzo.«

»Ja. Ich mag im Moment nicht.«

»Was?«

»Über meine Reise reden. Und über meine Trennung. Vielleicht schildere ich dir später, wie es mir ergangen ist. Wann haben wir uns zuletzt getroffen? In der Woche des unverhältnismäßigen Polizeieinsatzes ...«

»März 1981, Massenverhaftungen im Jugendzentrum; und vorher Räumung einer besetzten Jugendstilvilla in der Nordstadt.«

»Richtig; 131 Arretierungen! Lang, lang ist's her; erschreckend, wie die Zeit verg...«

»Nein, 164 Spontis wurden festgenommen.«

»Du hast dir die Zahl gemerkt?«

»Eine meiner einfachsten Übungen: Mein Gedächtnis funktioniert gut«, bemerkte Bajazzos Freund, nicht gerade bescheiden, und kam aufs Thema zurück. »Ich lese Schmidt. Und du?«

»Im Ashram Dylan Thomas' Poems.«

»*Windabgeworfenes Licht*. Wundervoll!«

»Früher hatten wir oft gleichzeitig die selben Schriftsteller in der Mangel.«

»Ja. Artmann!«

»Und Jandl!«

»Erinnerst du dich, Bajazzo? Der *Johnny* brachte eines Tages – in der Elften oder Zwölften – den erstaunlichen Mut auf, uns folgenden Vorschlag zu machen: ›Sucht euch ein aktuelles Gedicht aus und rezitiert es vor der Klasse; am besten auswendig.‹«

»Nein, keine Ahnung!«

»Komm, das kann dir nicht entfallen sein.«

»Nun sag, Lucky.«

»Du hast dir *fortschreitende räude* ausgesucht, ich *hosi*.«

Bajazzo zuckte mit den Schultern.

»Beides von Ernst Jandl. Unserem vor Zorn schäumenden Deutschlehrer entschlüpfte der entlarvende Satz: ›Das ist *entartet*.‹ Wir schrieben 1969 oder 1970, der Nazispuk war immerhin zirka fünfundzwanzig Jahre vorher zu Ende gegangen.«

»Ich für meinen Teil fand den *Johnny* gar nicht schlecht. Er hat mich auf den Gedanken gebracht, mich fürs Lehramt zu entscheid...«

»Hör auf! Themenwechsel: Willst du mir deinen Guru beschreiben?«

»Nein, erst hilfst du mir mit dem Gedicht auf die Sprünge – bei mir klafft hier eine Lücke.«

»Jandl verwendet eine Bibelstelle, nämlich Johannes 1,1: *Im Anfang war das Wort und das Wort war bei Gott* et cetera. Schau nicht so, ich bin bibelfest! Mein Alter ist und wird es wohl bis zu seinem traurigen Ende bleiben: Ein hundertprozentiger Katholikenzipfel. Das formt.« Lucky sah sich um. Außer ihm und Bajazzo saß niemand im Nebenraum. Irgendwie kam er sich gerade vergessen vor, fuhr aber fort, obwohl er Lust bekam, nach der Bedienung zu rufen, denn schließlich hatte er vor einer Ewigkeit zwei Seidel Alligator vom Fass bestellt: »Der Lyriker verfremdet die Zeilen, wiederholt sie in verschiedenen Strophen, stets unverständlicher werdend. Etwa heißt es im letzten Drittel: *schim schanschlang schar das wort schlund schasch wort schar schlei schlott schund flott war das wort.* jedenfalls ungefähr.«

»Es dämmert mir: *Johnny* wartete das Ende nicht ab. Er fing *vorher* zu toben an.«

»Genau. Das finale *flottsch* enthielt er der Klasse vor.« Lucky kicherte: »Und nun kam *ich* dran: *hosianna hosimaria hosimagdalena hosiananas hosimarianas hosimagdalenanas: hosinas*. Ich kann mich nicht des genauen Wortlauts entsinnen, denke jedoch, das Zitat hiermit aufs Wesentliche verkürzt zu haben. Hosi nass!«

Eine anscheinend ganzkörpertätowierte magersüchtige weibliche Bedienung knallte endlich wortlos und mürrisch zwei Gläser, voll des zwar frisch aber lieblos gezapften Alligators oder St.-Georgs-Drachentöter-Gebräus, auf den abgewetzten Tisch.

»Und dann?« Bajazzo nahm den Faden wieder auf, den *die Bettina* mit ihren Servierkünsten so abrupt zerschnitten hatte.

»Dann brummte er uns beiden einen Verweis auf wegen Störung des Deutschunterrichts. Johann Fiedler – und das ist dir bestimmt nicht mehr geläufig – kandidierte wenig später für die CSU; und wurde Stadtrat. Weißt du, was du *Johnny* geantwortet hast, als er ›Ich gebe Ihnen einen Verweis!‹ bellte?«

»Ich kann mich ja nicht einmal an die Strafe erinnern.«

»Schreiben Sie! Ich sammele.«

»Das hast du dir ausgedacht. Ich war das nicht!«

»Doch, doch, Bajazzo, sehr souverän: ein *Fregger* wie ich; wenigstens fast so schlimm.« Der ansonsten um gepflegte Aussprache bemühte Lucky benutzte hin und wieder schnoddrige fränkische Ausdrücke. Der hochdeutsche *Rabauke* befand sich nicht in seinem aktiven Wortschatz.

Lucky prostete dem Freund zu: »Flottsch!«

»Du meinst *Prost?!* Entartet! Gut; lass uns in Zukunft *Flottsch!* sagen.« Bajazzo stieß mit Lucky an. »Flottsch! Welcher Spruch steht eigentlich auf *deinem* Bierfilzchen? Auf meinem lese ich *Applaus, Applaus: ein Vetzerausch.*«

»Ach nein?! Die werden immer *noch* blöder! Meiner ist bedruckt mit dem abgenudelten *Vetzerausch-Blumenstrauß*. Etwas anderes: 26. April. Was sagt dir das Datum?«

»Tschernobyl. Ich habe versucht, es zu verdrängen. Man hat uns ja nicht informiert, und das wochenlang. Das Wetter fühlte sich recht angenehm an in diesen Tagen. Während meiner Deutschlandrundreise *home at last!* verbrachte ich die meiste Zeit im Freien.«

»Ein *Böhmischer Wind* wirbelte einen Haufen radioaktiven Staubes nach ganz Westeuropa. Sag, mal, seit wann weilst du eigentlich wieder im Lande?«

»Ich kam Ende März zurück. Was bedeutet *Böhmischer Wind?*«

»Ostwind. Kennst du nicht Ernst Mosch?«

»Gott bewahre!«

Lucky begann zu singen:

»Wir denken oft und gerne an den böhmischen Wind, uns war sein Lied vertraut, daheim schon als Kind. Weit in der Ferne rauscht nun leis' der böhmische Wind. Er wird noch wehen, wenn wir längst nicht mehr sind.'«

»Gnade, Lucky! Woher kennst du den Scheiß?«

»Das gehört zur Kultur meiner Eltern.«

»Glückwunsch!«

»*Ich* ging am Ersten Mai nach der Kundgebung wie immer zum Kulturladen Nord zur rauschenden Feier mit viel Livemusik und tankte, zusammen mit anderem *linken Gesindel,* wohl eine nachhaltige Strahlenladung.«

»Ich bestimmt auch. Darum sollten wir es uns die letzten paar Jahre gut gehen lassen, bevor uns die Leukämie hinwegrafft, Lucky. No future, no flottschure!«

»Ridi, pagliaccio!« Bajazzos Freund intonierte kurz *Lache, Bajazzo,* aus der Arie *Vesti la Giubba* von Leoncavallo. »Nicht jammern und pichelln, sondern hammern und sicheln!«

»Ach du; häng nur deine Bildung raus; und dass du ein alter Sponti bist. Kennst du Holger Strohm? Der ist unterwegs in der BRD, liest aus seinem Buch *Friedlich in die Katastrophe*, referiert Fakten zu den Auswirkungen des Supergaus – eine jener Veranstaltungen besuchte ich unlängst.«

»Und?«

»Beklemmend. Eine schwangere Frau brach weinend zusammen, andere Mädels fassten sich verzweifelt an den Händen und murmelten leise einen Gesang, der Mut machen sollte, doch mutlos klang.«

»… einen Gesang, der Mut machen sollte, doch mutlos klang.« Lucky, der oft in der Öffentlichkeit mehr oder weniger unmotiviert zu singen pflegte, improvisierte zum unerwarteten Reim des Freundes eine kleine *revolutionäre* Melodie und grinste: »Hey Bajazzo! Reihst du dich unter die Songschreiberreimer ein?«

»Bleib mal ernst, Lucky: *Wehrt euch, leistet Widerstand …*«

»Der alte Deppenkanon; ja, ja: *Seht der Wind treibt Regen übers Land …*«

»Du bist und bleibst ein Zyniker.«

»Schluss. Lasst uns lieber einen heben.«

»Flottsch!«

»Flottsch!«

Sie leerten zügig ihre *Pilschen*.

Bajazzo orderte eine neue Runde: »Bettina! Iraṇṭu Bier!« Es erfolgte keine Reaktion. »I-raṇ-ṭu! Verstehst du kein Deutsch?«

»Woher willst du wissen, dass das Tattoo-Mädel Bettina heißt?«

»Das weiß ich gar nicht. Es ist ein Wortspiel mit *Bedienung*. Pass auf:« Bajazzo wurde laut. »Bettiiinaaa! – Siehst du, jetzt guckt sie – Zwei weitere Flottsch; ich meine Agilitator! Aber bitte *flottsch*, wir sind nämlich unheimnlich ndurnstig. Uns pnappt die Znunge am Gnaumen«.

»Gnenau!«

Ein höchst alberner Lachanfall schüttelte die Gefährten.

Angewidert räumte *die Bettina* die benutzten Seidel weg und brauchte übertrieben lange, bis sie den Freunden mistig gezapfte, tropfende und schlecht gefüllte Pilstulpen anlieferte.

Bajazzo kam in Fahrt: »Kannst du uns nicht etwas flinker bett*i*nen? Das hat auf jeden Fall besser zu *flottschen*.«

»Mein Name ist Lydia!«, fauchte *die Bettina*.

Auf Anhieb fiel Lucky ein Songtext von Groucho Marx ein. Er begann in bezauberndem Kolorit und fast lyrisch zu nennendem Tenor mit allem in solch einer Situation aufzubringendem Ernst, enormem Pathos und gebotener Akkuratesse gegen den dumpfen Punkbeat von draußen anzusingen. Dabei bewegte er den Körper anmutig im Dreivierteltakt.

»*"Lydia, oh Lydia, say, have you met Lydia, Lydia the Tattooed Lady? She has eyes that folks adore so and a torso even more so. Lydia, oh Lydia, that encyclopedia, oh Lydia, the queen of tattoo. On her back is the Battle of Waterloo, beside it,* The Wreck of the Hesperus *too. And proudly above waves the red, white and blue. You can learn a lot from Lydia [...]"«*

»Hey, was issn das?«, quiekte Lydia begeistert.

Bajazzo brachte es immer wieder aus der Fassung, mit welch einfachen Mitteln und billigen Tricks Lucky Zugang zu den Herzen der Frauen fand. Roch sein Freund unwiderstehlich? Lag es an der Chuzpe, mit der er stets ans Ziel gelangte? Das hier empfand Hanns Caspar augenscheinlich – er wurde blass vor Neid (?) – als den Gipfel: Selbst auf Hohnlieder schienen die Mädels positiv zu reagieren. Na ja, zumindest dieses abgemagerte Haut-und-Knochen-Exemplar.

Beschwingt und tänzelnd entfernte sich Lydia: *Mann* nahm sie wahr!

»Sag, Lucky, hast du eine oder besser: befindest du dich in einer festen Beziehung?«

»Ja, stell dir vor! Mein Lebensstil hat sich von Grund auf geändert. Du kennst mich: Ich sagte bislang niemals nein, wenn es um *nonverbale körperliche Kommunikation* mit Frauen ging. Doch nun scheine ich endlich meinen Hafen gefunden zu haben.« Leidenschaft und Ergriffenheit schwang in Luckys Stimme.

»Das wird schon so ein Hafen sein«, warf Bajazzo ein und frotzelte: »Ein Nachthafen etwa? Ein Nachthäferla oder Potschamber, wie der Franke zum Nachttopf sagt?«

Lucky winkte ab und ließ sich nicht beirren: »Solch eine Sehnsucht und zärtliche Zuneigung wie seit ein paar Tagen kannte ich bislang nicht. Und du? Ach ja, das hast du vorhin erwähnt: Liebe in Zeiten des HI-Virus.«

»Das wäre ein Titel für eine Erzählung! Lucky?«

»Den gibt es bereits: *El amor en los tiempos del cólera* – Die Liebe in den Zeiten der Cholera, brandaktuell, von Gabriel José García Márquez. Die *novela* solltest du unbedingt lesen, wenn sie auf Deutsch erscheint.«

»Du kannst spanisch?«

»Ich studierte lange genug romanische Sprachen. Aber sag, mein Lieber: Hast du denn keinen Erfolg bei der Suche nach einem Weib? Immerhin wurde dir einst die *Allerschönste im ganzen Land* zuteil.«

»Hör mir bloß auf!« Bajazzo zog eine säuerliche Miene. »Wegen *der* bin ich zu einer Art buddhistischer Mönch geworden; verstehst du?«

»Mein Armer! Darauf ein kraftvolles Flottsch!«

»Flottsch!« Luckys Freund stürzte das Getränk hinunter, wischte sich den Schaum aus dem Schnäuzer und gab eine neue Bestellung auf. Leise Begierde schwang in seiner Stimme: »Lydia, bringst du uns zwei? Nein mūnru!« Er machte das entsprechende Zeichen mit den Fingern. »Wir laden dich ein. Setz dich ein wenig zu uns.«

In null Komma nichts standen drei perlende Alligatoren auf dem Tisch.

II

«La commedia è finita!»
(Ruggero Leoncavallo)

Bajazzo hatte immer genügend Gummis vorrätig, aber die nicht angebrochene Großpackung, die er zwischen dem Reiseproviant im Campingbus aufbewahrte, trug das Aufbrauchdatum März 1984. Trotzdem entsorgte er sie nicht. Seiner Meinung nach handelte es sich nämlich bei der seit August 1983 in Kraft getretenen Lebensmittelkennzeichnungsverordnung um eine vollkommen überflüssige Maßnahme; zudem vermutete er einen grandiosen Beschiss. Es sei vor 1983 niemand allein deshalb gestorben, weil Packungen keine Warnhinweise enthielten. Ranziges, Verdorbenes, Schimmliges konnte der Konsument bis dato tatsächlich selbst erkennen; man habe es gesehen, gerochen oder geschmeckt. Die Neuregelung sei reine Panikmache und ein Versuch der betreffenden Konzerne und ihrer billigen Handlanger aus der Politik, die Bürger einzuschüchtern und zu verunsichern: Wenn Nahrungs- und Genussmittel, wie beispielsweise Präservative, unbenutzt weggeworfen würden, steigere das den Umsatz und somit den Profit!

Dass er das MHD[1], die empfohlene Verbrauchsfrist, mit dem *medizinischen* Verfalldatum verwechselte, wusste er nicht; und es interessierte ihn auch herzlich wenig. Hätte er geahnt, dass – zwar nicht offiziell von der Pharmaindustrie, jedoch von irgendwelchen Dunkelmännern aus deren Dunstkreis – täglich tonnenweise abgelaufene Arzneimittel in die *Dritte Welt* geschafft wurden, um sie dort zu Discountpreisen an Menschen *Dritter Klasse* zu verscherbeln mit dem zynischen Argument, verfallene Arznei sei besser als gar keine, er wäre mit Sicherheit auf die Barrikaden gegangen. Sein Gerechtigkeitsgefühl war nämlich ziemlich ausgeprägt.

---

[1] Abkürzung für *Mindesthaltbarkeitsdatum*, aber auch für: Malteser Hilfsdienst, Mittelhochdeutsch, maskierte Hamming Distanz, Magnetohydrodynamik, Flughafencode für مشهد (Maschhad, die zweitgrößte Stadt Irans).

Momentan fand er es *sehr* ungerecht, dass sich Lydia von Lucky abschleppen ließ und nicht von ihm. Man hatte sich vor dem *Bügelbrett* gehörig verabschiedet. Sogleich spielte sich unter der Straßenbeleuchtung, die gelegentliche Regentropfen zum Glitzern brachte, eine melodramatische Szene ab: Bajazzo, der sich bis zum letzten Moment Chancen bei Lydia ausrechnete, schmolz nach einem zärtlichen Wangenkuss, den sie ihm draußen auf der Straße gab, dahin. Einen Augenblick später schnappte sie sich Luckys Hand und die beiden verschwanden in der trüben nebligen Nacht.

Überflüssigerweise begann es gerade *richtig* zu schütten. Betrunken und müde wackelte Bajazzo zum alten Campingbus, der auf einem Parkplatz nicht allzu weit entfernt von der unglückseligen Szenekneipe stand und rollte sich im Schlafsack ein. Die Schiebetür krachte danach übertrieben laut ins Schloss. Der fuchsteufelswilde Anand verhielt sich nicht ganz im Sinne Sri Aurobindos, der einen Übermenschen propagiert, der in Einheit mit aller Welt lebt und alle Dinge akzeptiert, um sie zu verwandeln und dabei die eigenen egoistischen Instinkte zu bezwingen trachtet. Caspar schäumte und stieß mehrmals ein aufgebrachtes »Lucky, du bist *so* ein Arschloch! *So* ein Arschloch!« aus.

Drückte sich *so* die Einheit mit aller Welt aus, die es zu erstreben galt? Nun, man hätte ja seine Ex fragen können, wer ein Arschloch ist. Die hätte einen anderen benannt: Hanns *Bajazzo* Caspar. Marianne Kämpfert nämlich gingen die *seltsamen Marotten* des Gatten ziemlich auf die Nerven, solange er sich noch in der Nähe befand. Die Meinungsverschiedenheiten begannen unmittelbar nach der Vermählung. Nein, sie waren lange vorher zu erkennen; nur wollte niemand die brandgefährlichen Zeichen sehen.

Eines Morgens, ungefähr ein Jahr vor Bajazzos Indienreise, schüttete Marianne dem besten Freund ihres Mannes am Telefon das Herz aus: »Lucky, Bajazzo hat nicht mehr alle Tassen im Schrank!«

»Warum?«

»Na, da kann ich dir Einiges aufzählen. Zum Beispiel: Um keine kleinen Münzen herumtragen zu müssen, rechnet Hanns beim Shoppen im Supermarkt die Preise der Waren, die im Korb landen, im Kopf zusammen und legt Dinge dazu, oft sinnlose, bis er auf eine runde Summe kommt. Die Grundrechnungsarten beherrscht ja er aus dem Effeff. Jedes Geldstück, dessen Wert unter einer Mark liegt, hat im Portemonnaie nichts verloren. Der Hass gilt vor allem Pfennigen und Zweipfennigstücken. Er durchsucht kontinuierlich sämtliche Börsen nach Kleingeld, auch meine, und steckt alles in die Brieftasche, was sage ich *Brieftasche?!* In den *Brustbeutel!* Oft bringt er absolut törichtes Zeug nach Hause. Jüngst erst *sieben Päckchen Trockenhefe* zu vier Groschen pro Tüte.« Marianne seufzte. »Befindet sich aber wirklich trotz Einkaufs ein Zehnerle oder – was er als viel schlimmer empfindet – eine Kupfermünze im abgegriffenen marokkanischen Touristensäckchen, fährt er sofort zum Tanken und bemüht sich behutsam, auf zwei Kommastellen genau Diesel zu zapfen – beispielsweise für fünfzehn Mark einunddreißig.« Hanns' Frau schluchzte: »Wenn er nur *mir* einmal soviel Zärtlichkeit zukommen ließe wie dem Sprithahn! Kannst *du* mir sagen, woher die *Kupferallergie* kommt?« Eine rhetorische Frage. Einen Moment lang herrschte am Hörer kunstvolle Lautlosigkeit. »Oder das Verhältnis zum Essen: Ist ein Kanten Brot alt und schimmlig geworden, wirft er ihn nicht etwa in den Abfall; nein er schneidet den Schimmel weg und jammert, dass gutes Essen aus Unachtsamkeit verkommt. Ekliges Fleisch wird scharf gebraten und überwürzt, fauliges Obst in der Küchenmaschine zu *frischen Drinks* verarbeitet und so fort. Ach ja, apropos: Sobald er Äpfel und Karotten entsaftet hat, isst er den Trester, den ausgequetschten Rest, den trockenen Pampf, mit der Bemerkung, dass man die unentbehrlichen Ballaststoffe nicht einfach wegwerfen dürfe. Manchmal ekelt es mich richtig vor dieser wandelnden Mülltonne.«

Lucky vermutete, dass das alles maßlos übertrieben sei, sagte indes nichts.

»Die Angst davor, Schüler könnten ihn enttarnen und er würde – wie während des früheren Lebens – das Hanskasperl sein, mündet neuerdings geradezu in eine ausgewachsene Paranoia: Er versteckt sämtliche Dokumente, in denen sein ursprünglicher Name auftaucht, Geburtsurkunde, Zeugnisse, Seminarscheine, ach ...« Sie machte eine theatralische Pause. »Sogar den geliebten alten, abgelaufenen, ungültigen Reisepass, den mit den Marokko- und DDR-Stempeln, hat er verräumt, weiß aber nicht mehr, wo. Seit Tagen rennt er angsterfüllt und voller Panik in der Gegend herum, um ihn *sicherzustellen.*«

Marianne ließ Lucky nicht zu Wort kommen, der ihn verteidigen oder zumindest *Frau Kämpferts* Schimpftirade relativieren wollte. So wie sie ihn schilderte konnte es sich doch schwerlich um Bajazzo handeln?! Mariannes Worte entströmten ihrem Mund wie

– er dachte – ein *Endlos Geflochtenes Band*. Letzthin hatte er Douglas Richard Hofstadters: *Gödel, Escher, Bach – An Eternal Golden Braid* gelesen. Die Übersetzung des Titels, kurz *GEB*, veröffentlicht 1979, fand er nicht besonders gut gelungen, obwohl auch ihm nichts Besseres einfiel.

»Nimm seinen Tick, Reiseprospekte zu sammeln; den kennst du ja, Lucky. Wo andere Leute klassenbewusst eine Marx-Engels-Gesamtausgabe aufstellen, ihren Hegel und Kant, den sündhaft teuren Adorno, findet man in Bajazzos Regalen Urlaubskataloge nach Jahrgängen, Reisezielen und Anbietern geordnet.« Marianne schnaubte. »Hat er dir *die Tütensammlung* gezeigt?«

»Nein. Ich habe ihn ja seit Ewigkeiten nicht gesehen ... Sag, meine Liebe: Hast du nicht Lust, dich wieder einmal mit mir zu treffen? Es sind über drei Monate vergangen, dass wir uns sahen und ich verspüre Sehnsucht. Kommst du in meine WG[2], morgen Vormittag? Meine Mitbewohner arbeiten alle außer Haus. Du kannst dir denken, warum ich es vermeide, bei *euch* daheim aufzukreuzen.«

»Mal sehen. Ich gebe dir gleich in der Früh Bescheid, wenn Hanns in Richtung Schule aufgebrochen ist. Du Schlawiner wirst dich wohl nie ändern – was würde denn deine Freundin dazu sagen?«

»*Du* bist meine Freundin!«

»Und wie viele Frauen *außerdem*?«

Lucky schmunzelte still in die Sprechmuschel und kam auf Mariannes Frage zurück. »Das magst du gar nicht wissen. Du wolltest mir etwas über Bajazzos Tütensammlung erzählen.«

»Ja. Genau: Du kennst demnach seine *Papierbeutel* nicht?«

»Nein.«

»Sei froh. Bajazzo sammelt die Speitüten verschiedener Fluggesellschaften. Er erbettelt sich von Kumpanen, die im Begriff sind, eine Flugreise zu unternehmen, stets ein entsprechendes Exemplar.« Marianne äffte Hanns nach: »»Mit welcher Gesellschaft fliegst du? Ah, die habe ich nicht! Bringst du mir eine neue Tüte mit? Aber bitte unbenutzt! Kleiner Scherz ...‹ So kann er gewisse Gäste –

---

[2] Abkürzung für *Wohngemeinschaft*, aber auch für Wählergruppe, Wirtschaftsgymnasium, Winzergenossenschaft, Waffengesetz (Schweiz), Wood Group (britische Unternehmensgruppe), Wade-Giles (Umschrift chinesischer Zeichen in lateinische Schrift), Wechselgesetz (Handelsrecht).

vorwiegend Saufkumpanen – auf eine stattliche Ausstellung hinweisen, die von *A* bis – Moment, er hat alles katalogisiert.«

Sie legte den Hörer weg, kam jedoch sogleich wieder und las vor: »Air Canada, Air France, Air India, Alitalia, All Nippon Airways, American Airlines, British Airways, China Airlines, Condor, El Al, Finnair, Iberia, KLM, Lufthansa, Norwegian, Royal Air Maroc, Saudi Arabian Airlines, Turkish Airlines, United Airlines. Hörst du? Das werden immer mehr!«

Bajazzos *Angebetete* und *Herzallerliebste* gab Geräusche von sich, die Lucky als Ungehaltenheit zu interpretieren hatte.

»Und dann die elende Angeberei: Er tut, als beherrsche er Dutzende von Sprachen, eignet sich irgendwelche Floskeln an, flötet zumal in einem Chinesisch, das keines ist. Soll ich dir ein Beispiel geben?«

»Ja, Marianne, ich habe dich niemals chinesisch reden hören.«

»Moment: *Rù jìng wèn sú*. Das heißt auf Deutsch in etwa *Andere Länder, andere Sitten*. Mit billigen Tricks versetzt er die naive Zuhörerschaft in Staunen. In Wirklichkeit weiß er oft nicht, was er da zitiert; und die Aussprache ist katastrophal. Aber die Kameraderie hat ja auch keine Ahnung. Ich hingegen allemal – schließlich studierte ich acht Semester lang Sinologie. Neulich erwischte ich Hanns dabei, als er aus meinen Lehrbüchern Zeichen abmalte mit der dazugehörigen Lautschrift. Irgendwann lasse ich ihn auflaufen – *so etwas* von auflau…«

Lucky entrann der Schimpftirade nur durch das Vorschieben eines erfundenen Zahnarzttermins bei Dr. Kämpfert, ihrem Vater.

Marianne hielt Hanns-Bajazzo nicht lange aus und lief nach drei Jahren Ehe – bald nach diesem Telefonat – mit einem netten jungen Schweizer davon, Richtung Küsnacht, einem idyllisch gelegenen Ort am Zürcher See.

BAJAZZO WAR EIN NETTER, intelligenter Kerl. Ohne Zweifel – nun ja, er sah ein wenig wie ein in Milch eingeweichtes ungetoastetes Weißbrot aus. Tiefe Aknenarben durchfurchten und zeichneten die von schütter werdenden blonden Strähnen umrahmte Facies, den Nasenrücken zierten unzählige schwarze Mitesser: Gegen die verstopften Poren kämpfte er vergebens. Wenn er sie ausdrückte, zeigte sich am nächsten Tag eine hässliche Entzündung am Knubbel. Sicher wie das Amen in der Kirche. Auf Pharmaprodukte reagierte die Haut allergisch und er lief nach deren Anwendung mit einem geschwollenen

Gesicht umher, das in Bezug auf seine Röte Ähnlichkeit mit dem Arsch eines läufigen Pavianweibchens hatte. Allerdings glich Hanns die blasse Pummeligkeit und die unreine Haut durch Charaktergröße aus. Bajazzos Sensibilität reichte hin, um Fehler zuerst bei sich zu suchen, alles zu relativieren und sich zu bemühen, mit Schuldzuweisungen äußerst sparsam umzugehen. Ein Liebenswerter! Und trotzdem ging dem toleranten *Glückskind* bereits vorm Ringwechsel die zuckersüße Traumfrau gelegentlich auf die Nerven.

EINST VERSCHAFFTE ER am Fernsprecher seinem Kummer Luft: »Lucky, *Märiänn* treibt mich Schritt für Schritt in den Wahnsinn!«
»Wie kommt's?«
»Sagen dir Experimente für den Chemieunterricht etwas? Natürlich nicht, du fauler Strick. Du hattest ja in diesem Fach immer bestenfalls eine Vier.«
»Natürlich kenne ich mich aus.«
»Aha. Mal sehen: Ich unterrichte achtundzwanzig Schüler in meiner Klasse. Deshalb kaufte ich vor ein paar Tagen sieben Tütchen Hefe; eines pro Gruppe. Das Thema ...«
»... Zersetzung von Wasserstoffperoxid.«
»Ich staune Lucky, ich staune!«
»Und deswegen stritt Marianne mit dir.«
»Woher weißt du das?«
»Auch *sie* rufe ich an; gelegentlich.«
»Das ist neu – du kennst *Märiänn* doch kaum!«
Es wird wohl besser sein, wenn du nicht in alles *Einblick hast, mein Lieber*, dachte Lucky und legte sich eine Ausrede zurecht, denn das mit dem Telefonieren war ihm eben so *rausgerutscht:* »Na ja, eigentlich wollte ich ja *dich* sprechen; nachfragen, wie es dir geht. Du warst jedoch nicht zu Hause. Deine Frau, wohl in jenem Moment recht ungehalten über dich, sah sich genötigt, sich verbal zu entladen – wie *du* offensichtlich jetzt ebenfalls«. Lucky meinte Argwohn im Stummbleiben Bajazzos zu verspüren: *Ich bin nur vormittags nicht daheim, nachmittags immer: Lucky weiß das?!* Er fuhr nach einer kleinen Pause fort »Ich bin kein Eheberater oder Streitschlichter ... Leg los, meinetwegen«.
»Pass auf: Wegen des Backtriebmittels ist sie restlos ausgerastet: Ich würde unnützes Zeug einkaufen, um keine Kupfermünzen in der Tasche herumtragen zu müssen. Ich sei ein durchgeknallter Erbsenzähler und Korinthenkacker. Meine Tankgewohnheiten brächten sie zur Weißglut!«

»Du tankst pfenniggenau?«

»Ja; früher zerrte mein Brustbeutel an meinem Hals und bammelte mir vor der Brust herum, gefüllt mit irgendwelchen Münzen. Neuerdings sind so gut wie ausschließlich Scheine drin. Findest du das verwerflich?«

»Nein, aber ein bisschen lachhaft *schon*.«

»Wieso? Die meisten Leute, die ich kenne, versuchen auf die Mark genau zu tanken, für zwanzig Mark, für fünfundzwanzig Mark … Mir hingegen bereitet es Spaß, erst meine Münzen zu zählen und dann für beispielsweise siebzehn Mark dreiundachtzig Kraftstoff zu erwerben. Mal ehrlich: Sind die Rundbetragzapfer mit ihren Taschen voll §-Stücken nicht um ein Vielfaches komischer?«

»Das interessiert mich *überhaupt* nicht. Was in den Kessel reinpasst, wird hineingeschüttet – genaues Abfüllen wie auch immer verschwendet bloß Zeit. Mann! Ich käme mir wie ein kleinlicher Beckmesser, ein Pfennigfuchser, ein spießiger Kniefiesel …«

»Du gehörst demzufolge zu jenen, die mit einer Riesenbeule in der Hosentasche herumlaufen; denen darum die Hose über den Po zu rutschen droht. Na ja, manche Frau hält eine hervorlugende männliche Arschspalte vielleicht für sexy, vorausgesetzt die Backen, die sie umrahmen, sind affenartig behaart wie deine.«

»Nö. Ich entlaste mein Portemonnaie, indem ich Spendenbüchsen, Sparschweine, Straßenmusikanten und Bettler füttere, Trinkgeld gebe, den Klingelbeutel stopfe: Letzteres war ein Jux!«

»*Märiänn* geriete außer sich, falls ich wie ein Knauser im Restaurant dem Oberkellner extrakleines Kleingeld zukommen ließe oder auf der Straße mit Pfennigstücken klimpern würde.«

»Es bestehen demnach echte *Finanzprobleme?*«

»Das kann man sagen.«

»Bietet das einen Anlass zum Streiten? Sprich!«

»Im Grunde nicht. Da fragst du am besten *Märiänn*, was sie auf die Palme bringt. Mich stören andere Dinge. Ich weiß ja gar nicht, wo ich da anfange. Doch: mit der Asterixsucht!«

»*Womit?* «

»Jeden Abend, nachdem wir ins Bett gegangen sind, schnappt sie sich einen der sechsundzwanzig Bände, liest, bis ihr die Lektüre aus der Hand gleitet und fängt selig zu schnarchen an. Nun ist René Goscinny ja bereits ein paar Jahre tot und der Unfug geht trotzdem weiter und weiter: fast jedes Jahr eine neue Geschichte; die werden übrigens immer *noch* schwachsinniger. Früher lächelte ich ja über die seichten Witzchen. Aber mittlerweile ... Nimm das Jüngste, *Die Odyssee: Homer* würde im Grab rotieren. Vor allem wenn sein Name ein Übersetzungsfehler gewesen und er in Wirklichkeit *Humor* geheißen hätte. Soll ich zitieren? Die Machwerke liegen stets griffbereit!«

»Nein, lass mal. Ich kenne es selbst. Ja, du hast recht; mit Odysseus hat das überhaupt nichts zu tun, eher mit Sean Connerys James Bond – ich finde es immerhin witzig; vor allem die Stelle mit der ersten Ölpest.«

»Ha, ha. Ich lache mich tot. Du brauchst ja wegen Asterix nicht auf *Sex* verzichten!« Bajazzo äffte Marianne nach: »›Gib Ruhe, ich will lesen! Ich hab jetzt keine Lust, fass mich nicht an!‹ etc. pp. Zum Kotzen.«

»Oh! Seit wann hält dieser Zustand schon an?«

»Ich kann mich nicht erinnern, wann wir das letzte Mal vögelten – in der Hochzeitsnacht jedenfalls nicht.«

»Du Armer. Steck die Comics in den Müll!«

»So schlau war ich auch ... Sie hat sich den kompletten Schrott am nächsten Tag aufs Neue besorgt und wochenlang nicht mehr mit mir geredet.« Bajazzo seufzte. »Aus Rache sammle ich Reisekataloge und Speitüten: Beides findet sie genauso schrecklich wie ich *Märiänns* Asterixwahn.«

»Vielleicht sollte man wie vernünftige Menschen kommunizieren, abends bei einem Gläschen Wein?«

Bajazzo ignorierte diesen Vorschlag und zeterte stattdessen weiter: »Oder ihre Haltung zum Essen. Bezüglich des Kulinarischen bin ich im Vergleich zu meiner Frau gelinde gesagt experimentierfreudig. Unlängst gab es im *Kaufhof* Kängurufleisch im Sonderangebot. *Märiänn* wehrte sich sofort dagegen, es auch nur anzusehen, behauptete, es rieche widerlich, sei verdorben – und es sei überhaupt pervers, Fleisch vom anderen Ende der Welt zu erstehen.«

»Womit sie nicht ganz unrecht hat.«

»Ja; aber Lucky: Das war eine Ausnahme – von dem preiswerten Zeug musste ich unbedingt probieren; Sumpfbock, Schlange, Krokodil, Riesenschildkröte, Waran hatte ich ebenfalls verspeist; zuvor, in Frauenaurach.«

»Ah, in dem Großwildjägerrestaurant mit all den toten Tierköpfen an den Wänden.«

»Ja, *Leon Löwings*. Nein, das ist ebenso wenig erfunden wie *Hanns Caspar!*«

»Das *weiß* ich. Solch gediegene Absteigen frequentierst du?! Edel, edel! Jedoch zurück zum Känguru. Ich kann mir denken, warum das Fleisch billig war: Keiner wollte den Mist kaufen; es wird wohl zum Sonderangebot geworden und zuletzt kurz vorm Stinkigwerden gewesen sein. Da kommt ein *experimentierfreudiger* Spinner wie du gerade recht, gerade rechtzeitig ...«

»Du hörst dich an wie *Märiänn*, Lucky. Ich bin enttäuscht.«

»Schon gut! Erzähle: Wie hat es gemundet?«

»Es erwies sich als furchtbar trocken und roch beim Braten unangenehm süßlich. Der abscheuliche *Duft* hing tagelang in der Wohnung.«

»Und du hast es, wie ich dich kenne, trotzdem in dich hineingeschlungen?!«

»Ja, hätte ich es denn *wegwerfen* sollen? Anderswo verhungern ganze Stämme und wir gehen mit dem Essen um, als wäre es Dreck! Ich verpasste dem Beuteltier scharfe Würze, verwendete Chili, Rosenpaprika, Cayennepfeffer, frisch gemahlenen schwarzen Pfeffer, Piri-Piri, Curry, Ras el-Hanout und ...«

»Hör auf Bajazzo! Das ist ja nicht auszuhalten.«

»Szechuanpfeffer; dann ging es leidlich.«

»Du hast – vorsichtig ausgedrückt – eine seltsame Vorstellung von der Essenszubereitung!«

»Na ja, das Mahl hat einigermaßen gebrannt. Im Mund, im Hals und viel schlimmer am nächsten Morgen auf der Toilette. Aber hat *Märiänn* das Recht, sich *derart* zu entrüsten? Nur, weil ich gerne neue Sachen ausprobiere? Und wenn ich deshalb im Klo zu jammern anfange, geht sie das etwas an? Ich halte mich für einen kreativen Koch.«

»... der gerne hin und wieder den Trester von Äpfeln und Karotten in sich hineinfuttert?«

»Behauptet das *Märiänn*? Sie übertreibt! Ich habe davon ein einziges Mal – aus purer Neugierde – gekostet; mir kam so eine Idee. Ich könnte aus dem fast trockenen Früchte- und Gemüsebrei vegetarische Bratlinge machen: Ein wenig mit Milch verdünnt, mit einem Ei verquirlt, mit Salz, Pfeffer und einer Prise Majoran gewürzt, mit Sonnenblumenkernen paniert, sanft in Butter geröstet; dazu einen bissfest gekochten Basmati-, Jasmin- oder einen anderen Duftreis ...«

»Ist das nicht dasselbe?«

»Nein, ähnlich, jedoch nicht dasselbe! ... und eine scharfe Kokosmilchsauce mit Knoblauch, Ingwer und Zitronengras. Wenn du eine Frau hast wie ich, die jeglichen Ansatz von Experimentierfreude mit tiefer Verachtung straft ...«

Bajazzo schnaufte gequält aus.

»Einmal aß ich Brot, von dem sie behauptete, es sei schimmelig. Dabei war nur etwas Mehl vom Rand auf die Schnittfläche geraten. *Märiänn* beschimpfte mich als einen übergewichtigen Müllschlucker, der aus dem Maul stinke ›wie ein Zigeuner aus dem Hosentürchen‹. Sag mal, bin ich verpflichtet, mir das gefallen zu lassen? Die Tante ist einfach krank.«

Lucky lauschte ungläubig. Zwei lückenlos unterschiedliche Sichtweisen und diametrale Standpunkte: Was passierte da? Husserls *Phänomenologie* kam ihm in den Sinn – aber die Idee schien wohl recht hoch gegriffen.

Unterdessen setzte Bajazzo sein zornerfülltes Wehklagen fort: »Die Tante *muss* krank sein. Unlängst suchte ich meinen alten Reisepass. Ich wollte nämlich dem *Tolstoi* – kennst du den? Nicht den Schriftsteller, sondern einen alten Hippie der ersten Stunde; er trägt den Spitznamen wegen der Haar- und Barttracht ...«

»Ich bin mit ihm befreundet. Meiner Meinung nach nennt man ihn *Tolstoi*, weil er auf einer Reise *Krieg und Frieden* im Gepäck mit sich trug, jeden Morgen die am Vortag gelesenen Seiten als Toilettenpapier verwendete und den Vorgang kommentierte: ›Nichts Unnützes mit sich herumschleppen‹.«

»Eine neue Version – spaßig! Ich wollte jedenfalls dem *Tolstoi* die Marokkostempel aus dem Jahr 1972 zeigen, fand jedoch das Dokument nicht. Mannomann, ich stellte echt die ganze Bude auf den Kopf. Soll ich dir erzählen, wie *Märiänn* das hindrehte?«

»Ja. Sie hat es mir erzählt, Hanns-Caspar.«

»Das stimmt nicht!«

Lucky spürte quasi durchs Telefon, wie Bajazzo der Kamm schwoll, wie er sich mehr und mehr in Rage brachte: »Es dürfte dir bekannt sein, dass ich mich für Sprachen interessiere. Unlängst wagte ich es, einen Blick in den Lóng oder Xu Sufang zu werfen, ihre doofen chinesischen Lehr- und Wörterbücher. Was glaubst du, was passiert ist? Sie hat mich beschimpft als Angeber, als Popanz, als Rosstäuscher und was weiß ich noch alles. Ich echauffiere mich *auch* nicht, wenn sie in meinen Chemieschwarten blättert.«

»Tut sie das?«

»Ja. Ich vermute, dass sie da irgendwelche Beweise für ein eventuelles Fremdgehen sucht.«

»Und? Gehst du?«

»Dass ich nicht lache! Mir fehlt bei Frauen das kleine Quäntchen Glück. Bin ich zu dick? Zu doof? Zu hässlich? Sag mir das. Und meinst du, das Bordell bringt mir etwas? Es demütigt mich. Wohin mit meiner sexuellen Energie, Lucky? Bin ich zur Handarbeit verdammt? Das befriedigt selbst mich kaum. Ich halte das alles nicht mehr lange aus. In letzter Zeit betäube ich mich mit Alkohol – jeden Abend ein bis zwei Liter Rotwein und als Absacker einen kräftigen Schluck Orangenlikör aus der Flasche; so kann auch ich friedlich schlafen und rege mich nicht über den Uderzo-Goscinny-Quatsch auf. Warum sich *Märiänn* einst in mich verliebte? Wegen meiner im Überfluss vorhandenen Kohle? Ich weiß es nicht.« Bajazzo hörte sich an, als zwinge er Tränen nieder. »Lucky, Das geht nicht gegen dich: Neuerdings hat sie angefangen, Lucky Luke zu sammeln. Das finde ich noch viel blöder.« Bajazzo verstellte die Stimme und versuchte in einer hohen Tonlage *irgendwie* chinesisch zu klingen: »Da fehlt nul, dass del Illsinn als *Lucky-Lucky-Astelix* auf Chinesisch velöffentlicht wild, hihihi. Ich wülde dil die Zeichen aufschleiben, mein Fleund, wenn du hiel wälst.« Bajazzo redete mit normaler Stimme weiter: »In wie vielen Sprachen gibt es denn die Uderzo-Goscinny-Morris-Comics? Ich vermute ja, dass sich mit all den Übersetzungen Regalwände füllen ließen. Direkt neben meinen Reisebroschüren sehen Sie: *Tusch!* Die IAULL-GA. Das sagt dir nichts? Die Internationale Asterix und Lucky Luke Gesamtausgabe. Und damit nicht genug: Irgendein kranker Altphilologe überzeugte die Herausgeber davon, eine lateinische und altgriechische Version der Gaga-Gallier in die Runde zu werfen: Nun auch in toten Sprachen! Als nächstes wird es Dialektausgaben geben – nicht auszudenken angesichts der Sammelleidenschaft *Märiänns*: Die pseudohistorischen Schundheftchen auf bairisch, fränkisch, schwäbisch, sächsisch, rheinländisch, hamburgerisch, plattdeutsch; gefolgt vom Cowboy, der schneller zieht als sein Kommerzschatten; in Schwyzerdütsch, auf österreichisch, thüringisch …,«

»Bajazzo?«

» … ladinisch, tirolerisch, saarländisch, elsässisch, böhmisch, schlesisch, lausitzisch, holsteinisch, hinterpommersch, uckermärkisch, samländisch, äh … riesengebirgisch, zauchisch-teltowsch, …«

»Bajazzo! Stimmt es, dass es kurz vor drei ist? Ich habe um halb vier einen Zahnarzttermin.«

ALS MARIANNE HANNS kennenlernte, sah es so aus, als ob der Sohn des Bleistiftfabrikanten eine gute Partie sei. Der Schein trog. Die Firma rauschte justament mit wehenden Fahnen in den Bankrott. Punktgenau mit dem Standesamtstermin meldete Bajazzos Vater Insolvenz an, exakter, am Wochenbeginn nach der Hochzeitsfeier, dem *Schwarzen Montag* der Firma Torch & Caspar. Man schrieb den 8.12.1980, ein Datum, das von tiefer, weltweiter Trauer überschattet wurde. Lucky blieb das Essen im Halse stecken, als er – er vertilgte gerade ein Käsebrötchen in der damaligen Wohngemeinschaftsküche – die Radionachricht vom Attentat auf den Exbeatle John Lennon hörte.

Marianne Kämpfert und Hanns Caspar heirateten am 6.12.1980, nicht etwa im winterlich-kalten Deutschland, sondern mit Pomp und Gloria auf den Kleinen Antillen, genauer gesagt der Isla Margarita – einem bezaubernd schnuckeligen venezolanischen Fleck in der Karibik, präziser: am Playa Caribe. Für die Festivitäten, inklusive der Kosten für den Standesbeamten und für die anschließenden Flitterwochen, konnte allemal Geld aus dem Fundus der Casparschen Schweizer Privatkonten erübrigt werden. Die Braut war die Tochter eines bornierten, dünkelhaften Landzahnarztes, der seine Frau zumindest in der Öffentlichkeit stets mit *Darling*, *Sweetheart* oder *Honey* ansprach und ununterbrochen ein Strahlelächeln wie Luxuswerbung für die eigene Praxis vor sich hertrug. Er pflegte zu gegebenem Anlass der repräsentativen Gattin den Arm um die Hüften zu legen und ihren Po zu tätscheln. *Das alles gehört mir!* Und nun platzte er fast vor Stolz auf *my one and only* Tochter, deren Namen er selbstverständlich englisch aussprach, der minderbemittelte Wicht. »*Märiänn-Bäibi*, du bist *biutiful!*«, rief Dr. med. dent. István Kämpfert am Gestade begeistert aus, als während der Trauung endlich die Sonne durch die *romantischen* Wolken brach.

In Wirklichkeit lautete Herrn Dr. Kämpferts amtlicher Vorname Stefan. Er fand das ungarische *István* allerdings viel interessanter, klang sein Name doch dadurch *irgendwie noch* ein bisschen aristokratischer: *Dr. med. Dentist van Kämpfert.*

Bereits vier Jahre vor der *dream wedding* verwendete er freudetrunken dieselbe verbale Entgleisung – »*Märiänn-Bäibi*, du bist *biutiful!*«; und dachte sich: *Beziehungen sind alles.*

Eine Prominentenjury, bestehend aus den Boxzwillingen Manfred und Gerhard Stopfer, dem Fußballtrainer Mark Nochen, dem Sportreporter Werner Dessis, der Fernsehmoderatorin Hannah

Swåder, dem Model Marga Sucht und dem Schönheitschirurgen Werner von Blasen kürte 1976 Marianne zur »*fäntästik!*« Schönheitskönigin von ... nein, nicht von Schneizlreuth, sondern von Franken.

Miss Ottensoos, wie Mitschülerinnen die achtzehnjährige Zwölftklässlerin neidisch titulierten, verliebte sich im Frühling 1979 *unsterblich* in den etwas tapsigen und schüchternen Bleistifterben, der gar nicht wusste, wie ihm geschah: Miss Franken sah hinreißend aus mit ihren schwarzen Haaren, den hellblauen Augen, dem weichen vollen Mund, den Grübchen, die sich beim Lachen bildeten, den ebenmäßigen Zähnen, der Traumfigur; sie war eloquent, charmant, intelligent, sensibel, fröhlich, und zeigte als tiefe Verehrerin des Genossen und Vorsitzenden der Kommunistischen Partei der Volkrepublik China Mao Tse-Tung – *Sie* galt als die Schönste als *Er* starb! – ein Profil, das zumindest politisch im weitesten Sinne zu Bajazzo passte.

Marianne kam einfach nicht darum herum, Asienwissenschaften und speziell Sinologie zu studieren, um dem Idol, *ihrem* Vorsitzenden 毛澤東 wenigstens verbal ein wenig nahe zu sein, dessen formvollendete Wahrheiten sie für überirdisch hielt und teilweise auswendig kannte, etwa: *Kritik soll zur rechten Zeit erfolgen. Man darf sich nicht angewöhnen, erst dann zu kritisieren, wenn etwas passiert ist*, oder *Worauf auch der Kommunist stößt, er muss stets fragen:* Warum? *Er muss es allseitig und selbständig durchdenken; [...] man darf in keinem Fall blindlings mitlaufen und sklavischen Gehorsam fördern.*

Keine sechsunddreißig Monate nach dem *honeymoon* auf den Kleinen Antillen war die Ehe von Hanns und Marianne nicht mehr zu retten. Zwar ließen sie sich nicht scheiden, strebten aber auseinander wie zwei Teilchen, die unbedingt eine neue chemische Verbindung eingehen müssen: Marianne, schwanger von einem gewissen *Dr. Heiner Keiner-Weiß*, verschwand im Lenz 1983 in der Schweiz, Hanns verzog sich im Frühsommer desselben Jahres nach Indien und bald schon in den *Sri Aurobindo Ashram*.

LACHE BAJAZZO – die Komödie ist aus!

»LUCKY, DU BIST *so* ein Arschloch. *So* ein Arschloch!«
Aus der Richtung, in der Anand Kämpferts Bus in einer ekligfeuchten Septembernacht des Jahres 1986 auf einem Stellplatz im Norden der Nürnberger Altstadt stand, hörte man bald nach der

mehrmals wiederholten in der Lautstärke beständig anschwellenden Beschimpfung des nicht anwesenden *besten Freundes* heftiges Schnarchen und später das Fluchen, Jammern und Stöhnen eines betrunkenen *Vagabunden*.

III

«L'acqua che tocchi de' fiumi è l'ultima di quelle che andò e la prima di quella che viene. Così il tempo presente.»
(Leonardo Da Vinci)

Lucky lag auf dem Rücken. Er fühlte sich wie festgetackert. Einerseits erfüllte sich vorhin ein lang gehegter Traum, andererseits: Was hatte er im Augenblick davon? Nichts. Außer zwei eingeschlafenen, kribbelnden, prickelnden Unterarmen.

Tausende imaginärer Ameisen wuselten ihm über die Haut – nein, schlimmer: Unzählige winzige Liebespfeile prasselten auf ihn ein und piesackten ihn. Zu viele, die ein *Amor en miniature* mit einer von Leonardo Da Vinci extra für ihn erfundenen drehbaren und pausenlos nachladbaren Orgelarmbrust *ohn' Unterlass*, wie es so treffend in *Die Internationale* heißt, auf ihn abfeuerte, Hunderte synchron und die Salven im Sekundentakt: Schwirr, schwall, schwirr, surr, flirr, surr, sirr!

»Die Gegenwart hört wohl niemals auf.«

Er zog, möglichst ohne jemanden zu wecken, erst den linken Arm unter dem Nacken von Lydia hervor, dann den rechten unter dem Oberkörper der wesentlich gewichtigeren Mitbewohnerin René und quälte sich, indem er sich vorsichtig über sie wälzte, leise aus dem durchgelegenen Bett. Aus eigener Erfahrung wusste er, dass die Zimmernachbarin ratzte wie ein Murmeltier – nichts und niemand war in der Lage sie wach zu bekommen, wenn sie einmal schlief. Mit blutleeren Händen sich abzustützen schien aussichtslos, das Anziehen irgendwelcher Klamotten erwies sich als ganz und gar unmöglich. Stattdessen hielt er die Oberarme waagerecht vom Körper abgespreizt nach vorne, die Unterarme im rechten Winkel nach oben, eine Art Gottesanbeterin- oder Zombiehaltung, wie er analysierend feststellte. Ihm wäre fast ein Lachen ausgekommen, als er versuchte, mit dem Ellbogen Türen zu öffnen und zu schließen – absurde Situation. Bevor er nackt in die Küche schlich, um dort zu warten, bis das Gefühl in seine Vorderhufe zurückkehrte, warf er einen Blick aufs Lager. Im trüben Schein der Straßenlaternen erkannte er, dass Lydia und René zur Mitte rollten und sich nun gegenseitig anschnauften: Gesicht an Gesicht. Leise zischte er: »Scheiße Bajazzo, warum hast *du* denn *die Bettina* nicht abgeschleppt? Du bist *so* ein Idiot. *So* ein Idiot!«

Wenige Augenblicke später saß er fröstelnd am Esstisch und ließ im Geist das Ende des gestrigen Abends an sich vorüberziehen.

LYDIA, BAJAZZO UND LUCKY gaben sich in der Punkkneipe gepflegt die Kante. Lydia, das Klappergestell, sie brachte, wenn überhaupt, knappe fünfzig Kilogramm auf die Waage, war nach drei Bieren blau; Bajazzo und Lucky hatten zu *der* Zeit bereits jeweils fünf. In diesem Zustand meinte Hanns, er müsse sich Mut antrinken und orderte »Mūn̠ru Ejagulatoren silvublee! Was stehen für Obstbrände auf der Karte, Lydia?«

»Klare?«

»Klar!«

»Also:« Lydia zählte auf. »Zwetschger, Williams, Himbeergeist, Kirschwasser, Schlehengeist, fränkischer Bierschnaps, Tiroler Zirbengeist, Obstler, Erdbeergeist, Marillenbrand, Quitte, Vogelbeere, Wildkirsche, Feigenbrand, Pflaumenwasser, Bärwurz, Blutwurschtl – Verzeihung –, Aprikose und ...« sie machte eine Kunstpause »... ein besonderer Brand: Pogauner aus der Nähe des fränkischen Ortes Oberrüsselbach; ein ganz teuerer!«

»Euer Chef ist wohl ein Fan geistiger Getränke!«

»Das kannst du laut sagen. Wenn der Umsatz stimmt, *zeigt* er uns Bediensteten gut gelaunt seine Whiskeysammlung und das endet meistens in einer Katastrophe.«

Bajazzos Spirituosengelüste änderten sich, kaum sprach Lydia den Satz zu Ende: »Bring uns drei Greenore Single Grain, den fünfzehnjährigen. Habt ihr so etwas?«

»Oh, da kennt sich einer aus«, wunderte sich *die Bettina*. »Ja, *so etwas* steht im Regal.«

Lucky fügte hinzu: »Ui, da lässt einer den *Feinen Maxe* heraushängen. Sag mal, hat eure Bleistiftfirma nicht Konkurs angemeldet vor fünf Jahren?!«

»Vor sechs! Behaupten ehemals betuchte Leute, sie seien mittellos, muss das nicht heißen, dass sie pleite sind. Beispielsweise heute ... Meine Mutter ... Ach, davon erzähle ich dir ein anderes Mal.«

LYDIA SERVIERTE BETRUNKEN und doch stilvoll in höchster Vollendung, weigerte sich aber in einem Anflug von Körperbeherrschung und Vernunft, die irische Spezialität zu kippen. Bajazzo *opferte* sich. Ein Bier später erlebte er ein »Deux Chevaux – 'alt! Déjàvu«: Aus Anlass der zweiten Lage aus dem Hause Cooley gab Lydia ebenfalls den vollen Tumbler an den Spender weiter.

»Zeitsprung?«, bemerkte A. Kämpfert alias H. Caspar und »Wir kommen nie mehr hier raus!«

Alle waren *Extrabreit*. Die Musik der gleichnamigen Versagerband drang zu ihnen in den Nebenraum: *Hurra, hurra, die Schule brennt [...] Sie stehen zusammen dicht bei den Flammen bis die Sonne untergeht. Die Feuerwehr hat es doppelt schwer.*

»Zeitsprung! Es gibt keinen Zufall.« Bajazzo lallte. »Lydia, wenn der Agi-lilli-Alli, der Gladiator geleert sein wirst, äh wird, bringst uns noch eine Schlucks, äh, Runde? Und zum Abschlund [sic] drei Stamperl fränkische Wildhirschen? -kirschen. Sonst kommen wir nie wieder raus aus dem Hügelbeet, nee: Prügelbett ... *Bügelbrett*.«

»Letzte Bestellung! Jetzt ist sowieso gleich Schterr... Sperrsch... tunde«, ließ Lydia die beiden Szeneopas wissen. »Blast eure Kerzen aus. Ich habe Feierabend.«

Später, es tröpfelte, standen sie auf der nass glänzenden Straße frierend in der kalten Nachtluft. Es hatte wohl während des Kneipenaufenthalts wie aus Kübeln gegossen. Lydia nahm sich ein Herz und küsste Bajazzo auf die Wange in Erwartung, dass er reagiere und sie spüren lasse, wo sich der Mund befindet. Der, stocksteif wie ein bockiger Esel, bewegte sich zuerst nicht, schwankte dann ein wenig wie ein altes überladenes Maultier, wohl, weil die *ganz individuelle Straße* unter den *total persönlichen Füßen* wellenförmig hin- und her schwappte, und stammelte schließlich ein »Gute Nacht!«, ohne sich erkennbar von der Stelle zu rühren. Lydia hielt einen Moment lang inne, suchte Hanns' Blick und ... fand nichts als abwesende Glasigkeit, Nebel im präfrontalen Cortex. Sie wandte sich Lucky zu, der von allen der Nüchternste zu sein schien, nahm unbewusst die vertrauenerweckende Übersicht in dessen Augen wahr, ergriff kurz entschlossen Glücks Hand und murmelte »Zu dir? Nur schlafen, kein Sex!«

»Keine Angst; betrunken bereitet es mir eh kein Pläsier. Außerdem muss ich meiner Freundin gegenüber ein Versprechen halten und ich *will* ja gar nichts von dir!« *Frauen sind manch mal echt leicht zu durchschauen*, dachte Lucky.

Es fing wieder heftig zu regnen an. Auf dem Nachhauseweg stolperte Lydia einigermaßen unkontrolliert neben ihrem *Beschützer* her. Glücklicherweise hängte sie sich an dessen starken Arm, sonst wäre sie mindestens einmal auf dem Pflaster oder in einer Pfütze gelandet. So jedoch passierte kein Malheur. Unter betrunkenem Kichern und Nonsensreden kamen sie verschwitzt und klatschnass in Luckys Kemenate an – im dritten Zimmer links im zweiten Stock der Vormannstraße achtzehn – und entledigten sich der feuchten Klamotten. Lucky hängte die Kleidungsstücke nebeneinander über den alten Elf-Rippen-Ölradiator, schaltete auf klein und landete mit Lydia nackt im Bett. *Die Bettina*, kalt wie ein Fisch, kuschelte sich an ihn, dessen Körper – wie fast immer – behagliche Grundwärme ausströmte. Es dauerte keine drei Minuten, bis sich Lydia entspannte und tiefe Atemzüge anzeigten, dass sie wie ein Engel schlief: unschuldig und angstfrei – besoffen halt.

Lucky machte es sich bequem. Er klemmte sich in Ermangelung einer *Bettwurst* ein Kopfkissen unter den Nacken, drehte die zur Linken liegende Lydia auf die linke Seite, schob den linken Arm unter den Nacken *der Bettina* und zog sie zu sich heran. Zu guter Letzt drehte auch er sich nach links. Dass man in dieser Lage wenig Magensperenzchen und Gleichgewichtstheater zu erwarten hat und Alkohol leichter und schneller verdauen kann, war von ihm in einigen Selbstversuchen erprobt worden. Lucky platzierte den rechten Arm auf Lydias Minibusen; bald schon begann er wegzudösen.

Das Wort *Bettwurst* fand nachhaltig Eingang in sein Vokabular, weil er sich wiederholte Male Rosa von Praunheims Spielfilm mit Luzy Kryn und Dietmar Kracht in den Hauptrollen ansah. *Die Bettwurst* gehörte zu Luckys Lieblingsstreifen. Er kannte viele Dialoge nahezu auswendig: »Ich liebe dich, Luzi! Ich liebe dich unwahrscheinlich! […] Deine Haare und alles. […] Ich brauche dich jeden Sekunden, jeden Sekunde wie der Hauch des Lebens, wie die Luft wo ich atme. […] Du hast es ausgeplant, diesen schmutzigen Plan! […] Ich flehe dich an, tu ihr nichts. Ich flehe dich! […] Ist das ein Dolch, das ich vor mir erblicke? Der Griff ist zugekehrt. Komm, lass dich packen. […] Oder bist du nur ein Dolch der Einbildung? […]«.

Oft – und so auch jetzt – nahm Lukas Glück während des Hinüberdämmerns Köpfe vor dem inneren Auge wahr, transparente, fluoreszierende goldfarbene Köpfe vor neutral schwarzem Grund, die langsam um die eigene Achse rotierten. Dagegen konnte und wollte er nichts unternehmen. In der Drehung verwandelten sich die Gesichtscharakteristika. Manchmal glaubte Lucky, den Menschen zu kennen, zu dem die kontemporäre Erscheinung gehörte – und bevor es zu einer Identifikation kam, änderte sich alles wieder. Später entglitten die Gedanken seiner Kontrolle. Ihm deuchte nichts mehr, stattdessen dachte das Freudsche *Es* ihn: *Glühbirneninfusion & Ledermilch mbH*. Es dunkelte vorm inneren Auge.

RENATE – *MEINE FREUNDE nennen mich René!* –, bekleidet mit einem langen weißen Großmutternachtkleid und pinkfarbenen Bettschuhen, sie fand, dass beides der letzte Schrei sei, pochte leise an Luckys Tür. Ohne eine Reaktion abzuwarten öffnete sie einen kleinen Spalt.

»Lucky?« Sie wisperte. »Lucky, schläfst du?« Da sich außer einem entspannten leisen gleichmäßigen Schnarchen nichts rührte, schlüpfte sie lautlos in sein Zimmer und zupfte an der Bettdecke. Ein schlaftrunkenes Brummeln folgte.

»Lucky?!« Sie flüsterte lauter. »Wach mal auf, bitte!«

»Scheiße. Was ist denn?« Lucky drehte sich von Lydia weg auf den Rücken. »Ich bin betrunken und nicht alleine. Siehst du das nicht?«

»Nö. Dass du betrunken bist, rieche ich, dass jemand neben dir liegt, habe ich nicht bemerkt ... Egal. Ich ängstige mich vor dem Willi. Vorhin beim Sotos ...«

»Der heißt Σωτήρης!« – Sotiris – murmelte Lucky, der den Sinn der komplizierten Sätze im Moment nur erahnte.

»Ja, ja, beim *Sotos* drüben in der Kneipe hat es Streit gegeben und danach ist er wutentbrannt abgedampft. Wahrscheinlich in die *Laderhütt'n* am Kohlenhof oder sonst eine 24-Stunden-Absteige. Wenn der besoffen heimkommt ... du weißt, wie aggressiv der Mistkerl werden kann. Und jetzt ist es nach drei.«

»Wieso bleibst du trotz all der Kacke bei dem Volldeppen?«

Renate zog eine spitze Schnute und zuckte mit den Schultern. Lucky sah das zwar nicht, aber er kannte die Körpersprache dieser Frau, und da sie nichts von sich gab, stellte er sich ihre Gesten einfach vor. *So* schief lag er nicht mit jener Vermutung.

»Tja, wo die Liebe hinfällt ...«

»... steht sie nimmer auf. Lass die dummen Sprüche, Lucky, sie sind bekannt.«

»Okay, Mädel. Magst unter der Bettstatt schlafen? Da findet dein Willi dich nicht.«

»Blödmann!«

Von Lydias Seite kam ein Protestbrummen, Lucky und die Zimmernachbarin scherzten wohl etwas zu laut. Die *Tattooed Lady* knackte trotzdem weiter.

»Meinetwegen; klettre herein. Wo Platz für zwei ist, genügt er auch für drei.«

»Soll ich die Türe absperren, Lucky?«

»Unfug. Der *Cebil* hat Angst vor mir. Der traut sich nachts nicht in mein Zimmer – und wenn doch, riskiert er eine dicke Nase.«

René stellte ihre Bettschuhe auf Luckys abgenutzten Flokati – sie kannte seine wohlige Körpertemperatur. Dann schlüpfte sie auf der rechten Seite zu Lucky unter die Decke.

»Gib Ruhe. Ich will einfach nur pennen.«

»Ich ebenfalls. Oh, du heizt aber wieder! Nimm mich in den Arm, bitte. Und lass mich meine Füße zwischen deine Beine stecken: Vorsicht, kalt!«

»Macht nichts. Gute Nacht.«

Mit Lydia zur Linken und René zur Rechten schlief Lucky augenblicklich wieder ein: Schnaps und Bier forderten Tribut. Für einen Außenstehenden musste es einigermaßen unvernünftig erscheinen, dass da einer auf dem Rücken lag und schnarchte – umrahmt von selig schlummernden Mädchen, die schwer auf den Armen lasteten. Hier schien *El sueño de la razon* gerade ein Monster zu gebären, dessen Vordertatzen in Kürze aus Abertausenden von unsichtbaren Ameisen bestehen würden. Glücklicherweise war kein Außenstehender da. Der hätte bestimmt nicht *auch noch* in das 1,50 Meter breite Nachtlager gepasst und wäre – Glück für alle – außen stehend geblieben.

Das *Capricho Nº 43, El sueño de la razon produce monstruos, Der Traum der Vernunft gebiert Ungeheuer*, eine Aquatintaradierung von Francisco José de Goya y Lucientes, hing als billiger Kalenderdruck aus dem Jahr 1978, dem 150. Todesjahr Goyas, über Luckys Bett, eingeklemmt in einem *Clipfix*, einem rahmenlosen Bildhalter mit Antireflexglas. Die Stadtsparkasse verteilte in ihren Filialen kurz vor Weihnachten stets kostenlose Kunstkalender fürs Neue Jahr an die Kunden.

WIE MAN WILHELM ZECHERN, einen Kürschnergesellen, in die Wohngemeinschaft hatte aufnehmen können, wusste niemand der fünf anderen Genossen und Genossinnen mehr – sie gaben sich gegenseitig die Schuld. Renate behauptete, Barbara habe ihn abgeschleppt und darauf insistiert, dass er *unbedingt* einziehen müsse; die wiederum vermutete, dass Gerd seinen alten Klassenkameraden aus der Hauptschule in die Runde einführte; Gerd stritt das ab und erinnerte daran, dass sie sich zufällig beim Sotos … »Der heißt

Σωτήρης!« ... ja, ja, Lucky, beim *Sotos,* getroffen hätten und keine(r) dagegen gewesen sei, ihm das kurzfristig vakant gewordene Zimmer anzubieten. Lucky hingegen widersprach dieser Version: er sei schlicht übergangen worden.

Willi, mit knapp fünfundzwanzig Jahren der Zweitälteste in der WG, lief sommers wie winters mit einem selbst genähten Mantel aus weißen Kaninchenpelzen umher und kam sich vor wie eine Mixtur aus Zuhälter und Indianerhäuptling, eine feiste Gestalt, die es in zartem Alter bereits auf gut zweihundert ℔ Körpergewicht brachte. Im Verhältnis zu 1,78 Metern Körperhöhe war das eine Menge. Ein unverwechselbares, bescheuertes Grinsen schien ihm ins Gesicht gewachsen zu sein.

Ein weiteres wesentliches Merkmal stellte Willis Klugscheißerei dar. Er fing unlängst damit an, Violoncello zu lernen. Dabei war er nicht besonders musikalisch, gelinde gesagt. Bevor er mit dem Cellospielen begann, bediente er die Bassgitarre in einer miserablen Bluesband. Er entfernte – »Ich spiele jetzt Jazz!« – aus dem Hals eines halbakustischen *Beatlesbasses* die Bundstäbchen und schmierte die entstandenen Schlitze mit Fensterkitt zu. Das führte dazu, dass er keinen der paar Töne, die er kannte, mehr richtig intonierte – außer den leeren Saiten, falls sie gestimmt waren – und dauernd mit Fingern herumlief, die linkerhand nach Leinöl stanken und nicht gerade sauber aussahen.

Das gab für ihn wohl den Ausschlag, *auf Chello* [sic] umzusteigen. Von Schlüsseln, Vorzeichen, Tempo- und Rhythmusangaben hatte er ebenso wenig Ahnung wie vom Unterschied zwischen Viertel-, Achtel- oder gar Sechzehntelnoten. Er wusste nichts mit den Begriffen *Grundton, kleine und große Sekunde, kleine und große Terz, Quarte, Quinte, verminderte Quinte, übermäßige Quarte* und so weiter anzufangen. »Übermäßige was? Verminderte was? Das *gibt* es schlechtweg nicht! Sekunde: Braucht's für Töne neuerdings eine Stoppuhr?!«

Desgleichen blieb ihm die Bedeutung von Tonika, Subdominante und Dominante dunkel, von Parallelen und Medianten ganz zu schweigen.

In der ersten Unterrichtsstunde teilte er dem Cellolehrer mit: »Das Notensystem mit seinen läppischen – wie viele sind es? Eins, zwei, ... – fünf Linien, der Bassschlüssel und die Art, die Tonhöhe aufzuzeichnen: alles Narretei und viel zu kompliziert. Ich werde über Musik meditieren und in der Folge damit beginnen, ein neues System zu entwickeln, das es jedem erlaubt, sofort ablesen zu können, wie man etwas interpretieren muss.«

Später verstieg er sich dazu, auf dem Zweiten Bildungsweg *das Abitur zu machen,* nur um an der Universität Erlangen im Fach Musikwissenschaft und Musikgeschichte zu scheitern und sang- und klanglos unterzugehen. Überhaupt sah er sich gerne in der Rolle des Erfinders praktisch-genialer revolutionärer Sachen.

Eines Tages entwickelte er das *Löfser,* ein löffelförmiges Steakmesser. Dazu besorgte sich Wilhelm Zechern – Nota bene: Sprich *Zeechern* für fränkisch *Zeh* – einen alten großen Suppenlöffel, hämmerte ihn auf einer Seite flach und gerade und schliff diese scharf wie ein Rasiermesser. Anschließend zeigte er dem Rest der WG, wie die berühmte Erbsensuppe mit Wiener Würstchen à la Zechern *richtig gegessen* werden muss. Die übel aufgeschlitzte Backe brachte ihm endgültig den Spitznamen ein, der ihm längst gebührte. Lucky nannte ihn ab jenem Moment, der geprägt war von jämmerlichem Fluchen und Wehklagen und einem wunderbaren Farbenspiel aus Blutrot, Wurstbraun und Erbsengrün in der Terrine ... Er nannte ihn hochoffiziell den *Cebil.*

Aus Zechern Wilhelm wurde Zeh Willi, Zeh Billy und schließlich Zeh Bill, eine Silbenkombination, die dem Wort, das eine leichte geistige Behinderung ausdrückt, sehr nahekommt – der Intelligenzquotient liegt hier zwischen 50 und 69; laut Lucky rangierte *cebil* vor *debil,* weil im *Analphabet* das *c* vor dem *d* kommt: IQ unter 50!

CEBILS UNERSÄTTLICHKEIT kannte keine Grenzen. Es schien ihm egal zu sein ob Gerds selbstgefangene gebackene Karpfen mit Kartoffelsalat und Knoblauchremoulade auf dem Speiseplan standen, Lucky Schweinsbraten mit Knödeln anbot, Renate die sagenhaften Spaghetti mit Fleischsauce, Barbara Hirseküchlein mit Äpfeln, Zwiebeln und Kartoffelbrei oder Inge ihr Einzugs-Convenience-Kalbsragout mit *Knack & Back*-Hörnchen präsentierte – stets hielt Cebil eine imposante tiefe Schüssel bereit, deren Rand er einst mit roter Lackfarbe markierte: *Meine!* Er fand die Beschriftung *witzig.* Begann das Mahl, holte er *seine* eiskalte Tüte Milch, die er eine halbe Stunde vorher im Tiefkühlfach deponiert hatte. Er goss davon möglichst viel ins hastig mit Essen voll geschaufelte Gefäß, manschte alles durcheinander um den Inhalt schnell lauwarm zu bekommen und schlang den eklig grauen Brei hinunter, bevor die Wohngenossen auch nur zu Gabel und Messer griffen. Dann lud er eine zweite Riesenportion auf. Diesmal sparte er sich die Kühlung und aß etwas langsamer.

Kam Cebil, der egoistische Nimmersatt, mit Einkauf, Putzen, Abwasch, Telefonabrechnung oder sonstigem Verwaltungskram an die Reihe, fuhrwerkte er in unglaublichem Tempo und entsprechend schludrig herum. Er vertrat die abstruse Idee, dass man über mehr Freizeit verfüge, wenn unangenehme Sachen in Windeseile hinter sich gebracht werden, und mokierte sich unverhohlen über Gerd, den gewissenhaften und bedächtigen Anglertypen. Bei Wilhelms hektischen *Tätigkeiten zum Gemeinwohl* gingen viele Dinge zu Bruch und mussten neu angeschafft werden. Außerdem strotzte die Buchführung vor dämlichen Fehlern – dergestalt bescherte er den anderen neben unnötigen Kosten ganz eigennützig zusätzliche Korrekturarbeit.

Auf die Frage, ob er nicht das Doppelte in die Haushaltskasse legen könne, weil er für drei fräße, antwortete er rigoros, keinen Widerspruch duldend, dass das kleinlich sei. Ob die Mitbewohner die Rationen in Zukunft per Küchenwaage zuteilen und nach Gramm abrechnen wollten? Und überdies messe sein Zimmer keine sechzehn Quadratmeter, das von Barbara – *meine Freunde nennen mich Baba!* – einundzwanzigkommafünfsieben: Wieso er genau so viel Miete und Heizkosten zu zahlen habe?

Als sich »meine Wenigkeit« Cebil eines Abends in aller Öffentlichkeit über den angeblich mangelnden Liebreiz von Gerds neuem Herzblatt Isabella lustig machte und ein paar Stunden später im griechischen Stammlokal der WG sich anschickte, Renate zu verprügeln, verlor Lucky die Contenance. Das Fass lief über: Der gewöhnlich stets die Übersicht wahrende und friedliche Lukas Glück packte Cebil am Karnickelkragen, zerrte ihn vor die Kneipe, verpasste ihm mit der Faust eine blutige Nase und schleuderte ihn in den Rinnstein.

Der wimmerte nur feige und stammelte: »Mantel dreckig, Kragen zerrissen: Reparatur und Reinigung zahlst du, sonst ...«

»Sonst?«

Cebil blieb die Antwort schuldig.

»AH! ENDLICH.« Das Kribbeln in Luckys Unterarmen ließ nach, das Gefühl kehrte zurück. So etwas Lächerliches: Lucky saß unbekleidet und nach wie vor ein wenig betrunken in der WG-Küche, fror und führte leise Selbstgespräche: »Was tun? Ich könnte mir ein heißes Bad einlassen. Aber das brächte womöglich die der WG eh nicht gut gesonnenen Nachbarn aus dem ersten und dritten Stock wieder auf die Palme und riefe schon morgen die Vermieterin, Frau Geiger, nebst ihrem Rechtsanwalt und Duzfreund Dr. Schwanzer auf den Plan. Und meine Mitbewohner? ›Lucky, was ist in dich gefahren? Du gönnst dir doch nie ein Wannenbad? Zumindest allein nicht! Und jetzt mitten in der Nacht! Bist du etwa krank?‹«

Baden war eine ausgesprochen schlechte Idee. In heißem Wasser fröre Lucky zwar nicht. Trotzdem wäre er weiterhin nackt und das Problem bloß um ein halbes Stündchen verschoben. Und wie sehr fröre er in frisch gebadetem Zustand? Werde er dann nicht *noch* heftiger bibbern und mit den Zähnen klappern als im Moment? Zurück zu schleichen ins Zimmer und sich zwischen Lydia und René zu quetschen erschien ihm ebenfalls unpassend, war er doch gerade dabei, nüchtern zu werden! Nein, er wollte die Mädchen nicht mit einer peinlichen Erektion aus dem Schlaf reißen. Plötzlich erschloss sich Lucky die Lösung und er murmelte befreit: »Na klar! Ich lege mich in *Renés* Bett. Warum fällt mir das erst jetzt ein? Ich wäre fast erfroren!« Gesagt, getan.

Renates Bettzeug duftete einfach *zu* gut. Darum schlief Lucky nicht *gleich* ein, sondern erst nach etwa zehn Minuten. Dafür zufrieden, erleichtert und mit der für ihn gewohnten, behaglichen Körperwärme. René würde morgen ein paar belanglose Flecken in ihrem Bett zu tolerieren haben.

Es begann zu dämmern, als sich jemand an der Tür zu schaffen machte. Ein heftiger Schluckser beutelte ihn. Offenkundig suchte er die Klinke auf der falschen Seite: »Wo ist das ɓ[1] blöde Ding?« Er fand sie geraume Zeit später. Sogleich fing er an zu lallen, jedes Wort entströmte seinem Mund langsam und einzeln; zäh und undeutlich.

»Sch-schuck, Sch-schnucki ɓ, ich bin's, dein Billy. Tut mir leid ɓ, das von vorhin; darf ich rein zu dir? ɓ Bitte.«

Rund ein Doppelzentner Schwabbelfleisch quälte und schälte sich aus dem Karnickelpelz und den restlichen Klamotten und ließ den Hintern ächzend aufs Bettgestell plumpsen.

»ɓ Bist du mir böse?« Und nach längerer Pause: »Du redest wohl ɓ nicht mehr mit mir, Sch-schlampe. Sch-schläfst du? Wenn nicht, hau ich dir eine ɓ rein, weil du nicht mit mir sch-sch-prichst. ɓ«

---

[1] ɓ ist das Lautschriftzeichen für den stimmhaften bilabialen Implosiv, ein b mit nach innen – statt wie stets im Deutschen nach außen – gerichtetem Luftstrom; vergleichbar dem Geräusch, das entsteht, wenn man beim Schluckauf den Mund verschließt.

Dann blieb es still, abgesehen von ein paar »b«s, die unkontrolliert in Cebils Mund hineinhopsten. Endlich drang eine revolutionäre Erkenntnis in sein Hirn und er murmelte: »b Die sch-schläft!«

Nachdem er eine Zeit lang auf der Bettkante sitzend leicht schwankend blöde vor sich hin geglotzt hatte, drehte er die vermeintliche Freundin auf den Rücken, zog die Zudecke zur Seite und schob sich über Luckys Körper.

Der war längst hell wach und harrte der unvermeidlichen Dinge. Unvermittelt raunzte er den verdatterten Mitbewohner an: »Sag mal, tickst du nicht richtig? Du willst eine schlafende Frau vögeln? Besoffenes Stück!« Lucky fühlte sich vollkommen nüchtern. »So, Cebil! Es reicht: Du verschwindest sofort in deiner Stube, andernfalls prügle ich dir das bisschen Kaninchenverstand aus dem Blauwalkörper. Und morgen packst du und schleppst Elefantenarsch und Siebensachen heim zur Mama oder sonst wohin, endgültig.«

Der antwortete ebenso kleinlaut wie verwundert: »Was machst du hier? Im b Bett von Renate!«

»Das geht dich nichts an. Ich sage es dir ein letztes Mal: Verdufte ins eigene Zimmer. Und hör auf mit dem dämlichen b.«

»Das b kann ich nicht.« Cebils Stimme klang weinerlich.

»Werde nüchtern, Näheres morgen. Und tschüss!«

Ohne ein weiteres Wort zu verlieren, raffte – nein: schaufelte – Cebil die Stinkeklamotten zusammen, schwankte mit dem einen und anderen einwandfrei artikulierten *b* hinaus auf den Gang und ins gerade eben von Lucky selbstherrlich *enteignete* Appartement.

DRAUSSEN BRACH ein neuer, kalter trüber Tag an. Regen prasselte an die Scheiben. Lucky litt unter Kopfschmerzen, Ohrensausen, Sodbrennen und einem widerlichen Geschmack auf der Zunge. Er sah sich um. Auf Renés Nachttisch befand sich eine offene Colaflasche; ohne Kronkorken. Ein kleiner Schluck war noch drin. Er stürzte ihn hinunter.

Pfui Teufel, igitt. Ohne Kohlensäure kann man das Zeug schier nicht saufen. Es schüttelte ihn. *Oh Mann, was für eine Nacht! Am liebsten verbrächte ich die nächsten zwölf Stunden im Bett. Aber das haut ja nicht hin! Meinen Zahnarzttermin muss ich heute wahrnehmen, denn* wenn die Ringelnatter ringelt / und die Fischlein gehn zu Fuß / Hört! Die Osterglocken pfeifen / Was sein muß, das muß sein muß. Lucky zitierte im Geist aus *Expressionistischer Gesang* von Karl Valentin. *Ich kann das Date nicht ein drittes Mal verschwitzen, der alte Dr. Kämpfert steigt mir aufs*

Dach. Glücklicherweise habe ich erst für den Nachmittag etwas ausgemacht. Und? Soll ich liegenbleiben oder mich in mein Zimmer schleichen und Klamotten holen? Was tun, falls die Mädels aufwachen? Und überhaupt: Wie werden sie sich verhalten? Was für ein Scheiß! Lucky warf sich auf den Bauch und vergrub das Gesicht im Kissen. *Hm; Frau Nachbarin riecht wirklich gut!* Er entschloss sich, in Renates *Bett* den in Bälde anstehenden Ereignissen entgegenzusehen, vielmehr entgegen zu schlafen, vielleicht würde er ja tatsächlich ein weiteres Mal wegdämmern.

Nach einer Weile begann *Es* wieder, *ihn* zu denken: *capitolertragsteuermannüberbordendefreudenhausmeisterpentinselefantastischdekorationalleinbruchsalines – Bruchsal? Ines? – in Es-Dur, drei b Vorzeichen: ♭ ♭ ♭!* Er schreckte hoch. Ines in Bruchsal anrufen – wird mal wieder Zeit! Die Gegenwart hört wohl nie auf? Doch, im Schlaf; im Tod. *Lydia oh Lydia, così il tempo presente* – so ist die Gegenwart. *Ich hätte die Cola nicht trinken sollen.* Den süßlichen Geschmack auf der Zunge empfand er als abscheulich, die Wirkung des Coffeins ebenso. Außerdem schmuggelte sich eine Melodie in seinen schwer lädierten Schädel, eine Komposition von Mario Lanza, der ohne sich zu schämen auch für den Text verantwortlich zeichnete. Lucky kannte das Lied aus dem Marx-Brothers-Film *In der Oper* aus dem Jahr 1935: *Così cosa! It's a wonderful word, tra-la-la-la. If anyone asks you how you are it's proper to say così cosa!*

Nein! Stopp! Lucky, weiterhin auf dem Bauch liegend, packte das Kopfkissen, zog es unter sich hervor und legte es auf den Hinterkopf, in der Hoffnung, Mario Lanzas Schnulze würde aufhören, ihn zu quälen. Die entfernte Kirchturmuhr zählte acht Schläge herunter. »Was, so früh?! Mist«, murmelte er.

Lucky gelang es einfach nicht, noch einmal einzuschlafen, obwohl er sich hundemüde und wie gerädert fühlte. Also schlich er sich unbemerkt zur Toilette und entleerte Darm und Blase. Draußen vor dem Fenster sah es sehr kalt aus. Trotzdem entschloss er sich, den Lokus zu lüften, kurz und kräftig. Unterdessen *borgte* er sich ein Maul voll aus Gerds imposanter weißer Plastikflasche. Sie sah aus, als berge sie in sich einen Abflussreiniger und trug die Aufschrift Оралнi антисептик ектра стронг – *Oralni Antiseptik ektra strong.* Auf diesen Rachenputzer schwor der Wohngenosse bei allen guten Geistern der humanen Mundflora. Gerd entdeckte sie während eines gewerkschaftlich organisierten Jugoslawienurlaubs in Belgrad und brachte sie nach Hause mit. Nun mochte er nie mehr darauf verzichten: »Das Zeug spart mir zeitaufwendiges Zähneputzen! Und den Zahnbelag reibe ich mit dem Träger meines Unterhemdes ab. Leute! Finger weg davon, es bedeutet für mich einen Riesenaufwand, Nachschub zu besorgen.«

Lucky schob die Flüssigkeit von Backe zu Backe, bis er das Brennen nicht mehr aushielt, spuckte die giftblaue Sauce ins Waschbecken und soff anschließend wie ein Verdurstender direkt aus dem Hahn den guten *Rannasprudel*. So hieß im Volksmund das Trinkwasser für den Norden Nürnbergs aus dem Gewinnungsgebiet Ranna im Veldensteiner Forst.

Erleichtert zog er sich in Renates Bett zurück, war aber wegen der Alkoholnachwehen weiterhin genervt. Darum frönte er einer alten Angewohnheit. Wenn Lucky sich unwohl fühlte, nicht fähig, etwas Sinnvolles anzufangen, Schmerzen erlitt oder lästige Gedanken verdrängen wollte, suchte er sich ein Thema aus und kopfrechnete: *Noahs Arche misst laut* Genesis 6/15 *131 m in der Länge, 22 m in der Breite und 13 m in der Höhe. Nun soll von jeder Art ein Paar in den Kasten. Bei 30.000 Arten, 950.000 Insekten- und 28.500 Fischarten weggelassen, ergibt die Rechnung im Ganzen etwa 110.000 unterzubringende Geschöpfe, denn Noah muss laut* Genesis 7/1ff. *von den Vögeln – allein 9.900 Arten – und den reinen Viechern je sieben Paare mitnehmen. Aufgrund der drei vorgeschriebenen Stockwerke – die sind luxuriöse 4 m hoch – ergibt sich eine Stellfläche von 8.646 m^2, macht 78,60 cm^2 Platz pro Tier. Zum Vergleich: Ein quadratischer Bierdeckel hat eine Seitenlänge von 9,5 cm, also 90,25 cm^2. Wie bekommt man einen Vogel Strauß auf einen Bierdeckel? Größer als ein Vogel Strauß ist doch wohl ein Vetzerausch. Wohnraum für Noah und seine siebenköpfige Verwandtschaft, Lagerfläche für 40 Tage Nahrung, sanitäre Einrichtungen, Treppen, Gänge et cetera berücksichtige ich erst gar nicht. Gott, wie blöde!*

Lucky döste erschöpft ein.

IV

« C'est de l'opium que tu fais prendre à ton peuple. »
(Donatien-Alphonse-François, Marquis de Sade)

Bajazzo hatte eine mindestens ebenso üble Nacht zu überstehen wie Lucky; einsam, ganz alleine. Dabei begann alles gar nicht schlecht: Zuerst ließ er Dampf ab, indem er den abwesenden Freund verschiedentlich mit *Arschloch* titulierte; das tat ihm gut. Zu viel Alkohol hatte den an sich friedfertigen Kerl im Laufe der Ehe jähzornig und unkontrollierbar gemacht. Während seiner Reisen wurde Hanns von einem Guru (nicht im Sri Aurobindo Ashram!) beigebracht, wie man mit Verbalisierungen Wut abbaut und nun hielt ihn das eigene Geschrei davon ab, mit dem Fuß wieder einmal frische Beulen in den Bus zu treten und sich zu verletzen.

Bald rollte er sich in das *Himalayan Sleeping Bag* ein, dummerweise viel zu betrunken, um daran zu denken, sich der feuchten Kleidung und der Schuhe zu entledigen. Das sollte ihm – knapp zwei Stunden später – zum Verhängnis werden. Zunächst fiel Hanns in einen kurzen traumlosen Schlaf. Er schnarchte beim Ein- *und* Ausatmen laut und rhythmisch. Eine etwaige Bettgefährtin wäre entnervt geflohen. Dicke Tropfen prasselten auf das Dach des Busses, als er schlummerte. Solche Geräusche störten ihn nicht im Geringsten. Sie wirkten geradezu beruhigend. Schließlich diente ihm das Fahrzeug gelegentlich zur Unterkunft, manchmal monatelang; und er musste darin extreme Temperaturstürze, Stürme, Hagel und Gewitter durchleben.

WENN HANNS *Anand Bajazzo* Kämpfert alias Caspar abends fettes Fleisch, Süßigkeiten, Knoblauch und schwer Verdauliches aß, zu viele scharfe Alkoholika oder Weißwein trank, bekam er übles Sodbrennen. Um die damit für Mitmenschen verbundenen Unannehmlichkeiten zu mildern, trug er in früheren Tagen stets eine Schachtel Natriumhydrogencarbonat bei sich, aus der er sich vor dem Schlafengehen prophylaktisch etwas in den Hals schüttete, oft ohne Not und viel zu viel. Ihm entkamen danach *akustisch einwandfreie Rülpser*, die Marianne, seine Ex, im Verlauf ihrer kurzen und heftigen Ehe regelmäßig zur Weißglut brachten: »Was für einen Schweinkram hast du wieder in dich hineingefressen und wie viel Wein und Likör hast du dir in den dummen Kopf gegossen, Idiot?! Du röhrst wie ein Hirsch und muffelst dabei aus dem Magen. Ekelig; wie ein wandelnder Schnellkomposter. Ich kleb dir irgendwann das Maul zu. *Iltis! Stinktier!*«

Vergaß er einmal das *Salz*, riss ihn im Ernstfall die aufsteigende Magensäure mit einer Hustenattacke aus dem Schlaf. Dies passte Marianne natürlich genauso wenig, vor allem, weil sie – wie immer – gerade von Römern, Seeräubern, Druiden, Galliern, und kleinen Hunden träumte oder ein gebratenes SINGVLARIS PORCVS – Wildschwein – vorm inneren Auge erschien. Freilich verschaffte Bajazzo ein Griff nach dem Pülverchen unmittelbar Linderung und brachte nach ein paar Minuten den *Brand* zum Erlöschen.

SEIT LÄNGEREM BENÖTIGTE ER keine entsprechenden Arzneimittel mehr: Während des Aufenthalts in Indien änderten sich nämlich Hanns' Essgewohnheiten und er wandelte sich zum Vegetarier – nicht so sehr aus Überzeugung, sondern weil der Verdauungstrakt aufhörte, ihm Probleme zu bereiten; zudem wurde der Körper ansehnlicher; die Hautunreinheiten verschwanden nach und nach. Nach Alkoholräuschen stand ihm aufgrund der neuen Weltsicht überhaupt nicht mehr der Sinn.

Heute – wie auch in den vergangenen Wochen – hätte er ursprünglich im Haus der Eltern in Erlenstegen übernachten wollen, *dem* Nobelstadtteil Nürnbergs. Dort lagen all die Dinge, die fürs tägliche Leben in einer zivilisierten Gesellschaft von Nutzen sind: Zahnbürste, und -pasta, Seife, Handtuch, Shampoo, Kamm, Waschzeug, frische Kleidung, Toilettenpapier, Kopfschmerztabletten und das Magenpulver, das er normalerweise für alle Fälle an Bord des Busses verstaute. Dieses Mal eben nicht! Er hatte ja keine Ahnung davon, dass *sein schlechtes Karma* oder auch nur Freund Lucky ihn in eine Punkkneipe bugsieren werde, um ihn dort mit einem brutalen Absturz in die Knie zu zwingen. Auto zu fahren und dabei acht mal nullkommavier Liter Pils namens *Alligator* und sechs Schnäpse intus zu haben, kam für ihn nicht in Frage.

EIN ÜBERWUNDEN GEGLAUBTER alter Feind und Dämon weckte Anand. *Rex Fluxus-Gurgitator* schlich sich heimlich durch den Ösophagus in den Pharynx und begann mit gnadenlosem Terror. Bajazzo fuhr hoch, rang um Atem und hustete sich die Seele aus dem

Leib; schälte sich aus dem Schlafsack, öffnete hektisch die Schiebetür und hielt den Kopf in die kalte, nasse Nacht, in der Hoffnung, irgendetwas verbessere sich dadurch. Leider verschlimmerte sich der Zustand. Die Nasenschleimhäute begannen zu brennen, weil sich Magensäure in die Nase verirrte. Tränen schossen ihm in die Augen und rannen an den Wangen herab. Er versuchte unter jämmerlichem Gekeuche durch den Mund einzuatmen. Das evozierte einen noch heftigeren Hustenanfall. Hilflos suchte er im Auto hastig nach kohlesäurehaltigem Trinkbarem. Limonade, Mineralwasser, Cola, Bitter Lemon, alles wäre ihm recht gewesen: nichts dergleichen.

Draußen schüttete es in Strömen. Dessen ungeachtet wankte er wie ferngesteuert ins Freie und streckte auf Zombieart die verdrehten Arme waagrecht von sich, um mit den Handflächen Regentropfen zu fangen, die er dann ablecken wollte – ein hoffnungsloses Unterfangen.

Atemnot und Husten malträtierten ihn sehr, sein Magen krampfte sich zusammen und Bajazzo übergab sich unkontrolliert. Er hatte das Gefühl, zu ersticken. In gekrümmter Haltung speichelte er die Kleidung ein und bespie die Schuhe. Ein Teil des Mageninhalts drängte von innen in die Nase, was dem Brechreiz neue Qualität verlieh und zu einer weiteren gewaltigen Entladung führte. Ach, hätte er sich bloß ausgezogen vor dem Schlafengehen!

NACH EINIGER ZEIT klang die Dyspnoe ab: Magensäure kann nicht in den Schlund steigen oder in die Luftröhre gelangen, wenn der Patient sich in aufrechter Stellung befindet.

Hanns Kämpfert begann nach einem Handtuch, einem Lumpen, nach Tempos, Küchenrollen und Klopapier zu suchen, um das Erbrochene wenigstens notdürftig abzuwischen. Vergebens. Schließlich versuchte er sich mit bloßen Händen zu säubern. Den sauer nach Alkohol und Magensaft riechenden Schleim zwischen den Fingern fand er so abstoßend, dass es ihn gleich wieder würgte – mit leerem Bauch ist das viel anstrengender und vor allem schmerzhaft: Es kam *Galle,* quittengelber Schaum.

Mittlerweile klitschnass, entdeckte er am Rand des Parkplatzes einen Streifen Wiese. An den Grashalmen wollte er sich die Hände sauber wischen. Leider fasste er in der Stockfinsternis mitten in einen Haufen Köterkot.

»Scheiße!« Hanns begann aus Verzweiflung zu heulen.

Wenigstens wirkte das konzentrierte Unglück, das ihm soeben widerfuhr, ernüchternd. Vor allem, als er bemerkte, dass er sich während des Hustenkrampfes vollgemacht hatte; er war sowohl vorne als auch hinten ausgelaufen, die Unterhose gestrichen voll mit widerlich stinkender Diarrhö. Er zog sich aus und warf den Slip ins Gebüsch am Rand des Hundekackplatzes. Sodann wischte er sich mit dem Schießer-Feinripp-Singlet so gut – oder besser: so schlecht – es ging die Innenseiten der Beine, das Gemächt und den Hintern sauber, bevor er das Unterhemd zusammenknüllte und dem anderen Wäscheteil nachschickte. Endlich zog er die patschnassen Restklamotten wieder an.

Dass irgendein Spießbürger und verhinderter Blockwart aufwachte, die Szene von einer in der Nähe liegenden Wohnung aus mit dem Feldstecher beobachtete, sich zornig Bajazzos Autonummer notierte und den Fahrzeughalter am nächsten Tag entrüstet wegen Exhibitionismus' und Erregung öffentlichen Ärgernisses anzeigte, sollte der aus der Fremde heimgekehrte Chemie-, Biologie-, und Sexualkundelehrer sehr viel später zu spüren bekommen.

ZU ALL DEM GEGENWÄRTIGEN DESASTER gesellten sich rasende Kopfschmerzen. Bajazzos Schläfen pochten und er glaubte, ihm werde gleich der Schädel platzen: Jedes Geräusch quälte ihn, jeder fallende Regentropfen geriet zur subtilen chinesischen Wasserfolter. Offenkundig nahm Bruder Alkohol heute besonders brutal Rache. Das wärmende Gift fühlte sich zu lange übergangen und vernachlässigt.

Während der Indienjahre lebte Hanns so gut wie abstinent: Cobra, Namasté, Kingfisher Premium, Golden Eagle und wie das *Hopfen-Reis-Gelumpe* sonst noch heißen mag, schmeckten ihm nicht. Godfather, Eisvogel-Strong, Thunderbold und die anderen *Starkbiersorten* fand er unverhältnismäßig teuer. Hin und wieder leistete er sich einen Sikkim Black Cat Rum und ein Fläschchen Sula, einen milden, fruchtigen, nicht allzu schlechten Rotwein – jedoch gab es schlichtweg keinen Grund, sich zu betrinken. Zudem galten im Ashram alle Arten von Drogen als verpönt.

Er konnte sich also ohne nennenswerte Anstrengung bei der *home-at-last-Tour* durch Westdeutschland in Bezug auf das Trinken zurückhalten und hatte einfach kein Bedürfnis, sich zu besaufen, obwohl er bereits fast sechs Monate in der *Heimat* weilte und ihm der *neue* Bundeskanzler schwer aufs Gemüt schlug. Gern zitierte Hanns in dem Zusammenhang ein *visionäres* Kochbuch aus der Frühen Neuzeit: »›Kohl‹ – ich nenne ihn *Indula*¹ – ›erzeugt Blähungen und treibt schwarze Dämpfe ins Gehirn.‹«

BAJAZZO BESCHLOSS, trotz oder vielmehr *wegen* seiner Verfassung im eigenen Auto zu Mutter nach Hause zu fahren. Klamm wie er war, bibberte er am ganzen Körper. Er sah auf die Armbanduhr. Sie zeigte halb vier. Vor knapp drei Stunden hatte er den letzten Schnaps getrunken, vor sechseinhalb Stunden das erste Bier. Ergo befand sich trotz der gewaltsamen Entleerung mehr als die erlaubte Menge von 0,8 Promille Alkohol im Blut. Was sollte er tun?

Hanns setzte sich hinters Steuer und fummelte den Zündschlüssel ins Schloss. Klappernd vor Unterkühlung und Entkräftung ließ er den Motor an, drehte die Heizung auf höchste Stufe, dachte an das Abblendlicht und fuhr los. Die Strecke von der Weintraubengasse nach Erlenstegen maß keine zehn Kilometer. Um *diese* Uhrzeit bei *dem* Sauwetter würde er keiner Verkehrskontrolle in die Falle fahren – es ginge bestimmt alles gut.

AM RATHENAUPLATZ parkte ein cremeweißer Audi 80 mit einem umlaufenden breiten grünen Längsstreifen. Inmitten der beiden Vordertüren prangten bayerischweiß–bayerischblaue Rautenwappen, umrahmt von zwölfzackigen grauen Sternen. Die Beschriftung *Polizei* in schicken grauen Majuskeln auf der Motorhaube und eine zurzeit ausgeschaltete blaue RKL² auf dem Dach vollendete die in ästhetischer Hinsicht wahrhaft gelungene Erscheinung.

Da Bajazzos klappriger Volkswagenkleinbus das einzig sich bewegende Objekt weit und breit war, vielleicht auch, weil das ausgeflippte Gefährt in den (spieß)bürgerlichen Augen des Gesetzes den Anstand beleidigte, reckte sich aus dem Audi eine Hand, die den Griff einer rot blinkenden *Halt Polizei*-Kelle fest umschlossen hielt.

---

1 Abkürzung für *In diesem unserem Lande*, eine Wortkombination, die der damalige Regierungschef Helmut Kohl allzu oft in den Mund nahm, aber auch für Industrielackierung.
2 Abkürzung für *Rundumkennleuchte*, aber auch für: Rechtskomitee Lambda (Verein, der sich für die Rechte von Schwulen und Lesben einsetzt), Regionų krepšinio lyga (Regionalbasketballliga in Litauen), Revolutionärkommunistische Liga (trotzkistische Partei in Frankreich), Rich Kids on LSD (kalifornische Hardcore-Punkband, 1982 in Montecito, Santa Barbara County, Kalifornien gegründet).

Nämlich war Bajazzos Bus im Lauf der Jahre in aller Herren Länder von Freaks und Kindern kunterbunt bemalt worden: mit landenden Ufos, Indischen Gottheiten, Friedenszeichen, Tom-Waits-Songtextfetzen und jeder Menge anderem infantilem Zeug.

Hanns, der erkannte, dass es keine Chance zur Flucht gab, hielt am Randstreifen und kurbelte das Fenster an der Fahrerseite herunter. Ein schnittiger Beamter entstieg der *Staatskutsche* und stolzierte zu Bajazzos Bus: »Guten Morgen. Fahrzeugkontrolle. Die Papiere bitte!«

Lucky und Bajazzo ersannen während der Sturm- und Drangzeit einst eine liebenswerte Bezeichnung für Herrschaften in fescher, froschgrün-khakibrauner Uniformkombination mit ausladend protzigen weiß-grünen besternten Mützen: *Faschingsprinzen*.

Offenbar ist es euch Faschingsprinzen *fad. Gibt es nichts Besseres zu tun als nachts rechtschaffene Bürger mit überflüssigen Anfragen zu belästigen?*, dachte Anand; und stotterte: »Einen kleinen Moment, die Dokumente liegen im Handschuhfach.«

DIE KONTROLLE absolvierte Luckys bester Freund einwandfrei: Personalausweis, Führer- und Fahrzeugschein, Warndreieck, Verbandskasten – alles hatte er zügig parat. Bremslicht und Beleuchtung betätigen, Blinker setzen – kein Problem. Auf die Frage, ob er etwas getrunken habe, antwortete er wahrheitsgetreu: »Mehr als iraṇṭu Bier und ein Schnaps werden es wohl *schon* gewesen sein bis zur Sperrstunde. Da ich nicht wusste, wie es um die Promillemenge in meinem Blut steht, richtete ich mir im Campingbus mein Nachtlager – alkoholisiert wollte ich nicht nach Hause fahren.« Bajazzo gönnte sich eine kurze Pause, in der er den Erholungsbedürftigen mimte, und fuhr fort: »Ab und an leide ich unter Refluxösophagitis.«

»Was?«, fragte der ältere der zwei Jungs in strengem Ton. Und der jüngere, der offensichtlich überhaupt nichts kapierte, fügte hinzu: »Aha! Sie verstecken Drogen im Auto?!«

»Bei Reflux gelangt Magensäure in die Speiseröhre. Bedauerlicherweise führe ich heute keine lindernden Medikamente – *und keinerlei Drogen* – mit mir; und deshalb riss mich ein Hustenanfall mit Atemnot aus dem Schlaf, mein Verdauungstrakt spielte verrückt, ich musste mich übergeben; jetzt passt es wieder.«

Als er den jungen Oberpfälzer Polizisten möglichst haarklein und wahrheitsgetreu den Rest der Geschichte erzählte, schütteten sie sich diskret aus vor unhörbarem, schadenfrohem Lachen; zeigten sich generös und bekundeten Mitleid; ersparten ihm lästiges

Pusten in den Alkomaten und die Busdurchsuchung nach Drogen; und da sie wirklich nichts anderes zu tun hatten, eskortierten sie ihn bis vor die Türe der Casparschen Luxusvilla. Er durfte sogar selbst fahren – denn die Staatsdiener ließen ihn nicht ins *Polizeiauto* und keiner der beiden verspürte Lust den *Bus* steuern. Bajazzo stank einfach *zu* erbärmlich nach Erbrochenem, Dünnschiss und Urin, eine Duftmischung, die seine Alkoholfahne einwandfrei überdeckte.

Freundlich und dankbar verabschiedete sich Bajazzo an der Einfahrt und war dabei, das schwere Eisentor zu öffnen, als ...

»Moment, Herr – äh, Sie heißen Hanns ... äh ... – Kämpfert? Auf dem Klingelschild steht ein anderer Name!«

Meint ihr, ich bin ein Hanskasper?!, dachte Bajazzo. Er erwiderte: »Ich habe den Namen meiner Frau angenommen und dies hier ist das Haus meiner Eltern.«

»Wer's glaubt«, sagte *Freund* herablassend.

»Ts!«, machte kopfschüttelnd *Helfer*.

Schließlich blieb Bajazzo nichts übrig, als um viertel nach vier – mitten in der Nacht – Mutter herauszuklingeln und die heranstürmenden Dobermänner Roger und Fritz daran zu hindern, Bullengulasch zu produzieren. Hanns hatte vor etlichen Jahren darauf insistiert, die damaligen Welpen so zu nennen – als Reminiszenz an *Is' Was, Doc?*, Peter Bogdanovichs Komödie.

Gemeinsam mit seiner Mutter versuchte er den Sachverhalt zu klären. Dies erwies sich aufgrund der kaum zu ertragenden Begriffsstutzigkeit der Staatsdiener als ziemlich schwierig.

Nach schier endlosem Palaver, während dem Bajazzo den tausendfachen Tod des *berstenden Hauptes* parallel zum *gnadenlosen Erfrieren in nasser Kleidung* zu erleiden schien, tippten sich *Freund* und *Helfer* formvollendet an die Kasperlkäppis, wünschten – meinten die das etwa zynisch? – angenehme Bettruhe und verschwanden in der mondlosen Finsternis. Etliche Minuten später schlug die Dämmerung mit dem Bleirohr zu; unbarmherzig. »Oh Mann, welch eine Nacht!«

»HANNS! WAS HAST DU wieder getrieben? Wann endlich wirst du erwachsen? Sag mal, wie siehst du aus?! Und stinken tust du wie eine Kuh aus dem Hintern!«

»Bring mir bitte eine Schmerztablette, Mama, du weißt schon – eine von deinen Tumordingern. Die starken. Ich lass mir derweil ein heißes Bad ein. Und geh *du* ruhig schlafen.«

»Können vor Lachen! Sei froh, dass Vater weiterhin tut, als erledige er Geschäfte in den Staaten, sonst würdest du etwas erleben – das kann ich dir versichern!«

»Ich bin über vierunddreißig Jahre alt. Was soll das? Und schrei nicht, Mutter – mir zerreißt es den Kopf.«

BAJAZZO GÖNNTE SICH eine sublingual einzunehmende Tablette aus Mutters Medizinschrank, setzte sich, bibbernd vor Kälte und Erschöpfung in die leere Wanne, goss zwei – ach was, vier – zum Überlaufen volle Verschlusskappen mit sündhaft teurem handgemischtem Goldmelissenschaumbad aus *Mutter Caspars Apotheke des Vertrauens* auf den Bauch und ließ sich das Badewasser ein, möglichst heiß. Kaum löste sich die Pille unter der Zunge auf, klangen die Schmerzen ab und ein euphorisches Wohlgefühl durchströmte den Körper; er entspannte sich im duftenden dampfenden Nass. Gedanken begannen umherzuschweifen: *Die Existenz kann exquisit sein! Mir fehlt nur Lydia.* Lydia, oh Lydia, that encyclopedia! *Augenblicklich wäre ich glücklich. Man müsste später eventuell aufpassen, dass sie nicht im Abfluss verschwindet wie einst die dünne* Leopoldin *aus Carl Michael Ziehrers Operette* Die drei Wünsche. *Als Kind habe ich immer dem Strudel zugesehen, der beim Ablassen des Bades entstand. Das und das dazugehörige Schlürfen nannte ich* Leopoldin: ›*Mama? Darf ich zusehen, wie die Leopoldin verschwindet?*‹ Bajazzo sang leise in den Badeschaum hinein: »›... Nur eines, ich mach kein Geheimnis daraus: So dünn, dünn ist die Leopoldin, dünn, dünn wie ein Beistrich so dünn; wie die Streichhölz'ln, wie die Stricknad'ln, wie die Spinnweb'n wie zum Einfad'ln, wie a Zwirnfaden dünn ist die Leopoldin ...‹«

Ihm wurde klar, dass er – wäre *die Bettina* mit ihm gekommen und nicht mit Lucky gegangen – keine gute Figur abgegeben hätte; das Ganze wäre eine Blamage sondermaßen geworden. Indes, die war ja *auch* blau wie eine Haubitze.

Ich will das Mädel unbedingt wiedersehen! Lydia! Zu mager? Ach was. Fragilität und Zartheit machen mich verrückt. Im krassen Gegensatz dazu stehen ihre reizenden Tätowierungen. Ich habe ja bloß die Tatoos auf den Armen gesehen – eine freundliche Schlange, die sich, einen stolzen Vogel umringelnd, mit diesem vereint, Jugendstilranken, Sterne, einen Skorpion, ein 華 *– Go, ein* 離 *– Li: Fantastisch! Und worauf stieße ich außerdem, dürfte ich den anmutigen Körper in Gänze bewundern?* Bajazzo stöhnte vor Lust.

GEGEN SECHS UHR in der Früh kam er sich vor wie neu geboren. Er entstieg dem immer noch brüllend heißen Wasser, frottierte den dampfenden Körper ab und begab sich ins Kinderzimmer, das die Eltern während all der Jahre für ihn reserviert hielten – der Vorteil eines Einzelkindes: Mutter, die sich wohl doch zum Schlafen gelegt hatte, überraschte und verwöhnte ihn mit einem frisch bezogenen Bett und bereit gelegten Kleidungsstücken; er fand den blau weiß gestreiften Lieblingsschlafanzug für die Nacht und unbenutzte Sachen für den Tag: Schiesser-Unterwäsche, handgestrickte Wollsocken, Bluejeans, ein cremefarbenes Seidenhemd und den geliebten schokoladebraunen Kaschmirpullover.

Hanns zog das Nachtgewand an, legte sich unter die nach Lavendel duftende Zudecke, drehte sich zur Seite und schlief binnen weniger Augenblicke ein.

Kurz nach neun weckte ihn *ein Kohldampf.* Bajazzo fühlte sich erstaunlich ausgeruht. Er zog sich an und ging in die Küche. Mutter bereitete ihm gerade ein *english breakfast:* Sie wusste, was ihr Hanns liebte. Auf dem Tisch stand ein Glas soeben erst gepresster Orangensaft, eine Schüssel voll Cornflakes, eine Dose mit braunem kubanischem Rohrzucker, ein Glas *Robertson's Lemon Curd,* ein Töpfchen mit neuseeländischem Manukahonig, ein Gefäß voll kühler Premiummilch, auf einem Stövchen eine Kanne Tee – natürlich aromatisch duftender *Gyokuro Premium Shincha* der Firma *Fortnum & Mason* –, ein Toaster, Toast, irische Butter, eine Flasche *HP Sauce* und eine Käseplatte *mit Appledore, Innkeeper's Choice, Gruth Dhu* und *Blue Stilton.*

»Oh, du bist wach, Hanns. Dann kann ich dir ja den Speck braten.«

»Keinen Speck, Mama! Wie oft muss ich dir das noch sagen: Ich nehme kein Fleisch mehr zu mir.«

»Ich weiß. Es ist eine Frage der Zeit, bis du wieder vernünftig wirst. Eier sind erlaubt? Die darfst du essen?!«

»Ja.«

»Wie viele? Und soll ich eine Tomate mit in die Pfanne geben? Die *Baked Beans* dürften bereits warm sein. Setz dich und wirf den Toaster an!«

»Ein Traum! Danke. Drei Eier – mir knurrt der Magen – und *natürlich* eine Tomate.«

BAJAZZO FASSTE WÄHREND DES FRÜHSTÜCKS einen Entschluss. Er musste *die Bettina* wiedersehen und zwar nicht am Abend in der *be-*

scheuerten Bügelbrettkneipe sondern am besten gleich. Lucky hatte ihm gestern die Adresse aufgeschrieben: *Frommannstraße* oder so ähnlich – er fingerte umständlich im Brustbeutel und zog einen zerknitterten Zettel heraus.

Oh! Die Rechnung: Da habe wohl ich *gestern die Zeche bezahlt. Einundzwanzig Alligator à eins achtzig, sechs Whisky à drei fünfundvierzig und drei Wildkirschen à eins siebzig. Ui, ui, ui! Dreiundsechzig Mark sechzig; dazu kommen – wie ich mich kenne – zehn Prozent Trinkgeld, also sechs Mark sechsunddreißig: Das macht zusammen neunundsechzig sechsundneunzig: 69,96 – drollige Zahl; die kann man von vorne wie von hinten lesen; die ersten beiden Ziffern wenden sich einander zu, die letzten wenden sich ab. Wenn das kein Zeichen ist! Aber wofür?*

Bajazzo konnte das Kopfrechnen nicht lassen und vergegenwärtigte sich sogleich die Anzahl der Pro-Nase-Getränke, zugleich in der Börse nach einem zweiten Zettel fahndend. Das gebrochene Verhältnis zu (Münz-)Geld hatte sich offenkundig auch nach seinem Indienaufenthalt nicht wesentlich geändert. *Demnach tranken Lucky und ich je acht, Lydia fünf Biere, Lucky iraṇṭu und ich vier Greenore Single Grain – ob das wirklich der fünfzehnjährige war? –, Lucky einen Wildkirsch und ich iraṇṭu, Lydia gar keinen Schnaps: vernünftiges Mädel. Von meinem Hunderter sind vier Fünfer und ein Zehner übrig: fast korrekt! Es fehlen vier Pfennige. Ach ja, ich bot* Freund *und* Helfer *je ein Zweipfennigstück an zur Erinnerung an diese unglaubliche Nacht – ausdrücklich nicht als Bestechungsgeld. Die fanden das überhaupt nicht witzig. Ich warf ihnen die Münzen vor die Magnum-Uniform-Stiefel. Bei Gelegenheit werde ich Roger und Fritz drauf ansetzen, draußen vorm Garten.* Hanns kramte weiter: *Uff, da steckt ja die Notiz: Vormannstraße 18. In der Nordstadt, unmittelbar hinter der Burg – die Gegend kenne ich.*

NACH DEM FRÜHSTÜCK und der Morgentoilette mit Rasur, Zähneputzen und allem was dazugehört geriet Bajazzo an Daddys *Eau de Toilette Vaporisateur: Opium pour Homme* von Yves Saint-Laurent. Er las sich gelangweilt und desinteressiert laut die *description du produit* vor: » Une porte ouverte sur l'ailleurs. Mystère et sensualité au masculin. *Opium pour Homme* inaugure une nouvelle relation entre l'homme et son parfum. Plus qu'un parfum, c'est un art de vivre, une façon d'aller au bout de soi-même. Vanille de Bourbon – Poivre du Sechuan – Cèdre de l'Atlas – Ambre. Un envol frais, fruité et dynamique. Un caractère riche et sensuel. Une structure orientale, épicée et sensuelle. Une version intense et profonde qui souligne la sensualité de la fragrance. › Aha; Blabla; nun denn!« Hanns betätigte vorsichtig den Sprühknopf –*Bloß nicht zu viel davon!* – und bestäubte ein wenig die linke Seite des Halses. »Puh! *Wacht auf, Verdammte dieser Erde!* ... Und das macht die Frauen verrückt?«

Bajazzo begutachtete sich in der Badezimmerspiegelwand. Er sah viel besser aus als früher: Die schütteren blonden zotteligen Fransen waren ihm abhanden gekommen, ein ergrauender gepflegt geschnittener Haarkranz umrahmte stattdessen eine glänzende Glatze. Vor ein paar Tagen suchte er einen Nürnberger, nein, *den* Nürnberger Elitefriseur auf. Dort beschäftigte sich der Chef und Meistercoiffeur höchst persönlich und intensiv mit Hanns' Restwuchs und polierte ihm als *Krönung* mit außergewöhnlichen Salben die kahle Kopfhaut, die wie sein Gesicht eine leckere Bräunung aufwies. *Den Indienteint* konnte er erfolgreich konservieren, schließlich besaßen die Eltern einen Fitnesskeller mit Heimtrainer, Sauna und Solarium: Seit der Rückkehr nutzte er den Luxus, wann immer er Lust dazu verspürte; warum auch nicht? Er trug eine schwarze Hornbrille und einen blonden Oberlippenbart. Beides unterstrich die intellektuellen Züge. Die Aknefurchen waren den Falten eines in der Sonne gebräunten, vom Wind gegerbten und erfahrenen Globetrotters gewichen. Anand hatte Muskelmasse aufgebaut, der BMI[3] stimmte. Er setzte die *Stetson Hatteras* Schirmmütze aus Kaschmir und Seide auf und prüfte anhand des dezenten, roten Fünfzackensterns, der sich präzise vorne in der Mitte befinden musste, den korrekten Sitz. Bislang durfte er das Symbol seiner politischen Gesinnung tragen – würde er den Dienst als Biologie- und Chemielehrer antreten, hätte er wohl darauf zu verzichten, *in diesem unserem Lande.*

Er fühlte sich gestärkt und guter Dinge – *Mamas Schmerztabletten sind* echt der Hammer – und begab sich zum Auto, zu Mutters Wagen, einem silbergrauen, wie ein neues Fünfmarkstück glänzenden Mercedes 380 SL, einer Sonderanfertigung mit phantastisch duftenden, roten Ledersitzen.

---

[3] Abkürzung für *Bodymaßindex,* aber auch für: Bundesministerium des Inneren, Broadcast Music Incorporated, Bank Melli Iran (بانک ملی ایران) iranische Staatsbank), Big-Mac-Index, Bilthovense Metaal Industrie (ehemaliger niederländischer Zweiradhersteller), Bismaleimide (Kunststoff), Flughafencode für den Central Illinois Regional Airport in Bloomington-Normal.

Der Bus hätte gereinigt werden müssen, er muffelte von vorne bis hinten nach Alkohol, Erbrochenem und Exkrementen. Zusammen mit *Opium pour Homme* wäre das bestimmt noch weniger auszuhalten gewesen als die Duftmischung namens *Pansen & Patschuli,* eine alte Hannskreation, an die er sich sehr ungern erinnerte: Eines Morgens besorgte er für die beiden Lieblinge Roger und Fritz eine Extraportion frischen Pansens, verpackte das Zeug etwas zu schlampig in Plastiktüten und verstaute es auf dem Rücksitz von Vaters anthrazitfarbenem Mercedes, wo er es nachhaltig vergaß. Es herrschte herrliches Sommerwetter, deshalb beschloss Bajazzo, diverse Stündchen im nahegelegenen *Natzgä* – dem Naturgartenbad – zu verbringen. Den Wagen ließ er in der prallen Sonne stehen, wo das Hundefutter ungehindert vor sich hin schwitzen und in Verwesung übergehen durfte. Flüssigkeit lief aus den Tüten auf Sitze und Boden. Als Hanns gegen Abend die Fahrertür öffnete, warf ihn ein unbeschreiblicher Gestank beinahe um, der sich allen Reinigungsversuchen zum Trotz nicht verflüchtigte. Aus Verzweiflung kippte Bajazzo irgendein Parfüm aus Mutters Fundus über das Malheur und erwischte ausgerechnet Patschuli, den dumpfen, schweren *Duft der Gruft* … Vater verkaufte den Wagen postwendend zum Tiefstpreis an eine haitianische Zombiefamilie.

Bajazzo schüttelte die Erinnerung ab, legte seine Lieblingskassette ein und drehte den Lautstärkeregler, so weit es ging, nach rechts; fuhr los und grölte zusammen mit der Konserve »"I danced along a colored wind, dangled from a rope of sand. You must say goodbye to me."« Dabei drosch er mit der Faust die Viertel ins Lenkrad.

Kurz nach zehn fand Anand Kämpfert das Türschild *Glück & Genossen, zweiter Stock*. Er läutete.

DIE SPERRMÜLLWANDUHR zeigte neun Uhr dreiundzwanzig, der Gasherd heizte bei geöffneter Backofentür. Es würde gleich angenehm warm werden im Gemeinschaftsraum. Am abgewohnten Holztisch saßen zwei Frauen und unterhielten sich.

»Stell dir vor, der andere zahlte die Zeche und gab zehn Prozent Trinkgeld.«

Lydia erzählte René vom gestrigen Abend. Die alte Kaffeemaschine schnorchelte, blubberte und verströmte mit ihren Geräuschen neben dem angenehmen Duft eine heimelige Atmosphäre. Bald wäre der Kaffee durchgelaufen und die Mädels könnten mit dem Frühstücken beginnen.

»Zehn Prozent sind doch korrekt?!«

»Ja. Ich meine *exakt* zehn Prozent. Er ließ sich *pfenniggenau* herausgeben!

»Erklär mir das bitte.«

»Na ja, die Zeche belief sich auf dreiundsechzig Mark irgendwas. Der Typ – Piazzo oder Piezzo hieß er glaube ich; oder Hans – zahlte mit einem Hunderter und sagte ›neunundsechzig sechsundneunzig!‹ Ich gab ihm dreißig Mark zurück. Er raunzte mich an: ›Da fehlen vier Pfennige!‹ Zuerst hielt ich das für einen Scherz, da die beiden den ganzen Abend über einen etwas skurrilen Humor an den Tag legten.«

»›… an die *Nacht* legten‹ würfe Lucky wahrscheinlich spontan ein; ja, ich kenne seine krausen Späße.«

»Der Palazzo-Hans meinte es ernst und nötigte mich, ihm wirklich vier Pfennige aus der Kasse zu kramen. Ich kriege das einfach nicht auf die Reihe. Geizig war er ja nicht, eher das Gegenteil. So ein merkwürdiger Spinner!«

Für einen Moment schien den Frauen der Gesprächsstoff ausgegangen zu sein. Sie sahen einander an und begannen zu kichern. René trug noch immer das knöchellange altmodische Omanachthemd mit Rüschchen an Kragen, Ärmeln und Saum und steckte in pinkfarbenen Bettschuhen. Lydia hatte ihre leidlich getrockneten Klamotten von gestern an, fadenscheinige Jeans, aus denen die Knie hervorlugten, ein quer geringeltes gelb-rot-grünes kurzärmliges T-Shirt und alte, dunkelbraune Bundeswehrschnürstiefel aus dem *Para-Milli-Tara (Inh.* Апа Типли Мара*)*, einem *schwer angesagten* Secondhandladen in der Innenstadt.

Der ebenfalls gebraucht gekaufte Nostalgieparka – ein russischgrüner mit Hippie-Pelzimitatkapuze – lag in Luckys Zimmer halb unter dem Bett.

»Sag mal, Lydia: Was fuhr dir beim Aufwachen durch den Kopf?«

»Na ja, ich fand das nicht unangenehm, eng aneinander gekuschelt – ich bin nur etwas erschrocken, schließlich erwartete ich einen Mann namens Lucky. Meine ersten Gedanken: Wo bin ich? Leide ich an Gedächtnisschwund? Hat mich nicht ein *Typ* abgeschleppt! Und du?«

»Ich lag vor dir wach, wusste nicht recht, wie ich mich verhalten sollte und mochte dich jedenfalls nicht stören. Du hast süß geschnarcht.«

»Ich schnarche nicht.«

»Doch, doch, das tust du, angenehm leise und entspannt – rein *chrr* und raus *pff*.«

»Wahrscheinlich wegen meines Restrausches. Ich hatte vier Bier ... oder gar fünf?! Stell dir das vor, René! Mir reichen normalerweise *zwei* zum Umfallen.«

»Ich rührte mich nicht, blieb quasi regungslos, solange du schliefst. Als ich aus Angst vor meinem Freund in euer Zimmer geschlichen kam, ließ Lucky mich wissen, dass er nicht alleine ist; jedoch sagte er mir nicht, dass er verschwinden will. Ich dachte heute Morgen anfangs, er sei auf der Toilette und werde gleich wieder ins Bett schlüpfen – dann hätte ich mich verdünnisiert. René gab ihrer Stimme ein männliches Timbre: *Kobra, übernehmen Sie!* Aber: Satz mit x ...«

»Kobra *was*?«

»Das war *Mission Impossible,* eine Vorabendfernsehserie in der ARD, auf die ich als kleiner Teenager unter keinen Umständen verzichten wollte. Der Spruch kam in jeder Folge vor: ›Dieses Tonband wird sich in fünf Sekunden zerstören. Viel Glück, Jim. *Kobra, übernehmen Sie!*‹ Sofort ging eine Spule mit dem aufgezeichneten Geheimauftrag in Rauch auf – absoluter Fernsehmüll.«

»Ach so; das kenne ich nicht. Dazu bin ich wohl zu jung.« Lydia druckste herum, überwand sich dennoch, eine Frage zu stellen, die ihr auf dem Herzen lag: »War es dir unangenehm?«

»Eine Frau neben mir? Nein, nicht wirklich. Na ja, mich durchfuhr ein Hitzeschauer und ich bekam Herzklopfen, weil ich ja keine Ahnung hatte, wie *du* reagieren würdest. Davonschleichen und dich womöglich stören? Das wäre richtig peinlich geworden, meinst du nicht auch?« René sah schüchtern nach unten. »Deine Reaktion fand ich ganz lässig.«

»Ich kann mich nicht erinnern, schlief wohl noch halb.«

»Du drehtest dich um zu mir mit einem riesigen Fragezeichen im Gesicht: ›Wo bin ich? Wer bist du?‹ Aber gesagt hast du ›Guten Morgen, ich heiße Lydia. Und du?‹«

»Echt? So gelassen?«

»Ja. Das wirkte sehr entspannt und entspannend. Mein irgendwie unangenehmes Gefühl verschwand auf der Stelle. Du musstest lachen und hast mich damit angesteckt – wir kriegten uns fast nicht mehr ein.«

»Und jetzt?«

»Was: und jetzt?«

Beide Frauen wurden im gleichen Augenblick puterrot. René lenkte ab: »Der Kaffee ist durch. Nimmst du Milch und Zucker?«

»Schwarz.«

»Wurst, Käse, Marmelade? Brötchen haben wir keine; stattdessen ein fränkisches Bauernbrot vom Egloffsteiner Bäcker ... und ein ungeöffnetes Paket dieses widerlichen *Golden Toasts*.«

»Igitt. Mir reicht ein Kaffee mit einem Stückchen Würfelzucker.«

René deckte den Tisch und fragte die neue Bekannte verdächtig obenhin: »Du, Lydia? Läuft da eigentlich etwas mit Lucky?«

»Nein. Der hat mich vor dem Lavazzo-Hans gerettet – nein, nicht gerettet; das stimmt nicht. Hans war halt *tilt* – da ging nichts mehr, ein *Rien ne va plus* der dritten Art! Obwohl ich *den* viel interessanter als Lucky finde. Einerseits entsteht aufgrund der gepflegten Erscheinung sofort der Eindruck, er sei ein feiner Pinkel, ein Spießer – andererseits, wenn er den Mund aufmacht, lässt er dich spüren, dass du Vorurteile hast.«

»Du kommst ja richtig ins Schwärmen, *Lydia oh Lydia*. – Kennst du den Song?«

»Ja, seit gestern. Und ja, mit dem Schnösel könnte ich auf der Stelle ein Tête-à-tête ausmachen; mit Lucky eher weniger – der sieht aus wie ein Müslimann, ein *Catweazle*. Wie gesagt: Hans betrank sich sinnlos. Na ja; wir alle ...« Lydia benötigte eine Pause, bevor sie schüchtern fragte: »Aber *du* hattest etwas mit Lucky, René, oder? Sonst wärst du nicht einfach in sein Bett gekrochen.«

»Ja. Eine Affäre. Nichts von Dauer. Lucky hängt der Polyamorie an.«

»Wem?«

»Er möchte Beziehungen mit mehreren Frauen eingehen, mit bedingungslosem Einverständnis aller Beteiligten.«

»Utopisch!«

»Meine Meinung, Lydia. Magst du mir mitteilen, warum du nicht zu *dir* nach Hause gegangen bist, gestern Nacht?«

»Ich wohne bei meinen Eltern; und die gebärden sich gerade, als sei ich noch keine achtzehn.« Lydia äffte ihre Mutter nach: »›Kind, du solltest besser essen!‹ ... ›Jetzt hast du *wieder* eine neue Tätowierung! Irgendwann wirst du es bereuen: Das geht doch nie mehr raus!‹ ... ›Ist das ein Lebensziel? Nacht für Nacht in dieser dreckigen Kneipe zu bedienen? Dort spendiert man dir Alkohol und was weiß ich alles. Du wirst in der Gosse landen.‹ Und so weiter. Ich habe einfach nicht länger Bock auf Elterngesülze und überlege, wie ich es schaffe, von zu Hause auszuziehen – ist Platz in eurer Wohngemeinschaft?«

»Nein, leider sind wir vollzählig.« René befühlte Lydias Oberarm: »Na ja, ein bisschen recht hat deine Mama *schon*, was das Gewicht betrifft. Du wirkst wirklich sehr dünn, meine Liebe.«

»Du kannst mir ja ein paar Kilo von dir überlassen.«

»Liebend gerne!«

»Komm, René: Themenwechsel! *Wie* war das? *Warum* wolltest du bei Lucky schlafen?«

»Es gab gestern Zoff mit meinem Freund und ich machte Schluss mit ihm. Der wohnt ebenfalls in unsrer WG. Ich hatte Angst, weil er im Suff zur Gewalttätigkeit neigt.«

»Hast du gesagt. Und wenn er gleich hereinkommt?«

»Keine Angst, Lydia. Der schläft wohl seinen Rausch aus, und in nüchternem Zustand hält er Frieden, vor allem angesichts eines morgendlichen Pakets *Golden Toast* mit Tütenmilch.«

»RENÉ? HAT'S KAFFEE?« Barbara schwebte herein. »Sag mal, dauernd Wurstzeug futtern: Ist das nicht krankhaft?! Ich werde dich irgendwann zwingen, mit in den Schlachthof zu kommen, am *Tag der offenen Tür*. Dir wird der Appetit vergehen. Echt!«

»Das kannst du gerne tun, Baba. *Im Moment* schmeckt es mir tierisch! Guten Morgen übrigens.«

»Ja, ja, Moin Moin.« Barbara blickte fragend auf *die Neue*.

Renate klärte sie auf: »Darf ich vorstellen: Lydia; wir sind uns vorhin beim Aufwachen in Luckys Zimmer begegnet – zum ersten Mal überhaupt.«

Lydia und René glucksten.

Barbara schaute etwas verwirrt in die Runde. »Das muss ich nu' nicht verstehen?! Na ja, egal. Sag mal, René: Gibt's Zwieback und Honig oder hat das dein Cebil wieder alles mit Milch vermantscht und weggemampft?«

»Frag ihn das selber. Außerdem – sag nicht *mein Cebil*. Der soll hin, wo der Pfeffer wächst.

»Oh, oh! Derartig schlimm?«

»Ja; derartig schlimm!«

GERD, BLEICH, MIT AUGENRINGEN, eine fadenscheinige Wolldecke über den leicht gebeugten Schultern, schlich in den Raum. »Sagt mal, warum wiehert und palavert ihr in aller *Herkotzfrüh* so laut? Ich saß zwischen gestern Abend um acht und heute früh um sechs im Taxi und hätte dringend eine Mütze Schlaf gebraucht. Na ja; vorbei. Gibt's Kaffee? Und wer bist du denn?«

»Das ist Lydia, eine Bettkante, äh, Bekannte von René: Die haben sich vorhin *at Lucky's* getroffen«, erläuterte Baba mit ironischem Unterton. »Moment, ich kippe den Kaffeerest in die Thermoskanne. Dann kann ich frischen aufstellen.« Sie kramte im Vorratsschrank. »Schreib' mal jemand *Kaffee* auf: Pulver geht zu Ende!«

»Sieh nach, Baba: ganz hinten dürfte das Weihnachtsgeschenk von Luckys Mutter stehen, falls der Cebil das noch nicht in sich hineingepfropft hat: eine Packung *Onko* – die müsstest du halt mahlen«, meinte René.

»Eine Aufgabe fürs Taxi!«, schlug Baba vor.

Gerd holte mürrisch und ohne Kommentar die antiquierte, fettige, mit Staub verklebte hölzerne Handmühle, die seit Ewigkeiten zu Dekorationszwecken auf dem graugrünen Sperrholzschrank prangte, ging zum Spülbecken, drehte sie um, öffnete die kleine Schublade, schüttelte die alten Kaffeepulverreste in den Ausguss und schickte er sich an, die Kaffeetüte aufzureißen.

»Die Mühle muss man säubern; *so* kannst du da keine Kaffeebohnen hineinschütten oder gar mahlen!«, schimpfte Baba.

»Warum nicht? Das Pulver überbrühe ich eh mit kochendem Wasser. Dadurch wird es keimfrei; und basta«, murmelte Gerd müde.

»Und der Kaffee schmeckt nach altem Fettdunst und toten Milben. Hör aber auf!«, mischte sich René ein. Zu Lydia gewendet bemerkte sie: »Bist du sicher, dass du mit solchen Chaoten zusammenziehen willst?«

»Mir kam heute Nacht ein *derart* dummer Satz in den Sinn.« Mit diesen Worten stellte Gerd, dessen Lebensgeister zurückzukehren schienen, die Kaffeemühle wieder an den angestammten Platz. »Wollt ihr ihn hören?«

»Ja, wenn es sein muss!«, ließen sich Baba und René leicht gequält fast synchron vernehmen.

»Aufgepasst: ›Ich habe in der Dunkelheit den Lichtschalter nicht ausmachen können!‹ Klar?« Eine Lachattacke, die nahtlos in einen bedenklichen Nikotinhusten überging, schüttelte Gerd.

Als falle ihm ein, dass er Raucher ist, kramte er in seinen Taschen herum, fand ein nahezu leeres Päckchen *Reval*, zitterte sich eine Kippe heraus und zündete sie an, keuchend, als läge er in den letzten Zügen.

Lydia kapierte ohne nachzudenken Gerds Wortspiel und fühlte sich verpflichtet, es den anderen beiden Frauen zu erklären: »Lichtschalter *ausmachen* im Sinne von *finden*.«

»Eine Klugscheißerin!«, staunte Barbara, nicht unfreundlich, und wechselte das Thema: »Sagt mal, welcher Trottel hat mitten in der Nacht das Klofenster sperrangelweit aufgerissen und nicht mehr zugemacht? Ich hätte mir heute früh fast den Arsch abgefroren! Zudem hat es reingeregnet.«

Niemand wusste die Antwort.

»Es wird gleich zehn – können wir mal die Nachrichten hören?«, fragte Gerd.

»Immer derselbe Scheiß!«, maulte Baba.

»Bloß wegen dem Wetter.«

»*Des!* Wegen *des* Wetters.«

»Jawohl, Frau Germanistikstudentin, *des* weiß ich selber.«

Baba stöhnte leise.

René kam aufs leidige Kaffeethema zurück. »Reicht das Pulver für eine weitere Kanne?«

»Für eine schwache; eher amerikanische. Ich gehe dann einkaufen«, ließ Baba verlauten: »Hoffentlich ist heute Geld in der Haushaltskasse – ich will nicht schon wieder etwas auslegen!«

»Irgendwo steht *löslicher* herum«, gab Gerd zu bedenken.

»Pfui Teufel!«, antworteten René und Baba, wieder nahezu simultan.

Gerd schaltete das uralte Transistorradio ein, das Lucky, nebst einem schwarzen Regenschirm, von Patentante Freia Schitz zur Firmung geschenkt bekommen und inzwischen für die WG *sozialisiert* hatte.

Eine sachliche Radiostimme verkündete gerade: *Bundeskanzler Helmut Kohl erklärte bei seinem Besuch in Stockholm, die Bundesrepublik wolle die skandinavische Initiative für einen weltweiten Stopp von Atomwaffenversuchen unterstützen und darüber hinaus …*

»Hört! Welch eine eine Meldung! Unter keinen Umständen ließe sich Kohl zu solch einer *Erklärung* hinreißen, wenn *dieses, unser Land* über eigene Atombomben verfügen würde. Aber *so* ist *Birne* fein raus …« – Die Satirezeitschrift *Titanic* bezeichnete Kohl schon zu Anfang der 80er-Jahre als *birnenförmigen Pfälzer Provinz-Generalisten* – »… und kann den Friedens- und Umwelt-Wuchtbrummenengel mimen!«, fluchte Gerd. »Der falsche Betbruder, der scheinheilige Patron, verliert natürlich kein Wort darüber, dass die *United States of*

America einen Teil ihrer aktiven Atomwaffen bei uns lagern und unter welchen Bedingungen!«

»Was meinst du?«, fragte Barbara.

»Moment!« Gerd kramte aus einer Küchenschublade ein Schulheft hervor, blätterte darin …

… *die Wettervorhersage für Freitag, den fünften September: Ein Tief über Skandinavien führt aus Nordwesten feuchte Meeresluft heran und bestimmt das Wetter in weiten Teilen* …

… und las vor: »Die BRD ging mit den Pariser Verträgen 1954/55 und dem Atomwaffensperrvertrag von 1968 die völkerrechtliche Verpflichtung ein, auf die Herstellung und den Besitz von Atomwaffen zu verzichten, manövrierte sich jedoch an der Abmachung vorbei. Da die Verteidigungsstrategie der NATO den Einsatz von Atomwaffen durch die Bundeswehr vorsah, wurden Atomsprengköpfe in Deutschland gelagert und vom deutschen Heer selbst bewacht. Im Kriegsfall wären die westdeutschen Streitkräfte unter ein NATO-Kommando gestellt worden. Dieses Kommando hätte den Einsatz von Atomwaffen verfügen und die USA die Atomsprengköpfe für die Armee freigeben können. Das zynische Drehbuch« – Gerd schmunzelte stolz über die seiner Meinung nach geniale Formulierung – »legitimierte ein Bundestagsbeschluss unter Kanzler Adenauer und die mit absoluter Mehrheit regierende CDU/CSU. Eines der Atomwaffenlager befand sich seit 1963 in der Eickhofer Heide nahe Liebenau zwischen Kassel und Paderborn. Aufgrund von Hubschraubertransporten vom US-Zentrallager Miesau nach Lahn und anderen Großlagern werden Umwelt und Bewohner massiv gefährdet, da bei einem Hubschrauberabsturz, der möglicherweise hoch radioaktives Plutonium freisetzen würde, keine Vorsorgemaßnahmen geplant sind.«

»Woher stammt das?«

»Das ist aus meinem 1983er Referat für die Friedensgruppe! Und hast du nicht *Monitor* gesehen?«

»Wieso läuft denn dauernd der Gasherd? Friert es hier jemanden?«, lenkte Baba ab.

„Nicht reden, handeln!", konterte René.

Barbara schnaubte genervt, drehte den Gasregler auf null und schlug geräuschvoll die Klappe der Röhre zu. »Mach mal das Gedudel aus!«

ES LÄUTETE an der Tür.

»Der Briefträger!«, rief Gerd, freudig erregt.

Gewöhnlich reichte es, wenn der Bote im ganzen Haus klingelte und unten am Eingang »Die Post!« rief. Manchmal stieg er allerdings in den zweiten Stock hinauf, um Einschreiben, Päckchen, Pakete oder Postzustellungsurkunden zu übergeben. In diesem Fall zog sich Gerd in Windeseile splitternackt aus, setzte einen mit einer roten Kunststoffnelke geschmückten Filzhut und eine Spiegelglassonnenbrille auf, zündete sich eine Zigarette an, sofern er nicht bereits eine am Brennen hatte, schnappte sich seine Polaroidkamera und öffnete danach die Türe, um in solch einer skurrilen Aufmachung ein Foto zu schießen, bevor er die Sendungen entgegennahm. Die Trophäen hängte er über dem Schreibtisch auf. Motto: *Das Konterfei des Postillons.* Am liebsten waren ihm Nachnahmesendungen – Gerd pflegte nach hinten zu langen und zu beteuern: »Oh! Ich habe gerade kein Geld *einstecken.«* Ansonsten fragte er sachlich und ernst: »Wo soll ich unterschreiben?« Das verdutzte, grantige, gelangweilte, peinlich berührte Gesicht des häufig wechselnden Zustellers bereitete dem Psychologiestudenten eine höllische Gaudi.

»Nein, die Post kam heute schon«, wusste Baba. »Ich öffne!«

VOR DER TÜR stand Bajazzo. Baba musterte den von oben bis unten gediegen gekleideten Unbekannten und sagte mit strenger Miene: »Wir verschenken keine gebrauchten Klamotten. Und außerdem ist *auf den Boden Spucken, Betteln und Hausieren* verboten! Da hat unten wieder jemand die Haustüre nicht richtig zugemacht!«

Bajazzo war wie vom Blitz getroffen von Barbaras skurrilem Witz und von ihrer Anmut. Die kleine, zierliche, wohlproportionierte Rotblonde mit den vollen Lippen, den blinkenden Zähnen, den Sommersprossen, der hübschen schmalen, geraden Nase, den klugen dunkelbraunen Augen und den Pippi-Langstrumpf-Zöpfchen ließ sofort sein Herz höher schlagen. Die mit Würde getragenen alternativ-schrägen Emanzipations-Muh-Muh-Klamotten schließlich hauten ihn um.

Das Spiel gefiel ihm und er antwortete: »Eine kleine Spende für das Winterhilfswerk werden Sie erübrigen können, Nähfrau. Darf ich wenigstens für ein kleines Entgelt, quasi eine *Schutzgebühr,* Eure Gradmesser, Schneidezähne, Nervensägen und Hummerscheren schleifen?«

Baba, begeistert von Bajazzos Schlagfertigkeit, konterte: »Nein, wir geben nichts für Schutzgelderpresser, Zeugen Jehovas und andere Atheisten. Unsere Löffel sind geschliffen; und außerdem befindet sich meine *Bessere Hälfte* in der Strafkolonie. Ich kann das eh nicht entscheiden.«

»Lass mich rein – ich bin Luckys alter Kumpel.«

»Uralter, um das zu präzisieren! Hat der *so* komische Freunde?! Na komm, tritt ein; bring kein Glück 'rein, wir hamm schon ein'n. Kennst du den Klein'n? Das wäre fein.«

»Oh, nein. Indes – wer soll *das* sein? Schenk Rheinwein ein, Frollein!«

Barbara quietschte vor Entzücken. Was für ein Vogel: sah aus wie der Finanzberater von Gunther Sachs und sprühte Funken!

Bajazzo spazierte in die Wohnung. Baba war wie vom Blitz getroffen von Hanns' Opiumduft, der wie eine unsichtbare Schleppe mehr oder weniger dezent hinter ihm her wehte. In seltenen Glücksfällen verstärkt ein Parfüm das körpereigene Aroma eines Menschen optimal. Ausdünstungswahrnehmungen, auch unbewusste, ziehen an oder stoßen ab. Daher stammt wohl die Wendung *Den kann ich nicht riechen*. Bajazzo hatte Glück. Baba haute Hanns' Balzgestank um und raubte ihr alle Sinne. Sie gurrte: »Ich bin die Barbara – und wie heißt du?«

»Hanns.«

»Ich glaube, Lucky schläft. Folge mir unausfällig [sic]; wir sitzen gerade beim Frühstück.«

NOCH BEVOR BABA den hinterherdackelnden Bajazzo vorstellen konnte, rief Lydia: »René schau mal! Da ist Abrazzo, von dem ich dir erzählte. Hey, was machst *du* denn hier?!«

»Hanns heiße ich. Mit *Doppel-N*. Mit Bajazzo betitelt mich im Grunde nur der Lucky.«

»Und warum nennt er dich Baratzo?«

»Diese lange und traurige Geschichte will ich jetzt nicht ausbreiten.«

»Magst du etwas mitessen?«, fragte Renate und fügte hinzu: »Wir haben Käse; und Wurst.«

»Nein danke, ich bin Vegetarier.«

Barbara schmolz endgültig dahin.

HANNS SETZTE SICH neben Lydia, die bis vor wenigen Augenblicken das Objekt seiner Begierde gewesen war. Nun jedoch trat ihm Barbara mit aller Macht in Gemüt und Leben.

»Igitt, Bajazzo, was hast denn *du* für einen *Grufti-Dufti* aufgelegt? Das geht ja gar nicht!« Lydia hielt sich die Nase zu.

»Ich finde das Parfüm sehr angenehm«, meinte Baba.

»*Eau de Toilette*, nicht Parfüm. Und ich gönnte mir in einem Anfall von Jux und Tollerei ausnahmsweise ein Spritzerchen. *Opium pour Homme* steht im Bad meiner Eltern herum.«

»Was? Du wohnst bei den Alten zu Hause?«, entrüstete sich René.

»Vorübergehend. Ich lebte ein paar Jahre in Indien und bin gerade eben zurückgekehrt. Eine kleine Wohnung habe ich gefunden, kann sie aber nicht vor dem ersten Oktober beziehen. Deshalb befinde ich mich momentan in mütterlicher Obhut. Hin und wieder hause ich in meinem Bus.«

»Im Bus? In Indien?« Babas Augen begannen zu glänzen. »Was hast du da getrieben?«

»Ich schlug meine Zelte in einem Ashram auf, meditierte, reiste umher, musizierte auf den Straßen, übte mich ein wenig im Sitar- und Tablaspiel, lernte Land und Leute kennen, begann vegetarische Nahrung zu schätzen ...«

»Oh! Das klingt ja interessant!« Baba wollte ihre Begeisterung nicht zügeln.

»*Opium pour Homme*, Opium fürs Volk.« Gerd schnupperte aus sicherer Distanz an Bajazzo und mischte sich ins Gespräch. »Ob Buddhismus, Hinduismus, Islam, Christentum und was es noch so alles gibt: Religion bringt Opi um. Wenn die Oma nicht Obacht gibt, fällt der Opa in O'macht Doch das Allerschlimmste ist dein Gestank, das *Opium fürs Weib*. Ich weiß den kürzesten Schüttelreim. Will ihn jemand hören?«

»Nein!«, tönte es im Gleichklang.

»Trotzdem.« Gerd wandte sich an Bajazzo: »Du bist Buddhist?«

»Ja, ein Schüttelreim! Hihi, der ist spitze. Nein, ich bin und bleibe Atheist. Und außerdem, wenn du schon Karl Marx zitierst: Ich glaube, ich erwischte den Guten beim Lesen pornographischer Schriften.«

»Oha. Jetzt wird's spannend.« Gerd war ganz Ohr. »Quelle?! Ich besitze alle 49 blauen Bände, manche sogar doppelt«

»Respekt! Macht es dir etwas aus, MEW[4] Band eins zu holen und die Einleitung zur *Kritik der Hegelschen Rechtsphilosophie*, geschrieben 1843-1844, aufzuschlagen? Erste Seite unten.«

---

[4] Abkürzung für *Karl Marx Friedrich Engels Werke* (Dietz Verlag Berlin 1972), aber auch für: Müritz-Elde-Wasserstraße (Mecklenburg-Vor-

Gerd warf die Wolldecke von den Schultern, trabte gemächlich davon und brachte einen Augenblick später das gewünschte Buch, schlug die entsprechende Stelle auf und sagte enttäuscht: »Ach das. Das kennt jeder!« Er las vor: »Die Religion ist der Seufzer der bedrängten Kreatur, das Gemüt einer herzlosen Welt, wie sie der Geist geistloser Zustände ist. Sie ist das Opium des Volks.«

»Genau diese Stelle meine ich – und übrigens: Opium *des Volks* und nicht Opium *für das Volk*«, setzte sich Bajazzo in Szene.

»Wortklauberei. Und?« Gerd neigte sich nach vorne: Seine Spannung ähnelte der eines Flitzbogens.

»Ihr alle kennt bestimmt den *Marquis de Sade?!*«

»Vom Hörensagen«, behauptete René.

»Bereits 1797 schrieb er in *Juliette oder die Vorteile des Lasters:* …« Bajazzo holte einen sorgfältig zusammengelegten Zettel aus dem Brustbeutel, räusperte sich gewichtig, rückte die Brille zurecht, unverkennbar brachte er die Pointe des Öfteren an, und las vor: »Dort heißt es, an König Ferdinand gerichtet, in Kapitel fünf: ‹ Tu redoutes l'œil puissant du génie, voilà pourquoi tu favorises l'ignorance. C'est de l'opium que tu fais prendre à ton peuple, afin qu'engourdi par ce somnifère, il ne sente pas les plaies dont tu le déchires. ›«

»Oha, da lässt einer die Bildung heraushängen!«, echauffierte sich René. »Auf Deutsch bitte!«

»Nun denn: ›Du fürchtest das mächtige Auge des Genies, das ist der Grund, warum Du die Unwissenheit förderst. Du flößt Deinem Volk Opium ein, damit es, betäubt von diesem Schlafmittel, nicht die Wunden fühlt, die Du ihm reißt.‹«

»Na und?« fragte Gerd entrüstet. »Erstens scheint es doch wahrhaftig egal zu sein, ob Marx nach Feierabend Pornos gelesen hat oder nicht und zweitens: selbst wenn der gute alte Karl von de Sades *Vorteilen des Lasters* berauscht war und ihn dessen *Opium* angeregt hat, kann man die Erwähnung der Droge im Zusammenhang mit Religion nicht als Plagiat bezeichnen, zumal Glaubensdinge bei de Sade in jener Romanstelle überhaupt nicht vorkommen.«

»Von Ideenklau hat ja niemand gesprochen. Ich halte fest, dass Pornographie vielleicht inspirierend wirken kann …«

»Bevor sich hier ein paar Machos ganz und gar verfranzen und es peinlich wird«, warf René ein, »lasst uns das Thema wechseln.«

---

pommern), Märkische Elektrizitätswerke, Mortgage Equity Withdrawal (zusätzliche Beleihung von bestehendem Wohneigentum).

»Genau!«, stimmte Baba, leicht verärgert und ein wenig enttäuscht von Bajazzo, zu.

»Und? Eine Diskussion über statistische, sadis-tische, Küch-entische, Büf-Fetische und masochistische Praktiken könnte mir *schon* gefallen. Es befindet sich wohl leider im Moment zu viel *Weibsvolk* hier, wie es treffend in der Steinigungsszene von Monty Pythons *Das Leben des Brian* heißt – Nun gut.« Der wegen anstrengender, endlich überstandener Nachtschicht aufgekratzte und aufgrund von Kaffee und Zigaretten zu Späßen und Wortverdrehereien aufgelegte Gerd hatte eine Idee: »Spielen wir einfach einmal *lustiges Fernsehserienraten.*«

»O Gott!«, stöhnte René, »Gleich kommt wieder ein typischer Gerdquatsch.«

»Warte es ab.«

»Mach, Taximachi, nö: Taxomacho, nö: Maxitacho. Taximacho. Jetzt!«

»Erlasst Renate 'ne Rate! Tja, Schüttelreimen will gelernt sein«, grinste Gerd.

»Leg los – damit wir es hinter uns bringen.«

»Passt mal auf: Vier Schafkopfspieler sitzen traurig an einem Karteltisch, in dessen Mitte eine einzige Spielkarte liegt. Na?«

»Kobra, übernehmen Sie!«, rief René wie aus der Pistole geschossen; sie dachte an ihr morgendliches Gespräch mit Lydia.

»Wieso das?«, fragte Bajazzo.

»Die Serie heißt im Original: *Mission: impossible!*«

»Bravo!« Gerd applaudierte.

Alle lachten, obwohl es aussah, als hätten einige das Wortspiel nicht begriffen.

Lydia erläuterte: »Karten zu *mischen* ist *impossible – unmöglich,* wenn man nur eine zur Verfügung hat.«

»Ja, wir durchschauen es. Gänzlich verblödet sind wir denn doch nicht.« Baba hörte sich nicht mehr so freundlich an wie zuvor: »Klugscheißerin!«

René verteidigte Lydia: »Sei nicht ekelhaft; sie meint es gut. Außerdem kann sie ja nicht wissen, dass es hier ausschließlich *Genies* gibt.«

Um die Stimmung zu retten, rief Baba: »Nun bin *ich* dran mit einem Rätsel: Ich suche den Namen eines Mannes. Er kann Gerichte aus seiner fernen Heimat zubereiten, kommt jedoch in über hundert Folgen kein einziges Mal der Aufforderung nach, die ihm immer wieder auf fränkisch zugeworfen wird – auch in der amerikanischen Originalfassung. Wie heißt der Kerl?«

»Fränkisch in der Originalfassung?«

»Ja, Gerd. Soll ich euch einen Tipp geben? ... Anweisung und Name klingen identisch.«

»Das ist echt viel zu schwierig!«, beklagte sich Lydia.

»Nein, ganz einfach. Die amerikanische Serie spielt im Wilden Westen. Weitere Hilfen gibt es nicht.«

»Wir fahnden nach einem Koch?«, fragte Bajazzo.

»Ja!«

»Und die anderen Protagonisten heißen *Ben, Adam, Hoss* und *Little Joe?*«

»Ja!!«

»Lautet der Name der Farm *Ponderosa* ...«

»Ja!!!«

»... und der Titel der Serie *Bonanza?*«

»Ja!!!!« Baba, die sich bei jeder Frage Bajazzos ein kleines bisschen mehr verliebte, quiekte vor Freude.

IN SELBEN MOMENT, in dem Hanns zusammen mit allen anderen Anwesenden fast einstimmig die Lösung hinausposaunte, ging die Tür auf. Lucky, konsterniert und angeschlagen wirkend, kam hereingeschlichen: »Was? Und wieso überhaupt? Ich habe keine Lust.«

Er sah sich um und murmelte unhörbar in das allgemeine, ungenierte Gelächter hinein, an Bajazzo gewandt: »Was liest du gerade?«

V

'Life is a jest, and all things show it; I thought so once, and now I know it.'
(John Gay)

Lucky wachte etwa um zehn Uhr auf. Er hörte das Klingeln an der Tür, das Schäkern Babas und Bajazzos. Da er nichts anhatte, fand er es ratsam, zu warten. Die beiden würden den Gang verlassen, um sich in die Küche zu begeben, das morgendliche Wohngemeinschaftskommunikationszentrum. Er lauschte. Ja, er unterschied die Stimmen von René und Lydia. *Die Bettina* begrüßte Hanns: »Hey, was machst *du* denn da?«

Infolgedessen konnte er in sein Zimmer und sich anziehen, ohne jemanden zu stören. Lucky entstieg der *ausgeborgten* Lagerstatt.

Im selben Moment, in dem er Renés Tür öffnete, um sich aus deren Wohnraum zu entfernen, kam Ingebrit aus der gegenüberliegende Toilette, sah den entblößen Lucky aus der fremden Stube kommen, fing spontan zu heulen an und klagte mit tränenerstickter Stimme: »Du altes Schwein, du Drecksau, du verdammter Mistkerl!«

»Inge! Es ist nicht so, wie es scheint. Ich muss dir etwas erklären!« rief Lucky der bestürzt davoneilenden Freundin nach, die in der Kammer am Ende des Gangs verschwand, laut die Türe zuwarf und sich einschloss. Lucky rannte ihr nach, klopfte an und versuchte sie zu beschwichtigen: »Öffne mir, Ingebrit. Rede! Ich kann alles erklären. Es handelt sich um ein dummes Missverständnis!« Die Bemühungen fruchteten nicht.

Schluchzend teilte sie ihm durch die geschlossene Türe mit, dass sie ihn nie mehr sehen wolle und er für immer aus ihrem Leben verschwinden solle.

LUCKY HATTE vor ein paar Tagen eine heftige Romanze mit der erst unlängst eingezogenen Ingebrit Schenn begonnen. Zwischen ihm und der Chemielaborantin funkte es von Anfang an. Dummerweise erträumte sich Inge eine Beziehung als etwas grundlegend anderes als Lucky. Sie hielt viel von Treue, empfand sich sozusagen als *militante Monogame*; – das Gegenteil von Lukas Glück. *Der* dachte sich, dass mit der Zeit auch der Rat kommen werde, und er locker so lange stillhalten könne. Er mochte sich in Inges Fall sogar vorstellen, die polyamoristische Philosophie aufzugeben, und verliebte sich derart, dass er gewillt war, ab sofort den Titel einer *Animals*nummer aus dem Jahre Schnee 1967, beziehungsweise Eric Burdons uralte verquaste Behauptung *True love comes only once in a lifetime* für bare Münze zu nehmen.

Selbst Inges Forderung, nicht gleich miteinander zu schlafen oder gar eine Nacht zusammen zu verbringen, sondern mindestens eine Monatsfrist verstreichen zu lassen, akzeptierte er schweren Herzens.

Und nun? Vorbei! Lucky fühlte sich ungerecht behandelt von der Gegenwart, die wohl *tatsächlich* nie aufhören würde.

Als er merkte, dass alles gute Zureden und alles kniefällige Flehen nichts fruchtete, trollte er sich traurig in sein Zimmer und zog die alten, mittlerweile wieder trockenen Klamotten von gestern an. Danach hatte er vor, jemanden um eine Kopfschmerztablette anzubetteln und sich vom Weltschmerz abzulenken. *Wenn Inges Sturm der Entrüstung sich gelegt hat und die emotionalen Wellen geglättet sind, renkt sich bestimmt alles wieder ein,* versuchte er sich zu trösten.

»HOPP, SING!« tönte es ihm fröhlich aus der Küche entgegen.

Lucky, der sonst *auf Kommando* stets kuriose Liedchen von sich zu geben in der Lage war, spürte einen Kloß im Hals und konnte gerade nicht so recht losträllern und auch nicht im Geringsten schmunzeln, als René ihm nach Abklingen des allgemeinen Heiterkeitsausbruchs das Rätsel um den chinesischen Koch *Hop Sing* und damit den Grund für das höchst alberne Kollektivgelächter offenbarte. Stattdessen berichtete er vom Malheur, das ihm gerade mit seiner neuen Flamme widerfahren war.

»Renate, kannst du bitte mit Inge reden und ihr den Sachverhalt erklären? Ich habe übrigens in *deinem* Zimmer geschlafen, weil ...«

»... du ein Feigling bist!«, krähte fröhlich Lydia.

»Lucky hat eindeutig senile Bettflucht begangen. Na ja, er kommt ins Alter!«, präzisierte René. »*Zwei* Frauen sind eindeutig zu viel für *einen* Greis.«

Die Bettgenossinnen kicherten infantil.

»Lucky, das gibt die *Gelbe Karte*, zumindest einen Punktabzug«, stellte Baba mit trockenem Sarkasmus fest.

»Dummes Zeug. Mir sind beide Unterarme eingeschlafen. Die Schnarchhasen – eine links, die andere rechts – sind viel zu schwer darauf herumgelegen.«

»So eine blöde Ausrede. Du hättest sie ja aufwecken können.«
»Wen, Baba, die armen Mädels oder die ...«
»Die Arme natürlich. Mann, kannst du dämlich fragen!«
»Ich schleppte mich wie ein Untoter in die Küche und wartete dort schlotternd, bis das Kribbeln aufhörte.«
»Ha! Echt schade, dass ich das nicht miterleben konnte«, ärgerte sich Gerd.

Lucky fuhr fort. »Lydia und Renate, die lieblich nebeneinander Schlafenden durch meine Rückkehr zu stören, kam mir gar nicht in den Sinn; ich hätte bestimmt keine Ruhe mehr in meinem Bett gefunden. Du verstehst, was ich meine? Außerdem gibt es zwischen mir und Inge ein Versprechen. Das sind die Gründe, warum ich mir *Renés* Bett auslieh.«

»Edel sei der Mensch, hilfreich und gut!«, meinte Gerd.
»Goethe«, ergänzte Germanistik-Baba.

Lucky wiederholte seine Bitte: »Renate, kannst du der Inge nicht verklickern, dass da nichts war, heute Nacht? Mit keiner und nichts, seit ich *sie* kennengelernt habe ...«

»... am letzten Augustwochenende! Da ist sie eingezogen und an jenem Sabbat hast du Ingebrit zum ersten Mal gesehen. Danach streunte der Herr ja umher mit einer Gretel aus Vorarlberg – bis vergangenen Sonntag!«

»Aus der Schweiz!«, warf Lucky ein.
»Marianne Kämpfert?«, fragte Bajazzo.
»Unfug!«, antwortete Lucky, »Nicht deine Ex!«

Baba stichelte weiter: »Das heißt, du hältst Ingebrit bereits *fünf* Nächte lang *die Treue*? Respekt, Lucky, Respekt!«

»Ach Baba, hör auf mit der Frotzelei. Kannst du mit Inge reden, René? Bitte!«

»Wenn du darauf insistierst, werde ich das versuchen. Später.«
»Nein, bitte sofort!«
»Da gibt sich aber einer verliebt«, ätzte Baba.

»Das wird nicht der Einzige hier im Raum sein«, orakelte Bajazzo, und um abzulenken: »Lucky, was liest du gerade?«

»Ich fragte *zuerst*, Bajazzo. Das ist jedoch schlechterdings in eurem Fröhlichkeitstumult untergegangen. Hat jemand ein Aspirin oder sonst irgendein wirksames Gift?«

»In der mittleren Schublade des Küchenbüffets findest du Schmerztabletten; es sei denn, Cebil hat zugeschlagen in seiner unermesslichen Gier. Ich geh mal nach Inge sehen.« René verließ den Raum.

»Wo bleibt überhaupt unser ungeliebter Allesfresser? Ich meine den *alles-auf-einmal*-Fresser?« fragte Gerd, eher rhetorisch, in die Runde.

»Herrn Wilhelm *Cebil* Zechern habe ich heute Nacht in meiner Funktion als Hauptmieter eigenmächtig hochoffiziell hinausgeschmissen.«

»Das hört man gern. Wie kommt's?«

Lucky antwortete, während er in der Schublade nach dem versprochenen Schmerzmittel suchte. Er fand einzelne Zahnstocher, einen alten gelben Postkugelschreiber, sechs Einmach- und drei Haargummis, ein abgegriffenes Schulheft voll Kaffeeflecken, mehrere Sicherheitsnadeln, einen merkwürdig klebrigen hölzernen Vorhangring, eine Aufbewahrungsschachtel für ein Mikadospiel, gefüllt mit ungespitzten Bleistiftstummeln der Härte 4B, 2B und HB, Heftpflaster, Zahnseide, ein Fünfmarkstück, Sondermünze Johannes Gutenberg 1968, eine Rolle schwarzes Nähgarn, eine Streichholzschachtel mit abgebrannten Hölzchen, eine rostige Schere, fünf Fonduegabeln, eine Cellophanpackung mit verschimmeltem Lübecker Marzipan – Motiv: drei weise Eulen, ein Pixibuch *No. 16, Häschen Prosit wird durch Schaden klug*, lose herumfliegende Watte, einen Winkelmesser, eine Lesebrille mit verbogenem Bügel, zwei längst verfallene Eintrittskarten für das Nürnberger Opernhaus – *Le Grand Macabre* von György Ligeti, die Fernbedienung für den vor einem Jahr auf den Sperrmüll gewanderten Grundigfernseher, eine Tabakspfeife mit angeknabbertem Mundstück, ein Päckchen Kaugummi. »Der wollte die schlafende Renate im Delirium vögeln. Dummerweise – für ihn – lag *ich* in Renés Bett. Das soll er am besten selber erzählen, wenn er seinen Rausch ausgeschlafen hat. ... Ich kann die verfluchten, bescheuerten Schmerztabletten nicht finden ... Ah! Ganz hinten.« Mit den Tabletten in der Hand und den folgenden Worten auf den Lippen schob Lucky die Schublade wieder zu: »Das Ding muss dringend ausgemistet werden.«

Lydia witterte ihre Chance: »Wird etwa eine Stube frei? Kann *ich* einziehen?«

»Das hat das Plenum zu entscheiden«, antwortete Lucky, den das unangenehme Gefühl beschlich, dass demnächst *zwei* Zimmer zur Disposition stünden.

»Gibt es eigentlich Kaffee?«

»Warum eigentlich *eigentlich?* Ja, es gibt, indessen: Trink den *bloß* nicht! Der ist so dünn, da schmeckt Abspülwasser stärker nach Koffein. Bedanke dich bei Gerd – der trägt die Schuld an der mangelnden Qualität«, beklagte sich Baba.

»*Du* hättest die Mühle genauso putzen können!«, gab der Gelegenheitstaxifahrer zurück.

»Sind wir Frauen hier eure Kaffeemühlenputzmamsellen? Du hast wohl einen Knall!«

Gerd zuckte mit den Psychologiestudentenschultern und sagte: »Lucky, kannst du um des lieben Friedens willen deiner Mutter klarmachen, dass sie dir in Zukunft statt Bohnen Pulver schenken möge? … Nein, kein Geld, Kaffee!«

Lucky füllte sich ein Glas mit Rannasprudel, schluckte eine Tablette und spülte nach. Um auf andere Gedanken zu kommen, wiederholte er die an Bajazzo gerichtete Frage: »Was liest du gerade?«

»Marquis Karl de Sade-Marx und dessen Verhältnis zum Opium, zum Volk und zur Religion.«

»Ach das; ein alter Hut, Bajazzo. Du kennst wohl Heinrich Heines Denkschrift für Ludwig Börne nicht?«

»Nein.«

Baba erstaunte: »Über Juda Löb Baruch hielt ich just gestern ein Referat mit dem Titel: *Börne, Wegbereiter des Feuilletons in Deutschland*.«

»Bravo, Baba!«, applaudierte Lucky. »Heine ist einer meiner Lieblingsdichter, Bajazzo. Deshalb kann ich dir den Satz aufsagen, um den es geht: ›Heil einer Religion, die dem leidenden Menschengeschlecht in den bittern Kelch einige süße, einschläfernde Tropfen goss, geistiges Opium, einige Tropfen Liebe, Hoffnung und Glauben!‹«

Baba übernahm: »Das schrieb Heine glaube ich 1840, etliche Jährchen, bevor Marx sein Donnerwort verfasste.«

»Genau!«, freute sich Lucky. »Sagt an, Freund Bajazzo: wonach stinkt Ihr so?«

»Opium!«, knurrte Gerd. »Dein Kumpel stinkt nach Opium für den Mann … oder Opium fürs Weib? Und: Marx hatte keine *Zeit*, de Sade zu lesen – ich *dachte* es mir!«

»Das müsste man beweisen«, meldete sich kleinlaut Bajazzo. »Und *du*, Lucky? Was liest *du* gerade?«

»Die Bibel.«

»Ach komm! Gestern war es der Jahresbericht.«

»Ich rechnete heute Morgen im Kopf den Stellplatz aus, den jedes Tier in der Arche Noah zur Verfügung hat und kam auf weniger als die Fläche eines Vetze-Bierdeckels. Was außerdem an Bord benötigt worden wäre, berücksichtigte ich erst gar nicht.«

»Das hättest du dir locker schenken können, Lucky.« Hanns gab den Schiffsbauspezialisten. »Hast du dir je den Konstruktionsplan der Arche angesehen? Noah erhält den Befehl, einen Kasten zu zimmern aus Fichtenholz und Pech ...«

»Ja, ich weiß: ›Dreihundert Ellen sei die Länge, fünfzig Ellen die Weite und dreißig Ellen die Höhe.‹ – *1. Mose, Kapitel sechs.*«

»Einen Kasten! Die kleinste Welle hätte die Ladung ins Rutschen gebracht ... und augenblicklich wäre der Planet – oder wie der Katholik meint *der Erdkreis* – heute ohne Leben, zumindest an Land.«

»Und wir könnten gar nie nicht miteinander scherzen«, bemerkte Gerd betont traurig und mit ironischem Unterton.

»Der allmächtige Wüstenbewohner, der sich diese dämliche Geschichte ausgedacht hat, kennt außer seinen läppischen Wasserlöchern ...«

»Gottes Wege sind unergründlich.«

»Lydia, glaubst du im Ernst an die Absurditäten, die in der Bibel stehen?«, fragte Lucky.

»Nein, natürlich nicht. Ich wollte ein Späßchen machen.«

»Dann passt es ja.«

ALS WÜRDE IRGENDEINE perfide Energie Lucky eins auswischen, fuhr ihm eine Melodie von Felix Mendelssohn-Bartholdy in den Kopf und hörte mit dem dazugehörigen Text von Ernst von Feuchtersleben nicht mehr auf zu orgeln: *Es ist bestimmt in Gottes Rat, dass man vom Liebsten was man hat, muss scheiden, muss scheiden. Nein! Aufhören!*

Bajazzo wandte sich an Lydia: »Was ich gestern fragen wollte und mit meinem betrunkenen Kopf nicht mehr konnte: Du hast Schnapssorten aufgezählt, darunter einen ... ich weiß den Namen nicht mehr. Pagaunter?«

»Pogauner?«, fragte Barbara. »Österreichisch für Truthahn?«

»Ja, so hieß er! Was ist ein Pogauner, Lydia?«

»Eine Wildpflaume. Der Schnaps duftet nach Marzipan – Pogauner gibt es nur an einem bestimmten Ort in Franken; etwas ausnehmend Seltenes.«

»Und wieso probierten wir den nicht?«

»Weil wir alle genug hatten, besonders du!«

»Ja leider, Lydia. Ich hätte so gerne ...« Bajazzos Blick schweifte zu Baba. Deshalb brach er den Satz ab.

»*So gerne* was?«, hakte Lydia nach.
»Ach nichts.«
»Wie ist es dir denn ergangen, Bajazzo?«, fragte Lucky neugierig. »Du hast dich ja selbst nicht gekannt vor lauter Suff!«
Baba sah Bajazzo enttäuscht an.
»Ich weiß, dass das schlimm gewesen sein muss; jahrelang war ich total abstinent: Indien, Gurus, Meditation und das ganze Zeugs – da verträgt man keinen Alkohol mehr; und gestern bin ich wohl ein wenig außer Kontrolle geraten. Tut mir leid, wenn ich mich daneben benommen habe.«
»Keine Angst, das hast du nicht«, trösteten ihn Lucky und Lydia wie aus einem Munde. Barbara atmete sichtlich erleichtert auf.
Lucky insistierte auf der Frage: »Was *mir* gestern Nacht widerfuhr, wisst ihr im Groben; nun sag Bajazzo. *Du* hast hoffentlich in deinem Auto geschlafen?!«
Bajazzo begann: »Ganz einfach, ich fand trotz schwerer Schlagseite mit traumhafter Sicherheit meinen Bus, der in der Nähe des Weinstadels parkte.«
»Am Maxplatz?«
»Eventuell; die Straßennamen kenne ich nicht alle, ich bin ja kein Taxifahrer.«
»Du hattest folglich ungefähr so weit zu laufen wie Lydia und ich, nur in der anderen Richtung.«
»Im Bus habe ich mich in den Schlafsack gewickelt und bin sofort eingepennt.« Aus Gründen der Dramaturgie wechselte Hanns hier das Tempus: »Mitten in der Nacht wache ich auf, frierend in meinen nassen Klamotten, mit Schuhen an den Füßen; entsprechend sieht der Schlafsack aus – feucht und dreckig. Ich sehe auf meine Armbanduhr. Halb vier. Gut, denke ich; zwar hat der Körper den Alkohol noch lange nicht abgebaut, dem ungeachtet fühle ich mich fit und sehne mich nach meinem trockenen, warmen Bett, zu Hause bei Muttern. Draußen regnet es *Backstein und Zement*. Ich beschließe, das Risiko einzugehen und die etwa eine Viertelstunde dauernde Autofahrt zu wagen. Ich denke: Um *die* Zeit sind keine Bullen unterwegs! Nun Leute, ich täusche mich, will gerade mit meinem Freakbus ...«
»Freakbus?«, fragte Baba.
»Na ja, bunt bemalt mit Symbolen und beschriftet mit Textzeilen von Liedermachern.«
»Zum Beispiel?«

»Eine Zeile von Tom Waits: ›... my goodbye is written by the moon in the sky ...‹«

»Oh, himmlisch! *Shiver me timbers* gehört zu meinen Lieblingssongs.«

»Du magst Tom Waits, Baba? Ich auch – ich könnte sterben für ihn. Was hältst du von der neuen?«

»*Raindogs?* Besser kann es nicht kommen.«

»Meine ich auch. Wie findest du *Time?*«

»Phantastisch!«

»*Downtown Train?!*«

»Wahnsinn!«

Einer Romanze oder gar der *Wahren Liebe* zwischen Barbara und Hanns lag nichts mehr im Wege.

»Wir wollten nichts hören über Ami-Suffköpfe, die am Morgen Reisnägel gurgeln, um nüchtern zu werden, mittags brühend heiße Grillkartoffeln im Ganzen hinunterschlingen, um die Brandblasen an den Stimmbändern zu pflegen, am Nachmittag Schwarzpulver einpfeifen und sich am Abend als Aperitif einen Cocktail aus Nagellackentferner, Fußschweißpuder und Haarwasser hinter die Binde kippen, bevor sie ...« Gerd kam in Fahrt.

»Ignorant!«, rief Baba.

»Lasst die Kindlein lallen«, stimmte Bajazzo ein.

Lucky nahm das Thema erneut auf: »Was geschah denn nun mit dir und der Polizei?«

In diesem Moment kam Renate zurück und bemerkte lapidar »Keine Chance, Lucky. Ingebrit und übrigens auch Cebil, der mich keines Blickes gewürdigt hat, packen bereits ihre Sachen und ziehen noch heute heim, jeweils zu den Alten. Belassen wir es dabei; es ist bestimmt besser so. Mag sein, dass sich klein Inge wieder beruhigt. Ich würde in ein paar Tagen einen *letzten* Versuch starten – aber auf keinen Fall jetzt.«

Lucky schickte sich an, nach draußen zu gehen.

»Bleib hier!«, rief René. »Du verschlimmerst die Situation nur.«

Verzweifelt ließ er sich in den Stuhl sinken.

»Soll ich weiter erzählen?«

»Bitte, Hanns. Vielleicht kann das Lucky ablenken von seinem paradoxen Problem«, meinte Baba. »Und Lucky – du legst unter keinen Umständen eine Scheibe von Tom Waits auf den Plattenteller! Hast du mich verstanden?«

»Die Musik von alkoholkranken Melancholikern vertrage ich eh nicht.«

»Pff!«, machte Barbara beleidigt.
»Wo war ich stehengeblieben?«, fragte Bajazzo.
»Du fährst gerade mit deinem Bus Richtung Mama«, half Baba.
»Genau. Ich will am Rathenauplatz in die Sulzbacher Straße einbiegen. Da halten mich die Bullen auf. Ob ich etwas getrunken hätte. Darum erzähle ich ihnen eine hanebüchene Geschichte und lüge, dass sich die Balken biegen: Sodbrennen, Dünnpfiff, Harnverlust und Brechreiz aufgrund einer schweren Magenerkrankung hätten mich dazu bewogen, mich zum Haus meiner Mutter zu schleppen. Mein schlechtes Gewissen wegen des Alkoholkonsums habe mich jedoch anfangs gezwungen, im Bus zu übernachten. Auf dem Parkplatz freilich sei es für mich wegen diverser Malheurs, Schmerzen und fehlender Medikamente unerträglich geworden. Die *Faschingsprinzen* ließen sich tatsächlich überzeugen und eskortierten mich, ohne mich einem Alkoholtest zu unterziehen, bis nach Erlenstegen. Da kann man mal sehen, wie blöde die sind.«

Baba bemerkte bewundernd: »Du kannst dich gut ausdrücken; und kreativ bist du. Eine Inkontinenz aller Hauptkörperöffnungen zu erfinden in solch einer Situation – wahrhaft geistesgegenwärtig. Chapeau! Und du hattest verdammt viel Glück.«

IN BAJAZZO ENTWICKELTE sich das Bedürfnis, den Spezi zu trösten: »Lucky, mein Freund, mir sind heute früh zwei Dinge aufgefallen. Erstens die Höhe unsere Zeche gestern Abend: 69,96.« Bajazzo, der vorhin – bei dessen Tablettensuche – Luckys Finger verfolgte, holte sich aus der Büfetschublade Zettel und Bleistift und schrieb zur Veranschaulichung seiner Ausführung die Zahl auf. »Die Ziffern sechs und neun wenden sich *zu*, neun und sechs wenden sich *ab;* das kannst du drehen wie du willst: 96,69 – 69,96. Es entsteht nun den Eindruck, dieser Betrag vom gestrigen Abend ist ein Zeichen mit der Bedeutung dass in unser beider Leben Veränderungen, wenn nicht gar Umwälzungen in der Luft liegen.«

Baba, René, Gerd und Lydia – alle vier zeigten sich augenscheinlich *mystischen Dingen* nicht abgeneigt – lauschten gespannt Bajazzos sonderbaren Gedankengängen.

»Umwelt-Zungen? In der Luft? Und zweitens?« Luckys Stimme wirkte gelangweilt und genervt.

»Und zweitens lauten die Anfangsbuchstaben unserer Spitznamen L und B. ›Lucky und Bajazzo‹. Das bedeutet, dass wir uns die Waage halten und Pfundskerle sind. Die Abkürzung *lb* steht nämlich fürs lateinische LIBRA und das heißt, wie du wissen wirst, Waage VEL Pfund; und da es keine Zufall gibt, bin ich mir sicher, dass ...«

»Hör bloß mit der gequirlten Scheiße auf, Bajazzo. Ich hatte mit Wunderglauben nie etwas am Zaubererhut.«

»Das hat mit Mystik beziehungsweise Wunderglaube – wie du es nennst – nichts zu tun, mein Lieber. Ich brüte über Jean-Paul Sartres *Das Sein und das Nichts:* ein Buchtipp von mir für dich. Was liest *du* gerade?«

»Johann Karl Wezels *Belphegor oder die wahrscheinlichste Geschichte unter der Sonne.*«

»Ist das nicht eines von Arno Schmidts Lieblingsbüchern?«

»Ja. Nur wegen dessen Empfehlung als *Werk ehrwürdigsten Gott-, Welt- und Menschenhasses* lese ich diesen Schmöker.«

BAJAZZO BEHIELT RECHT, was die Folgen des Abends im *Bügelbrett* und somit die *Umwälzungen* anging: Ingebrit Schenn und Wilhelm *Cebil* Zechern zogen am selben Tag aus und ließen von Freunden und Eltern in der folgenden Woche ihre paar Möbel abholen. Dabei gab es vonseiten Willi Zecherns – aber das war abzusehen – die üblichen kindischen Diskussionen, wem was gehöre, was gemeinsam gekauft worden und nun abzulösen sei, welcher Müll von wem entsorgt werden müsse und wie das mit der Septembermiete sei. Inge hingegen verließ ohne Sang und Klang die WG. Kein Wunder, die Wohngemeinschaftserfahrung beschränkte sich auf weniger als eine Woche; sie zahlte leidend und anstandslos eine einzige Monatsmiete.

Nicht lange nach der schmerzhaften Trennung fragte Lucky in seiner Eigenschaft als Hauptmieter Gerd, ob denn dessen Freundin Isabella in Inges oder – falls sie das vorziehe – in Cebils Zimmer einziehen möchte.

Der druckste herum und tat endlich kund: »Isa findet keinen Gefallen an WGs. Sie möchte nach Erlangen ziehen, der Philosophischen Fakultät nahe sein, und hat in der Bismarckstraße vier zum Nestbau geeignete Wände gefunden, die sofort zur Verfügung stehen. Weil sie wie ich Psychologie studiert, finden wir es nützlich, zusammenzuziehen. Blöd ist natürlich, dass ausgerechnet *jetzt* zwei Zimmer frei geworden sind. Na ja, dann sind es halt drei. Ich hätte es dir fristgerecht mitgeteilt: Zum ersten Oktober bin ich weg. Es war eine wilde Zeit und du wirst bestimmt jemanden finden. Ich hänge Zettel an Schwarze Bretter in den Mensen, an der Pädagogischen Hochschule ... «

»Allemal!«, versicherte sich der resignierte Lucky. Panisch klopfte er sogleich bei René an um zu erfahren, wie ernst es Lydia sei: »Habt ihr bereits miteinander gesprochen? Hat sie wirklich Bock, einzuziehen?«

Unbekümmert antwortete Renate: »Gut, dass du fragst, Lucky. Es sieht so aus, als ändere sich in unserem Leben etwas Entscheidendes. Deshalb beschlossen wir, Lydia und ich, ein Wohnen im Duo auszuprobieren. Einer meiner Bekannten zieht soeben aus seinem Appartement in der Schildgasse aus. Da es ihm gehört, können wir es problemlos übernehmen. Du bist nicht böse, wenn ein weiterer WG-Platz frei wird?«

»Oh! Und nun? Ich empfinde kein Bedürfnis, mit Baba in einem Sechszimmerjugendstilbau vegetarisch zu überwintern!«

»Ach«, staunte da René, »hat sie es dir gar nicht gesagt? Barbara zieht mit Bajazzo zusammen. Da hat wohl ein Topf den passenden Deckel gefunden; oder umgekehrt.«

LUCKY SAH SICH ALLEINE, im Handumdrehen verlassen wie nie zuvor im Leben. Wie sollte er die tausendzweihundert Mark Kaltmiete aufbringen in den nächsten drei Monaten bis zum Ablauf der Kündigungsfrist, mit welchen Mitteln würde er die Heizkosten begleichen? Ihm graute zu Recht vor Herrn Rechtsanwalt Dr. Schwanzer und dessen Geliebter, der Hausbesitzerin und Vermieterin Frau Geiger.

BAJAZZO BEZOG am Anfang des folgenden Monats eine Wohnung in der Nähe von Forchheim. Aus der Stelle als Chemie- und Biologielehrer wurde indes nichts. Grund war eine Anzeige wegen nächtlicher Ruhestörung und Erregung öffentlichen Ärgernisses.

»Däi Dreegsau is middn in der Nachd naggerd durchn Reeng grenndl!«, polterte der ewig gestrige Augenzeuge – der mit dem Charles-Chaplin-Bärtchen – im Verhandlungssaal.

Ein in Nürnberg allseits bekannter und beliebter Kolumnist, ehemaliger Schüler desselben Gymnasiums, durch das sich unsere beiden Freunde einst quälten, veröffentlichte seit Jahren unter dem Titel *Man bittet um Nachsicht* im 6-Uhr-Journal besonders witzige, absurde und *schbeggdagguläre* Justizglossen. *Der Kumpel* trat Bajazzos Misere schonungslos zu Brei und gab das sensible *Hanskaschperl* der Lächerlichkeit preis, das sich bei kaum einem der wenigen Freunde mehr blicken ließ.

Das Schulamt war »Heil!-froh«, wie sich Bajazzo mit der dazugehörigen Nazigeste ausdrückte, den Indienfahrer nicht einstellen zu brauchen, jenes suspekte Subjekt, den Versager, der *schon einmal* den sicheren Job im Staatsdienst achtlos hingeworfen hatte und von dem darüber hinaus das Gerücht ging, dass seine politische Gesinnung nicht dem Parteibuch der CSU entsprach. Baba gegenüber geriet Bajazzo in arge Erklärungsnot. Wozu das alles führte? Die traurige Geschichte soll später erzählt werden.

EIN FRÖHLICH über die Straße gerufenes »Was liest du gerade?« änderte das Leben der *Agas* entscheidend. Wenn sie sich nicht getroffen hätten, wären sie nicht in der Kneipe versumpft, Hanns Kämpfert wäre nicht angezeigt worden und hätte stattdessen den Lehrerberuf wiederaufnehmen können. Die WG *Glück & Genossen* hätte weiter existiert, denn René und Lydia hätten sich nicht kennengelernt, Cebil hätte sich nicht versehentlich auf Lucky gelegt, Inge wäre keinem Missverständnis aufgesessen und die *dreifachen Bas (Bababa!)* hätten sich nicht ineinander verliebt.

Außer auf Gerd, der zu Isabella gezogen wäre, hätte die WG auf niemanden verzichten müssen. Das wäre nicht schlimm gewesen, weil sich *ein* Wohngenosse *immer* leicht ersetzen lässt. Es kam anders. So ist die Gegenwart. Sie hört wohl nie auf – und: wenn das Wörtchen *ob* nicht wär', wär' der Ober nur ein Er (eine von *Glücks* Wahrheiten).

Lucky verlor Bajazzo aufs Neue aus den Augen; und umgekehrt – diesmal für außerordentlich lange.

Zweiter Teil

Mitte Juni 1976

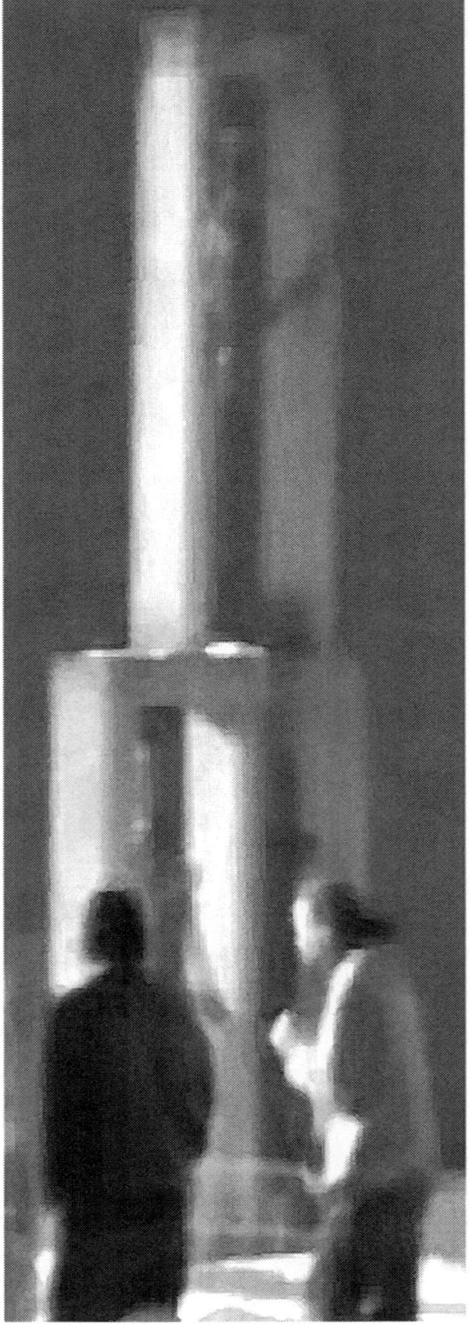

VI

"I would prefer not to."
(Herman Melville)

»Laggi, Telefon fr di'!« Hasso Wandl, aus *Goislingä* stammender Student an der Wirtschafts- und Sozialwissenschaftlichen Fakultät der FAU[1], rief vom Gang aus nach seinem kürzlich eingezogenen Mitbewohner.

Lukas Glück, Student der Theaterwissenschaften, Musikwissenschaft und Kunstgeschichte, öffnete leise die Tür und raunte: »Ich möchte lieber nicht. Das hysterische Lamento meiner Mutter kann ich nicht vertragen; jetzt nicht und überhaupt nie.«

»Noi«, antwortete fröhlich *Hase*, wie ihn alle Wohngenossen im vierstöckigen Miethaus mitten im Nürnberger Bleiweißviertel nannten, »des isch oi gwissr *Hans*, dr di da schbreche will.«

»Hanns? Bajazzo? Ich komme.« Lucky nahm den Telefonhörer entgegen: »Was liest du gerade?«

»Guten Morgen, Lucky!«

»Was heißt hier *guten Morgen?* Es ist schließlich bald halb zwei Uhr am Nachmittag.«

»Eben! Um auf deine Frage zurückzukommen: Ich legte mir jüngst die zehnbändige Werkausgabe von Samuel Beckett zu.«

»Der feine Herr muss immer gleich *alles* besitzen! Außerdem finde ich eine Gesamtaugabe seltsam, solange der Autor lebt. Das sieht aus, als ob der Herausgeber – ich vermute *edition suhrkamp?* – dem Schriftsteller nicht zutraut, weiterhin Literatur zu produzieren. Den wievielten Geburtstag hat der 1906 Geborene heuer gefeiert?!«

»Was soll's! Gesammelte Werke lassen sich um Supplementbände erweitern. Und du?«

---

[1] Abkürzung für *Friedrich-Alexander-Universität* Erlangen-Nürnberg, aber auch für: Florida Atlantic University, Formazine Attenuation Units (eine Einheit bei Trübungsmessungen in Flüssigkeiten), ab 1977 Freie Arbeiterinnen- und Arbeiter-Union (anarchosyndikalistische Gewerkschaft), Facultad de Arquitectura y Urbanismo.

»Ich lese Tolkiens *Der Herr der Ringe*. Die drei grünen Bände sind Kult. Und ich schwöre es dir – du fängst damit an und legst den Roman nicht mehr weg, bis du ihn ausgelesen hast.«

»Na ja, *Wenn es der Wahrheitsfindung dient!*, um das geflügelte Wort unseres allseits beliebten Kommunarden Fritz Teufel zu bemühen. Mir persönlich sind die drei dunkelvioletten Bände *Michael Bakunin Gesammelte Werke* lieber.«

»Wie du meinst, Bajazzo. Apropos Wahrheitsfindung: glaubst du, dass der Teufel mit der Lorenz-Entführung etwas zu tun hat?«

»Nein! Der Teufel ist ein Politclown und jedenfalls kein Guerillero. Ich weiß, dass nach der Predigt in der Kirche das Amen kommt, bevor die Gemeinde in die böse Welt zurückgeschickt wird, und ich könnte es beeiden: ebenso zuverlässig wird der böse Studentenbewegungsteufel in den nächsten Tagen aus der U-Haft frei gesetzt. Amen.«

»Sei dir da nicht so sicher! Wer weiß, was unser zynischer Staat darunter versteht: Universal-Haft?«

»Pst, Lucky!«, Hanns senkte seine Stimme, »Ich habe ungeheure Lust, mich der RAF[2] anzuschlie…«

»Bist du des Wahnsinns! Abhörgefahr! Themenwechsel, du Spinner!«

Hanns lachte lauthals. Sodann flüsterte er. Für Lucky hörte es sich an, als ob sein Freund in den Hemdkragen spräche:

»Hallo, Kollegen vom BND[3]: Hier spricht APB[4]. Genosse Glück hat mich leider enttarnt. Roger? Dann Over. Ogre? Dann Rover … Was? … Fritz? Welcher Fritz? Ach so, Franz! Ich schalte für immer und ewig das Mikro ab und bitte im gleichen Atemzug um totalitäre – Verzeihung! – totale Entwanzung … Wie meinen? Daisy? Ach, Desi, Desinfektionsanstalt! … Wegen der Entwanzung, aha … Morgen um

---

[2] Abkürzung für *Rote Armee Fraktion*, aber auch für: Royal Air Force, Rigaer Autobusfabrik, Reichsarbeitsführer, Reichenberger Automobilfabrik, Royal Aircarft Establishment.

[3] Abkürzung für *Bundesnachrichtendienst*, aber auch für: Bank Of North Dakota, Brunei Dollar, Bund Neudeutschland.

[4] Abkürzung für *Agent Provocateur Bajazzo*, aber auch für: Accounting Principles Board (privatrechtlich organisiertes Rechnungslegungsgremium), Akademie für Politische Bildung Tutzing, Associação Portuguesa de Bancos (portugiesischer Bankenverband), Automatic Parking Brake (elektrische Feststellbremse).

neun Uhr in der Brückenstraße. Nummer 23?! Wirklich? Gerne.« Bajazzo fiel es schwer, wieder ernst zu werden. »Warum ich anrufe, Lahahacky: Ich will dich auf das Klassentreffen von heute Abend hinweisen. Man hat uns vor fünf Jahren das Zeugnis der Reife ausgehändigt. Ob zu Recht? Na ja. Ich hole dich ab und wir fahren zusammen in die Gaststätte *Tiroler Höhe* am Hasenbuck. Kennst du die?«

»Und ob! In unmittelbarer Nähe lebte ich von meiner Geburt bis zur Einschulung. Schauderhaft! Meine Eltern, meine beiden Brüder und ich wohnten zusammen mit Oma und Opa Glück in der Sterzinger Straße 21. Vom gemeinschaftlichen Schlafzimmer und auch von der Wohnküche aus genoss ich direkten Blick auf die SS[5]-Kaserne.«

»War die Wohnung geräumig? Und es existierte nur ein einziger Schlafraum?«

»Ja. Wir drei Jungs teilten uns ein Bett, manchmal durfte ich als Jüngster zu den Eltern reinkrabbeln. Meine Schwester schwamm noch *in Abrahams Wurstkessel*. Wir schliefen zu fünft in einem sechzehn Quadratmeter großen Raum. Da hat es gemufflet, kann ich dir sagen. Das kleinere Esszimmer maß etwa drei mal vier Meter.«

»Oh! Wann hatten denn deine Eltern Sex?«

»Keine Ahnung. Wie sie das Problem lösten, weiß ich nicht – ich habe bislang nicht darüber nachgedacht. Mein Vater ist erzkatho-

---

[5] Abkürzung für *Schutzstaffel,* eine paramilitärische Organisation der Nationalsozialistischen Deutschen Arbeiterpartei, aber auch für: Sacra Scriptura (Heilige Schrift), Sancta Sedes (Heiliger Stuhl), Sommersemester, Sonderschule, Swallow Sidecars (Jaguar), Steam Ship, (in Schiffsnamen für Dampfschiff), Sua Santità (Seine Heiligkeit, der Papst), Super Sport (Spezielle Sportversion diverser Chevrolet-Modelle), Staatsspoorwegen (Eisenbahngesellschaft), Strada Statale (Staatstraße in Italien), Süd-Sudan, Sopransaxophon, Surface-to-Surface (Codename für sowjetische Boden-Boden-Raketen).

Lucky meint mit *SS-Kaserne* die *Südkaserne*, die von den Amerikanern im April 1945 erobert und in *Merrell Barracks* umbenannt wurde, aber bis auf den heutigen Tag im Nürnberger Volksmund die von Lucky verwendete Bezeichnung trägt. Man zeigt sich in Franken auch ansonsten stur, was Benennungen betrifft: So hieß das Kaufhaus am Aufseßplatz mit den häufig wechselnden Firmennamen (Merkur, Horten, Kaufhof) stets *der Schoggn*, obwohl bereits 1938 die Nazis den jüdischen Schocken-Konzern enteigneten.

lisch. Wahrscheinlich haben sie nur miteinander gevögelt, um ein Kind zu zeugen. Mutter war längst am Unterleib erkrankt, an Endometriose glaube ich. Sie führten vermutlich – wie der *Heilige Vater* es formulieren würde – ›un matrimonio cattolico senza rapporti sessuali.‹«

»Rede deutsch mit mir!«

»Eine katholische Ehe ohne Geschlechtsverkehr.«

»Und deine Großeltern?«

»Ob *die* noch schnackselten?«

»Nein! Ob die auch bei euch im Schlafgemach hausten.«

»Okay, ich versuche, die Wohnsituation zu beschreiben Das Obdach bestand aus vier Wohnräumen, einer geräumigen Küche, einem Abort plus Holzboiler und Emaillebadewanne und natürlich einem Gang. Wir bewohnten – quasi als Untermieter – zwei Kammern; und Oma und Stiefopa stritten tagein tagaus mit meinen Eltern, vor allem der versoffene, gewalttätige, partout nicht zu entnazifizierende Greis, der einmal im Vollrausch versuchte, mit dem Brotmesser eine Wand zu durchstoßen, die *den Salon,* wo sich der Rest der Familie verbarrikadierte, vom Korridor trennte. Vorher brach er sich eine Rippe, weil er sich mit voller Wucht gegen die versperrte Tür warf. Alle zitterten vor Angst. Ein Telefon gab es nicht, und so warteten wir gezwungenermaßen, bis der Tobsuchtsanfall vorüberging und er einschlief.« Lucky schwieg kurz. Die Zäsur deutete einen Themenwechsel an. »Übrigens lebte ich damals in permanenter Furcht vor Flugzeuggeräuschen. Oft hielten mich Nachbarskinder fest – oder auch meine älteren Brüder –, wenn man über den Häusern Motorenlärm hörte. Ich starb jedes Mal fast.« Er seufzte. »Und du willst mich heute Abend in das verfluchte Viertel verschleppen, in dem mir die ersten und deshalb nachhaltigsten Defekte zugefügt wurden? Ich möchte lieber nicht.«

LUKAS GLÜCK litt als kleiner Junge unter einer Flugzeugphobie. Wenn er auf der Straße oder im Hof spielte und das schneidende Geräusch einer sich nähernden Maschine auch nur erahnte, fing er in panischer Angst zu rennen an und suchte verzweifelt ein Versteck. Hörte er in der elterlichen Behausung einen nahenden Flieger, kroch er unters Bett.

Grund für die Furcht war die Wette eines amerikanischen Piloten, der im Sommer 1955 mit einer F-86D im Sturzflug über den *Merrell Barracks* Überschallgeschwindigkeit erreichte und damit in vielen naheliegenden Häusern Glasscheiben zum Bersten brachte. Lucky, der vom Fenster aus gerne den exerzierenden Amerikanern – besonders den *Marching Bands* – zusah, musste im Gegensatz zu den Brüdern, die auch an *jenem* Vormittag in der nahen Sperberschule ihr morgendliches Schläfchen hielten, Augen- und vor allem Ohrenzeuge des Vorgangs sein.

Zwanghaft – um das Böse in Besitz zu bringen und somit zu bannen – sammelte er nach diesem Vorfall kleine Militärflugzeuge aus Plastik, die von den billigen Handlangern und Fließbandbediensteten cleverer kapitalistischer Gierhälse und Bonbonhersteller in Dauerlutscher eingegossen wurden, um kindliche Sammelleidenschaft zu wecken; und er suchte stets nach dem Modell der *flying machine*, die ihm einen solchen Schrecken eingejagt hatte.

Man kann deswegen mit Fug und Recht behaupten, dass Lucky seine kariösen Milchzähne und die sich darauf gründende lebenslange Paranoia – er träumte häufig von Dentisten, die ihn verfolgten, um ihm ohne Betäubung sämtliche Zähne anzubohren – Adolf Hitler verdankte. Hätte der wahnsinnige *Führer* nicht die Macht an sich gerissen, hätte es keinen Weltkrieg gegeben und die Amis hätten Bayern nicht besetzt; über der Frankenstraße wäre nicht die Schallmauer durchbrochen worden und Lucky hätte nicht dermaßen viele *Lollipops* gelutscht, um seine Sammlung von Plastikbombern zu komplettieren, hätte über gesündere Zähne verfügt und die Zahnärzte hätten weniger gebohrt. Vielleicht lagen die Gründe auch sehr viel weiter zurück. Wenn Adam und Eva sich nicht zugedröhnt hätten mit halluzinogenen Erkenntnisfrüchtchen ... und so fort.

KURZ VOR DER EINSCHULUNG betrachtete sich Lucky die Bemalung eines geparkten US-*Propeller-Dings* auf der von den Nazis angelegten Aufmarschstraße hinter dem Volksfestgelände. Er sah eine blaue Scheibe, auf die ein fünfzackiger weißer Stern gemalt war, dessen Spitzen den Kreisbogen tangierten. Hinter dem Kreis verbarg sich ein waagrechtes weiß-rot-weißes Band, das links und rechts ein gutes Stück hervorlugte, perfekt symmetrisch: zum oberen wie zum unteren Rand der Scheibe herrschte der gleiche Abstand. Das Ensemble, mit einem dicken Strich umrahmt und im selben Blau wie der Kreis, gefiel ihm, und seit jenem Moment verglich er die Flugzeugkokarden der verschiedenen Nationen: besonders die *Zielscheiben* Frankreichs, Großbritanniens und Italiens fand er spaßig, am meisten jedoch mochte er den relativ schlichten roten Fünfzackenstern der Sowjetunion, der – wie auch der amerikanische – breitbeinig mit ausgestreckten Armen und einem Zipfelhut daherkam und hinter dem sich in derselben Körperhaltung ein etwas größerer blauer Stern und hinter ihm ein weißer versteckte und hinter diesem wieder ein geringfügig größerer roter, der aussah, als umrahme er als schmaler roter Strich einen dicken weißen.

Wie gesagt, Lucky verfügte über erstaunliche Phantasie, exzellente Auffassungsgabe und ein gutes Gedächtnis: Er war überdurchschnittlich intelligent.

Als er selbstvergessen das US-Emblem analysierte, sprach ihn ein kinderlieber schwarzer Pilot an und erbot sich, ihn mit an Bord zu nehmen: "Hey buddy, wanna have a look at the inside of my Baby?" Der überaus schüchterne Lucky – mancher Psychologe hätte Autismus vermutet – traute sich nicht, nein zu sagen, obwohl *oder weil* er kein Wort verstand. Und so führte ihm der hoch aufgeschossene, elegant uniformierte *Zupfer* – eine in Mittelfranken übliche, abfällige Bezeichnung für einen amerikanischen *soldier*, die auf die Tätigkeit des Baumwollzupfens in der Sklavenhalterzeit anspielt – den in der Mitte sitzenden Steuerknüppel mit dem Schussauslöserknopf vor. (Nein, nein! Nichts liegt der Beschreibung ferner als ein Gedanke an sexuelle Symbolik!) Er wies auf die verwirrend vielen Kippschalter, Drehregler und die über zwanzig für den kleinen Kerl nahezu unzähligen kreisrunden Glasscheibchen, hinter denen sich oft komische Anzeigenadeln befanden, um dem Flieger die verbleibende Kraftstoffmenge, Geschwindigkeit, Uhrzeit, Flughöhe, Himmelsrichtung, den Neigungswinkel und vieles mehr mitzuteilen. Solange die Höllenmaschine keine Geräusche von sich gab, spürte Lucky keine Angst, eher ein indifferentes Gefühl, ein kindliches Staunen. Als dagegen Sergeant Eddie *Boom Boom* Taylor verbotenerweise aus reiner Nettigkeit den Motor startete, strampelte und quiekte der Bub unter den Soldatenhänden und ließ sich nicht bändigen, auch nachdem der verdutzte Unteroffizier den Motorenkrach abstellte und mit dem Kleinen unterm Arm fluchtartig aus dem Kampfflugzeug kletterte. Eine Familienpackung *Double Bubble* brachte etwas Ruhe in die Situation, die für Mr. Taylor später eine böse Abmahnung zur Folge hatte. Mit diesen Kaugummis konnte man unglaublich großräumige Blasen herstellen, die fast das ganze Gesicht verklebten, wenn sie in ihrem prächtigen, transparenten Schlüpferrosa zerplatzten und sich über Nase, Mund und Wangen legten. *Boom Boom* zeigte es Lucky und der imitierte den schwarzen Mann.

LUKAS' FLUGLÄRM-ANGST reichte weit in die Pubertät hinein; sie verschwand endlich, als das Brummen eines Reisebusses, in dem der unter seiner Phobie leidende Jugendliche saß, den Lärm einer am Flughafen München Riem zur Landung ansetzenden Boeing 707 übertönte.

»TU MIR DEN GEFALLEN, Lucky, und begleite mich heute Abend auf die Klassenparty. Deine drei unsterblichen Lieben sind bestimmt auch da, die kleine Kleo mit dem Wuschelkopf, die hagere Hagit mit dem monströsen Zahnfleischlachen und die lange Kerstin mit den krummen, dünnen Beinen!«

»Meine Mädels!« Lucky seufzte genussvoll, sehnsüchtig, wehmütig: »Larry, Moe und Curly. «

Larry, Moe and Curly, alias *The Three Stooges*, waren eine US-amerikanische Komikertruppe. Dass Luckys und Bajazzos chauvinistische Mitschüler die drei Schulkameradinnen so titulierten, zeugt nicht von übermäßiger Sensibilität. (»Schließlich kann niemand etwas für sein Aussehen«, bemerkte einst Bajazzo, nicht viel feinfühliger.)

»Genau! Lass das Herz sprechen und dir etwas vorschlagen: Damit du die ungeliebte Sterzinger Straße nicht sehen musst, verpasse ich dir die *Sleep Mask* meines Papas, eine Scheuklappe, die von der Lufthansa verteilt wird, um ängstlichen und lichtempfindlichen Passagieren einen kurzen, unruhigen Schlaf zu ermöglichen. Ich nehme sie dir in der Kneipe ab, dramat- und theatralisch. Das wird unsere Kollegen verunsichern.« Bajazzo intonierte mit ironischem Unterton einen Schlager des in Tunis geborenen Roberto Zerquera Blanco. (Ach, wären seine kubanischen Eltern unfruchtbar gewesen!) »»Ein bisschen Spaß muss sein!««

»Gnade, Bajazzo! Weißt du, ich behalte die Augenbinde auf während der kompletten, albernen Veranstaltung. Sag mal, erblindet nicht Samuel Becketts Figur *Lucky* in *Warten auf Godot*? Du bist als Gesamtausgabenbesitzer der Fachmann!«

»Nein, *Pozzo* – Luckys Herr – kann nicht mehr sehen; im zweiten Akt. Lucky benötigt im ersten Akt einen Hut zum *Denken*.«

»Ha! Das ist viel besser! Ich trage die Schlafbrille den Abend über – so brauche ich mir die blöden Familienfotos nicht anzusehen. Und du trägst meinen Hut in der Hand. Meine Oberpfälzer Bauerngroßeltern vererbten mir vor Jahren ein lächerliches *Hiatai*.

»Ein was?«

»Eine Art Seppelhut aus Filz, mit grüner Kordel und einem bescheuerten *Antererhackl*.«

»Du liebe Güte, was bedeutet *das* jetzt wieder?«

»Die gebogene Schwanzfeder eines Erpels. Ein grausiger Dialekt, nicht wahr?«

»Stimmt!«

»Pass auf: Immer wenn ich etwas sagen will, gebe ich dir ein Zeichen. Du setzt mir das *Hiatai* auf, und ich fange zu quasseln an, bis es keiner mehr aushält.«

»So wird es gemacht; hundertprozentig, Lucky! Was sind wir ohne einander? Nichts! Als *Agas* jedoch sind wir unschlagbar.«

Lucky verzog den Mund.

Bajazzo fuhr fort: »Wahrscheinlich haben die Opportunisten ihre Lieblingsstudienräte eingeladen: Lägele, Johnny, Hinkel und wie sie alle heißen. Und womöglich kommen die *tatsächlich* angewackelt. Das wird ein Mordsspaß!«

»Nein; eher nicht; es wird mir bereits übel, wenn ich bloß daran denke.«

»Dank *Sleep Shade* könntest du all die welken Pädagogen und erfolgreichen Studienabgänger ja gar nicht sehen – wahrscheinlich lauter Juristen und Mediziner.«

»Du hast die Doofgilde der Lehrer vergessen.«

»Lucky?! Ich gehöre auch zu denen!«

»Was ich in deinem Fall überhaupt nicht verstehe.« Lucky seufzte: »Ach Bajazzo, ich weiß nicht; ausgerechnet die *Tiroler Höhe* – und ich mit *Hiatai* und *Antererhackl*. Das ist vorsichtig gesagt infantil.«

Die Stimme von Hanns, der sich über die *Doofgilde* ärgerte, färbte sich gelb: »Sag mal, Glück, wie sieht es denn mit *deinem* Studienabschluss aus?«

»Es langweilt. Ich denke, ich probiere es ab dem Wintersemester mit Philosophie. Um auf das Junglehrerdasein zurückzukommen, alter Freund: Kannst du dich im Spiegel betrachten, ohne dass es dir schlecht wird? Die Lehrerschaft hat dich im Verlauf unserer Schulzeit angekotzt wie mich. Ich gebe ein paar Jährchen nicht Acht und plötzlich gehörst du dazu!«

»Wieso? Ich bin angetreten, um die Erziehung von Kindern zu mündigen Bürgern im Sinne von T. W. Adorno – du kennst seine Vorträge und Gespräche mit Hellmut Becker? …«

»Selbstredend, Bajazzo. Stell dir vor, ich werde mir schrittweise die *Gesammelten Schriften* zulegen, so weit es meine Finanzen erlauben.«

»Fehler! Kaufst du nicht alle dreiundzwanzig Bücher auf einmal, bekommst du *Band drei*, die *Dialektik der Aufklärung*, in dieser Reihe nie zu sehen: was für eine miese Strategie des *Suhrkamp Verlages*. Ich sage Pfui Teufel!«

»Oh. Danke für den Hinweis. Sei's drum; habgierige Buchproduzenten verlieren manchmal plötzlich potentielle Kunden.«

»Wo waren wir stehengeblieben? Ach ja: Ich habe den Lehrerberuf gewählt, um die Erziehung von Kindern zu mündigen Bürgern voranzutreiben und dazu bedarf es eben des von Rudi Dutschke und Anhängern propagierten *Langen Marsches durch die Institutionen*. Wenn nicht jetzt, wann sonst!«

»*Welche* Fächer hast du studiert? Chemie und Biologie?«

»Das Fach ist egal, meinst du nicht?«

»Sozialistische Kernladungszahlen, antifaschistische Neuronen, kommunistische Bergziegen, antiimperialistische Mendelbohnen, hihi! Du trittst an, um die Welt zu verbessern, Bajazzo, und nun wirst du wie alle, die deiner schrägen Meinung sind, während des langen Arsches durch die Mangel – äh Marsches durch die Angel – gedreht und vom Kapitalismus verheizt. Auch du, mein Hanns Caspar. Glaub mir! Und in absehbarer Zeit kommst du angejettet und zeigst mir Fotos von deiner Frau, deinen zwei Kindern, deinem Haus mit Garten, deinem Mercedes. Du hast eh die besten Voraussetzungen, als Unternehmerbübchen in der Bourgeoisie abzusaufen wie vor gut einem halben Säkulum die stolze Titanic im Eismeer: Blubb.«

»Was also: Werde ich verheizt oder saufe ich ab: Beides gleichzeitig geht ja wohl nicht! Davon kannste ausgehen, sprach das Glas Wasser zur brennenden Kerze. Lass es bleiben, Lucky!«

»Weißt du, mein Feuerwasserbruder, was *mir* vorschwebt? Eine jahrzehntelang dauernde einmal wöchentlich sonntags noch vor der Tagesschau ausgestrahlte Fernsehserie, die den Volksnerv trifft, die deshalb unvorstellbar hohe Einschaltquoten verzeichnen kann und die mit einer sehr feinen, schier nicht spürbaren *Quintessenz* die Gehirne der Konsumenten aktiviert und sie zum richtigen Bewusstsein führt. Es sind doch die Künste in allen Facetten allein in der Lage, die Menschheit zu retten.«

»Kunstfacetten – Menschheit retten! Ha. Lucky, du entpuppst dich als begnadeter Reimer! Sogar der Versfuß stimmt.«

»Na ja, der Dreivierteltakt ist wohl gesetzt, gelle? Aber ernsthaft, die herbeigewünschte TV-Sendung würde lediglich die primitiv bewaffnete vorderste Schlachtreihe der subversiven Kunstguerilla repräsentieren. Und wenn *die* an und für sich schon wirkungsvoll wäre ...«

»Du bist ein Träumer!«

»Warum? Nimm als Handlungsort ein Mietshaus mit Bewohnern aller möglichen Couleur, eine Concierge als Kommentatorin, treusorgende, dennoch fremdgehende Haus-, Ehefrauen und Mütter, zu läuternde Kleinkriminelle, Denunzianten, Alt- und Jungnazis als veritable Ekelpakete, sympathische Schwule, unglückliche Lesben, verständnisvolle Linke, behinderte Kinder, griechische Kneipenbesitzer, Asylanten und so weiter. Da die Schauspieler mit den Zuschauern altern, werden letztere deshalb irgendwann allesamt toleranter und weniger reaktionär. Falls das mit solch einer doofen Vorabendserie klappt – und das gelingt, dessen bin ich mir sicher! –, dann denke dir eine Musik, die direkter als die Popmusik der Sechziger das Ohr trifft, eine Malerei, die unvermittelt ins Auge fährt, ein Tanztheater, das ... «

»... ohne Umwege in die Nase steigt: Sehe ich Tänzer, assoziiere ich Käsefüße. Du armer Phantast. Wann hat die Kunst jemals die Welt verändert?!«

»Immer. In jedem Moment – lies Lukács!«

»Mumpitz! Wir sehen in diesem Augenblick die sich verbessernde Welt?! Dass ich nicht lache! Und um auf deine Serie zurückzukommen: Die würde der gleiche Misserfolg werden wie die herrlich anarchische Blödelreihe, die seit letztem Jahr im Hessischen Fernsehen ausgestrahlt wird.«

»Wie kommst du dazu, das hessische Regionalprogramm zu sehen? Und was meinst du für eine Reihe?«

»Eine mehrteilige Comedyserie namens *Dr. Muffels Telebrause* der so genannten GEK-Gruppe Gernhardt, Eilert, Knorr, das sind Redakteure der Satirezeitschrift *Pardon* und Mitbegründer der Neuen Frankfurter Schule. Ich sah leider nur eine einzige Folge, als ich in Frankfurt war, vor etlichen Monaten. Bei Tina – einer Freundin.«

»Tina wohnt in Frankfurt? Und du gehst mit ihr?«

»Nein, nicht Tina Patt; *meine* Tina heißt Berner und du kennst sie Gott sei Dank nicht, sonst hättest du sie mir längst ausgespannt.«

»Bajazzo! Schnappte ich dir jemals eine Frau weg? Die laufen immer vor *dir* davon – dass sie ausgerechnet zu *mir* driften, dafür kann ich nichts. Was ist das für eine Beziehung, du in Nürnberg, sie in Frankfurt?«

Hanns Caspar seufzte leise.

»Du Armer. Erzähl mir von *Dr. Muffel*, Bajazzo.«

»Zum Beispiel: Stell dir einen gewissen *Philemon Schöpfli* vor, einen Schweizer Hymniker – schon die Berufsbezeichnung ein Hammer! –, dem der Moderator zum *Tag des unbekannten Oberarztes* – hier die zweite Absurdität! – den Auftrag erteilt, ein Loblied auf den Ärztestand zu verfassen. Er unternimmt mehrere Versuche; einer davon hat mir besonders gefallen. Willst du ihn hören?«

»Gerne.«

»›Seht ihn an, den Dokter [sic]: Auf dem Bette hockt er, zwitschert einen und macht Krach, legt die Oberschwester flach.‹«

Lucky lachte lauthals auf. Bajazzo, der sich gerade noch zurückhalten konnte, sprach mit bebender Stimme weiter: »Gegen Ende der Hymne beginnt Schöpfli hemmungslos zu glucksen und der Conférencier unterbricht ihn: ›Aber Herr Schöpfli, das ist doch nun wirklich kein Loblied, hör'n se mal!‹ Schöpfli: ›Ja aber natürlich: Wein, Weib und Gesang, alles lobenswerte Dinge!‹«

Eine heftige Bauchmuskelattacke schüttelte die *Agas*. Nachdem sich die beiden Freunde erholt hatten, fuhr Lucky fort: »Das kannst du nicht mit meiner gedachten Serie vergleichen, Bajazzo! Dein *Dr. Muffel* – ein inkomparabel unpopulärer Titel! – scheint keine Kost für Normalbürger zu sein. So etwas meine ich ja gar *nicht*. Die *Telebrause* bedient unverkennbar eine Elite, die sowieso *alles weiß*. Mein Konstrukt hingegen passt sich dem Durchschnittskonsumenten an.«

»Du hast Recht, Lucky. Zumal die Reihe laut Moderator ursprünglich *Syntax, Sensus, Symbiosen* heißen sollte.«

»Was würeine wunderwolle Walliteration!«

»Ein Tautogramm! GEK-Gruppen-Niveau, Lucky. Respekt. Vielleicht könnten sich *Muffels* Einschaltquoten verbessern, wenn ein gewiefterer Didi Hallervorden auftauchen würde, der in der Lage wäre, niveauvollen Sprachwitz und kreatives Wortspiel unters Deppenvolk zu streuen, das sich bisher bekanntermaßen bereits bei derart *irrsinnig komischen* Wörtern wie …«

»Du meinst *Bammberger, Bimmberger* und den Neckermann-Quelle-Katalog hirnlosen Unfugs.«

»… *Palim-Palim* vor Lachen in die Trainingshose pisst!«

»Einen besseren Hallervorden gibt es: Otto Waalkes.«

»Wenn du denkst…«

»Bajazzo, ich muss aufhören mit dem Gefasel. Mein Wohngenosse will seit einer halben Stunde telefonieren, glaube ich. Er tritt von einem Fuß auf den anderen.«

»Gud, dess du des endlich merkschd.«

»Entschuldigung Hase. Warum hast du denn nichts gesagt?«

»Ah jo, ihr hädd so nedd gschwädzd.«

»Bajazzo, wir sehen uns. Tschüss!«

»Halt, Lucky: Kommst du heute Abend zum Klassentreffen? Andernfalls setzt du eine Freundschaft aufs Spiel.«

»Erpresser. Unter der Bedingung, dass du die Bagage untern Tisch säufst.«

»Abgemacht! Ich bin um halb sieben bei dir. Du besorgst uns bis dahin aus dem Supermarkt lila Socken, nein Schillerlocken, Sardinen, Thunfisch, du weißt: Hauptsache fett, Vetter, Feddersen. Aber bitte kein billiges Zeug – sonst spielt mein Magen nicht mit. Bis dann.«

»Dein Trick wieder! Für jeden drei Dosen. Reicht das? Und, Bajazzo: Ich halte mich mit dem Alkoholgenuss wie immer zurück!«

»Ja, kein Problem. Servus.«

»Ciao.«

ALS BAJAZZO ein kleines Kind war, trafen sich sein Vater Richard und dessen Schwager Rudolf Auß einmal wöchentlich zu einer Schachpartie, die gewöhnlich abends und am Wochenende stattfand. Onkel Rudi, der wesentlich bessere Spieler, vertrug vergleichsweise wenig Alkohol. Vor dem Treffen aß Hanns' Vater eine Portion Ölsardinen oder Ähnliches. »Da werde ich nicht betrunken!«, merkte er beim Verzehren fröhlich an. Ein Liter *Chantré* in Verbindung mit einem Liter *Coke* im Verlauf des Turniers, das stets auf fünf Spiele beschränkt war, verhalfen dem alten Caspar nicht selten zum Sieg. D*er Rudel* wusste nichts vom Fischtrick und sah sich deswegen im Rahmen mehrerer männlich-bizarrer Ehrencodizes gezwungen, mit Ritschie, wie der sich gern nennen ließ, gleichzuziehen: Na denn Prost!

Die beiden Anfangspartien verlor Bajazzos Papa fast immer mit Pauken und Trompeten. Bei der dritten setzte zur Freude des kleinen Hanns, der dem Spielgeschehen interessiert folgte, die Wirkung des Alkohols ein, und Papa und Onkel fingen kindisch zu blödeln an: »Sooch, Auß: Kennst du däi Day?«

»Wos na fier a Däi, Ritschie?«

»Na däi Day dou. Wasst scho.«
»Wos na fier a Däi-Dou dou?«
»Na, däi Dorris Day!«
»Ach däi dou! Däi Day, däi Käserei-Serail-Dorris!«
»Du wasst zu vill. Rudi Auß!«

Der alte Caspar, ein fanatischer Wortspieler, freute sich sichtlich über die – von Onkel Rudolf wahrscheinlich gar nicht bewusst wahrgenommene – Verballhornung des Schlagertitels *Qué Será Será*, spielte einen Trumpf aus, indem er sich auf den damals aktuellen Alfred-Hitchcock-Thriller *Der Mann der zuviel wusste,* bezog, aus dem eben dieser von Doris Day gesungene Song stammte, und so nebenbei gab er dem Namen des Schachpartners eine neue, *fränkische* Bedeutung: Ruh' dich aus! Rudi Auß merkte nichts davon.

Der verbale Wahnsinn kam in Fahrt, ins Schlingern, ins Trudeln. Derweil holte Hanns' Papa auf. Die Schachspiele drei bis fünf gewann er meist mehr schlecht als recht, während ein benebelter Onkel Rudi, wie der alte Caspar ein starker Zigarettenkonsument, in kürzer werdenden Abständen durch sich zunehmend verdichtende Rauchschwaden zum Stillen Örtchen wankte, nicht nur zum Pinkeln. Oft vernahm man aus der Toilette ein jämmerliches *Grrrk!* Fairerweise ist hinzuzufügen, dass Hanns' Papa größtenteils deshalb gewann, weil der Rudel im Rausch oft Figuren umwarf – QUOD LVMEN LVMEN, was licht licht, jubelte Ritschie in solch einem Fall – oder sie *adretter auf dem Brett* zurechtrückte und vergaß, dies vorher kundzutun. Caspar insistierte erbarmungslos darauf, die *BG⁶-Regel* anzuwenden.

BAJAZZO KANNTE Vaters Ölfinte aus früher Kindheit und wandte sie oft an, wenn er auf Partys und allgemeine Zechereien eingeladen war. Mit einer beträchtlichen Menge Fett im Magen – am besten zusammen mit anderem schwer Verdaulichem – habe Alkohol weniger Chancen, in die Blutbahn zu gelangen und werde, ohne Wirkung entfalten zu können, ausgeschieden, glaubte er.

Ihm schmeckte Fisch, zumal fettiger, ganz und gar nicht; er entwickelte ein Ekelgefühl, das sich durch ein seltsames Stechen

---

6 Abkürzung für *berührt, geführt,* aber unter anderem auch für: Belgrad, Berufsgenossenschaft, Betriebsgefahr, Bezirksgericht, Blutgruppe, Breitengrad, Brigadegeneral, Bulgarien, Bundesgesetz, Bürgergemeinschaft, Bundesgrenzschutz, Burschenschaftliche Gemeinschaft.

in der Nase zum Ausdruck brachte. Beim rituellen Genuss von Sprotten, Matjes, Tunfisch, Ölsardinen oder Ähnlichem – eine Art Samuraiübung zur Vorbereitung auf die Besäufnisschlacht – dachte er, um den Widerwillen zu bezwingen, an einen gelungenen Auftritt bei der *grün-blau-grünen Absolvia*. Er ging noch aufs Gymnasium, als er dort Papas Trick zum ersten Mal ausprobierte. Das Resultat jenes Bierkampfes motivierte und tröstete ihn für immer und ewig, und es fiel ihm daher bei der Vorbereitung der späteren Gelage leichter, sich die Dosennahrung hineinzupressen. Beim Schlingen entstand vor dem inneren Auge das Bild eines erdachten Pixibuches mit dem Titel *Zirkusseehund Bajazzos Fütterung: Bajazzo, der Star im Zirkus Makkaroni, wartet jeden Tag und so auch heute, dass es endlich drei Uhr wird. Dann nämlich kommt Wärter Klotzke mit einem Eimer voll mit leckeren Fischspezialitäten. Da schlägt die Kirchturmglocke die volle Stunde und schon erscheint der gut gelaunte dicke Mann mit seiner langen Tabakspfeife, dem gelben Regenmantel und den roten Gummistiefeln. Bajazzo robbt unbeholfen auf ihn zu ...*, klatscht tollpatschig in die zu Schwimmflossen verkommenen Vorderfüße und macht dazu Geräusche wie Harpo Marx' alte Handhupe. Goldig!

IN DER UNTER- oder auch Oberprima war der *Zirkusseehund* mit Gabrielle Stapler liiert, der jüngeren Schwester des FM[7].

Die Schülerverbindung veranstaltete hin und wieder einen *Damenkommers* – das ist eine traditionelle Fete mit Gesang, Reden und Spielen oder auch feierliches *Kneipen*, das sich in Hochoffizium, Offizium und Fidulität, ein vergnügliches, ungezwungenes Beisammensein ohne bestimmte Regeln und Programm gliedert. Hier ließ man als Gäste Schwestern und jüngere Brüder der sogenannten *Aktivitas* zu, die wiederum Freunde und Gefährtinnen mitbringen durften. Die *Aktivitas* setzte sich aus Fuxen, aktiven und inaktiven Burschen zusammen. Ein Fux wurde übrigens nach einer Prüfung zum Bur-

---

[7] Abkürzung für *Fuxmajor*, aber auch für: Frequenzmodulation, Synonym für UKW, Fruktosemalabsorption (Stoffwechselkrankheit), Feuerwehrmann, Finanzminister, Futtermittel, Freestyle Motocross, f-Moll, Fermium, Festmeter.

Der FM kümmert sich um die Füxe (Mitgliederstatus während der Probezeit) und unterrichtet sie in Satzung, Brauchtum, Geschichte und Korporationswesen.

schen. Auch die Mischpoke selbst durfte Partnerinnen und Kameraden mitbringen. Wahrscheinlich verfolgten bei solchen Anlässen die Amtsträger – die *Chargia,* (dazu gehörten unter anderem Präside, Fuxmajor und Seniorbursche) – das Ziel, neue Mitglieder anzuwerben. In deren Sprachgebrauch hieß das *keilen.* Bajazzo, der sich vor jeglichem traditionellem und vaterländischem Getue zutiefst ekelte, mochte zuerst »lieber nicht.« Da ihn jedoch Fräulein Stapler – Bajazzo nannte sie zärtlich *Gabelle* – herzinnigst bekniete, ließ er sich erweichen.

»Warum nennst du mich eigentlich so, Hanns?«

»Weil du dich von mir hast aufgabeln lassen, ma belle amie, ma belle Gabi – Gabelle.«

EINIGE TAGE verstrichen. Endlich nahte der große Abend in der Absolvia. Gabrielle, gerade achtzehn geworden, war *furchtbar aufgeregt.* Erstmals durfte sie einer jener geheimnisumwitterten Zusammenkünfte beiwohnen, für die sich ihr Bruder immer so fein herausputzte, Barett, Uniformjacke, weiße Hosen, Band, Schärpe, Stulpen und Handschuhe anlegte, kurz gesagt, in Vollwichs ging. Das Schaf vergötterte ihn dafür.

Im Verlauf der Wartezeit rumorte es in Bajazzo. Er fand heraus, dass der Wahlspruch der Verbindung NEC PLVRIBIS IMPAR – auch der Überzahl gewachsen – lautete. Schon allein deshalb beschloss er, es mit dem gesamten Verein aufzunehmen. Er vertrug – der Apfel fällt nicht weit vom Stamm – Alkohol in ungewöhnlichen Mengen. Und selbst im Vollrausch hatte Hanns wie auch sein Vater den Körper unter Kontrolle. Kaum jemals lallte er mit betäubter Zunge, niemals wurde er aggressiv, stets blieb er überlegen und fröhlich, Gedächtnisverluste – Filmriss, wie das in der Schülerszene hieß – kannte er nicht. Die Nächte, in denen er sich wegen Alkoholgenusses übergab, ließen sich an jenen zwei Fingern abzählen, mit denen er sein Rachenzäpfchen kitzelte, um den lästigen Vorgang zu beschleunigen und im Magen Platz für frischen Alkohol zu schaffen, denn Caspar Junior war – genetisch bedingt – mit verschwenderisch viel ADH[8] gesegnet, wenn man so sagen darf. Und dank Ölfisch im Bauch fühlte er sich unschlagbar.

---

[8] Abkürzung für *Alkoholdehydrogenase* (ein Enzym, das im menschlichen Körper Alkohol in Aldehyd umwandelt), aber auch für: Allgemeiner Deutscher Hochschulsportverband, Antidiuretisches Hormon.

BAJAZZO BESASS einen uralten, dicht verschließbaren flachen Henkelmann, der sich gut in einer Mantelinnentasche verstauen ließ. In einer Metzgerei in Erlenstegen, nahe der Residenz der Eltern, kaufte er am Mittag der *feierlichen Kneipe* eine Portion *Saure Zipfel*, in Zwiebel-Essig-Sud gekochte Nürnberger Bratwürste. Die nette Verkäuferin füllte damit die Blechdose. Am Nachmittag besuchte er die Stadtbibliothek und informierte sich darüber, wie bei einer abstrusen Zusammenkunft namens Kommers *Trinkgewohnheiten* im Allgemeinen und *das Wort ergreifen nebst Zuprosten* im Besonderen gehandhabt werden. Es erwies sich als schwierig, handfeste Fachliteratur zu finden; die entsprechenden Rituale schienen geheimbündlerischer Natur zu sein. Wenigstens ein paar neue Wörter lernte er, etwa *Salamander*, die Aufforderung an alle, zu trinken. Das Wort gefiel Bajazzo ausnehmend gut, hatten es nach seiner Meinung nämlich eventuell Zungen kreiert, die vom Alkohol betäubt waren: Es kann sich halt manchmal als schwierig erweisen, *Saufen wir alle miteinander!* zu artikulieren, mit *Salamander!* hingegen gibt es kein Problem.

Nachdem er auf der Liebesinsel, der östlichen Spitze der Trödelmarktinsel, den Inhalt mehrerer Dosen *Riomare Tonno all'Olio di Oliva* aus einem nahe gelegenen Feinkostgeschäft hinuntergedonnert hatte, wobei er das Öl ebenso angewidert wie tapfer trank, holte er *Gabelle* ab. Bajazzo, früh dran, bummelte mit der Liebsten ziellos durch die herbstlich kühle Altstadt. Die beiden bewunderten händchenhaltend den riesigen blassen Vollmond, der im dämmrigen Blauviolett eines wolkenlosen Abendhimmels mit eitlem Mongolengesicht die dunkle, scharf geschnittene Silhouette der Kirchen, der Burg und der Altstadthäuser kontrapunktierte.

Termingerecht begaben sie sich in die *Konstante* der *grün-blaugrünen Absolvia*, einen angemieteten Raum, in dem regelmäßig die burschenschaftlichen Veranstaltungen abgehalten wurden. Das mittelalterliche Fachwerkgebäude befand sich mitten in Nürnbergs Rotlichtviertel *Hinter der Mauer*.

IN DEM in festlichem Grün und Blau geschmückten Hinterzimmer standen die Tische hufeisenförmig angeordnet. An der Stirnseite saß die *Chargia*. Gabrielle Stapler umarmte stürmisch ihren Bruder Roger, dessen Name französisch auszusprechen ist: *La mère des Staplerre-Geschwisterre stammtö schlisslik aus Fronkreisch!* Auf den Schwesterkuss, einen augenscheinlichen Fauxpas, reagierte der Fuxmajor genervt.

Weibsvolk sah man dort vorne allgemein ungern. Der Präside nahm den Vorgang gelassener hin.

Klingt Roger Stapler, *besoffen genug prononciert, nicht so ähnlich wie Hochstapler?*, dachte Bajazzo und *Das probiere ich später einmal aus.*

Anfangs hielt sich Hanns Caspar zurück. Die Veranstaltung schien sich darauf zu beschränken, einander Toasts auszubringen nach irgendwelchen obskuren Ritualen und Redewendungen, von denen er am Nachmittag in der Stadtbibliothek einige auswendig gelernt hatte – ein Kasperltheater, das zu Trunkenheit führte und den Gehorsam schulte. Als Elite braucht das Land dumm gesoffene, funktionierende und gleichgeschaltete, miteinander verbandelte Bürger – damit alles beim Alten bleibt.

Hin und wieder kündigte der Präside den Beginn eines Liedes an. Zum Beispiel »Es steigt ein CANTVS – GAVDEAMVS IGITVR JVVENES DVM SVMVS!« – Wir wollen also fröhlich sein, solange wir noch jung sind!

In diesem Fall schlugen Chargierte, Burschen und Füxe ihre Liederbücher auf und grölten lauthals alle zehn Strophen, die solchen Schwachsinn beinhalteten wie: VIVAT ET RES PVBLICA ET QUI ILLAM REGIT. VIVAT NOSTRA CIVITAS MÆCENATVM CARITAS QUAE NOS HIC PROTEGIT! – Es lebe sowohl der Staat als auch der ihn regiert (Alfons Goppel, CSU, bayerischer Ministerpräsident von 1962-1978, wurde 1933 Mitglied der SA, 1937 der NSDAP). Lang lebe unsere Stadt (Nürnberg sah in den Sechzigerjahren stellenweise noch todkrank aus) und die Fürsorge der Wohltäter, die uns hier schützt!

Letztlich drehte sich an jenem Ort wirklich alles um *gezieltes Wirkungstrinken*, und während Bajazzo sich ein paar Minuten zuvor nüchtern wie ein Ölfisch ins Geschehen mischte, schwappte in den Bierbäuchen aller anwesenden *Absolvianer* längst wesentlich mehr als ein Liter *Soicher Urbräu*, eine langweilige, viel zu süße Plörre, die einzig und allein zum Zuballern und keinesfalls zum genussvollen Trinken taugte.

Interessant, dass nur gemeinsam zum 00 gewankt werden durfte und man dafür beim Präsiden um Erlaubnis fragen musste; tat man das nicht, verdonnerte der einen zum Straftrinken. Das kam Bajazzos Plan entgegen, und auch, dass das Häusl mit einer alten, stinkenden Pissrinne aufwartete, und an eine mit eklig rotbrauner, abblätternder Ölfarbe gestrichene Wand zu pinkeln war, wodurch sich im Laufe der Zeit ein unverwechselbares Aroma über das Ambiente gelegt hatte, das aufgrund der aus Faulheit und Verzweiflung verwendeten Geruchsteine bloß grausiger wurde. Das war von Hanns ausspioniert worden, bevor er in das Hinterzimmer der *Absolvia* marschierte.

Nachdem er sich mit zwei Halben Mut angetrunken hatte, begann Caspar mit seinem Spiel und dem *Experiment*. Er erhob sich vom Stuhl und rief »Sind die Stoffe präpariert?«

Der älteste Bursche der *Corona*, der Kneipgesellschaft oder Tafelrunde, erwiderte verdutzt »NON SVNT.« – Nein. »Der Gast hat kein Recht ...«

»Der Gast genießt Burschenrechte!«, konterte Bajazzo und wandte sich an die *Chargia:* »Ich will einen Salamander kommandieren.«

Der Präside beriet sich mit Fuxmajor und Seniorburschen. So etwas war ihnen bislang nicht untergekommen. Schließlich zischte Roger: »Wir könnten ja ein wenig Schabernack mit dem Freund meines Schwesterchens treiben und das Kerlchen einfach wegsaufen!«

»Gute Idee.« Der Präside wandte sich an Hanns: »Nenn uns den Grund, einen Salamander zu reiben!«

»Ich möchte Bajazzo Zirkusseehund höchste Ehre bezeugen!«

Der Fuxmajor fragte: »Wer ist das?«

« C'est moi, mon cher Fuxmajör! » – Das bin ich, mein lieber Fuxmajör!

Wieder tuschelten die *Chargierten*. Der Präside schäumte: »Leute, er hat nichts anderes verdient: Erledigen wir ihn!« und befahl: »Die Bierfüxe mögen den Salamander vorbereiten.«

Im Nu hatten alle anwesenden Jünglinge einen frisch gezapften halben Liter *Soicher*-Plempe vor sich stehen.

Folglich fragte Bajazzo zum zweiten Mal: »Sind die Stoffe präpariert?«

Der Sprecher der Corona antwortete: »SVNT!« – Sie sind!

Bajazzo donnerte: »AD EXERCITIVM SALAMANDRI SVRGITE!« – Erhebt euch zur Ausführung des Salamanders!

Alle sprangen auf und rissen ihre Kasperlmützen vom Kopf.

»IN HONOREM NOSTRI AMICISSIMI *PISCIS OLEO* SALAMANDER« – Zu Ehren unseres sehr guten Freundes Ölfisch saufen wir alle miteinander. »Eins, zwei, drei, los! BIBITE EX!« – Trinkt aus! Bajazzo lehrte den Krug in einem Zug, in Rekordzeit und ohne mit der Wimper zu zucken.

Tatsächlich versuchten alle, mit Hanns gleichzuziehen und setzten die Gläser erst ab, als sie geleert waren. Der Präside verkündete »SALAMANDER EX, es steigt ein CANTVS: *Herbei, herbei!*«

In Bajazzo stieg statt eines Cantus' Übelkeit auf. Nicht wegen des zugegeben etwas schnell hinuntergestürzten Bierchens, sondern aufgrund der Melodie und des abscheulichen Textes: *Herbei, herbei, du deutsche Burschenschaft! Herbei am vaterländ'schen Freudentage! Es tönt das Lied von deutscher Männerkraft. Es lauscht das Ohr der neuen Heldensage* ... Sein Grant wuchs und spornte ihn an. Er rief »CANTVS EX!« – Gesang aus! ins Gegröle obwohl es ihm nicht zustand diesen Befehl zu geben und man verstummte konsterniert. Hanns, begeistert darüber, wie das alles funktionierte, befahl in militärischem Ton: »Man lasse einen Stiefel herumgehen!«

Ein Bierfux brachte einen Liter, den Bajazzo mit einem respektablen Schluck antrank und den traurigen Rest nach links weitergab. Die Regel besagte, dass der vorletzte Trinker den Stiefel zahlt. Bajazzos Nachbar leerte den Humpen, zwang sich somit fast einen halben Liter hinein. Bajazzo berappte einen zweiten, gurgelte ungefähr genauso viel wie beim ersten hinunter und reichte ihn nach links. Sein Nebenmann schwächelte und nippte bloß ein wenig. Da Bajazzos Vortrinken Ehrgeiz und Dünkel der Füxe und Burschen reizte, soff schon der nächste den Stiefel aus und Bajazzos Nachbar durfte den dritten löhnen. Was für eine Vorlage! Kurzum, der Wirt erzielte aufgrund des Herumreichens zahlreicher Stiefel innerhalb einer guten halben Stunde einen Bombenumsatz.

Gabelle – an der Seite ihres Freundes – wusste nicht genau, ob sie ihn bewundern oder sich über ihn ärgern sollte. Sie schwieg verbissen und verzweifelt. Plötzlich schob Hanns den Stuhl zurück und wankte betont schwerfällig in Richtung Toilette. Der Präside rief ihm zu: »Kein Germane schifft allaane.«

Bajazzo antwortete: »Ich bin an die Weisungen der *grün-blaugrünen Absurdia* nicht gebunden. Außerdem: sono un italiano vero!« – Ich bin ein echter Italiener – und begab sich aufs Klo. Vorher holte er aus dem Mantel heimlich den Henkelmann, den er im öffentlichen Gastraum und wohlweislich nicht im angemieteten Hinterzimmer deponiert hatte. Auf dem Pissoir, das glücklicherweise unbevölkert war, verteilte er die Sauren Zipfel mitsamt der Zwiebelsoße gleichmäßig in der Rinne, bevor er die Nürnberger Spezialität in voller Pissrinnenlänge anpinkelte.

Zufrieden begab er sich zurück zu der seltsamen Veranstaltung, nicht ohne zuvor seine Aluminiumdüppe unbemerkt wieder im Mantel verstaut zu haben.

FM Roger Stapler begrüßte ihn mit den Worten:

»SILENTIVM IN NOMINE!« – Es herrsche Ruhe in meinem Namen! »Bajazzo Zirkusseehund ist im ersten Bierverschiss.«

Bajazzo antwortete ohne zu zögern »Ich rufe einen bierehrlichen Burschen als Bierzeugen an.«

Der älteste Bursche verkündete: »SILENTIVM IN NOMINE! Bajazzo Zirkusseehund kneipt sich aus dem Einfachen.«

Der Bierfux brachte unverzüglich eine Maß, die nullkommanichts – quasi (ein)zügig – in Bierscheißer Bajazzos Schlund verschwand.

Sodann fragte der Bierzeuge: »Was ist Bajazzo Zirkusseehund?«

Die *Corona* antwortete mehr oder weniger einstimmig: »Bierehrlich.«

Der Bierzeuge: »Wer ist bierehrlich?«

»Bajazzo Zirkusseehund«, lallte die *Corona*.

Bajazzo rief: »Der Fuxmajor ist *impotent*!« Das bedeutet im Burschenschaftsjargon, dass der so Bezeichnete aufgrund einer Erkrankung keinen Alkohol trinken kann.

Etliche Chargierte verloren die Fassung; unwilliges Raunen ging durch ihre Reihen; da einige der bedenklich schwankenden Füxe und Burschen blass aussahen und sich Schweißperlen auf mancher Stirn und Oberlippe bildeten, und da dem einen oder anderen ein hemmungsloser Rülpser entfuhr, verordnete der Präside eine Pinkelpause, wohl auch, um sich mit den anderen Würdenträgern zu beratschlagen.

DAS RUDELPINKELN geriet zum grandiosen Erfolg, nämlich zum Kollektivkotzen: Irgend einem Absolvianer wurde beim Anblick der angebrunzten bläulich-fahlen Spezialität schlecht, er musste sich spontan über den Würstchen übergeben und verursachte eine Kettenreaktion, der sich kaum ein Bursche und nicht ein einziger Fux entziehen konnte. Allesamt stülpten sich die Biermägen um. Manchen hing der Rotz von der Nase. Ein unbeschreibliches Aroma entwickelte sich in der Latrine. Kurz nachdem eine viertel Zenturie kreidebleicher, säuerlich stinkender, vollgesabberter Schüler zu den Plätzen zurückstolperte, schwirrte der vor Wut kochende Kneipier in den Saal und rief: »Ihr Drecksäue reinigt sofort die Toilette; aber pico bello, sonst fliegt es endgültig hochkant raus, das Gesindel!«

Bajazzo richtete sich umständlich auf, trank der Runde zu und rief mit verdächtigem Zungenschlag – dabei tat er so als wäre er schwer angeheitert: »Es lebe die *Absaufia!*«

Daraufhin forderte der Fuxmajor, dessen letzte Beleidigung ungesühnt geblieben war, Hanns zu einem Bierwetttrinken.

Die armen Füxe verrieben derweil unter Jammern, Fluchen, Wehklagen und abermaligen Brechreizattacken den Kollektivspei gleichmäßig auf dem Abortboden. Wenn sie glaubten, die Arbeit beendet zu haben, erschien der unzufriedene Wirt und verlangte weitere Reinigungsmaßnahmen. Er brachte ihnen immer wieder einen Eimer frischen, warmen Wassers: eine perfide Gemeinheit, denn aufs Neue angewärmte Kotze entfaltet ungeahnt widerliche Düfte! Mit dämonischem Grinsen stellte der Gastronom außerdem fadenscheinige Hadern und Lumpen zur Verfügung, durch die beim Aufwischen der Auswurf jederzeit zwischen die Finger der armen Putzkolonnenschweine quoll. Währenddessen focht Bajazzo sein Duell mit FM Roger Stapler aus.

Um es kurz zu machen: Irgendwann sank der Fuxmajor wie ein nasser Sack zur Seite nieder, reiherte in den Schoß und auf die Füße des neben ihm befindlichen Präsiden und blieb besinnungslos liegen. Deshalb hörte er leider Bajazzos pointiert gesprochenes Resümee nicht. Hanns Caspar ließ sich dabei die Zweideutigkeit jedes einzelnen Wortes auf der Zunge zergehen: »Wenn du einen *Zpfl* hättest, *Hoch-* Verzeihung *Rog'-* b ...«, Bajazzo sparte die beiden letzten Buchstaben unter Anwendung einer Schluckserfinte aus, »... Stapler – ich würde meinen nicht mit deinem tauschen!«

Der Zipfel (fränkisch: Zpfl), ein von Korporierten getragenes Schmuckstück, hängt an einem speziellen Zipfelhalter. Ein Zipfel besteht aus einem doppelten Bandstück der Verbindung, das von metallenen Schiebern festgeklammert wird. In die Schieber sind oft Zirkel, Datum, Widmung und Namen eingraviert. Zipfel werden als Freundschaftszeichen getauscht.

Hanns wandte sich an Gabelle mit den Worten »Komm, mein Schatz, wir verabschieden uns!« Die würdigte ihn keines Blickes und rührte sich nicht von der Stelle. Bajazzo wusste, dass sich das Ende *of a beautiful friendship* anbahnte.

»Was soll's? Geh ich eben alleine. Leben Sie wohl, meine Herren! Adieu und Tschüss, Gabelstaplerin. Es war mir ein Vergnügen.« Bajazzo verbeugte sich formvollendet und stolzierte aus dem Raum.

Der Präside rief ihm nach: »Wann können wir einen derart erprobten Trinker in unseren Reihen begrüßen?«

Er antwortete präzise mit »Niemals!«, verließ das Schlachtfeld erhobenen Hauptes und zeigte dabei den DIGITVM IMPVDICVM, den schon bei den alten Römern beliebten Stinkefinger. Dies scheint jetzt zwar an den Haaren herbeigezogen, aber möglicherweise führte

Hanns in jenem Moment die bis dato in Deutschland unbekannte, plakative Geste ein.

Draußen wollten ihn die aufgebrachten Burschenschaftler verprügeln, indes, sie waren allesamt stockbesoffen und von der unvorhergesehenen Magenentleerung zu geschwächt, um ihn tatsächlich anzugehen – die gallig gelallten Anfeindungen taten nicht weh.

Hanns, müde, betrunken aber glücklich ob seines Sieges, schaffte es – anfangs allerdings recht unsicheren Fußes – von der Frauentormauer bis zur Rechenberganlage, das heißt, er bewältigte eine Strecke von immerhin mehr als vier Kilometern. In der klaren Vollmondnacht herrschte wohl der erste leichte Frost des Jahres, und er fühlte sich nach einer halben Stunde erstaunlich frisch. Dann überfiel ihn eine plötzliche Erschöpfung und er beschloss, sich knapp vor dem Ziel, dem Casparschen Domizil in Erlenstegen, *kurz auszuruhen*. Er suchte sich eine Parkbank, wischte sie so gut es ging trocken, und legte sich nahe des Ludwig-Feuerbach-Denkmals ab; trotz der unangenehmen Kälte.

DASS MAN IN NÜRNBERG einen Gedenkstein für einen Philosophen errichtete, dessen Religionskritik bedeutenden Einfluss auf die Märzrevolution 1848/49 hatte, ist bemerkenswert. 1929 sammelte Oberbürgermeister Dr. Luppe zusammen mit Persönlichkeiten aus Kultur, Wirtschaft und Politik für dessen Errichtung. Dagegen gab es heftigen Protest konservativer und rechtsgerichteter Kräfte und der Kirchen. Dennoch wurde er 1930 gegen jeden Widerstand erstellt und feierlich enthüllt. Bereits am 1. Juli 1933 zerstörten ihn jedoch die Nationalsozialisten, die unter dem Beifall der Großkirchen das Geld der Ludwig-Feuerbach-Stiftung zur Beseitigung des Ehrenmals missbrauchten. Man entfernte die Inschriften und vergrub den immensen Steinblock. 1955 beschloss der Stadtrat gegen die Stimmen der CSU und der FDP, sowie gegen heftigen Protest der Kirchen, das Mal am alten Platz auf dem Rechenberg abermals zu errichten. Gegner versuchten vergeblich, mit einer Verfassungsbeschwerde den neuerlichen Abbruch des Monuments durchzusetzen. Wegen verschiedener Übergriffe wurde es zeitweise unter Polizeischutz gestellt und nichtsdestotrotz immer wieder von christlich oder rechtsextrem motivierten Tätern beschmiert.

BAJAZZO BEHAUPTETE später, ihm sei ein stattlicher Kerl mit langem Bart im Traum erschienen. Mit den Worten *Der Mensch schuf Gott nach seinem Bilde* habe er ihm einen eiskalten knochigen Zeigefinger in das linke Nasenloch und mit dem Satz *Tue das Gute um des Menschen Willen* einen ebensolchen Mittelfinger in das rechte Nasenloch gesteckt und ihn solchermaßen an der Nase herumgeführt, bis er in Sitzposition gebracht war.

Ernüchtert, wenn auch zitternd vor Schreck und Auskühlung, wachte Bajazzo auf und schaffte es nun *einwandfrei* nach Hause. Ohne Ludwig Andreas Feuerbachs Geist, beteuerte Bajazzo noch Jahre später, wäre er in jener Nacht erfroren.

»Ein toter Philosoph rettete mir das Leben!«

ETLICHE TAGE nach dem Bierkampf besuchte Roger Stapler den Saufkontrahenten Hanns Caspar und bat ihn flehentlich, ja er bekniete ihn geradezu, über den Damenkommers, speziell über die peinlichen Vorfälle in der Burschenschaftskneipe, Stillschweigen zu bewahren, was dieser generös zusicherte, allerdings unter der Bedingung, dass er niemals von irgendwelchen Füxen, Burschen oder Chargierten angegriffen werde.

Gabrielle Stapler sprach nie mehr auch nur ein Wort mit ihrem *Ex*.

»HAST DU Fisch gekauft, Lucky?«
»Certainement.«
»Na, dann würgen wir ihn halt hinunter – ich bin spät dran. Das Klassentreffen beginnt um acht und ist es schon halb.«
»Ich freute mich *sehr*, Bajazzo, weil ich dachte, du kommst nicht. Hast du wenigstens die Augenbinde dabei?«
»Die *Sleep Mask*? Selbstverständlich. Willst du sie ausprobieren?«
»Zeig!«
Die Schlafbrille aus schwarzem Velours war doppelt genäht und wattiert, herrlich weich, und mit einem absonderlichen Duft parfümiert. Lucky setzte sie auf: »Perfekte Dunkelheit. Hm, die lässt sich angenehm tragen. Warum riecht sie denn so …« Hanns' blinder Freund schnupperte: »… so futuristisch-penetrant, so halluzinogen-erotisch-eruptiv, so vollmondig-vollmundig-mohnfeldig?« Lucky legte die Maske ab: »Trotz der verwirrenden Duftnoten – akzeptabel.«
»Deine Wortkreationen sind ebenso wüst wie die Anzahl der Parfümfläschchen, mit denen mein Alter morgens wie abends experimentiert ohne je zufrieden zu sein. Was ihm taugt, muss wahrscheinlich ein Geruchsdesigner erst erfinden. Der Duft der Binde …«

»*Der Duft der Binde:* Arbeitstitel des neuen Straßenfegers von Oswald Kolle, dem deutschen Sexualaufklärer und ...«

»Du bist geschmacklos, Lucky! Ich wollte sagen: Der Duft der *Sleep Mask* repräsentiert die Sammlung eines Geruchsfetischisten. Hast du einen Dosenöffner? Bringen wir es hinter uns.«

»Du magst wohl Ölsardinen nicht so gern, Bajazzo?«

»Ich finde sie grausig!«

»Du verzogener Bengel! Was hältst du von *Capitaine Cook Sardines Millésimées*, die 1970er Edition? Ich war heute extra im Feinkostladen. Der Quatsch hat mich einen Haufen Geld gekostet, sechs Mark und sechs Pfennige die Dose; das Beste scheint mir für meinen Freund gerade gut genug. Ich hoffe, du übernimmst die Hälfte.«

»Kein Problem, ich zahle alle – wie viele Dosen hast du besorgt, sechs? Voilà 40 Mark. Gib mir drei Mark vierundsechzig heraus.«

»Kann ich nicht, ich habe Roth-Händle gekauft, vierundsechzig Pfennige könnte ich dir geben.«

»Rot-Front-Fäustle! Lass bleiben. Zehn Prozent von sechsunddreißig Mark sechsunddreißig – drei Mark dreiundsechzig – sind fürs Besorgen. Hast du einen Pfennig?«

»Ja.«

»Her damit!«

Lucky reichte Bajazzo kopfschüttelnd die Münze.

»Wer den Pfennig nicht ehrt, ist des Ölfischs nicht w...« Er stutzte. »Halt, Rechenfehler! Es stimmt so.« Er gab Lucky das Kupferstückchen zurück.

»Du spinnst, Hanns! Ich öffne die ersten beiden Dosen.«

»Muss es *sein?*«. Bajazzo intonierte den Beginn des letzten Satzes eines Beethovenstreichquartetts mit dem Titel *Der schwer gefaßte Entschluß*.

Lucky antwortete fröhlich mit der entsprechenden Melodie »»Es *muss* sein! Es *muss* sein!«

»Uff«, stöhnte Bajazzo, »so werde ich mich wohl zwingen müssen.«

»Moment, ich habe *die* Idee: Wir rauchen einen Joint. Davon bekommt man Appetit – du wirst im Anschluss erleben, wie umwerfend eine Dose Fisch munden kann. Es ist eine *Zigarette mit Geschmack* vorgedreht, vortrefflicher marokkanischer Kif – und ich meine keinen Sportverein aus dem Helsinkier Stadtviertel *Kruununhaka*, wenn ich KIF sage!« – FC Kiffen 08 Helsinki. Der Name leitet sich vom schwedischen *Kronohagens Idrottsförening*, abgekürzt *KIF*, ab.

Lucky rauchte die mit unmäßig viel Shit gefüllte Dreiblatttüte an und gab sie nach ein paar tiefen Zügen an Bajazzo weiter.

Indem sie zur Neige ging *(»im Filter sind die Bilder«)*, kam Lucky auf die Idee, dass sie ausprobieren könnten, ob Birnen zu Ölsardinen passen, und holte die Obstschale aus der Küche. Dann öffnete er die beiden ersten Fischdosen. Ein kleiner Biss in eine *Abbé Fétel* und dazu ein Stück Sardine ... und es war um die Freunde geschehen.

»Lucky! Sind Salz und Weißbrot im Haus? Mit letzterem tunken wir das Olivenöl auf.«

»Nein, Weißbrot nicht, dafür eine Packung Vollkornbrot. Probieren?«

»Ja, gerne.«

Lucky riss die Packung auf.

»Sonnenblumenbrot! Ah, das schmeckt wie ...«

Bajazzo biss in die zweite Birne, aß die Fischdose leer und bröselte Brot ins Öl. »Du, eine Gabel oder ein Löffel wären nicht schlecht!«

»Bring ich dir!« Lukas fragte über die Schulter: »Und *wie* schmeckt es?«

»Wie die Apokalypse der heiligen Johannisbeere der Schlachthöfe, nur viel besser.« – *Die heilige Johanna der Schlachthöfe* ist ein Theaterstück von Brecht.

Die Freunde kicherten.

»Wie nennt Herr Bären seinen Sohn?«

»Johannes!«

»Du, Lucky? Butter mundet überirdisch gut zu Vollkornbrot. Habt ihr?

»Klar. Reißt du die nächste Dose Fisch auf?«

»Okay. Hast du schon einmal ein Butterbrot mit Bananen belegt und gegessen?«

»Nein. Das werde ich gleich probieren.«

In der Obstschale lagen neben den Birnen mehrere Äpfel und Bananen. Bajazzo und Lucky bestrichen je zwei Stullen Brot dick mit Butter, schälten jeweils eine Südfrucht, legten das Obst zwischen die Schnitten und quetschten sie zusammen.

»Fast wie drei in an Wegglä« – Drei Nürnberger Bratwürste in einer Semmel –, freute sich Lucky: »Ich hole schnell das Ketchup! Bananenbrot mit Ketchup schmeckt garantiert ... so ähnlich wie Ananastoast ... und als Kontrapunkt *Fisch bei Birne.*«

»Oh ja! Steht Marmelade oder besser Honig in der Speisekammer?«

»Ja, mit Honig kann ich dienen. Was willst du damit, Hanns?«

»Apfelschnitten drin versenken und wieder herausfingern, dazu Sardinen mit Ketchup und Brot – gibt es bloß das Vollkornbrot?«

»Nein, auch Graubrot. Soll ich ein paar Happen aufschneiden?«

»Gerne! Wollen wir deine Ananasidee in die Tat umsetzen? Ist eine Dose vorrätig?«

»Möglich. Moment.« Lucky kramte im Küchenschrank. »Voilà: ein Glas.«

»Wie wäre es mit einer Scheibe Ananas mit …«

»Das sind Würfel!«

»Perfekt! Pineapple mit Mayonnaise vermischt lässt sich bestimmt als Dipp für den Fisch verwenden. Ist Mayo im Kühlschrank?«

»Versteht sich. Gute Idee!« Lucky holte eine Schüssel, um darin Ananas und blassgelbe Creme miteinander zu verrühren.

»Wenn du das Früchteglas aufschraubst, kannst du auch gleich die dritte Dose Fisch öffnen?«

»Klar! Weißt du, worauf ich Appetit habe? Auf Käse: Schimmelkäse mit Ananasstückchen, Fisch, Graubrot, Birnen …«

»… und Honig!«

»Und Honig? Meinst du, dass das schmeckt?«

UNGLÜCKLICHERWEISE waren weder Hase noch Jo – der andere Wohngenosse Luckys – zu Hause. Die hätten vielleicht intervenieren und die Genusssucht der *Agas* bremsen können; so aber verschwanden nach und nach alle Essensvorräte der Wohngemeinschaft in den Mägen der beiden Haschbrüder.

Als es außer Gewürzen, Kaffeepulver und Teebeuteln nichts mehr Essbares gab, fragte Bajazzo: »Hast du dich inzwischen mit dem Klassentreffengedanken angefreundet?«

»Nein. Und du?«

»Igittigitt. Rauchen wir lieber einen zweiten Dübel.«

»Dübel?«

»Kennst du nicht die Doobie Brothers, die Haschisch-, die Dübel-Brüder?

»Ach, daher kommt das?! Bist du sicher?«

»Freilich. Ich baue und du setzt dir dein Dings auf, wie sagst du: *Seppelhut?* …«

»Mein Hiatai mit dem Antererhackl?«

»Ja! … und veranstaltest eine private Labershow. Nur für mich.«

»Das ist doof, Hanns. Ich möchte lieber nicht. Lass einfach.«

»Hiatai und Schlafbrille! Komm schon, Lucky. Ich sage *Stopp!* wenn ich mit Tütendrehen fertig bin.«

Lukas Glück seufzte: »Ich kann es ja probieren.« Er öffnete den Reißverschluss seines Textilkleiderschrankes, kramte nach der geschmacklosen Kopfbedeckung, fand sie endlich im allgemeinen Chaos, setzte sie auf, legte die Duftscheuklappe an und begann: »die illusion einer lichtlosen nacht bricht herein vor meinem äußeren auge aufgrund einer perfiden perfekten augenbinde und ich sehe lediglich die farbe schwarz als ob schwarz eine farbe wäre sie ist es nämlich ebenso wenig wie weiß denn wie sollte sonst unterschieden werden können zwischen farbfilm und schwarzweißfilm obwohl im farbfilm sowohl weiß als auch schwarz vorkommt und natürlich grau als mischung aus schwarz und weiß in all seinen millionen und abermillionen varianten und ein konglomerat aus schwarz und weiß und allen grautönen und den grundfarben in unendlich vielen spielarten augenscheinlich können in einem schwarzweißfilm keinesfalls rot blau gelb und die millionen und abermillionen mixturen aus den drei grundfarben erscheinen ansonsten würde der schwarzweißfilm sofort zum farbfilm mutieren nun scheint allerdings farbe und licht untrennbar miteinander verbunden zu sein und weil sich schwarz wie ich vorhin bereits bemerkt habe ohne licht darstellt lässt sich der beweis erbringen dass zumindest schwarz keine farbe ist die aber trotzdem zu weiß rot gelb und blau hinzufügbar ist ein kunstmaler weiß das und er wählt lampenschwarz oder elfenbeinschwarz und zahlt für eine tube von dem nicht farbigen zeug ungefähr genauso viel wie für eine tube blau oder rot oder gelb und andererseits braucht man auch in einem schwarzweißfilm licht um ihn sehen zu können zum beispiel eine xenonbogenlampe mit bis zu zehntausend watt bei einer sechzehnmillimeterkopie ist weniger helligkeit vonnöten da reichen halogenlampen mit zweihundertfünfzig bis vierhundert watt aus…«

Während Lucky quasselte, befeuchtete Bajazzo mit der Zunge die Gummierung dreier Zigarettenpapierchen, fügte sie fachgerecht aneinander, fluchte, weil sie wie immer nicht besonders gut zusammenhielt und riss Überflüssiges vorsichtig weg. Er dröselte schmunzelnd ob Luckys Ausführungen zwei Roth-Händle auf und verteilte den Tabak gleichmäßig über seine Klebearbeit. Aus *dem* Teil des Muskote-Heftchens, auf dem wie immer ein mehr oder weniger dummer Spruch prangte, bastelte er ein Mundstück und vergaß nicht, zuvor die Lebensweisheit zu lesen: Neben der eingekreisten Nummer 77 stand: »Schließe die Augen und du wirst sehen. *(Joubert.)*« Das passte ja wie die Schlafmaske über Luckys Gesicht!

»... es gibt augenscheinlich auch lichtlose farben ich sehe vor meinem inneren auge eine art kaleidoskop mit symmetrischen mustern die sich von selbst so schnell ändern dass mein hirn keine zeit hat zu analysieren ob das schwarz transparent geworden ist oder ob die inneren dekors auf den schwarzen velours vor meinem äußeren auge geworfen werden die wahrscheinlich nichts anderes sind als energiewellen meiner synapsen die den unausgelasteten sehnerv reizen der sie scheinbar nicht anscheinend denn ein schein würde ja licht voraussetzen auf den plan treten lässt aber lassen sich farben auf einen schwarzen hintergrund projizieren und sind schwarz und weiß nicht doch farben und zwar unbunte farben im gegensatz zu bunten farben und besteht nicht ein unterschied zwischen den objektiven wellenlängen der diversen farben und der subjektiven wahrnehmung derselben und wie verhält sich das mit farbenblinden oder gar mit tieren die möglicherweise farben wahrnehmen und sie nicht benennen können und folglich gelb rot und blau gar nicht auseinanderhalten ...«

Bajazzo unterbrach die Arbeit und applaudierte.

»... worauf sich sofort die frage aufwirft ob unsichtbar als farbe durchgeht farblosen lack kann man immerhin kaufen ...«

Bajazzo zündete ein Streichholz an und wärmte den beachtlichen Brocken Marokkaner an der Flamme, um die äußeren Flächen mürbe und bröselfähig zu bekommen, zerkrümelte das Weichgewordene und mixte es mit dem Tabak in einem nicht näher zu bestimmenden Verhältnis, wahrscheinlich nahezu eins zu eins; der Dübel wurde furchtbar stark.

Lucky redete ohne Punkt und Komma weiter, eine phänomenale Improvisation! Berauschte ihn etwa Hanns' Vaters Parfümmosaik? »... nein weder in schwarzweißfilmen noch in farbfilmen kommt durchsichtig respektive unsichtbar vor denn im film gibt es an sich keine luft sie existiert freilich im raum zwischen den zuschauern und der leinwand und wenn luft nicht unsichtbar wäre sondern sichtbar wie der schädel des vor einem sitzenden immer viel zu großen menschen würde die filmvorführung sinnlos werden luft ist obwohl unsichtbar so doch dreidimensional und der film als an die leinwand geworfene projektion nur zweidimensional nun gut es wurden kunstgriffe entwickelt die dem menschlichen auge aufgrund einer spezialbrille dreidimensionalität vorgaukeln ich habe das auf dem volksfest mit eigenen augen gesehen die frage stellt sich ob das licht als transporteur von farbe und bewegung mit drei dimensionen auskommt bei *der* geschwindigkeit weil nämlich und das muss in aller deutlichkeit gesagt wer…«

Bajazzo drehte das Gemenge sorgfältig in die Dreiblattkonstruktion ein, vergaß auch das Lebensweisheits-Muskote-Pappkarton-Mundstück am dünnen Ende nicht, zwirbelte das am dicken Ende überstehende Papier zusammen und produzierte so die *unbunte* Miniatur einer Schultüte.

»Stopp!« Bajazzo riss dem blinden Schwadroneur das Hiatai vom Kopf. Der verstummte im selben Moment und legte das *Dream Shade* ab. Vor seiner Nase befand sich ein formvollendeter Joint, der darauf wartete, angeraucht zu werden.

»Endlich!«, rief Lukas, »Sag mal, wie viele Stunden dauert das denn, bis du einen Dübel gebaut hast? Um ein Haar wäre ich in den *Politikerjargon* verfallen. Du bist wohl inzwischen spazieren gegangen? Mit einem Blinden wie mir kann man ja nach Belieben umspringen.«

»Interessant. Ich finde, dass ich sauschnell war. Du hast anscheinend jegliches Zeitgefühl verloren in deiner selbst gewählten Umnachtung. Lass dir Respekt zollen, der Monolog geriet überaus amüsant!«

»Ich hätte nie und nimmer so weiter palavern können; und jetzt zöge ich recht gerne an der *funny cigarette.*« Lucky setzte den Wunsch unverzüglich in die Tat um, indem er die dicke Tüte anrauchte.

»Einen Personenzug?«

»Einen D-Zug!«

»Schnellzug?«

»Durchgangszug!«

Die Gefährten brachen in sinnloses, kindisches, albernes Gelächter aus. Währenddessen reichte Lucky dem Freund die Zigarette.

»Es tut mir fast ein wenig leid, dass wir nicht zum Klassentreffen gegangen sind«, bemerkte Bajazzo mit einem überzogenen Bedauern in der Stimme, nachdem sich die beiden einigermaßen beruhigt hatten.

»Ach was – hier haben wir viel mehr Spaß!«

»Wir könnten ja trotzdem … die dümpeln dort bestimmt seit Stunden vor sich hin.«

»Trotzdem? Trotz wem, trotz was?«

»Trotz deiner Aphasie, Allergie, Apathie, Antipathie, Antipasti, Teenyparty, trotz deines Tinnitus', deiner Teenytussi.«

»Wenn du unbedingt willst! Don't bogart that joint, my Hanns, pass it over ...« – Reiß dir nicht jene Haschischzigarette unter den Nagel, mein Hanns, reiche sie herüber – »... danke.«

Unmittelbar nach dem Fertigrauchen (*»die Reste sind das Beste«*), fragte Bajazzo: »Ist denn wirklich nichts mehr Essbares im Haus?«

»Leider nein. Aber lass uns in die *Funzel* gehen, *die* Szenekneipe in der Südstadt. Das erläufst du von hier aus in ein paar Minuten. Der Pächter hat die besten *Spaghetti mit Fleischsauce* der Welt, für ganze drei Mark fünfzig.«

»Ja sag das doch gleich: Nichts wie hin, Herr Glück!«

DIE *FUNZEL* war gerammelt voll. Um diese frühe Uhrzeit – kurz nach halb zehn Uhr abends – ein eher ungewöhnlicher Umstand, der sich ruckzuck erklärte. Im abgedunkelten Nebenraum warf ein 16mm-Projektor gerade ratternd *Alexis Sorbas* an die von der kneipenüblichen Dekoration befreite Rückwand, und die *Agas* bekamen den Schluss mit: *Hey Boss! Hast du jemals erlebt, dass etwas so bildschön zusammenkracht?*

»Sag mal Lucky, glaubst du wahrhaftig, dass es Zufälle gibt?« Bajazzo erinnerte den Freund an die Ausführungen über Schwarzweißfilme im Allgemeinen und Farben im Besonderen, vorhin, unterm Hiatai und hinter der Duftbrille, und teilte ihm mit, durch welches Muskote-Spruch-Röllchen sie sich *le kif marocain* hineingezogen hatten.

Lucky lachte und meinte, es sei halt alles von der Natur wunderbar eingerichtet. Er bestellte beim Wirt, der ihn freudig begrüßte, zwei *Hohenschwärzer* vom Fass und zweimal Spaghetti Bolognese.

Nudeln und fränkisches Kellerbier wurden wenig später zum Stehtisch gebracht. Alle Sitzplätze waren vergeben, das störte die *ausgehungerten* Kiffer indessen nicht die Bohne. Bajazzo freute sich über eine riesige Portion, Lucky meinte, die sei normal. Sie stießen an und tranken einen kräftigen Schluck vom frisch gezapften optimal temperierten Dunklen. Sogar das Hopfengebräu schmeckte heute aufgrund der bewusstseinserweiterten Geschmacksknospen wesentlich besser als sonst; die italienische Spezialität hingegen bedeutete das Paradies auf Erden: In einem Porzellanschälchen reichte der Kneipier – man nannte ihn in der Szene den *Südstadtwilli* – richtig viel vom Block geriebenen *Parmigiano Reggiano*. Die Sauce der extralangen bissfest gekochten Spaghetti erwies sich als Offenbarung: Wilhelm Ottokar von Weech briet bei sanfter Hitze Zwiebeln in kaltgepresstem erstklassigem Olivenöl an, fügte Rinderhackfleisch und in Scheiben geschnittene Wiesenchampignons hinzu, drehte das Gas höher und ließ das Fleisch Farbe nehmen; rührte fein gehackte Knoblauchzehen ein – zerquetschte hätte er ebenso wie das Abschrecken von Nudeln für Lebensmittelquälerei gehalten –, löschte mit rotem italienischem Landwein aus der Toskana ab und würzte sodann die Kreation mit sizilianischem Meersalz, Pfeffer aus der Mühle, Oregano, Thymian und Rosmarin. In einem anderen Topf brodelte derweilen eine Sauce aus selbst gezogenen Tomaten, einem Döschen Tomatenmark und einem ordentlichen Spritzer Markenketchup, Sellerie, gelben Rüben, einer Prise Rohrzucker und einer *miscela di spezie,* einer Gewürzmischung die sich der hartgesottene Italienfan Willi zwei bis dreimal jährlich aus Malcesine, einem relativ unbekannten Olivenbauernnest am Gardasee bei der Mutter einer alten Freundin holte, übrigens wie die anderen Zutaten auch, die in jenen Tagen in Deutschland nicht geläufig waren und deshalb den aufmerksamen Konsumenten in sprachloses Staunen versetzten. Im letzten Moment vor dem Servieren vermengte der geniale Koch die vorher passierte Tomatensauce mit der Champignon-Fleisch-Mischung und rührte – nicht nur fürs Auge – einen Schöpflöffel extrafeiner zur Not tiefgekühlter Erbsen hinein; füllte die wirklich riesigen tiefen typisch italienischen Teller mit einem dampfenden Nudelberg, gab einen kolossalen Schöpflöffel seiner sensationellen Spezialsoße darüber und garnierte das Ensemble mit ein paar Blättchen besonders intensiv duftenden frischen Basilikums: Prächtige Stöckchen des nördlich der Alpen dazumal unbekannten Krauts brachte er ebenfalls vom Gardasee mit und pflegte sie liebevoll auf dem nach Süden hin gelegenen Balkon seiner Dreizimmerwohnung im Bleiweißviertel.

Lucky und Bajazzo starben beim Essen fast vor *kuli-närrischer* Lust, wie sie simultan dachten, ohne sich abzusprechen.

Nach dem Mahl blödelten sie ein wenig nach Kiffermanier, zerknittelten Verse, versfußten Knüttel, entfesselten Büttel, verbosselten Fetteln, entfädelten Puzzles, umbuhlten Bosse, tangierten Post, postierten Tangos, Bossa Novas und noch was, tranken ein weiteres kühles Bier, sangen »Nun Tankred alle Dorst mit Herzen, Munch und Händel!« und lachten sich halb tot.

Das hörte ein *Gestriger,* ein Zeitgenosse, dem man den zu häufigen Genuss von Schweinefleisch und öffentlicher Meinung an den Hängebacken und den von eigenen Vorurteilen nach unten gezogenen Mundwinkeln ansah. Er hatte sich, warum auch immer, in die *Funzel* verirrt – Gleichgesinnte fand er hier garantiert nicht. Der knapp Fünfzigjährige, frustriert, das heißt, mit sich und der Welt unzufrieden – aus seiner Sicht konnte in beides keine Ordnung gebracht werden, und das bekam er Tag für Tag am eigenen Leib zu spüren –, hatte den Kanal längst gestrichen voll, meinte deshalb, dass *die Schmutzfinken da drüben* unbedingt geistig unterbelichtet sind, und mischte sich in den Kreativprozess der Hanfhelden: »Ist es erlaubt, dass ich mich zu euch stelle?« Ohne eine Antwort abzuwarten, schob er sich zwischen Hanns Caspar und Lukas Glück und äußerte die provozierende Vermutung: »Lange Haare, kurzer Verstand: G'wiss seid's Analphabeten?!«

»Richtig. Wir sind im Moment gezwungenermaßen beim Analpha-Beten«, antwortete Lucky furztrocken.

Der andere *Aga* ergänzte kichernd: »Wer Alpha betet, muss manchmal auch Omega beten und im Notwall äh Derwall äh *Do-notfall* das Analpha: Anbeter, Anagramm, Annelies-Elisabeth, Elisabeth: *Alphabett aufm Vogelbeerbaum*. Denn wie Alf sich bettet, so lügt Mann – Thomas, Heinrich oder gar Golo? Ich weiß es nicht.« Hanns Caspar legte die Stirn in die Handfläche und klammerte mit Zeige- und Mittelfinger die Schläfen, als müsse er konzentriert über etwas kaum Lösbares nachdenken.

»Ihr seid ja plemplem«, meinte der *Gestrige*.

»*Pilim-pilim*!«, sang Lucky mit eindrucksvoll imitierter Didi-Hallervorden-Stimme und konterte: »Jawohl, Herr Bimmbammberger!«.

»Ich wette, die zwei Gammler wissen nicht, ob sich *nämlich* mit *h* schreibt.«

Im Nu war der Stänkerer verloren. Bajazzo fuhr entrüstet aus der Denkstellung auf: »Natürlich schreibt man *nämlich* mit *h*: hinten!«

»Ich gebe *natürlich* – auch hinten mit *h* – zu bedenken«, mischte sich Lucky ein, »dass nämlich *hinten* vorne mit *h* geschrieben wird…«

»… und *natürlich* mit *n* und *vorne* hinten mit *e!*«
Selbstverständlich durchblickte Bajazzo das Spiel.

»…und auch *in der Mitte* hinten mit *e;* und vorne mit *i*«, konstatierte Lucky.

»Wie?« fragte konfus der geistig Überforderte.

»Genau! *Wie* in der Mitte mit *i!*«, jauchzten wie aus einem Mund die *Agas* und fielen sich brüllend und den Tränen nahe in die Arme.

Dem *Gestrigen*, der überhaupt nichts kapierte, außer, dass er nach Strich und Faden verarscht wurde, stieg Zornesröte ins feiste Gesicht: »Leistet erst einmal etwas. Ein Hitler wäre euch förderlich, ein klitzekleiner Hitler! Nach Sibirien mit euch! Geht doch rüber in die Ostzone! Ab mit euch in den Gulag. Jedem das Seine, Arbeit macht frei! ...«, das komplette traurige Programm der sprachlosen Möchtegernkriegsveteranen, die sich um den Endsieg betrogen fühlten und im Stillen fortwährend auf die Geheimwaffe hofften.

Willi kam zur Hilfe: »Was ist los? Führst du hier die Lageraufsicht oder warum gebärdest du dich wie ein krankes Arschloch? Geh sterben, du Hirnheiner! *Hein Hirner!*« Letzteres klang, als wolle ein Mensch mit Wolfsrachen den Nazigruß artikulieren.

Manche Gäste applaudierten. Der jämmerliche Spießer merkte, dass er sich zur falschen Zeit am falschen Ort aufhielt, zischte durch geschlossene Zähne ein *Zahlen!* und suchte, nachdem er den Fünfer gelöhnt hatte, das Weite. Drei Bier kosteten vier Mark fünfzig; Willi gab ihm nichts heraus, sondern fuhr ihn in bedrohlichem Ton an: »Stimmt so!« Dann wandte der Wirt sich an die *Agas*: »Und ihr? Trinkt aus! Ich darf derweil zwei frische *Hofmannsdröpfla* zapfen?«

EIN BIER SPÄTER, die *Funzel* leerte sich allmählich und die Heroen des Wortspiels fanden einen Sitzplatz, gesellte sich Mecki, ein Genosse der MG[9] *Theoriefraktion*, zu ihnen und begann über *Erhabenheit und Kitsch* zu dozieren, weil er sich in eine dunkelhäutige, fernöstliche Venus verguckt und sie angelabert hatte. Allerdings vergeblich; sie verließ soeben, ohne ihn auch nur eines einzigen Blickes zu würdigen, die *Funzel*. Er verglich nun das exotische Mädel mit dem abgeschmackten, allseits bekannten Dekokitsch *Gobelin-Zigeunerin* und fragte nicht ohne Bitterkeit in der Stimme, ob Bedarf bestehe, über Anmut und Grazie zu diskutieren.

Glück zitierte Albrecht Dürer: »»Was aber die Schönheit sei, das weiß ich nit.««

Caspar meinte lapidar: »Ich möchte lieber nicht.«

Obwohl die beiden Freunde so charmant zum Ausdruck brachten, dass sie in Ruhe gelassen werden wollten, konnten sie den Kerl nicht davon abhalten, von der *Zigeunerin* abrupt zu Georg Lukács' *Ästhetik in vier Teilen* überzugehen, die vor einigen Jahren bei *Luchter-*

---

[9] Abkürzung für *Marxistische Gruppe,* aber auch für: Maschinengewehr, Mennonitisches Gesangbuch, Molekulargewicht, Mönchengladbach, die Automarke Morris Garages, Magnesium, Milligramm, das Flächenmaß Morgen.

hand erschienen war. Was der Angeber nicht wusste: Lucky war dabei, sich wegen seines zukünftigen Hauptfaches, der Philosophie, auf die hochkomplexe Materie einzuschießen, hatte neben Sokrates und Aristoteles Shaftesbury, Locke, Montesquieu, Rousseau und selbstredend Kant tangiert, befasste sich mit Herder und mit Hegel, dessen Ansichten ihn begeisterten, und konzentrierte sich neuerdings besonders auf Adornos *Ästhetische Theorie*. Der MGler wurde nach Strich und Faden auseinandergenommen.

Mecki wollte sich retten, indem er Kulturrevolution und Bücherverbrennungen tangierte; und verlor. Er sprach Machwerke totalitärer Systeme an, den Unterschied zwischen Nazikunst und stalinistischer, in der Reflexion hierauf die Begriffe des Affirmativen und Negierenden, versuchte sich mit Apollinischem und Dionysischem aus dem Dilemma zu winden, gab sich wichtigtuerisch, indem er das Verhältnis von Kunstwerk und Betrachter auch in soziologisch-politischer Hinsicht zu klären suchte, beschwor den Zeitgeist im Sinne des Deutschen Idealismus, referierte über die Kritik der Urteilskraft unter zeitgenössischen Aspekten; und verlor.

Dank des THC[10] im Blut fiel Lucky das Zerpflücken des kopfgesteuerten Jungkommunisten besonders leicht. Er tat das, wie es sich gehört, durch Nachweis von Widersprüchen im Argumentationsverlauf und schlug Mecki mit dessen eigenen Waffen, mit Hinweisen auf Zirkelschlüsse und mit dem Werkzeug der immanenten Kritik. Schließlich knallte er dem Wichtigtuer ein Verdikt vor den Latz, ein maßvoll modifiziertes Zitat von Marx, das Lukács dem vierten Teil seiner Ästhetik als Motto voranstellt und das im Original *Sie wissen es nicht, aber sie tun es* lautet: »Du weißt zwar nichts, aber du tust es!«

»Kierkegaard!«, bellte der verbal in die Ecke Gedrängte mit letzter Kraft; es nützte nichts – auch über den Existenzphilosophen wusste Lucky Bescheid. Bald schon stotterte MG-Mecki ein läppisches Schlusswort: »Darüber kann ich nichts sagen, das haben wir im Plenum bisher nicht diskutiert.«

»Ach, die Theoretiker benötigen zum Denken ein Plenum?! Süß.« In diesem Satz gipfelte Luckys überhebliche Bosheit. Als das Mitglied der *Marxistischen Gruppe Theoriefraktion* daraufhin beleidigt, verär-

---

[10] Abkürzung für *Tetrahydrocannabiol* (ein Wirkstoff von Cannabis), aber auch für: Tennis- und Hockey-Club, Thermohaline Zirkulation, Thüringer Handball Club Erfurt-Bad Langensalza e. V., Theologische Hochschule Chur, Theoretische Chemie.

gert und frustriert abzog, folgte ihm das niederträchtige Gelächter der *Klassen*kameraden.

MITTLERWEILE WAR ES kurz vor zwölf und Lucky meinte: »Ich werde zur Abwechslung zwei Portionen Bolognese ordern.«
»Gute Idee! Bestelle mir auch zwei.«
»Du liest zu viel *Asterix*, Bajazzo!«
»Nein. Tu ich nicht! … Kennst du den neuen Band? Den mit den Indianern und den Truthähnen?«
Lucky schmunzelte und kommentierte: »Wie gesagt, du solltest dir nicht so viele Comics antun und dir stattdessen ein nettes Mädel suchen.«
Bajazzo seufzte.

DER *SÜDSTADTWILLI* hatte zu aller Bedauern nur eine einzige Portion Spaghetti mit Fleischsauce übrig und verständlicherweise keine Lust, mitten in der Nacht zu kochen anzufangen, und selbst als Lucky ihn mit den Worten »Wo ein Willi ist, findet sich auch ein Weech!« zu bezirzen suchte, ließ er sich nicht erweichen.
Es stellte sich heraus, dass die Ration mindestens das Anderthalbfache der gängigen *Funzel-Spaghetti-Bolognese-Größe* einnahm. Kaum hatten die *Agas,* mit zwei Gabeln bewaffnet, begonnen, einträchtig die den Tellerrand überbordenden Nudeln aufzurollen und sich einzuverleiben, verkündete Willi, Urenkel eines Großherzoglich Badischen Geheimrats: »Letzte Bestellung!«
Die Freunde nahmen je einen Verdauungsgrappa und ein Absackerbier und verließen, nachdem Hanns die gesamte Rechnung übernommen hatte, pünktlich um eins die Kneipe, in der von Willi schon die meisten der Stühle hochgestellt worden waren; »CVM TEMPORE«, wie sie dem finster drein blickenden Polizistenduo zu verklickern suchten, die auf der Kontrollrunde durchs Viertel in die *Funze*l hereingeschneit kamen.
»Wo befindet sich ihr Fahrzeug?«, fragte *Freund*.
»Im Hausgang«, antwortete der Radfahrer Lucky wahrheitsgetreu.
»Im Fahrzeughalter; im Faradayschen Käfer oder im Rad-ab-Ständer.« Bajazzo kalauerte: »Schreiben Sie: Die beiden beeiden, zu Fuß und zu Bus unterwegs zu sein, allerdings mer pedes als per cedes, zu zweit, zu breit, Zutritt und zu Fürth …«
»Aha!«, bemerkte *Helfer* und tat so, als habe er irgendetwas überrissen.

»Übrigens:« Willi riss ein Kalenderblatt ab und las die Rückseite vor: »Sage mir, wer Dich lobt, und ich sage Dir, worin Dein Fehler besteht (Lenin).«

DIE ZECHE SETZTE SICH zusammen aus drei Portionen Spaghetti à 3,50 DM, zwei Stampern Tresterschnaps und acht Bieren à jeweils 1,50 DM. Hanns gab Willi zwei Zwanzigmarkscheine und forderte zehn Mark und zwei Pfennige zurück. Die Summe rechnete er im Kopf aus. »Spaghetti: 10,50 DM; Biere und Schnäpse zusammen: 15,00 DM; ist gleich 25,50 DM plus zehn Prozent Trinkgeld, zusammen 28,05 DM. Dazu eine halbe, nicht berechnete Portion Spaghetti zu 1,75 DM plus zehn Prozent Trinkgeld davon: 17,5 Pfennige; insgesamt 29,975 DM, gerundet 29,98 DM.«

»Was soll das?« Der Wirt sah Lucky fragend an.

»Gib es ihm einfach heraus: Das Spiel durchblickt außer ihm keiner.«

Willi kramte in seiner dicken Börse vergeblich nach Pfennigstücken und wandte sich schließlich an Hanns: »Ich gebe dir zehn Mark, richte einen Bierdeckel auf deinen Namen ein und schreibe dir zwei Pfennige gut. Die kannst du beim nächsten Besuch abtrinken.« Willi hatte liebe Not, ernst zu bleiben. »Ich habe eine andere Idee. Wie wäre es, wenn du den Deckel Lucky vermachen würdest; der hat eh nie Geld!

»Ja«, antwortete Bajazzo, ohne mit der Wimper zu zucken, »*das kann ich akzeptieren: Schreibe *Hanns Caspar*: Hans mit zwei *n* und Kasper vorne mit *c* und hinten mit *ar*. Das ist mein Name! Und schreibe: Der Betrag auf diesem Filz muss Herrn Lukas Glück – wie sagt man – vererbt werden? Nein, *angerechnet*. Bin ich verpflichtet, meinen Karl Otto, meinen Friedrich Wilhelm oder meinen Papst Paul VI. daruntersetzen?«

Willi konnte sich ein breites Grinsen nicht mehr verkneifen.

Um eine Peinlichkeit gar nicht erst aufkommen zu lassen, bat ihn Lucky darum, Bajazzo statt eines Zehners zwei Münzen zu geben.

»Du kriegst wohl den Kragen heute überhaupt nicht voll!«, antwortete der *Willi* und führte mit wissendem Zwinkern die gewünschte Transaktion aus.

»Wieso das?«, wunderte sich Hanns und schob die beiden Münzen in den Brustbeutel.

»Das wirst du erkennen«, orakelte Lukas. »denn dir wird es wie Ölsardinenschuppen von den Haaren fallen, du wirst sehen, aufstehen und saufen.«

»Du hast bestimmt Lust, einen kleinen Umweg zu machen«, meinte Lucky, um zwanzig nach eins auf der Straße vor der *Funzel*. »Oder sind heute Nacht dringende Termine zu erledigen?«

»Nein, nein, die Luft duftet so würzig und mild. Wonach steht dir der Sinn?«

»In der Wodanstraße gibt es ein Blumengeschäft der Firma *Protz & Poebl* mit speziellen, gekühlten Blumenautomaten: Du wirfst einen Fünfer ein und bekommst dafür …«

»Ach deshalb sollte mir der *Funzel*wirt Hartgeld geben?! Sag mal, was willst du mitten in der Nacht mit einem Gesteck?«

»Lass dich überraschen!«

Eine Zeit lang schlichen PHM[11] Franz Freundle und PM[12] Detlev Helferich in ihrem Streifenwagen im Schritttempo hinter den potentiellen Verkehrssündern her; sie gaben auf, als sie merkten, dass die beiden wirklich zu Fuß unterwegs waren.

Wenig später standen die *Agas* vor dem betreffenden Laden. Bajazzo traute seinen Augen nicht, denn in den spärlich beleuchteten Automatenschächten lagen nicht die erwarteten Rosen-, Nelken-, Gladiolen- und Gerberagebinde, sondern *Qualitäts*flaschenweine wie *Himmlisches Moseltröpfchen, Kröver Nacktarsch, Tiroler Bergadler, Gina Lambrusco Rosso Amabile*. »Laudä briemä Nüschlgnagga!« bemerkte Lucky in einem Anflug unbegründeter Sachsophilie.

Hanns bemühte das mit Geld noch immer gut gefüllte marokkanische Ledergehänge: »Rot? Weiß?«

»Egal, mein Freund, die sind alle gleich schlecht; und wir sind leidensfähig.«

»Kein Problem, ich habe *Alka Seltzer* einstecken. Auf geht's!« Bajazzo ließ das erste Fünfmarkstück, gehalten mit Daumen und Zeigefinger, suchend über die Angebote schweifen, entschied sich für »Nummer eins: *Lambrusco!*« und ließ die Münze in den dazugehörigen Schlitz gleiten. »*Mit fünf Mark sind Sie dabei*« rollte in einen unergründlichen Schlund. Hanns zog am Öffnungsgriff und entnahm die wohltemperierte Flasche Sprudelwein. »Gewonnen!« Dann gab er Lucky den zweiten Fünfer. »Jetzt du!«

---

[11] Abkürzung für *Polizeihauptmeister,* aber auch für Pervasive Healthcare Middleware.
[12] Abkürzung für *Polizeimeister*, aber auch für: Pacemaker, Papiermaschine, Perpetuum Mobile, Pfälzischer Merkur, Phasenmodulation, Pontifex Maximus, Pressemitteilung, Projektmanagement, Pulvermetallurgie.

Lucky entschied sich für eine Pulle *Himmlisches Moseltröpfchen* wegen der nackten Engelchen auf dem Etikett. Sie erinnerten ihn spontan an einen Witz.

»Bajazzo, kennst du den? Ein unbekleideter Mann betritt eine katholische Barockkirche in der Gegend um Nürnberg, sagen wir Roth ...«

»Ja, den kenne ich: ›Na und?! Ich bin aus Schwabach!‹ Spitzenklasse!«

»Kennst du *den*? Fronleichnamsprozession in der Bamberger Gegend. Ein älteres Ehepaar, Feriengäste aus Norddeutschland, sehen dem merkwürdigen Treiben zu ...«

»Kenne ich auch: ›Mir sin' Engerlä, du Oaschluuch!‹ – fränkische Zuständ'.«

»Warum gebe ich Witze zum Besten, wenn du *vorher* alle kennst! Wir könnten zur Feier des Tages oder vielmehr der Nacht etwas Neues probieren. Ich erzähle die Pointe und du errätst die Geschichte. Zum Beispiel: ›Die ist heute in der Berufsschule‹.«

»Die fette grobe Leberwurst!«

Die *Agas* prusteten los. Höchstwahrscheinlich dauerte die Wirkung des Haschischs aufgrund seiner Qualität sehr lange an; oder stach in einer mondhellen, milden Nacht mitten im Juni die aufgekratzten Jungspunde der Hafer? – Was aufs Gleiche herauskommt. Aus einem Fenster rief jemand *Ruhe!*, aus einem anderen *Unverschämtheit!*

»Los Bajazzo, wir gehen nicht nach Hause. Ich kenne eine gemütliche Wiesenfläche an der Städtischen Berufsschule, gleich hier im Viertel. Die liegt schräg gegenüber der WG, in der ich wohne. Ist das nicht eine Alternative zur Miefbude? Ja oder ja?«

»Fantastische Idee.«

»Halt nein, das geht nicht. Wir müssen *doch* in meine Höhle. Ich habe *nämlich mit h* keinen Flaschenöffner dabei.«

»Aber ich! An meinem Schweizermesser befindet sich einer: Das Offiziersdings hat mir mein Alter einst feierlich überreicht; es besitzt, glaube ich, zirka zwanzig Teile: großes Messer mit feststellbarer Klinge, kleines Messer, Schere, Kombizange, Nagelfeile, Schraubendreher, Zahnstocher, Dosenöffner, Flaschenöffner, Korkenzieher, Lupe, Säge, Pinzette, Kompass, Maßstab ...«

»... Belichtungsmesser, Zeckenzange, Mikrofon, Telefon, Sousaphon, Lügendetektor, Stimmgerät für Gitarre, Rollschuhe, Klimaanlage, Weltempfänger, Leuchtglobus, Straßenatlas, Springbrunnen, Terrarium, Hubschrauber ... Weißt du, was du bist? Ein verwöhnter Fratz, ein reicher.«

»Und? Macht mich das glücklich? Nein. Ich bin einsam, schau bescheuert aus und kein Mädel interessiert sich für mich, und wenn, bilde ich mir ein, es ist nur wegen *der guten Partie*, die ich abgebe.«

»Du stellst dich wahrscheinlich an wie der Hund zum Eierlegen.«

IM LAUFE IHRES GEDANKENAUSTAUSCHES kamen sie beim kleinen Rasenstück vor der Schule an und ließen sich im Gras nieder.

»Mist, dass hier weit und breit keine Bank steht. Mein Hosenboden wird feucht«, jammerte Lucky übertrieben weinerlich.

»Rot oder weiß?«

»Egal, welche Farbe. Außerdem sind die eh meistens grün oder braun.«

»Lucky! Hallo? Welche *Flasche*, nicht welche *Bank!* Weißwein oder Rotwein?«

»Ach so. Lass schäumen.« Gleich darauf ertönte laut und deutlich ein Entkorkungsgeräusch, das durch die nächtlich stille Straße hallte, an eine Hauswand prallte und zurückgeworfen wurde.

Kurz darauf bemerkte es auch Bajazzo: »Du hast Recht. Aus der Wiese kriecht unangenehme Kälte und Nässe. Gehen wir lieber auf dein Zimmer.«

Luckys Blick schweifte umher. »Ich habe eine bessere Idee: Ich sehe was, was du nicht siehst und es sieht aus wie dreimal die Majuskel des sechzehnten Buchstabens des griechischen Alphabets. Augen zu!«

»Du willst mich testen; oder lässt du mich das Alpha beten?"

»Mit tödlicher Sicherheit, Bajazzo! Ha, war das ein Spaß vorhin: *Wie* in der Mitte mit i! Ich wäre fast gestorben.«

»Ich auch!« Bajazzo murmelte und zählte leise mit den Fingern: »Α, Β, Γ, Δ, ... du meinst Π?«

»Pi-ngo! Hätte der Meister es klein in die Landschaft geschrieben, stünden wir vor der drei Mal in Beton gegossenen Kreiszahl π = 3,14159... Du darfst gucken. Es ist aus schlanken Betonklötzen gebaut und in der unteren Etage zweimal nebeneinander gestellt ohne Zwischenraum, mehr noch – miteinander verschmolzen; es ist also nicht Pi, Pi, sondern Pipi zu lesen. «

»Pipi in Parterre, Pi im ersten Stock. Stimmt. Du denkst, es erschließt sich dem Betrachter als Aufforderung, zu urinieren – womöglich an eines der drei Π-Beinchen?«

»Deine Interpretation!. Wieso? Musst du wohl?«

»I wo! Sag mal, Lucky, wenn man eine irrationale Zahl mit einer ganzen multipliziert, ergibt sich wiederum eine irrationale Zahl?«

»Gute Frage. Ich weiß es nicht, glaube es jedoch. Außerdem: *Du* bist der Rechenfetischist.«

»Das ist mir zu viel Aufwand, im Moment.«

»Ha! Was ergibt π mal $\sqrt{2}$? Egal; lass uns weiter interpretieren.«

»Okay: Als wäre nicht genug Symbolik im Spiel, setzt der Bildhauer eins oben drauf; als hätte ein kleines Kind mit Holzspielzeug eine Art Häuschen gebaut.«

»Wieso ein kleines Kind?«

»Na ja, weil das obenauf gesetzte Π sehr unsymmetrisch auf dem Basis-ɯ steht.«

»Er wird schon dabei an etwas gedacht haben, der Herr Künstler. Vielleicht hatte er die Kreiszahl oder den Goldenen Schnitt oder Fibonacci oder die Lukasfolge im Sinn …«

»Oder der Betonbauer hat das Konstrukt verpatzt: ›Hammse wieder Scheiß gebaut, Herr Mördlmann!‹«

»Oder ganz simpel – die perfekte Symmetrie wäre öde.«

»Ach ja? Hältst du Da Vincis *vitruvianischen Menschen* für langweilig? Seit die Skizze angefertigt wurde, sind fast 500 Jahre vergangen – und sie bleibt weltweit bekannt und wird bewundert. Glaubst du ernsthaft, dass dieser Pipi-Skulptur hier ähnliche Ehre zuteil werden wird?«

»Gut gegeben, Bajazzo. Ich ziehe Hut, Haare, Kopfhaut und Schädeldecke.«

»Danke für die Ehre. Willst du etwas über die Symbolträchtigkeit des oberen Pi wissen?«

»Schieß los!»

»Ad 1: Der erste Stock besitzt zwei Beinchen, Parterre drei. Na?«

»2+3, 23! Hör mir auf mit dem Scheiß. Wahrscheinlich ist die Π-ɯ-Skulptur älter als die Kurzgeschichte von Burroughs, mit der die planetenumspannende Verschwörungstheorie begann.«

»Ach ja? Und mit wie vielen Messerstichen wurde Gaius Julius Caesar ermordet?«

Lucky stöhnte.

»Zweitens: Kennst du Robert Gernhardts Reim?«

»Welchen meinst du?«

»Die Basis sprach zum Überbau du bist ja heut schon …«

Lucky übernahm: »… wieder blau. Da sprach der Überbau zur Basis was is?‹ Klar kenne ich den!«

»Und? Sieht das einsame Pi nicht wie eine speziell an uns gerichtete Aufforderung aus, den Überbau zu erklettern, ein Auftrag, der nur heute gilt und lediglich für uns bestimmt wurde, um die Mystik dieser einen Nacht zu ehren?«

»Weit hergeholt und dennoch eine verlockende Idee! Lass uns das Kunstwerk – ein affirmatives oder negierendes? Das wäre wohl jetzt MG-Meckis Frage – Pi-Pipi nennen!«

»Das *mystik* nich' unbedingt wissen, was Mecki fragt!« Bajazzo blickte nach oben: »Es wird ein bisschen eng werden für uns beide, denn der Bildhauer hat, wie du siehst, drei lange, dünne mannshohe Bronzehungerleiderchen unter die Pis gestellt. Sie gehören offenbar zur werktätigen Bevölkerung, prangen sie doch vor der Berufsschule! Die unteren werkeln herum, das andere, hm – misst?!«

»Mist? Ach so, misst; und ist schon wieder blau!«

»Das hast *du* gesagt, Lucky. *Gesellen* wir uns zum oberen, zum *Chef!* Ich schlage vor, du quetschst dich zwischen rechtem Pi-Bein und *hier misst der Mr. Meister* hinein und ich, als der Breitere von uns, nehme links außerhalb des Einzel-Π Platz. So sitzen wir zwar hintereinander, einer gepflegten Kommunikation dürfte das jedoch nicht im Wege stehen.«

EIN PAAR AUGENBLICKE nach Beendigung ihrer Kunstbetrachtung erklommen die zügellosen Freunde die über zwei Meter hohe erste Π-Ebene und saßen nun wie *zwei* Reiter auf *einem* Pferd demonstrativ inmitten des dekorativen städtebaulichen Elements des niederschlesischen Wahlnürnbergers Walter Ibscher, das seit den Sechziger Jahren an der Städtischen Berufsschule im Bleiweißviertel steht und *Planen und Bauen* heißt. Lucky und Bajazzo ließen Beine baumeln, genossen in vollen Zügen den prickelnden Italoampfer und teilten sich die letzten Roth-Händle.

»Und was ist, wenn *Freund* und *Helfer* auftauchen?«, fragte Hanns.

»In diesem Fall geben wir an, wir hätten uns verlaufen und würden auf Feuerwehr und Technisches Hilfswerk warten, denn nur *die* können uns aus dem Labyrinth – oder besser aus den Fängen – der Bildhauerei befreien.« Lukas lachte lauthals.

»Pst!« Caspar redete gedämpft weiter: »Unsere hemmungslose Unterhaltung stört bestimmt wieder irgend so einen miesepetrigen Anwohner, der die Polizei ruft ...«

»... und dann?« Lukas Glück sprach laut und ungeniert: »Kommen der Kasper Larifari mit der Pritsche und der Seppl mit seinem

Mordsgerätel und der Wurstel mit dem Bullereipritschenwagen und der Jucheh und der Ohjemine und der Theaterdirektor und die Gretel mit ihrem Mordsgesabbel und suchen die gesamte polizeigrüne Grünanlage nach den höflichen alptraumkrokodilgrünen Ruhestörern ab, finden aber nichts, weil *die* – also wir! –regungslos wie Faultiere und unsichtbar wie *Chamäleons auf Camelot* in den schützenden Armen der obskuren Skulptur verharren.«

»… deshalb:« Bajazzo zitierte eine gängige Micky-Maus-Pointenüberschrift. »Dem breiten, allzeit bereiten, stets wachsamen Nachbarn – nennen wir ihn Dankwart Block, dem Blockwart sei Dank – wird eine Anzeige wegen falschen Alarms aufgebrummt. Mein lieber Scholli, das Antanzen der Bolzerei inmitten der finstersten Nacht kostet. Da nützt keine Hanfpflichtversicherung.«

»Haha, wenn man die Protzilei mit den launigen Faschingsmützen anwalzen, herbeistolpern und herumhoppeln lässt: Links zwei drei, links zwei drei. So wird vorgegangen.« Lucky imitierte den Ton eines Reporters: »Hier ist Karl Friedrich Mayboom live aus dem Nürnberger Bleiweißstadion. Während der Schiedsrichter verzweifelt nach der Pfeife sucht, um sie sich genüsslich mit stinkendem Linienrichter- oder Ersatztorhüter-Knaster zu stopfen, humpelt die *Polizeikampftruppe Süd* in grünen Trainingsanzügen zu Hunderten im Gebüsch umher, ohne nennenswerten Erfolg: ›Ich habe etwas gefunden! Oh, Scheiße!‹ Unterdessen hält sich das unbewehrte gegnerische Team *Lokomotive Stadtguerilla* bedeckt. Die Feldspieler der *PktS* sind allesamt bewaffnet mit Haschischhunden und Taschenlampen …«

»… mit Taschenhunden und Backschischlampen, mit Allahdings Wunderschlammbad …«

»… mit Sumpfbad dem Schneefahrer nebst der süßen Baklava Lokum, der türkischen Honeymoni!«

»Und nicht zu vergessen, die *Faschingsprinzen* sind ausgerüstet mit der *Geheimwaffe*, mit Allibert Wellpapa und den vierzig Räumern.«

Die Freunde änderten die Positionen. Bajazzo, dem das Sitzen auf dem harten Beton unangenehm geworden war, stand auf und lehnte sich ans linke Beinchen des oberen Pi. Lucky, sportlicher als sein behäbiger Freund, machte es sich in gut vier Metern Höhe auf demselben Pi im Schneidersitz bequem. Links neben sich platzierte er die beiden Weinflaschen. Die *Agas* bildeten im Pi-Pipi ein existentialistisch wirkendes Ensemble aus zwei Jungbohemiens, die sich ihrer eigenen Grazilität und der Anmut der ambivalenten Metall-Beton-Leben-Situation vollends bewusst waren. Lucky meinte: »Eine Lust, die jeweiligen Gegebenheiten unter dem geeigneten Gesichtspunkt zu betrachten. Ein Abend bei den Pis. Auf Französisch, bitte!«

»Un Pissoir. Wollen wir das alles – Pi-Pipi mal Daumen – von einer höheren Warte aus prüfen, von einer höheren Würde, Hochmerkwürden!«

»Das tun wir doch immer! Von einer Sternwarte, einem Sternwartehäuschen, einem Würdehaus, einem Sternhagel-*würts*-haus.«

»*Faschingsprinzen*: klasse Bezeichnung! Gib mir mal die Flasche – oder hast du den Sprudel geleert?«

»Ein bisschen ist noch drin. Trink aus, Bajazzo! Danach darfst du den Weißwein öffnen!«

»Natürlich!« Er trank den Rest *Lambrusco* hastig und leicht angewidert aus. Hanns versuchte aufgrund einer drogenbedingten, maßlosen Selbstüberschätzung, die Pulle in den ziemlich weit entfernten an eine Straßenlaterne montierten Abfallkorb zu werfen. Sie zerplatzte auf dem Gehsteig in tausend Scherben.

»Kannst du so etwas nicht lassen? Idiot!«

»Entschuldigung, ich dachte, dass ich treffe.«

»Köpf' endlich die zweite. Wir können morgen vor Schädelweh wahrscheinlich nicht mehr geradeaus schauen.«

»Garantiert, aber egal! Getrunken werden muss sie allemal!« Bajazzo entkorkte beherzt das *Himmlische Moseltröpfchen* und gurgelte einen gewaltigen Schluck hinunter. »Viel zu warm«, stellte er fest und rülpste, dass es vom Hochbunker vis-à-vis – einem Monster aus der Naziepoche – widerhallte. Er gab die Flasche an seinen Freund weiter. Hanns Caspar wurde ruhiger: »Hast du die Sternschnuppe gesehen?«

»Nein! Ich beobachte die kleinen Leuchtmännchen auf der Wiese. Sie legen die Daumen an die Schläfen, wackeln mit den Fingern, nein – Flossen; oder sind es doch die Finger? Sie sind so schnell ... Und strecken die gespaltenen, blutroten Zungen raus. Nein, Humbug.«

»Glaubst du an Seelenwanderung?«

»Ich glaube an gar nichts und das weißt du! Warum fragst du?«

»Na ja – jedes Kind kommt schreiend auf die Welt. Warum? Was glaubst du?«

»Die Hebamme gibt ihm einen Arschklaps.«

»Kann es nicht auch folgendermaßen sein: Eine alte Seele, die merkt, dass sie von Neuem auf diesem bescheuerten Planeten gelandet ist, brüllt vor Entsetzen aus Leibeskräften?«

»Ach, Bajazzo.«

»Was spricht dagegen?«

»Woher sollen denn die alten Seelen kommen, bei *der* weltweiten Bevölkerungsexplosion? Im Jahr 0 nach unserer Zeitrechnung lebten etwa zweihundertfünfzig Millionen Exemplare des Homo sapiens sapiens, um 1800 gab es eine Milliarde, heute sind es drei Milliarden und in zwei Dekaden voraussichtlich sechs. Überall auf der Welt schreien die Frischgeschlüpften, drum hör mir auf mit *Alten Seelen*. Wenn schon, dann sind es fast lauter unerfahrene, die da herumplärren; die hätten nach deiner Theorie überhaupt keinen Grund dazu, weil sie ja unsere Dreckswelt nicht kennen.«

»Stimmt.«

DIE STERNE VERBLASSTEN und allmählich rückte die *Blaue Stunde* heran mit ihrer wunderbar fremden Atmosphäre; eine Amsel ließ sich hören und danach huben andere Vögel an zu singen. Vereinzelt flammten in den Wohnungen der umliegenden Häuser Lichter auf, gelegentlich war Motorenlärm von den nahen Hauptverkehrsstraßen zu vernehmen, der Allersberger und der Wölckern. Lucky und Bajazzo verstummten; sie genossen die Veränderung des Lichts, der Luft und der Klänge, fröstelten ein wenig und waren müde; sie hatten sich verausgabt und schwiegen sich eine geraume Zeit lang an.

»Ich schmeiße eine Runde *Alka Seltzer*«, sagte Hanns schließlich in die frühmorgendliche Stimmung hinein, weil sich in seinen Schläfen ein schmerzhaftes Pochen bemerkbar machte.

»Wir haben kein Wasser, um das Pulver aufzulösen«, gab Lukas zu bedenken.

»Aber noch einen Schluck Wein! Da schütten wir einfach zwei – oder besser drei! – Päckchen von dem Schmerzmittel hinein, schütteln kräftig und teilen uns das Gesöff.«

»Du spinnst doch, Bajazzo.«

»Komm schon! EXPERIENTIA EST OPTIMA RERVM MAGISTRA!« – Erfahrung ist die beste Lehrerin in (allen) Dingen.

»Du und das Scheißlatein. Ich kann das Katholikenkauderwelsch nicht leiden.«

»Großer Fehler! Du wirst das Latinum zu schätzen lernen. Apropos *Probieren geht über Studieren*, das kannst auch du übersetzen! Trink!«

Glück stürzte die Hälfte des angereicherten Weins hinunter: »Pfui Teufel!«

Nachdem Bajazzo nicht ohne Ekel den Rest der absurden Mischung vertilgt hatte, beschlossen die Freunde, ihren *Hochsitz* zu verlassen.

Lukas äußerte Bedauern: »Schade. Seit Stunden keine Polizei weit und breit.«

»Dabei gaben wir uns *so* ausschweifend!«

»Ja, vor allem du mit deinem Flaschenzielwurf. Manchmal bist du ein richtiger Depp.«

»Soll ich die Splitter aufsammeln?« fragte Hanns Caspar in einem Anflug von schlechtem Gewissen.

»Damit du dich schneidest und die Straße zudem mit *Blut* einschmierst! Blut, Scheiße, Scherben? Nein, lass mal!« Lucky, wohl mit immer noch mächtig erweitertem Bewusstsein, das heißt schwer *stoned*, assoziierte in einem Atemzug Churchills *Blut, Schweiß und Tränen*, die Band *Blood Sweat & Tears*, die Industriegewerkschaft *Bau, Steine, Erden* und Rio Reisers Rockgruppe *Ton, Steine Scherben*. »Wo hast du denn die Weißweinflasche?«

»Die stecke ich sogleich in den Mülleimer«, murmelte Bajazzo kleinlaut.

»Brav!«

»Dass uns das Schauspiel des poli*unver*zeihlichen Großeinsatzes vorenthalten wurde, betrübt mich. Wir hatten uns alles so nett ausgemalt.«

»Die Phantasie hat halt manchmal zu genügen, Hanns Caspar; Zumal sie prächtigere Bilder bereithält als die Realität.« Lucky glitt langsam von *Planen und Bauen* herunter: »Autsch, mir tut der Allerwerteste weh. Die Bildhauer mögen in Zukunft daran denken, weiche Kissen in ihre Skulpturen zu integrieren. Ich sage: weltfremde Steinmetzen.«

Hanns jammerte ebenfalls. »Mir schläft der linke Fuß ein. Und außerdem wird mir kalt. Wenn ich nur zu Hause wäre!«

»Du kannst bei mir schlafen, Bajazzo. Meine Bettstatt ist breit genug. Überdies bedeutet es den blanken Wahnsinn, in deinem Zustand mit dem Auto quer durch die Stadt zu kutschieren.«

LUCKYS SCHLAFSTÄTTE bestand aus vier alten Autoreifen mit einer stabilen Spanplatte oben drauf. Sie maß zwei mal einen Meter sechzig und wies eine Dicke von 38 Millimetern auf. Mit seiner Freundin

Evelyn zusammen schleppte er das Monstrum, es brachte gefühlte hundert Kilogramm auf die Waage, mehrere Kilometer durch die Südstadt. Das leidensfähige Pärchen kam schweißgebadet in Lukas' Bude an; mit schmerzenden Fingern.

Die fünfzehn Zentimeter dicke Schaumstoffmatte, die millimetergenau auf die Spanplatte passte, wog zwar nicht so viel, war aber weitaus sperriger. Lukas Glück ließ sich die Matratze von einer Firma in der Leyer Straße anfertigen und transportierte sie mit Hilfe von Eva-Maria, seiner zweiten Gespielin per Straßenbahn *Linie 21* quer durch die Stadt, zuerst von der Jansenbrücke bis zum Hauptbahnhof und von dort mit *Linie 4* bis zur Wölckernstraße. Sie hatten einen Heidenspaß; die vielen sonstigen Fahrgäste in der Tram eher nicht. Manche von ihnen wurden wütend und verloren die Fassung, weil Lucky und Eva-Maria ihnen den Weg versperrten, andere regten sich über die betont laszive Körpersprache von Luckys Freundin auf, die zusätzlich mit verbalen Zweideutigkeiten klar zum Ausdruck brachte, dass sie es schier nicht mehr erwarten könne, mit ihrem Freund eine erste Liegeprobe zu veranstalten: »In allen denkbaren Stellungen!«, wie sie mehrmals wildfremden Fahrgästen gegenüber laut *eindringlich* und *ausdrücklich* beteuerte.

Die beiden Evis halfen gerne dabei, Luckys Anstrengungen zu halbieren. Sie wussten allerdings nicht voneinander und jede für sich bildete sich ein, sie sei die einzige. Als per dummen Zufall die Wahrheit ans Licht kam, kündigten sie die Beziehung auf. Sie wollten sich Lucky nicht teilen. Das konnte er nie verstehen.

Keine Liebste harrte also des momentan Einsamen im handverlegten Superbett.

Bajazzo, hundemüde, nahm Luckys Vorschlag dankend an. Wenig später lagen die *Agas* auf dem weltweit wohl einzigen Möbelstück seiner Art, frierend und übernächtigt. Zum allgemeinen Verdruss war die einen Meter breite Zudecke für die Heteros viel zu knapp bemessen und sie begannen, daran zu zerren. Dummerweise immer, wenn der andere gerade wegdöste.

Wer von den beiden auf die Idee kam, die seit zig Generationen in die christlichen Gene gepflanzte lebenslange Angst vor dem eigenen Geschlecht über Bord zu werfen, kann man nicht mit Bestimmtheit sagen. Dass das passierte, erstaunte die frauenfixierten Jungs ungemein und es geschah unzweifelhaft und ausschließlich aus rein pragmatischen Gründen und lediglich für diese eine Nacht!

Das versuchten sie sich – jeder für sich und ohne Absprache – einzureden.

Vielleicht entschlossen sich Lucky und Bajazzo im Halbschlaf mehr zufällig als bewusst zu einem schüchternen Körperkontakt: Rücken an Rücken, Arsch an Arsch. Das schadete nicht, wärmte es doch die ausgekühlten Knochen. Dass sie in einer wesentlich intimeren Stellung aufwachten, verwirrte die *Agas* beträchtlich. Die Situation gestaltete sich als besonders peinlich, weil sie von Lukas' aufgebrachten Wohngenossen unsanft aus dem Schlaf gerissen, quasi ertappt wurden. Hase und Jo bezeichneten es als » ... das Allerletzte, dass an diesem Morgen überhaupt nichts, aber schon gleich gar nichts Essbares in eurem Saustall zu finden ist!«

Das Frühstücksproblem ließ sich durch eine Entschuldigung und den Griff in Bajazzos unermesslichen Brustbeutel lösen, das *Schwulenproblem* erwies sich als wesentlich komplizierter: L&B hätten lieber nicht über die *Affäre* reden wollen und sie stattdessen für immer als Geheimnis bewahrt. Zu Luckys Entsetzen hielt das Stillschweigen darüber nicht einmal bis zum Mittag.

VII

' Weakness may excite tenderness and gratify the arrogant pride of man; but the lordly caresses of a protector will not gratify a noble mind that pants for and deserves to be respected. '
(Mary Wollstonecraft)

Lucky war sauer auf sich. Im Gegensatz zu Bajazzo, der sich so gut wie niemals davon abgeneigt zeigte, einen kräftigen Schluck zu nehmen, galt er als kein großer Befürworter des Alkohols. Je nun, hin und wieder soff er einen über den Durst, wohl wissend, dass das oft genug zu eher weniger amüsanten oder witzigen Folgen führte. Diesmal schien es zu seinem Leidwesen besonders schlimm zu werden.

DIE URSPRÜNGE für das gebrochene Verhältnis zum Trinken lagen in Lukas' Kindheit. Nicht nur die rauschbedingten Tobsuchtsanfälle des Stiefopas, der nicht selten nächtelang in Ausnüchterungszellen randalierte, brachten ihn zur frühen Überzeugung, dass Ethanol eine Droge ist, von der man, wenn es geht, die Finger lässt.

Es gab da noch andere Geschichten.

Vater, der konservative erzkatholische Maximilian Glück, verfiel in den fünfziger Jahren einer Todsünde, GVLAE, der Völlerei. Dafür wurde man nach dem Tod mit Verbannung in die Hölle und dem Erleiden ewiger Schmerzen bestraft. Für einen gläubigen Christen bedeutete der Umstand allerdings keinen Beinbruch, denn als fundamentalistischer Katholik durfte er ja beichten und Buße tun. Er tat das ausgiebig und regelmäßig, und je mehr er dem sechsten der sieben Hauptlaster frönte, desto häufiger wurden die intimen Sichtschutzgespräche mit diversen Beichtvätern und desto öfter wurde er beim Rosenkranzbeten und anderen skurrilen religiösen Verrichtungen gesehen.

Glück begann im französischen Baskenland als strahlender einundzwanzigjähriger Held den knapp sechs Jahre dauernden Krieg. Die Mädchen in Saint-Jean-de-Luz lagen ihm reihenweise zu Füßen, von einer gewissen Mariquita aus Biarritz ließ er sich gar den Kopf verdrehen und behauptete immer wieder einmal, dass sie die Liebe seines Lebens gewesen sei. Er zeigte gerne den Ring, den sie ihm einst schenkte und die entsprechenden Fotos, auf denen er neben ihr als schneidiger Funker in Naziuniform an der stürmischen Biskaya zu sehen war; mit etwas keck schief sitzender Kappe. Vom Russlandfeldzug hingegen gab es keine Lichtbilder; wer will schon das eigene Elend dokumentiert wissen.

Den Krieg beendete er halbverhungert aus der Sowjetunion fliehend, als jämmerlicher Vagabund. Während der erbärmlichen Trümmerzeiten in der Heimatstadt, dem zerbombten Nürnberg, lernte er die oberpfälzische Gudrun kennen.

Nach der Währungsreform 1948 ging es erst peu à peu, dann rasant aufwärts, das Wirtschaftswunder begann. Vater Max fing 1947 als Hilfsarbeiter bei der Bundesbahn an und heiratete unmittelbar danach. Man zahlte ihm siebzig Mark pro Monat. Dieses *Gehalt* stieg zwar allmählich, jedoch langsam und in viel zu kleinen Schritten. Noch 1954 galt es als eine Sensation, wenn sich *Mami* für die drei Buben gelegentlich ein Achtel Pfund Butter leistete. Unterdessen verdienten sich Kriegsgewinnler und alte Kapitalisten längst wieder goldene und diamantene Nasen.

Das Familienoberhaupt legte indes sein Schicksal in Gottes Hände und schuftete ohne Mucks achtundvierzig Stunden pro Woche, verdiente sich in der Hauptsaison nebenbei als Kellner im *Palmengarten beim Meßthaler in Maiach* zusätzlich ein wenig Geld, betätigte sich in den Wintermonaten als privater Frauenmasseur und schuf sich ein ebenso lukratives wie dubioses Zweiteinkommen. Gudrun vermutete Schlimmes, und es kam deswegen nicht selten zum Streit. Ihre *bessere Hälfte* sah nämlich hinreißend gut aus: So manche junge Dame schmolz angesichts der glänzenden pechschwarzen Haare und der himmelblauen Augen dahin.

Insgeheim träumte Maximilian Glück davon, eine Schaschlikbude zu eröffnen. Deshalb sparte er, wo es nur ging, doch fehlte ihm der Mut, bei einer Bank frühzeitig um Kredit nachzufragen, und bald schon machte ihm eine aufkeimende Suchtkrankheit einen Strich durch die Rechnung.

IN DER MITTE der Fünfzigerjahre fand der erste gemeinsame Sommerurlaub der Glücks auf Burg Schnellenberg im Sauerland statt, in der die deutsche Bundesbahn seit 1949 ein Erholungsheim für Betriebsangehörige unterhielt. Dort stellte sich heraus, dass Vater Glück Unmengen an Nahrung vertilgen konnte.

Nach dem gemeinschaftlichen Essen der Feriengäste blieb meist etwas übrig. Es gab bereits reichlich von Allem. *Der Glück* stopfte die Reste in sich hinein. Was an Max' Gemeinschaftstisch unberührt stehen geblieben war, Suppe, Kartoffeln, Reis, Nudeln, Gemüse, Fisch, Fleisch, Pudding, Kuchen, verschwand unerbittlich in seinem Schlund. Das sprach sich herum, und die Feriengäste von den Nebentischen steuerten hinzu, was sie selbst nicht schafften: *Man darf nichts verkommen lassen, nach der schlechten Zeit!* Und Max futterte derart spektakulär, dass manche der begeisterten Bundesbahnbediensteten forderten, dass die in Westdeutschland aufkommende Fresswelle unbedingt nach *ihm* benannt zu werden habe: *Maxwell'!* Die Sommerfrischler feuerten ihn an, applaudierten; und er ließ sich nicht lumpen. Vorwurfsvolle Blicke und auch Tränen von Mutter Glück nutzten nichts. Der Nimmersatt geriet völlig außer Kontrolle.

Ein Kollege, der sich zur selben Zeit am selben Ort erholte, trug Glücks erstaunliche Fähigkeit anderen Nürnberger Eisenbahnschaffnern zu, und kurz darauf gründete sich eine Art Wettgemeinschaft, bei der es darum ging, was *der Max* maximal binnen welcher Frist wegputzte. Der kassierte dabei zwar keine Provision, durfte gleichwohl hineinwürgen, was und wie viel er wollte; gratis, versteht sich.

Wenn er in der *Schwemm'* auftauchte – so hieß die Kellerkantine im Hauptbahnhof –, stand immer jemand bereit, der in Glücks Sucht investierte und ihm *ein Essen* spendierte: »Ich wette zwanzig Mark, dass unser Max heute sechs halbe gebackene Karpfen und einen Fünflitereimer Kartoffelsalat verschlingt! Wer wettet dagegen?«

Er schaffte es – und trank obendrein eine kleine Flasche Wodka als Zugabe.

Das Saufen hatte er einst *beim Russen* gelernt, aber angesichts seiner Familie, auf die er sehr stolz war, verbot es sich in den ersten Nachkriegsjahren von selbst, diesem Laster weiter zu frönen. Immerhin zeugte er zwischen 1947 und 1952 drei der vier Evangelisten, nämlich Matthäus, Markus und Lukas. Auf den Jüngsten hielt er besonders große Stücke: Der Kleine verblüffte eines Morgens die Eltern, als er – knapp vierjährig –, den Aufdruck der Dose mit der roten Raute vorlas, stockend zwar, aber immerhin: »Kaffee-surrogatex-trakt«.

Lukas sah den büffelnden Brüdern über die Schulter und übte heimlich. Die ersten Wörter, die er bewusst las, lauteten *Mercedes Benz;* er hatte keine Ahnung, was die Lettern bedeuteten, die damals zugkräftig über der Bahnhofsunterführung Allersberger Straße prangten, und sprach sie in Gedanken falsch aus: *Merke des Benz.* Er dachte, die Leute sollen sich *des Wort* Benz merken. Er war drei.

Um die Trinkbedürfnisse richtig zu befriedigen, das heißt, sich zu betäuben wie während des Russlandfeldzuges, fehlte Max zwischen 1945 und 1952 zudem das Diridari, der nötige Zaster, der Kies, das heißt, der Rubel rollte nicht recht. Immer, wenn er über Geld redete – für den Begriff standen ihm im aktiven Wortschatz viele zärtliche Synonyme zur Verfügung –, schweifte Vaters sehnsuchtsvoller Blick in die Ferne und er rieb die Daumen- und Zeigefingerkuppen der rechten Hand aneinander. Manchmal sprach er seine Meinung in einem jämmerlichen Pseudo-Jiddisch aus: »Haste Dalles« – Taler, Dollars –, »haste alles.«

Seit dem *Sechskarpfenputzeimerkartoffelsalat-Tag* wussten die egoistischen, schrägen Wettbrüder, was außerdem für Fähigkeiten in Glück schlummerten; und so stand ab sofort für Max auch stets genügend Schnaps bereit, der in eingeweihten Kreisen bald bloß *der Gluckgluck-Glück* hieß, und schon beschränkten sich die »Max-*bring-uns*-Glück« Wetten nicht mehr nur auf Kantinenzeiten. Dass er deshalb nach und nach dem Alkohol verfiel, merkte seine Gattin erst spät; das Geld, das er von den Nebenjobs abzweigte und für die Imbissbude zurücklegte, um sie über kurz oder lang quasi umzuhauen und froh zu stimmen, schmolz dahin und verschwand schließlich ganz, zusammen mit dem Traum vom original russischen Шашлык, einem *raffiniert marinierten Fleischspieß*.

Gudrun Glück verwandelte sich in *Guðr Unglück*, als sie seine Suchterkrankung erkannte.

Dem bloß einen Meter achtundsechzig großen, mehr als 120 Kilogramm schweren Mann erschien zum Ende der 1950er ein Todesengel namens Herzinfarkt und erteilte ihm die einzige und letzte Warnung. Immerhin kam er zur Besinnung und entsagte dem exzessiven Alkoholgenuss – erstaunlicherweise aus eigener Kraft. »Mit Gottes Hilfe!«, behauptete er. Auch die Essgewohnheiten verbesserten sich nach und nach. Ganz gesund wurde er nie wieder, Magen und Leber blieben irreparabel geschädigt.

IRGENDWANN in diesen für die Familie so schlimmen Jahren zwischen 1955 und 1960 sah Lucky eines helllichten Tages mit an, wie sich der Alte zusammen mit einem Nachbarn aus dem Nebenhaus Sterzinger Straße 21 schon um die Mittagszeit den Helm zulötete. Gotthilf Weinhold, ein ebenso schlimmer Säufer und Betbruder wie

Glück, besorgte *von den Amis* einen Liter sechsundneunzigprozentigen Sprit. Dann schütteten die beiden Kriegsveteranen das Zeug, verdünnt mit ein wenig Wasser, in sich hinein, und während sie jammerten, weil sie das Gefühl hatten, von innen heraus zu verbrennen, wankten sie zur *Tiroler Höhe* hinauf. Den kleinen Lukas führten sie an den Händen. In ihrer Mitte war er gezwungen, zusammen mit ihnen von einer Straßenseite zur anderen zu stolpern. In der *Juchhöher He!* bestellten sich die rotzbesoffenen Nachbarn zur Neutralisierung ein Paar heiße Regensburger mit Senf und stürzten als erstes ein Bier hinunter, um das Feuer zu löschen; sogleich pöbelten sie den Wirt an, beschimpften ihn unflätig und fragten ihn, was das solle, in Nürnberg *Regensburger* anzubieten. Lukas' Vater tunkte die Würste in den Senf, warf sie dem normalerweise sanftmütigen Inhaber an den Kopf und segelte postwendend samt Söhnchen mehr quer- als hochkant aus der Stammkneipe. Weinhold folgte aus »Soldat... Solidat... Diridarität.«

WENIG SPÄTER, im Alter von fünf Jahren, geriet Lukas selbst an Alkohol, nämlich an ein 0,33-Liter-Fläschchen Eierlikör, das sich seine Eltern kurz zuvor leisteten und für einen besonderen Anlass, ihre Rosenhochzeit, beiseite stellten.

Gudrun Glück, Schneidergeselle von Beruf, verdiente sich die Kröten mit Nähen von Sommerkleidern für Nachbarinnen. Die Muster entnahm sie zumeist dem Magazin *Schwabe Der neue Schnitt*. An besagtem Nachmittag lieferte sie ein fertiges Teil aus. Dabei verratschte sie sich ein wenig, das heißt ein, zwei Stündchen.

Die beiden älteren Brüder spielten im Hof, der Kleine versteckte sich in der Wohnung, da er in der Mittagsstunde wieder einmal einen Flieger hörte.

Nachdem der Flugzeugschock endlich vergessen war, begann er aus Langeweile, Schränke und Schubladen nach interessanten Dingen zu durchstöbern. Beizeiten fiel ihm das dickflüssige gelbe Zeug hinten im dunklen Küchenbüffet in die Hände. Er öffnete die Flasche, beschnupperte den Inhalt, schleckte daran, und da *der Sirup* viel besser schmeckte als der Lebertran, den man ihm unermüdlich einlöffelte, hörte er mit dem Lecken einfach nicht auf. Lukas wurde schwummerig und er schaffte es gerade noch, die Flasche zurückzustellen. Dann krabbelte er mit einem wohligen Gefühl im Bäuchlein ins Bett. Als Mutter zurückkam, lag er dort mit hoch zufriedenem Gesichtsausdruck und schlief mit gut durchbluteten Backen den

Rausch aus. Sie freute sich über das *brave Zwergerl* und ließ es zufrieden.

Ein paar Tage danach wollten die Glücks Hochzeitstag feiern. Der Abend, an dem es sich die beiden richtig gemütlich machen würden, rückte heran, der Advocaat wartete an seinem Platz in der Anrichte. Max pfiff bereits draußen auf der Stiege einen Sambaschlager, als er nach Hause kam: *Ay ay ay Maria, Maria aus Bahia. Jeder, der dich tanzen sieht, träumt nur noch von Maria.*

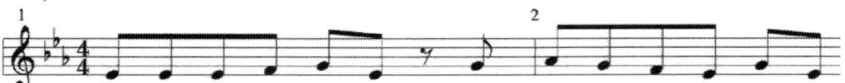

Es ist anzunehmen, das Max Glück bewusst oder unbewusst die Melodie mit dem Wort *Ei* assoziierte, in Vorfreude über die Flasche Eierlikör; übrigens wurde der dumme Ohrwurm – Werner Schmah und das Orchester Lubo d'Orio interpretierten bereits im Jahr 1949 diese deutsche Version von *Maria de Bahia*, eine Komposition von Paul Misraki; den Text dazu verfasste André Hornez – tatsächlich für entsprechenden Kundenfang verwendet: *Ei, ei, ei Verpoorten, ob hier und aller Orten!*, plärrte es bald regelmäßig aus den Radios. Zuvor – und möglicherweise wiederum als Modell für die Eierlikörprojektierung dienend – bekam eine Margarinefirma vom Volksmund ihr Fett ab: *Ay ay ay Sanella, Sanella auf den Teller. Wenn Sanella ranzig wird, dann kommt sie in den Keller.«*

Max gab Gudrun gut gelaunt einen Klaps auf den Po und holte gleich darauf aus dem Schrank das Fläschchen Likör. Verdutzt sahen sich die Eheleute an, denn es fehlte fast ein Drittel. Mutter Glück landete einen Volltreffer, indem sie das Ehegespons des heimlichen Trinkens bezichtigte; Max wiederum – er war ja tatsächlich ohne jede Schuld, was das Verschwinden der nahrhaften Süßigkeit betraf – verdächtigte seine Frau. Die Situation eskalierte und führte zu einer veritablen Ehekrise. Die Alten schrien sich an, zerdepperten Teller, Tassen und Gläser, Lukas' ältere Brüder weinten. Der Kleine nicht – er lag unter dem Bett versteckt und pflegte das schlechte Gewissen. Die Vorstellungskraft reichte für die Entscheidung aus, das Geheimnis *nicht* zu lüften.

DEN ALLERERSTEN – ungewollten – Kontakt mit Alkohol nahm Lucky jedoch zu einer Zeit auf, als er im Kinderwagen lag. Die Glücks unternahmen mit den Sprösslingen an einem hochsommerlichen Samstagnachmittag einen Spaziergang; ihr Ziel: der nahe gelegene *Flachweiher*. Dort auf der Wiese zu sitzen und das sonnige Wetter zu genießen erschien ihnen als purer Genuss. Man konnte den vielen verschiedenen bunten Schmetterlingen zusehen oder die Enten füttern, es ließen sich bei geduldigem und ruhigem Verhalten Ringelnattern, Molche, Frösche, Feuersalamander, Blindschleichen und hin und wieder sogar eine Kreuzotter entdecken. Max, ein außerordentlicher Tierfreund, erachtete es als wesentliche Erziehungsaufgabe, den Kindern Ehrfurcht vor der Schöpfung Gottes nahezubringen.

Das Ehepaar beabsichtigte, mit dem Nachwuchs an der Südkaserne entlang bis zur Frankenstraße hinunterzulaufen, dort rechts abzubiegen und immer geradeaus weiterzugehen bis zum ehemaligen Tiergarten, der etwa fünfzehn Jahre zuvor, nämlich 1939, geschlossen worden war. Er hatte dem nationalsozialistischen Parteitagsgelände weichen müssen.

Weit sollten es die fünf an diesem Tag nicht schaffen; in friedlicher Stimmung wenn's hoch kommt, zwanzig Meter. Denn kaum überquerten sie die verkehrsarme Tiroler Straße an der Ecke Sterzingerstraße, war die Laune verdorben. Der fröhliche und zu Scherzen aufgelegte Max schubste Lukas' Kinderwagen, ein gebraucht gekauftes uraltes Korbmodell, in dem bereits Matthäus und Markus und wahrscheinlich mehrere Kinder der Vorkriegs- und Kriegsgeneration gelegen hatten, kräftig an. Das tat er sonst auch des Öfteren, oben in Höhe der Hasenbuckkirche, denn das Nesthäkchen quiekte angesichts einer plötzlichen Fahrzeugbeschleunigung jedes Mal vor ungebremster Wonne.

Leider bedachte Maximilian Glück nicht, dass die Tirolerstraße einigermaßen abschüssig auf die Frankenstraße zuläuft und dass selbst handbetriebene Fahrzeuge auf glattem Asphalt – es gab keinen Gehsteig – enorm beschleunigen können, anders als auf den sandigen Wegen am Hasenbuck.

Das Kleinkind nahm Fahrt auf. Nach der ersten Schrecksekunde rannten Vater und Mutter dem Kinderwagen nach, vergebens. Der Minievangelist und Buggyseifenkistlrennfahrer mit der Startnummer III blieb uneinholbar. Matthäus und Markus kicherten blöde, während Lukas mit vollem Karacho auf die in den 1950ern glücklicherweise wenig frequentierte Frankenstraße zuschoss. Er überquerte sie ohne nach links und rechts zu schauen, bezwang aufgrund der extragroßen Räder die Bordsteinkante der gegenüberliegenden Straßenseite und rauschte bedenklich schaukelnd und schlingernd direkt in

Richtung des offenstehenden Gartentürchens der Gaststätte *Zur Waldschänke*.

Die drei Stufen zur Terrasse bremsten das Gefährt abrupt, Lukas wurde bei Tempo zwanzig aus dem Rennwagen katapultiert und war im Begriff, einen Höllensturz hinzulegen, wie ihn Pieter Bruegel der Ältere nicht dramatischer hätte darstellen können. Oh Luzifer, Samael, Astarot, Satan, Baphomet und Teyffel; wenn es euch gäbe, wärt ihr vor Neid erblasst!

Ein amerikanischer Soldat, der die gesamte Szene von Anfang an amüsiert beobachtet hatte, *These crazy Germans!,* fing das Baby auf. Das ging jedoch insofern schief, als die frisch eingeschenkte *Bloody Mary*, die er in der Rechten hielt, über *Lukas des Glücklichen* Gesicht schwappte und dessen hellblauen von der Schitz-Oma gestrickten Strampelanzug vollspritzte. "All right! UFO has landed in the Ghetto."

Die atemlos ankommende Mutter kam einem Nervenzusammenbruch nahe, da sie befürchtete, das Nesthäkchen sei schwer verletzt und stürbe soeben blutüberströmt unter den Händen eines kriegerischen Indianerhäuptlings. Dabei duftete der bekleckerte Kleine lediglich lecker nach Wodka (ha!), Tomatensaft und *Spices* – und ihm schien das zu gefallen. Er grinste wegen der absurden Geschichte über beide Backen; in diesem Moment blitzte wohl zum ersten Mal seine außergewöhnliche Intelligenz auf. Hingegen war dem Rest der Familie der Samstag verdorben. Gudrun ließ sich zu dem Satz hinreißen »*So damisch können nur Männer sein!*«, und ein handfester Streit auf offener Straße, mit plärrenden Kindern als Spezialwürze, wurde unausweichlich. Adieu, herrliches Wetter, tschüss, ihr Tiere am Flachweiher.

Sie stritten oft, die Glücks; die *Glückskinder* litten darunter und blieben in der Entwicklung gehemmt. Matthäus und Markus, die Älteren, ließen sich in ein eher durchschnittliches Leben leiten, gemäß der eigenen – fast als asozial zu bezeichnenden – Familie. Brav folgten sie Vaters Vorschlägen: »Es reicht, wenn du die Hauptschule schaffst!«, schlugen eine Laufbahn bei der Bundespost ein: »Da hat man Sicherheit!« und heirateten tüchtige katholische Mädels. »Halleluja!« Die spät geborene Johanna missriet dank der unübersehbaren Enttäuschung des Vaters und verkam zur verkrachten Geigenspielerin, die irgendwann in die USA floh, um ein Leben als alte Jungfer in einer armseligen Suite auf *Staten Island* zu fristen.

Der kleine Lukas allerdings, in früher Kindheit verrückt geworden vom Überschall, vergrub sich ins eigene Ich, ergründete, was alles in ihm steckte und beschloss beizeiten – zur großen Enttäuschung der verständnislosen Eltern: »NON SERVIAM! Ich werde nicht dienen! Niemals und niemandem.« Seine genialen Fähigkeiten wurden aufgrund von Introvertiertheit verkannt und kaum gefördert. Er wuchs zum Abweichler heran, zum Andersdenkenden, zum Rebell in allen Bereichen.

Woher nur stammte die Begabung: War sie eine Gnade Gottes? Bewohnte eine alte Seele Lukas' Körper, die sich in die falsche Familie verirrte? Beruhten enormes Gedächtnis, Vorstellungsvermögen und Kreativität auf rezessiven Erbmerkmalen, gekoppelt mit frühkindlichen US-Bomber-Erfahrungen?

In einem *multiple choice test* hätte Lukas die dritte Vermutung angekreuzt, denn eines erschien ihm sicher: Das Wahrscheinlichere ist in den allermeisten Fällen das Richtige. Ein Prüfungsformat, in dem zu einer Frage mehrere vorformulierte Antworten zur Verfügung stehen, fand er übrigens immer suspekt und lächerlich.

GUDRUN GLÜCK hatte die Weisheit nicht gerade mit dem Löffel gegessen. Darum wollte, durfte und konnte sie zu Hause und auch sonst wo nicht viel sagen. Sie litt leise vor sich hin, legte sich alsbald eine Migräne und eine Unterleibserkrankung zu und klammerte sich – ganz Glucke Glück – an die Söhnchen. Vom kontinuierlich betrunkenen Fremdfrauenmasseur hatte sie bald die Nase gestrichen voll. Dass Schwäche Zärtlichkeit hervorgerufen und den überheblichen männlichen Stolz erfreut hätte, davon war keine Rede. Da Beschützer Max seiner Gattin keine großzügigen oder anderen Liebkosungen zukommen ließ und Gudrun keinen edlen Verstand besaß, lechzte Mutter Glück verdientermaßen auch nicht danach, respektiert zu werden. Deshalb und aus Pflichtbewusstsein gegenüber den drei, später vier Kindern blieb sie ein Leben lang an seiner Seite. *Einen* Sohn wenigstens hätte die geborene Schitz gerne nach ihrem Vater benannt, um eine ländliche Tradition zu pflegen. Der dogmatische Fundamentalist Max erlaubte das nicht, allein schon wegen des Apostelprojekts, und auch, weil er den Namen Erich für einigermaßen schizophren hielt: »Der arme Bub wüsste nie, ob er *er* ist oder *ich*. Gudrun? Wie hat das denn *dein* Vater geschafft, normal zu bleiben? Bei *dem* Hausnamen?«

Der Hausname – eine vorwiegend bayerische, ländliche Tradition – der Familie Schitz stammte vermutlich aus der napoleonischen Epoche: Die Franzosen starteten 1796 eine Invasion in Süddeutschland, an der auch Lucien Lascombes, ein aquitanischer Bauernbursche aus den Pyrenäen, teilnahm. Der gab, nachdem er eine knackige Oberpfälzerin geschwängert hatte, nicht preis wie er hieß und behauptete stattdessen, er sei ein gewisser *Lula d'Ichère*. Der uneheliche Sohn der solchermaßen hinters Licht Geführten wurde nur *der Icherer* genannt. Daraus ergab sich der Hausname, der in Verbindung mit *Erich* wirklich *schitz*ophren anmutet: Erich Icherer.

DER KLEINE LUKAS fühlte sich von Mutter genervt. Pausenlos fummelte sie an ihm herum, kämmte ihm das Haar oder insistierte darauf, dass er sich *Grießbrei*, Mutter Glücks Standardkinderfraß, hineinschoppte, ein für ihn nahezu unerträglicher Vorgang: Während er, der recht ungern Nahrung aufnahm, gestresst vor der Schüssel saß, hockte Mami auf dem Stuhl neben ihm und hielt eine Gabel in der Hand, mit deren nach unten gerichteten Zinken sie in hohem Tempo, etwa 180 Viertelschläge pro Minute, in den Tisch hämmerte. Sie schlug die Beine übereinander, wippte ungeduldig mit dem hängenden Fuß und klappte dabei sehr unrhythmisch mit dem Schlappen an die eigene Ferse. Lukas aß trotzdem nicht auf.

Gewöhnlich verließ Mutter nach geraumer Zeit entnervt den Tisch mit den emphatischen Worten: »*Du* stehst *mir* [sic] *erst* auf, wenn dein *Teller* leer ist.«. Dann – endlich unbeaufsichtigt – goss er den Brei wahlweise aus dem Fenster, unters Bett, wo ihn irgendwann Omas Terrier Hexi wegschlabberte oder ins Klo, je nachdem, was ihm gerade am günstigsten erschien, um später die triumphierenden Worte zu hören: »Na also! Geht doch!«

Erwischte Mami Lukas bei der unorthodoxen Essensentsorgung – klar, dass das ab und zu geschah –, zeigte sie Symptome einer akuten Belastungsreaktion.

Im Verlauf ihrer legendären Krisen schnappte sie nach Luft, stöhnte, ging in die Knie – spektakulär! Da niemals wirklich Schlimmes mit ihr passierte, nahm bald kein Mitglied der Familie mehr die exaltierten Shows ernst; das wurde ausgesessen: »Schaut hin, jetzt spinnt sie wieder.«

Eines Tages – Lukas war zirka sechzehn, und man begann ihn in der Schule Lucky zu nennen – traf es Mutter Glück besonders schlimm. Der dritte bildete sich eine Menge ein auf seine *langen Haare*. Das heißt, die Haarpracht, meist eine *Beatles*- oder Bubikopf-Frisur, reichte in den Sechzigerjahren schlimmstenfalls über den Hemdkragen. Mami nervte so lange mit ihrer Leidenstour, bis sich Lucky dazu breitschlagen ließ, zum Friseur zu gehen. Dort, im *Salon Nicki* – »Kürzen Sie mir lediglich ein wenig die Spitzen!« –, kam er leider einem Fiesling unter die Schere, der ihm einen Topfschnitt verpasste, dergestalt, dass ihm nach der Behandlung fast fünf Zentimeter über den Ohren kein einziges Haar blieb. Lucky erkannte sich kaum mehr selbst. Mit den Worten »In Ordnung so?«, hielt ihm der Bader wie zum Hohn einen Spiegel hin.

Was für eine blöde Frage! Natürlich nicht. Das Schlimmste war, dass der *Blödmann von Coiffeur* Luckys Forderung, die Nazifrisur sofort rückgängig zu machen, naturgemäß nicht erfüllen konnte. Mit Wut im Bauch und mit aufsteigender Übelkeit schleppte er sich nach Hause. Lukas vermutete ein abgekartetes Spiel. Bestimmt hatte Mutter beim *Nicki* angerufen und ihm Instruktionen gegeben: »Hören S' nicht auf ihn. Der will bloß seine Haarspitzen g'stutzt haben. Verpassen S' ihm fei einen g'scheiten Façonschnitt!«

Die freudestrahlende, triumphierende Mami begrüßte den Sohn mit den Worten: »Jetzt steht endlich ein manierlicher Junge vor mir!«

Widerlich!

Gleich darauf ging sie zum Einkaufen. Lucky malte sich derweil die Schmach aus, die ihn am nächsten Morgen in der Schule erwarten würde und fasste einen schwerwiegenden Entschluss.

Vaters gutes altes einklappbares Rasiermesser lag griffbereit im Spiegelschränkchen, wie immer frisch geschliffen und auf dem Leder abgezogen, denn dem Alten bereitete das Schärfen der antiken Klinge von *Carl Bader, Solingen*, höchstes Vergnügen. Lucky wusste zwar nicht recht damit umzugehen, da die Entfernung des schüchtern sprießenden pubertären Oberlippenflaums sich einfach nicht rentierte. Dennoch schor er sich mutig den Schädel kahl. Dass er sich verschiedene Male die Kopfhaut ritzte oder stellenweise gar abschälte, nahm er tapfer und billigend in Kauf. Als er fertig war, versorgte er die blutenden Stellen mit Heftpflaster und setzte seine dunkelkhakifarbene, mit Buttons verzierte Cordschiebermütze auf. *LSD* prangte links und *Enteignet Springer* rechts vorne neben einem in der Mitte angebrachten roten Emaillestern.

Als Mutter nach Hause kam, empfing sie ein kreidebleiches Söhnchen mit blutbespritztem Hemdkragen und einer Revoluzzerkappe auf dem Kopf. Sie begann zu zetern, ohne ihn richtig anzusehen: »Was soll das? Ich habe deine blöde Mütze erst letzte Woche in den Müll geworfen! Wieso hast du sie *wieder* auf? Was denken die Leute,

159

wenn du so herumläufst?!« Sie riss sie ihm vom Kopf, erstarrte einen Moment lang mit entsetztem Blick, wurde weiß wie die Wand, begann Sekunden später unkontrolliert zu schreien, fiel um, wälzte sich auf dem Boden, blieb bald rücklings liegen, japste, strampelte mit den Beinen und bekam einen Weinkrampf.

DER NÄCHSTE SCHULTAG geriet zum vollen Erfolg. In der ersten Stunde stand Deutsch auf dem Plan, *Hemul* walzte in die Klasse, sah Lucky und befahl »Glügg! Dou die Schlächermützn ro! «

Lucky entfernte die provokante Kopfbedeckung. Schlagartig herrschte blankes Entsetzen im Raum. *Hemul* meinte nur: »Dou s' widder nauf. «

Sowohl Luckys mit Würde getragene Kappe als auch die zur Schau gestellte exhibitionistische Nacktheit des geschundenen Schädels – *eine revolutionäre KZ-Frisur* – führte schon am selben Nachmittag zur nichtplanmäßigen Einberufung eines Disziplinarausschusses. Ausschlaggebend war ein kollektiver Schülertumult in der Pause, den Glück Teile der Lehrerschaft als *Aufwiegelung* anlasteten, schließlich wurde Luckys neues Outfit von nahezu tausend Schülern begeistert bejohlt.

Das Kollegium diskutierte zum einen, ob eine mit Heftpflastern *verschönerte* Glatze dem Ansehen der Schule mehr schade als eine *linke* Kopfbedeckung, und zum anderen, wie man dem seit Jahren als Störenfried bekannten Lukas Glück endlich Herr werden könne, fand indes keine rechtliche Handhabe, da bereits in Artikel zwei, Absatz eins des Grundgesetzes die freie Entfaltung der Persönlichkeit garantiert wird. *Die unangenehme Verfassung der Bundesrepublik! Beim Hitler hätte es dies nicht gegeben,* dachte sich da mancher Beinprothesen tragender Altlehrer.

Lukas Glück ging in die Schulgeschichte des Nürnberger Realgymnasiums als erster, wenn auch linksgerichteter Skinhead ein. *Linksgerichtet* ist in diesem Zusammenhang ein großes Wort. Das Gefühl des Unbehagens, das viele der damaligen Jugendlichen, so auch Lukas, überkam, führte häufig zu unreflektiertem Sympathisantentum. Die Spontis taten zwar in politischer Hinsicht oft das Richtige; das bedeutete jedoch bei weitem nicht, dass sie über ein *richtiges* Bewusstsein verfügten.

Eine Zeit lang, bis ihm der Name unpassend erschien, nicht nur weil die Haare nachwuchsen, nannte Lucky sich *Baldhead* nach den mehr als fragwürdigen Helden in Nelson Algrens Roman *Nacht ohne*

Morgen. Das Buch faszinierte ihn und prägte auf längere Sicht hin vielleicht sogar ein wenig das soziale Empfinden.

Mutter Glück getraute sich nie wieder, Luckys Frisur zu kritisieren, geschweige denn zärtlich an seinen Haaren herumzufummeln oder ihn gar zu bürsten oder zu kämmen, wie sie es in der Zeit *vor der Glatze* so gerne getan hatte.

LUCKYS VOLUMINÖSES SCHULSTRAFENREGISTER gipfelte in der Androhung der Demission in der Zwölften, die Mitte Juni ausgesprochen wurde und bis zum Ende des Schuljahrs gültig war, demnach gerade einmal etwas mehr als vier Wochen. Da wusste er mit der Renitenz sparsam und klug umzugehen.

Eines strahlenden Frühsommermorgens, er hatte es wie gesagt unbeschadet schon bis in die Unterprima geschafft, beschloss er zusammen mit dem Lieblingsgenossen Bajazzo die Schule zu schwänzen und zum Silbersee in den Süden der Stadt zu fahren. Unterwegs kam einer der beiden auf die Idee, im Humanistischen Gymnasium eine zwölfte oder – noch besser – eine elfte Klasse zu besuchen, dort den Unterricht zu stören und in der Pause die eine und andere Schülerin zum Badengehen zu überreden.

BAJAZZO KLOPFTE höflich an der Tür der 11 A an und öffnete sie nach einigen Augenblicken mit perfekt gespielter Schüchternheit: »Guten Morgen, Herr Professor. Entschuldigen Sie. Das Direktorat schickt uns. Wir sind die Neuen ...«

»... und kommen jetzt öfter«, tuschelte Lucky hinter Bajazzos Rücken und kicherte albern.

»Davon weiß ich gar nichts«, antwortete verwundert der Lateinlehrer. »Setzen Sie sich. Hinten rechts sind zwei Plätze unbesetzt. Wie heißen Sie?«

»Fritz Motz«, antwortete Lucky,

»Reiner Teufel«, Bajazzo.

Der in die Jahre gekommene Studienrat schrieb ins Klassenbuch und fuhr fort. »Wir lesen Auszüge aus DE BELLO GALLICO. Können Sie mir den Buchtitel ins Deutsche übersetzen?« Er richtete die Frage an Lucky.

Der antwortete, obwohl er wusste, dass es sich um Caesars Beschreibung des Krieges gegen die Gallier handelte im Brustton des Dummen »Das ist eine Fabel: *Vom Hund Bello und seinem Gockelhahn.*«

»Genau!«, mischte sich Bajazzo ein: »Die treffen auf – wen oder was? Akkusativ, vierter Fall – COSINVM ASINVM, einen matten Mathe-Esel mit dem wohlklingenden Namen Kosinus ...«

»... und auch – wer oder was? Nominativ, erster Fall – FELISITAS,« – Kofferwort aus *felis*, Katze und *felicitas*, Glück – »der glückliche Kater, *hängt* und trinkt bei den Freaks *Rum*«, übernahm Lucky, der mit dem Wort *Hangover* für *Katzenjammer* oder *Kater* spielte.

Nun wechselten sich *die Neuen* in einer wilden Improvisation ab: »Zusammen vagabundieren sie CANTANS« – singend – »und Kotangens durch GERMANIA – Ablativ, sechster Fall ...«

»... bis sie ASILVM erreichen.«

»Wen oder was? Die Stechfliege?«

»Oh, ich habe mich getäuscht! Ich meinte Bremsen, nein, *Bremen!*«

»... wo sie, um Asyl nachfragend, Halt machen.«

»Genau. Daher das Wort ASILVS STRIDENS, die quietschende Bremse.«

Die Schüler jauchzten. Der Lehrer verließ unvermittelt das Zimmer und kehrte schon wenige Augenblicke später mit dem Hausmeister zurück, der versuchte, die Störenfriede zu greifen. Während der wendige Lucky entkam, packte das Gymnasiumsfaktotum den etwas behäbigen Bajazzo am Kragen, setzte ihn fest und zerrte ihn unter tatkräftiger Hilfe des Lateinlehrers ins Rektorat. Dort wurde er in einem hochnotpeinlichen Verhör mit einer Anzeige wegen Hausfriedensbruchs eingeschüchtert. Als man sich schließlich anschickte, die Polizei zu rufen, brach er zusammen und rückte ebenso verängstigt wie widerwillig mit seinem und Luckys wahrem Namen heraus.

AM NÄCHSTEN SCHULTAG wurden die Freunde ins Lehrerzimmer zitiert. Hier warf ihnen der Direktor des Realgymnasiums, der CSU[1]-Schaffner, *Unterrichtsstörungen an einer fremden Lehranstalt in SDS[2]-Manier*

---

[1] (Um der Entlarvung des Abkürzungswahns endlich auch hier genüge zu tun:) Abkürzung für *Christlich-Soziale Union in Bayern*, aber auch für: Cauchy-Schwarz-Ungleichung, Crime Scene Unit, California, Chicago, Cleveland und Colorado State University, Charles Sturt University, Clubul Sportiv Unionea Sibiu (Hermannstädter Basketballverein).

[2] Abkürzung für *Sozialistischer Deutscher Studentenbund*, aber auch für: Schutzverband Deutscher Schriftsteller, Sodium Dodecyl Sulfate (Natriumlaurylsulfat), Students for a Democratic Society, Sprachatlas der Deutschen Schweiz, Stiftung Deutsche Sporthilfe.

vor und vermutete aufgrund der falsch angegebenen Namen Fritz Motz und Reiner Teufel *ein Sympathisantentum*. Wegen der Namensähnlichkeit zu den Berliner Kommunarden Rainer Langhans und Fritz Teufel motzte die Lehrerschaft der Vorgang insgesamt zum Politikum auf.

Die Intervention von Bajazzos Vater, dem angesehenen Bleistiftfabrikanten, der als Entschädigung eine Spende für die Anschaffung der Bronzebüste eines berühmten ehemaligen Schülers versprach, verhinderte einen Rauswurf aus der Schule. Dabei galt *gleiches Recht für alle;* das musste mit knirschenden Zähnen akzeptiert werden.

Lucky, der die gesamte Gymnasialzeit zusammen mit Bajazzo durchlief, verdankte das Abitur also in erster Linie dem verhassten Kapitalismus und in zweiter Linie dem *Blutsbruder*.

Beide Jungs lasen in vorpubertären Tagen mit Begeisterung die Wildwestromane von Karl May und später, als sich der Geschmack schärfte, *The Leatherstocking Tales – Lederstrumpf* – von James Fenimore Cooper. Irgendwann befolgten sie das kuriose Ritual, ritzten Handgelenke und pressten sie gegeneinander, um frisches Blut zu mischen. Ihnen war zumute wie Natty Bumppo und Chingachgook.

HANNS CASPARS KINDHEIT und Jugend erfordert in dieser Geschichte im Vergleich zu Luckys nur geringe Ausführlichkeit. Als Einzelkind, von wohlhabenden Eltern liebevoll und liberal erzogen, intellektuell und musisch gefördert, mutierte er wie durch Zauberei zum *Linken*. Vielleicht nicht zuletzt deshalb, weil Vater ihm seit frühester Kindheit einschärfte, nichts zu glauben, besser alles auf den Gehalt hin zu überprüfen und bei der Wahrheitsfindung stets nach allen Richtungen zu recherchieren. Man deckte ihn ein mit Kinderbüchern, Klaviernoten, Atlanten und nahezu allem, womit Papier sinnvoll bedruckt werden kann – für ihn lag umfassende Bildung in der Natur der Dinge und er empfand genauso große Freude am Entdecken der intellektuellen Welt wie sein Seelenbruder, trotz der diametralen Voraussetzungen. Luckys Lust am Lesen und Lernen nämlich wuchs heran aufgrund einer intellektuellen Isolation, die einherging mit dem erlebten Moment einer durchbrochenen Schallmauer. Im Gegensatz zum Freund erbettelte oder ergaunerte er sich den Lesestoff. Dabei geriet er viel zu früh an Vaters Schmuddelbücher, etwa *Theodora und der Kaiser, Geschichte der O, Fanny Hill* und *Josefine Mutzenbacher*. Besonders angetan war er von Guillaume Apollinaires *Die 11.000 Ruten* und von Georges Batailles *Madame Edwarda*. Andererseits zog er auch schon einmal Iwan Turgenews Werke aus einer Mülltonne und war verzweifelt, weil der fünfteiligen Ausgabe der mittlere Band fehlte, obwohl er im Alter von neun wohl kaum etwas von Satire, Polemik und russischem Realismus verstand.

BAJAZZO HÄTTE DIE MITTEL GEHABT, gleich nach dem Abitur eine komfortable Studentenbude zu mieten. Er ließ sich trotzdem noch jahrelang von Mutter verwöhnen. Der junge Lucky dagegen konnte es kaum erwarten, von zu Hause auszuziehen, jedoch gestaltete sich das aus finanziellen Gründen als nicht so leicht. Vorübergehend nistete er sich bei der einen oder anderen Freundin ein, ohne den elterlichen Stützpunkt wirklich zu verlassen; schließlich fand er ein preisgünstiges Zimmer in der WG, in der er gerade wohnte. Als er den Eltern seinen Entschluss mitteilte, endgültig auszuziehen, legte sich Mutter theatralisch ihren Handrücken an die Stirn und fiel rülpsend, stöhnend, schniefend und heulend auf die Knie. Natürlich. Man kannte das. Auch Vaters stereotypes »Solange du *deine* Beine unter *meinen* Tisch streckst, machst du, was *ich* will!« verfing nicht. Lucky meinte nur »Eben!«

»Zieh ruhig aus. Mein sauer verdientes Geld teile ich nimmer mit dir – bist du erst weg, bleibt dir die Gosche trocken. Du kommst eh nach ein paar Wochen auf dem Zahnfleisch angekrochen. Auf dem *Zahnfleisch*, du missratener Nichtsnutz!«, brüllte ein aufgebrachter Papi.

Lucky stellte sich das bildhaft vor: Er, *nach ein paar Wochen* nicht mehr höher als fünfzehn Zentimeter, triebe das Oberkieferzahnfleisch in den Straßendreck, um in der riesigen fremd gewordenen Stadt vorwärts zu kommen. Na und? Was uns nicht umbringt, stärkt uns! Und ergäbe sich überdies nicht eine außerordentlich motivierende Perspektive? Er dürfte allen Damen, ohne sich zu bücken und ohne Ärgernis zu erregen, mit rollenden Augen unter die Röcke gucken während des langen Marsches zurück in den Hort seiner ErzeugerIn [sic]; ein fabelhafter Gedanke!

Endlich im Hausflur der elterlichen Mietwohnung angekommen, wäre er in der Lage, mit der erstaunlichen Sprungkraft des Halbschädels die Treppen zum ersten Stock hinaufzuhopsen. Er fühle sich genötigt – er hätte erst nach immenser Anstrengung das Ziel erreicht –, sich auf dem *Grüß-Gott-tritt-ein-bring-Glück-herein!-* Fußabstreifer auszuruhen, bevor er mit der Stirn gegen die Eingangstür rumpeln könnte; Vater Max würde öffnen, sähe aber niemanden und ließe deshalb den Blick verwundert umherschweifen. Lucky pfiffe von der Fußmatte aus durch die Nase nach oben, um, zwar ohne Stimmbänder, jedoch kraft der Konzentrationsfähigkeit und rigoroser atheistischer Einsichten, die ihm zweifellos bald eine Möglichkeit zum Levitieren böten – kein *so* außergewöhnliches Kunststück, weil ein halber Kopf vielleicht, wenn's hochkommt, vier Kilogramm wiegt – fein und erwartungsvoll zu flöten: »Halleluja, du liebster meiner Väter, Vorväter, Nachkriegsväter, meiner näheren Veterinärernährer und Donnerwetterer! Erkennst du mich denn nicht? Ich bin es, dein ausgefallener (extravaganter), dein ausgefallener (stehen gebliebener), dein ausfälliger, dein auffälliger, dein verlorener, dein fahlohrener, dein fallröhrender Sohn, dein Augenstern, dein Zahnfleischstern. Ich bin es, dein EVANGELISTA NUMERO TRES! Man nennt mich ST. LVKAM GINGIVA REPENS, den heiligen Lukas, der auf dem Zahnfleisch kriecht, darum gehe hin – wohin auch immer – und nimm gnädig meinen Zweidrittelkopf zurück. Doch wahrlich, ich sage dir: Lies zuvor Lukas, Kapitel fünfzehn und beginne mit dem zweiten Satz des zwanzigsten Verses, der da lautet: ›Als er aber noch fern war, sah ihn sein Vater und hatte Erbarmen, lief, fiel ihm um den (nicht mehr vorhandenen) Hals und küsste ihn (auf das schwielige, abgelatschte nach Fußsohle duftende Zahnfleisch, denn ein Zungenkuss gestaltete sich ja als unmöglich).‹ Lies weiter, Vers zweiundzwanzig: ›Und der Vater sprach zu seinen Knechten: (Gudrun und Johanna,) bringet eilends das beste Kleid her und [...] (leget es ihm auf den Restschädel), und gebet ihm einen Ring [...] (in die Nasenscheidewand) und Schuhe [...] (an die Ohren) und ...‹ weist ihm einen Ehrenplatz oben auf dem Fernseher zu, zwischen dem Meeresschneckenschiffchen *Grüsse* [sic] *aus Alassio* und der Hummelfigur *Betrunkener Geiger mit Hündchen unter einer Straßenlaterne.*«

Luckys teuflisches Gelächter über die Zahnfleischredewendung, die so haarsträubend phantasieanregend wirkte, brachte den Alten erst richtig in Rage: Er ging *dem gottlosen Wehrdienstverweigerer, dem linken Bruder, dem Genossen Krummstiefel* an die Gurgel. Der gab ihm ein souveränes »Gelobt sei Jesus Christus. Heil Hitler!« zur Antwort und verursachte beim Vater schwellende Schläfenadern und blutunterlaufene Augen. Egal. Auch diese Szene endete beizeiten. Um Mutter ein wenig zu trösten, versprach ihr der *Ab*-Trittgeborene, einmal pro Monat die Dreckwäsche vorbeizubringen.

AUF DEM ZAHNFLEISCH kam Lucky nie nach Hause; die Muffelklamotten plus Bettwäsche hingegen lieferte er bei Mami zu Monatsbeginn zuverlässig an und holte sie faltenfrei gebügelt, fein säuberlich zusammengelegt und im Reisekoffer nach Farbe und Alphabet – Bett- und Kissenbezüge, Hemden, Jeans, Laken, Pullover, Socken, T-Shirts, Unterhemden, Unterhosen – penibel geordnet und akkurat verpackt am übernächsten Tag ab; von Januar bis Dezember, von 1975 bis 1977. Andererseits ließ er sich von seinen Mitbewohnern *Jo* und *Hase* oft am Telefon verleugnen, wenn Mutter anrief. Zu sehr nervten ihn die affektierten und hemmungslosen Klagen der dummen alten Frau, die meinte, *Emanzipation* sei die Sonderausgabe einer süßen Lübecker Spezialität. Während eines obskuren Gesprächs mit der Hausmeisterin, Frau Kehr, sprach sie einst von der *Marzipationsbewegung*.

Dass die Familie Glück nie auf die Idee kam, ihn in der verruchten Wohngemeinschaft zu besuchen, empfand Lucky als überaus angenehm.

DIE WG lag am Rande des Nürnberger Bleiweißviertels in einem vierstöckigen Mietshaus.

PARTERRE UND ERSTER STOCK waren unbewohnt. In den vier Parzellen – bestehend jeweils aus drei Zimmern, Küche und Bad – und außerdem auch im Keller hatte der Hausbesitzer, im Hauptberuf frisch gebackener Firmeninhaber der Schrauben- und Dübelfabrik *Daub & Schrübel*, ein Warenlager eingerichtet.

IM ZWEITEN STOCK LINKS hausten *Die Chaoten*. Niemand konnte den Hauptmieter dieser Gruppe benennen, da deren Bewohner und Bewohnerinnen augenscheinlich immer nur für wenige Nächte blieben, um danach neuen Gesichtern Raum zu geben. Häufiger, quasi als Konstante, hielt sich dort der Prickel-Pitt auf. Er, dessen Vater aus Luxemburg stammte, hieß mit bürgerlichem Namen Piet Brieghel; es war naheliegend, diesen hübschen Namen maulfaulfränkisch zu verballhornen, zumal man ihn in der neuen Form mit Brauseplättchen in Verbindung brachte, was dem Wesen des flatterhaften Bruders das passende Attribut verlieh: *Prickel-Pitt (Hoffmann GmbH & Co. KG)!* Es versteht sich von selbst, dass die *P*s jeweils wie *B*, das *ck* wie *g*, das *tt* wie *d* und das *r* als kurzer stimmhafter alveolarer Vibrant – *rollendes r* wie in spanisch *perro*, Hund –

ausgesprochen wurde. Das *e* blieb wie das erste der beiden *i*s komplett auf der Strecke, und das *l* war wie im Hochdeutschen zu artikulieren. Zum *l* ist anzumerken, dass zwischen *g* und *b* wegen der oben genannten Maulfäule keine Zeit bleibt, die Zunge an die obere Zahnreihe zu legen und leicht durch die Lippen spitzen zu lassen: Bezüglich des Wortes *Prickel-Pitt* wäre ein *stimmhaftes prälabiales Franken-l* deshalb falsch. Der Spitzname klang folglich wie [brglbɪd]. Brglbɪd fuhr zudem früher als Leichtmatrose zur See und so konnte der Name auch mit *Ahoj-Brause – Mach was Prickelndes! (Friedel GmbH)* – assoziiert werden ohne sich zu verbiegen; dies nur am Rande. Piet trat zwar nicht als Mieter in Erscheinung und keiner seiner Freunde wusste, ob er überhaupt irgendwo einen festen Wohnsitz nachweisen konnte, er zog dennoch auf irgend eine mysteriöse Weise die Fäden, pflegte Verbindungen zu Schrott- und Autohändlern, wusste, wo sich günstig Möbel und Klamotten auftreiben ließen, organisierte die brandneuen feuerwehrroten batteriebetriebenen tragbaren Kassettenrecorder zum halben Preis, ging bei privaten Hanfplantagenbesitzern ein und aus, bezeichnete *Handlungsreisende* als Kumpanen, die Marokko, den Libanon und Afghanistan frequentierten; kurz, es gab *nichts*, was der Prickel-Pitt *nicht* ratzfatz besorgte – oder, um sich verständlicher auszudrücken: Prickel-Pitt schaffte *alles* mit einem lässigen Fingerschnipsen herbei.

IM ZWEITEN STOCK RECHTS wohnten *Die Mädels*, die Zwillingsschwestern Amanda und Gwendolin und Kameradin Marion, allesamt Studentinnen der Sozialpädagogik, die unlängst erfolgreich das erste Semester absolviert hatten. Die Zwillinge waren *die kloinä Gschwister* Hasso Wandls, Luckys Wohngenossen. Dass Amanda in früher Jugend »ihrer« Gwendolin den Kosenamen *Wendi* und Gwendolin im Gegenzug Amanda den Kosenamen *Mendi* verpasste, verstärkte die Ununterscheidbarkeit der *Schwabenweiber*, die sich glichen *wia oi Oi 'm anderä*. Die spitzen Fuchsgesichter mit den langen geraden Nasen, der rosige Landteint, ein Kirk-Douglas-Kinngrübchen, begehrliche Lippen, hinter denen sich makellos gewachsene, elfenbeinfarbene Zähne verbargen, lebendige braune Augen, naturblonde Haare mit Bubikopffrisuren, paarweise vorhandene, stets gleichzeitig getragene Klamotten, ein erdiger Rettich-Zwiebel-Duft, der ganz und gar ohne Parfüm auskam, knabenhaft zierlicher Körperbau bei einer Größe von 165 Zentimetern: Das alles erfreute die Sinne zahlreicher männlicher Verehrer doppelt und erregte oft einsame nächtliche Phantasien.

Die Spitznamen der beiden klangen zusammen mit dem Nachnamen unvermutet zungenbrecherisch: Wann die Wendl die Mendi Wandl wäre und wenn die Wandl Mandi Wendl hieße, was dann? Kaum zumutbar! Ebenso brachte der grundsolide hinterschwäbische Dialekt, mit glockenhellen identisch klingenden Stimmen vorgetragen, niemanden weiter; außer Bruder Hase, *der genauso schwätzte. Es wimmelte nur so von na, nå, no, nô oi, noi, henna, drussa* und befremdlichen Wendungen wie *Willsch a Kendle näbanaus macha?* Der Franke tat sich schwer, auch nur das Geringste zu verstehen. Es war *zum Nieberschnabba!* Schlimmer kann es den Nürnberger Schülern mit dem schwäbischen Lehrer Georg Wilhelm Friedrich Hegel am Egidiengymnasium kaum ergangen sein, als der Professor und Rektor zwischen 1808 und 1816 mit ihnen die *Philosophische Propädeutik* erarbeitete.

Nebenbei stellt sich in Fachkreisen nach wie vor die brennende Frage, ob nicht ausschließlich Baden-Württemberg-Geborene die Gedankengänge eines Hegel überhaupt oder *an und für sich* nachvollziehen können: *Die unmittelbare Gewissheit nimmt sich nicht das Wahre, denn ihre Wahrheit ist das Allgemeine, sie aber will das Diese nehmen. Die Wahrnehmung nimmt hingegen das, was ihr das Seiende ist, als Allgemeines* (Hegel, *Phänomenologie des Geistes*). Und jetzt übersetze man das einmal ins Schwäbische, das vom Philosophiegiganten ja zweifellos gesprochen wurde!

MARION AUS SCHWEINFURT, die dritte im Bunde, eine stille, leicht übergewichtige Phlegmatikerin, zuckte lieber mit den Schultern, als etwas zu sagen – im Gegensatz zu den Quasselstrippenzwillingen. Sie duftete zart nach Nyltestklamotten und dem Körperschweiß einer Supermarktkassiererin, egal, ob sie frisch geduscht war oder einparfümiert mit Uromaaroma, dem grausigem *Tosca* der Firma *4711*. Sie würzte damit den Körper wie andere Leute eine Nudelsuppe. Bloß, dass jene statt *Eau de Cologne – Klo de Cologne*, wie Wohngenossinnen und Nachbarn den penetranten Duft oft genervt benannten – *Maggi* verwendeten. Jedenfalls ähnelten sich die schmatzenden Geräusche zum Verwechseln, die bei der ruckartigen Entnahme der jeweiligen Flüssigkeit an der Flaschenöffnung entstanden: *Dröpje voor dröpje kwali-*

teit!, nach einem Werbespruch der *B & B Handelsgesellschaft* in Essen, die in fehlerhaftem Niederländisch – Tröpfchen heißt *druppeltje*, *drop* heißt Lakritze, das Wort *dröpje* gibt es in Holland überhaupt nicht – für ihre Dosenmilchprodukte, *Hollands Coffiemelk* [sic], warb; die konsumierende Menschheit will halt betrogen werden.

Die Freundin der Wandlschwestern schien einsam zu sein. Sie gab dem chronischen Hautausschlag im Gesicht die Schuld, den sie versuchte, wegzuschminken. Er beruhte wahrscheinlich auf exzessivem Gebrauch von Kosmetika. Das führte zu einem unentrinnbaren Teufelskreis. Arme Marion.

Während aus dem Chaotenquartier Tag und Nacht Musik der Band *Ton Steine Scherben* orgelte, hörte man aus dem Mädelslogis rund um die Uhr die brandneue Scheibe *Horses* einer gewissen Patti Smith, die wohl mit der privaten Emanzipationsbewegung des Trios zu tun hatte.

Es tat sich etwas in der Frauenwelt des Jahres 1976 im zweiten Stock rechts des Mietshauses Holzweger Straße 23: Was 1968 in Berlin mit Gründung des *Aktionsrates zur Befreiung der Frau* und in Frankfurt am Main mit dem *Weiberrat* begonnen hatte, schlug Wurzeln, und nun wuchsen auch in der Bleiweißviertel-WWG[3] Pflänzchen der bundesrepublikanischen Emanzipationsbewegung: *Die Mädels* diskutierten über die Ursprünge des Patriarchats, beschlossen, im bevorstehenden Sommer nach Malta zu reisen. Sie wollten dort höchst persönlich das *Hypogäum von Ħal-Saflieni* in Augenschein nehmen, einen unterirdischen Tempel, aufgrund dessen neolithischer Skulpturen *frau* eine matriarchalische Gesellschaft vermuten kann. Sie lasen und diskutierten Zetkin und Wollstonecraft und überredeten *Funzel*-Wirt Willi dazu, einen Frauentag einzuführen. Dieser sollte zunächst an jedem dritten Mittwoch im Monat stattfinden, dem Wochentag, an dem ein Freikorpsleutnant Rosa Luxemburg erschoss. Bald traf *frau* sich bei kontinuierlich steigender Anzahl von Interessentinnen einmal wöchentlich (auch Emanzen fanden Willis Spaghetti Bolognese zum Niederknien), diskutierte hier – es herrschte absolutes Männerverbot (eine Ausnahme bildete Willi, der zwar nicht zuhören, dafür jedoch servieren durfte) – die Gründung *eines Leitblattes des Feminismus*, eines

---

[3] Abkürzung für *Weiberwohngemeinschaft*, aber auch für: Waldwirtschaftsgemeinschaft (Österreich), Werbewissenschaftliche Gesellschaft (Österreich), Wirtschaftswissenschaftliches Gymnasium.

Organs, das endlich über die gängigen Frauenzeitschriften wie *Brigitte* oder *Frau im Spiegel* hinausginge, um sich für *die Sache der Frau* und die uneingeschränkte Chancengleichheit von Mädels und Jungs einzusetzen. Zugegeben, es fehlte an Startkapital.

Die Schwestern riefen abgesehen davon die einzige schwäbisch-fränkische Emanzenband aller Zeiten ins Leben, *The Fornikitties*, etwa: Die Unzuchtkätzchen, schrieben eigene Lieder, in denen sie männliche Schweißfüße anprangerten, sich über mangelndes Stehvermögen mokierten, pauschal jede Form von Hausarbeit verweigerten und darüber philosophierten, ob *frau* die weibliche Entsprechung zu *Macho*, dem spanischen Wort für *männliches Tier* verwenden könne, um die *power* heraushängen, nein, -ragen zu lassen: »*Macha no es* die weibliche Form! Das weibliche Tier heißt *Hembra*: Da bleiben wir lieber *Tussis!*« Sie texteten und sangen: »Jeder Matscho ist ein Tier und sabbert voller Gier! Drum [sic] sag nicht Hembra zu mir und auch nicht Matscha, Matscha, Matscha! Denn die Powertussis, die Powertussis, das sind wir!« Oh, mein Gott!

Emma erschien zum ersten Mal im Januar 1977, Catharina Hagen veröffentlichte 1978 die epochale Langspielplatte *Nina Hagen Band*: Mendi (E-Bass, Gesang), Wendi (E-Bass, Gesang) und Marion (Schlagzeug) waren sozusagen ihrer Zeit weit voraus.

IM DRITTEN STOCK LINKS lebten *Die Genossen*. Thiemo *Tintin* Rinn, *Sponti* aus Gießen, Karsten Brood aus Steinfurt, Mitglied des *MSB Spartakus* und Ulli *Bullrich* Salz aus Köln, Angehöriger der *Marxistischen Gruppe*, eine hochexplosive Diskussions-, Streit- und Rumpeltruppe. Karsten und Ulli trugen politische Meinungsverschiedenheiten häufig nicht nur verbal aus, sondern auch körperlich, wenn in der Diskussion nichts mehr weiterging und sie sich zu Wörtern wie *Theoriewichser* und *Revisionist* hinreißen ließen. In so einem Fall mischte sich Tintin ein und erhielt als schmächtiger, kleiner hessischer Kerl von den beiden hochgewachsenen Westfalen die unverdienten Prügel.

»Bei dene rumbladds ällaweil ...«, bemerkte treffend Mendi – oder Wendi? – »... ond a sonsch siehts aus wias Küahbuaba-Hemmad.« Freilich, die Genossen mussten diskutieren und erübrigten deshalb sehr wenig Kraft für profane Dinge wie Geschirrspülen, Staubsaugen und Fensterputzen.

TINTIN HATTE bis vor kurzem im Gefängnis gesessen. Zuvor war ihm wegen Trunkenheit am Steuer verschiedene Male der Führerschein entzogen worden. Zu seinem Verdruss erwischte ihn *danach* die Polizei mitten in der Nacht voll wie eine Haubitze auf einem edlen Kapitalistenrennrad der Marke *Cinelli*, das nicht einmal ihm selbst gehörte; er hatte es in einem fremden Hausgang ruckzuck von privatem Eigentum in allgemeines umgewandelt; oder wie er behauptete, *entliehen*. Offensichtlich lauerten ihm in günstigen Vollmondnächten *Freund* und *Helfer* gut versteckt im Schatten der *Herz Jesu Kirche* auf, um nach Schließung der *Funzel* seine Fahrtüchtigkeit zu testen. Da dem Wiederholungstäter – er wurde mindestens dreimal betrunken auf einem Fahrrad oder auf dem Gehsteig neben einem Fahrrad liegend angetroffen – die zu zahlende, empfindlich gewordene Geldstrafe zu hoch war, wählte er die Zelle.

Später konnte er selbstbewusst den Spruch zitieren, den er vom Ex-Seemann Brglbid gelernt hatte: »'N Mann ohne Knast ist wie 'n Schiff ohne Mast.« Aus dem *Kerker* in der Mannertstraße 6 ließ er wie zuvor das große Vorbild Fritz Teufel – *der* allerdings aus Berlin-Moabit – verlauten: »Betrifft eure Forderung *Heraus zum 1. Mai*. Mir ist auch jedes andere Datum recht.«

TINTINS KATER hieß *Siebenkäs*.
Fast täglich ärgerte sich Karsten, dass das Haustier sein Bett markierte. »Wieso spritzt der immer bei mir ab?!«

»Das wird wohl an deinem pseudorevolutionären Spartakistendampf liegen«, stichelte Bullrich.

»Vielleicht solltest du die sexuelle Energie nicht Tag für Tag in Einsamkeit verschwenden, Karsten. Warte lieber darauf, dass endlich einmal eine Frau einen Schlafplatz mit dir teilt«, schlug der pragmatische Tintin vor.

»Der Spermastinker findet keine«, grinste Bullrich.

»Kopfgesteuerte Kryptokommunisten sind da besser mucksmäuschenstill: Dir läuft, wie man weiß, jede Alte schreiend davon, sobald du das Klugscheißermaul aufreißt«, konterte Karsten. »Denk an die süße Nadja, Wichser!«

»Die hat mich nicht verlassen, die zog weg ins Moosbüffelland, nach Amberg oder Neumarkt: tief in den Urwald, wo sie in der Kulturredaktion der Mittelbayerischen Zeitung – ja, Kunst gibt es auch *dort!* – ein Volontariat absolviert.«

»Ach, eine Feuilletonistin in spe!«, mokierte sich Karsten. »Der bekackteste Job, den sich ein Mädel namens Nadja Röhrl aussuchen kann!«

»Wieso?«, wollte Bullrich wissen. »Nadja Röhrl: Was ist damit?«
»NOMEN EST OMEN: der übliche Dünnschiss des Kunstkritikers.«
»Dünnschiss?«
»Na-*Diarrhö*-rl! Sie hätte wunderbar zu dir gepasst: Man kriegt Diarrhö vom Bullrichsalz.«

Um eine Eskalation abzuwenden, fragte Tintin: »Soll ich Siebenkäs bestrafen?«

THIEMO RINN SAMMELTE COMICS. *Walt Disney's Lustige Taschenbücher* besaß er lückenlos und deponierte sie zum allgemeinen Amüsement »und auf dass jeder Genosse so lange vor sich hin stinken kann, wie er will!« in der zweckentfremdeten Handtuchablage der Toilette, von Band 1, *Der Kolumbusfalter und andere Abenteuer* aus dem Jahr 1967, bis zum unlängst erschienen Band 40, *Der Kompaß des großen Khan*. Als pseudointellektuelles *Schmankerl* gab Bullrich die satirische Monographie *Die Ducks. Psychogramm einer Sippe* zur Scheißhauslektüre hinzu.

Tintin fiel es leicht, die Donald-Duck-Sammlung zu *sozialisieren*, denn es gelüstete ihn nicht in erster Linie nach Goofy, Micky Maus, Daisy, Dagobert und Donald, sondern nach *Tim und Struppi*, im Original *Les aventures de Tintin*. Der französische Titel trug wohl einst wesentlich zur Entwicklung des Spitznamens bei. *Rin Tin Tin* war ein amerikanischer Hundestar, der zwischen 1918 und 1932 über 20 Filmen mitwirkte. Die Ähnlichkeit zu *Thiemo Rinn* ist evident. Dazu *Remi Georges:* Voilà!

Und deshalb zierten die Regale in Thiemos Studierzimmer neben den wichtigsten *Blauen Bänden* der Marx-Engels-Gesamtausgabe die mühsam zusammengestellten Werke seines Lieblingscartoonisten Hergé (RG, französisch ausgesprochen), die mittlerweile auch antiquarische Juwelen beinhalteten wie *Totor, CP (Chef de Patrouille) des Hannetons* – die Comicfigur, ein Pfadfindergruppenleiter, wurde 1926 von Georges Prosper Remi, *Hergé*, für die Zeitung *Le Boy-Scout belge* erfunden – und *Tintin au pays des Soviets – Tim im Lande der Sowjets* aus dem Jahr 1929.

Oft pflegte er zu schimpfen und zu fluchen wie Kapitän Haddock, das politisch stets unkorrekte Ekelpaket aus *Tim und Struppi*: Wendungen wie *Hunderttausend heulende und jaulende Höllenhunde!* oder *Du Logarithmus!* fanden sich häufig in Tintins aktivem Wortschatz. Wenn er sich wunderte, drückte er das mit *Hagel und Granaten!* aus.

Auch die beim *UPN* [4] *Volksverlag, Linden* erscheinenden Ausgaben von Gilbert Sheltons *The Fabulous Furry Freak Brothers*, Fat Freddy, Freewheelin' Franklin und Phineas Freek hatten es ihm angetan.

In einem der *Schundheftchen*, wie er sie liebevoll nannte, war zu lesen, auf welche Weise die Freaks einst *Fat Freddys Kater* bestraften. Das probierte Tintin endlich aus. Er packte Siebenkäs am Nackenfell und öffnete das Fenster in Karstens Zimmer. »Hier muss sowieso dringend gelüftet werden!« Er hielt das arme Tier aus dem dritten Stockwerk ins Freie hinaus und fragte mit strafendem Unterton in der Stimme: »Wie heißt der Vorsitzende der Kommunistischen Partei Chinas?«

»Mao!« antwortete Siebenkäs ebenso artig wie jämmerlich. Der vorprogrammierte Zoff war abgewendet und Tintin ersparte sich eine Tracht Prügel. Für dieses eine Mal.

Der ein- und heimgeholte *Genosse Siebenkäs* bekam ein stattliches Leckerli.

IM DRITTEN STOCK RECHTS logierten *Die Individualisten* Johannes *Jo* Kurth, Peter-Handke-Spezialist und dessen Fan, Hasso *Hase* Wandl, der sich Devisenhandel zum Hobby erkoren hatte und Lukas *Lucky* Glück, künftiger Philosoph. Die drei kamen sich kaum in die Quere und trafen sich, wenn überhaupt, nur in der Miniküche; zum gemeinsam Frühstücken.

Jo schrieb an der Diplomarbeit zum Staatsexamen in Germanistik und ließ sich deshalb sehr selten sehen; »zumal nicht in der *Außenwelt der Innenwelt der Außenwelt*«, wie Lucky einst süffisant bemerkte. Im Gedichtband *Die Innenwelt der Außenwelt der Innenwelt* versucht Peter Handke zu zeigen, dass nicht der Mensch die Sprache benutzt, sondern umgekehrt die Sprache sich des Menschen bedient.

Nach einem frugalen Frühstück, das meist aus zwei bis drei Scheiben hastig hinuntergeschlungenem trockenem, ungetoastetem Sandwichbrot und einer Tasse stark gezuckertem Milchkaffee bestand, verzog Jo sich in sein Zimmer und tauchte bloß noch sporadisch auf, um sich aus dem Supermarkt, der sich eine Hausnummer weiter auf

---

[4] Abkürzung für *Undefinierbare Produkte aus Nürnberg*, aber auch für: Umgekehrte Polnische Notation, Unión del Pueblo Navarro, United Paramount Network, Universidad Pedagógica National Kolumbien und Mexico.

derselben Straßenseite befand, ein neues Päckchen *Reval* zu besorgen oder um die Toilette zu besuchen. Lediglich spät abends in der *Funzel*, in der er gewöhnlich hastig ein Bier trank und dazu eine Portion Bolognese hineinschaufelte, ergab sich hin und wieder die Möglichkeit, mit ihm zu reden. Der Gedankenaustausch beschränkte sich dann im Wesentlichen auf die Romane, Schriften und Bühnenstücke Peter Handkes.

Außer Lucky, mit dem er auf Augenhöhe Theorien erörtern konnte, wollte davon kaum jemand etwas wissen.

Jo schien zu vereinsamen; nein, er *war* vereinsamt, denn er, der immer mehr wie eine Mischung aus Grottenolm und Nachteule aussah, pflegte nur äußerst wenige Kontakte. Der kreidebleiche Bilderbuchstudiosus befasste sich besonders mit *Ich bin ein Bewohner des Elfenbeinturms*, versuchte anhand dieses Aufsatzes Handke selbst zu messen und die eigenen Studien an den Thesen *seines* Schriftstellers auszurichten. Im Laufe der Zeit identifizierte er sich derartig damit, dass sein Scheitern unausweichlich wurde.

»Anstatt so zu tun, als könnte man durch die Sprache schauen wie durch eine Fensterscheibe, sollte man die tückische Sprache selber durchschauen und, wenn man sie durchschaut hat, zeigen, wie viele Dinge mit der Sprache gedreht werden können«, zitierte Jo.

Daraufhin schlug Lucky ihm vor, als Sekundärliteratur Husserls *Phänomenologie* zu lesen oder wenigstens Adornos Dissertation und über Burroughs' Behauptung *Language is a virus from outer space* – Sprache ist ein Virus aus dem Weltall – zu philosophieren. Leider.

Jo litt hin und wieder unter undefinierbarem, generellem Liebeskummer; undefinierbar deshalb, weil nie eine Frau in Kurths Nähe gesichtet wurde. Während solcher Perioden favorisierte er *Der kurze Brief zum langen Abschied*.

Um Vollmond herum trat ein *Allgemeiner politischer Weltschmerz* auf; dann stürzte er sich für zirka eine Woche wahlweise auf *Publikumsbeschimpfung*, *Das Mündel will Vormund sein* oder *Wunschloses Unglück*.

Das manische Werkeln an der *Zula*, der Zulassungsarbeit, in der er sich zu unerhört hochgeschraubten Thesen verstieg, dauerte bereits bedenklich lang. Jemand, der derart tief in seiner Abhandlung befangen sei, dass ihn niemand, nicht einmal der betreuende Professor, mehr verstehe, erleide einen endgültigen Fehlschlag, kommentierte Lucky und fügte zynisch hinzu: »Kein Wunder, wenn man wegen eines Handkäs' die Häufigkeit und Verteilung einzelner Buchstaben in einem Werk thematisiert, statt souverän

Raum für Sinn oder auch Unsinn zu geben. Der g'scheite Jo is' fei g'scheit g'scheitert.«

HASE HINGEGEN brütete tagtäglich über Börsennachrichten und bereicherte sich aufgrund der angeborenen schwäbischen Spürnase und praktischen Intelligenz effektiv an kapitalistischen Machenschaften. Warf ihm einer Spekulantentum vor, antwortete er, und dabei rollte er wild die Augen, furchte tief die beiden nahezu senkrechten Falten über dem Nasenansatz, ließ die Nüstern beben und Zornesröte ins vollbärtige Antlitz steigen: »So a saudomms Läddagschwäddz. Bisch du no ganz rächd? Dei guats Christägwissa kommt bloaß vom schlechta Gedächdnis. Gang bädda!« – So ein selten dummes Gerede. Hast du sie noch alle? Dein gutes Christengewissen kommt nur vom schlechten Gedächtnis. Geh beten! Gab der Angreifer nach wie vor keine Ruhe, meinte Hase, sich abwendend und grummelnd und fluchend im Zimmer verschwindend: »Bass uff, sonsch langd dei Zoabirschd morga ens läre.« – Pass auf, sonst greift deine Zahnbürste morgen ins Leere.

Man hatte keine Chance, mit ihm zu *dischgeriera* – diskutieren –, es sei denn, über Entwicklungen an den Finanzmärkten.

Der Bilderbuchschwabe war der Meinung, dass aller Wohlstand auf Ausbeutung, Versklavung und Genozid beruhe, dass sich die Christen in den vergangenen Jahrhunderten beim Anhäufen und Niedermetzeln besonders hervorgetan hätten und dass, solange nicht jedweder Besitz gleichmäßig auf dem Planeten verteilt wird, keiner das Recht habe, ausgerechnet ihn, *Hase*, als Einzelnen zu kritisieren, zumal er mit seinem Geld – vergleichsweise – das Richtige unternehmen werde. Er wolle zum Beispiel die Tupamaros unterstützen und zwar nicht nur die in Uruguay! Hasso Wandl, der es bereits jetzt zu beachtlichem Wohlstand gebracht hatte, wohnte wohl wahrscheinlich bloß wegen der angeborenen schwäbischen Sparsamkeit in einer WG.

MITBEWOHNER LUCKY lebte munter und vergnügt, wechselte Freundinnen und Studienfächer so oft wie andere Leute die Bettwäsche; denn er war beizeiten gelangweilt; und er wusste wie immer alles, und falls nicht, wusste er alles besser.

IM VIERTEN STOCK LINKS, der großen Mansardenwohnung, thronte *Die Kunst* in Gestalt der pensionierten Kammersängerin Frau Drossel-Part und ihres Gatten, den sie liebevoll *Pürzel* nannte. Das Paar, rechtschaffen gealtert, kümmerte sich einen Dreck um die Welt, die es ohnehin bald verlassen würde und ließ es sich gut gehen, indem es verreiste. Das taten die Drossel und der Part andauernd.

Wenn die ehemalige Mezzosopranistin Regina Drossel-Part, deren Stimme sich aufgrund exzessiven Nikotingenusses peu à peu in einen veritablen Damenbass verwandelte, dessen Timbre dem von Lee Marvin zum Verwechseln ähnlich wurde, mit *Pürzelchen* in Urlaub fuhr, sah das sehr malerisch aus.

Die alten Leute besaßen einen feuerroten *Dart*, Baujahr 1960.

Eine australische Firma entwickelte den *Goggomobil Dart* ab 1957 auf Basis des Dingolfinger Kleinstwagens. Aufgrund der Kunststoffkarosserie brachte wog er schlappe 345 kg. Das Rollermobil erreichte günstigenfalls eine Höchstgeschwindigkeit von 110 km/h. Er wurde in einer Auflage von ungefähr 700 Fahrzeugen hergestellt. Da der kleine Roadster ausschließlich in Australien produziert wurde, befand sich das Lenkrad rechts.

Pürzel trug zu Reisebeginn stets seinen dunkelbraunen Cordanzug, ein weißes Hemd und ein unigrasgrünes Halstuch; als Kopfbedeckung diente ihm eine zur Kleidung passende Lederhaube und eine originale Royal Air Force Fliegerbrille aus dem zweiten Weltkrieg; an den Händen trug er schweinslederne Rennhandschuhe. Frau Drossel-Part reiste als Beifahrerin im weit geschnittenen weißen Sommerkleid aus Seide, bedruckt mit stilisierten großen roten Blumen. Ein Kopftuch aus dem selben Stoff, das beim Fahren malerisch im Wind flatterte, und große schicke, dunkel getönte Gläser ergänzten die imposante Erscheinung. Es sah so aus, als würden die Reiselustigen geradewegs in einen deutschen 50er-Jahre-Heimatfilm hineinbrausen – es fehlte bloß die passende Musik, etwa ein Rudi-Schuricke-Schlager: *Oh mia bella Napoli, wer dich nur einmal sah* aus der Robert-Stolz-Operette *Venus in Seide..., Wenn bei Capri die rote Sonne im Meer versinkt...*, oder *Es war an einem Frühlingstag im sonnigen Sorrent...*

IM VIERTEN STOCK RECHTS, der kleinen Mansardenwohnung oder vielmehr Dachkammer, vegetierte *Das Militär*. Es bestand lediglich aus dem Alkoholiker Rudolf, einem ausgemusterten, abgehalfterten Fremdenlegionär und Frührentner, dem alles egal war, solange er etwas zu trinken hatte und Musik dudeln hörte. Die wenigen Besitztümer dieses merkwürdigen Zeitgenossen bestanden aus einem schäbigen schwarz-rot karierten Reisekoffer, der halb gefüllt mit muffliger Wäsche in der Ecke lehnte, einer versifften, durchgelegenen Matratze, einem Empfangsgerät aus der allerersten Kofferradiogeneration und – das war sein ganzer Stolz – einer *Walther PPK* [5] mit Zubehör. Er, der auf die Anrede *Herr Rudolf* großen Wert legte, pflegte seine jeweils schmutzigsten Klamotten in besagtem Koffer zu verstauen – und zwar zuunterst. Die augenblicklich oben liegenden Kleidungsstücke zog er so lange an, bis sie ihm schmutzig genug erschienen, um wieder ganz unten in den Koffer verbannt zu werden.

Auch eine Waschmaschine tue nichts anderes als die Wäschestücke um und um zu wenden; er habe den geisttötenden Vorgang selbst schon stundenlang beobachtet, in einem Waschsalon in Marseille, stellte er einst – voll wie eine Haubitze – fest: »Reine Geldverschwendung!« Wegen der hanebüchenen Wäschebehandlung *duftete* Herr Rudolf wie ein Wildeber; manche nannten ihn gar den *Trüffelsaufgänger von Hameln*.

Einmal, als die akustischen Sensationen der Genossengefechte und Grabenkämpfe aus dem dritten Stockwerk links *seinen* Sender, *Bayern 2* – am liebsten hörte er Club 16 – übertönten, legte Herr Rudolf, der zu Hause meist in Unterwäsche herumlief, ein Lederhalfter an, steckte die *Knarre* in die dazugehörige Hülle, zog ein fadenscheiniges Jackett über das fleckige, graue Unterhemd, stieg in die schmuddelige Adidastrainingshose, schnallte abgelatschte Allwettersandalen an, um die schmutzigen Füße und langen, gebogenen Fußnägel mit schwarzen Rändern erst richtig zur Geltung zu bringen, pappte die schütteren, fettigen Haare mit angefeuchteten Händen an die Kopfhaut, spülte den Rachenraum mit einem kräftigen Schluck Schnaps, um den Mundgeruch zu kaschieren, gurgelte kurz und schluckte sodann das kurzfristig zum Deodorant zweckentfremdete Getränk, besah das unrasierte Tränensackgesicht in einem Spiegelscherben, verließ die Giebelstube, die er nicht absperren konnte, weil er einst gewaltsam das Schloss aufgebrochen und nicht repariert hatte – »Das ist besser so. Da muss ich nicht immerfort nach dem Hausschlüssel suchen« –, und schlurfte oder vielmehr *wankte* – der Grad der Betrunkenheit schien heute bedenklich – die Stiegen hinab bis an die Haustür der *linken Kameraden*. Dort läutete er Sturm. Als ihm der bereits einigermaßen lä-

---

[5] Abkürzung für: *Polizeipistole Kriminal*, aber auch für: Parteiamtliche Prüfungskommission zum Schutze des nationalsozialistischen Schrifttums und für Papier, Pappe, Kartonagen.

dierte Tintin öffnete, lüftete ein wenig die Jacke, zeigte auf seine Waffe und fragte: »Kann ich was helfen, Jungs?«

Das wirkte. Die Streithansel luden ihn zu einem kühlen Bier und auf eine marokkanische Friedenspfeife ein.

»Sieh an, eine Sibsi! Die kenne ich, seitdem ich an der Seite al-Wali Mustafa Sayyids zusammen mit maghrebinischen und mauretanischen Guerilleros gegen die verruchten, die verfluchten Franquisten kämpfte. Eines Nachts, mitten in der westlichen Sahara, ein riesiger dunkelroter Vollmond ging über den vom Passat getriebenen, quasi *rauchenden* Dünen auf, um die Landschaft in ein gespenstiges, ja bedrohlich wirkendes Licht zu tauchen, sozusagen mit Erdtrabantenblut zu tränken, was meine fröstelnden Kombattanten und mich trotz unserer buchstäblichen Abgebrühtheit schaudern machte – immerhin betrug die Temperatur tagsüber im Schnitt etwa fünfzig Grad Celsius, nachts war es um zirka dreißig Grad kälter; eines Nachts erschien am Horizont eine Staubwolke, die sich mit hoher Geschwindigkeit auf uns zu bewegte ...«

Herr Rudolf erwies sich als Schwadroneur und erzählte Abenteuer, die einem Freiherrn von Münchhausen zur Ehre gereicht hätten. Der Streit wurde beigelegt. Vorerst.

»LUCKY HAT DIE NACHT mit einem Freund verbracht. Er ist eine Schwuchtel, stellt euch das vor, Genoss-innen, Genoss-außen, Genießer-innen und Genießer-außen!« Im Mietshaus verbreitete sich das Gerücht wie ein Lauffeuer. Hase teilte die Neuigkeit beim notgedrungenen Frühstückseinkauf im Supermarkt dem Nachbarn Tintin mit, den man zum morgendlichen Bierholen verdonnert hatte, weil Siebenkäs nächtens wieder einmal in Karstens Bett spritzte und der Witz mit dem Vorsitzenden Mao nicht mehr verfing.

Als Hase aufbrach, lagerte im Kühlschrank der *Individualisten* lediglich ein Glas mit widerlich scharfem Meerrettich und im Vorratsfach des Küchenbüffets eine halbvolle Pfeffermühle, eine zur Hälfte leere Schachtel Jodsalz, einzeln herumfliegende Teebeutel und eine alte, verbeulte Kaffeedose, in [!] der sich eine Kunststofftüte mit zur Neige gehendem Instantkaffee versteckte; die Chance für eine konzertierte Reinigungsaktion wäre optimal gewesen, aber Hase, Jo und Lucky entpuppten sich als überhaupt nicht sachbezogen. *Mann* dachte ans Auffüllen – nicht jedoch ans Aussaugen und Auswischen.

Tintin, der sich zur Kasse begeben wollte, bemerkte, dass Nachbar Wandl den Laden enterte. Flugs stellte Thiemo die Bierkiste ab, trat ein paar Schritte beiseite und tat so, als gehöre sie nicht zu ihm. Er begrüßte Hasso mit den Worten »Hi Hase! Du bist aber heute schon früh auf den Beinen!«

Wandl antwortete wie immer in breitem Schwäbisch, betonte das Wort *Freund* bemerkenswert lasziv und begleitete seine Mitteilung mit einem unmissverständlichen Augenzwinkern: Hases Wohngenosse und dessen *Freund* hätten gestern Abend sämtliche Essensvorräte vertilgt, es sich danach im Doppelbett *muckelig* gemacht und die Nacht über wüste Orgien gefeiert! Das lasse sich aus den vier Augenringen und der Art, wie die beiden aus der Bettwäsche geguckt hätten, ohne große Phantasie schließen.

»Der Jo?«

Nicht der Jo, der sei ein Mof[6].

»Der Lucky? *Hagel und Granaten!* Der Lucky! Das ist mehr als zweideutig – das ist eindeutig! Lucky, ein warmer Bruder, ein 175ger?!«...

Der Volksmund bezeichnete Schwule oft als *175er*. Der § 175 des deutschen Strafgesetzbuches existierte vom 1. Januar 1872 bis zum 11. Juni 1994. Er stellte sexuelle Handlungen zwischen Personen männlichen Geschlechts unter Strafe. Es darf also nicht verwundern, dass noch in den Siebzigerjahren eine gewisse, erziehungsbedingte Homophobie herrschte, selbst bei Linken, die vorgaben, mit christlichen und anderen reaktionären Traditionen nichts am Hut zu haben. Künstler wie André Heller sangen in brandneuen Liedern dagegen an: *Und wenn ein Mann einen Mann liebt, soll er ihn lieben, wenn er ihn liebt [...], denn ich will, [...] dass es das alles gibt, was es gibt* – LP *Bei lebendigem Leib* 1975. Es half nicht die Bohne. Legendär ist in diesem Zusammenhang eine Aussage des damaligen finanzpolitischen Sprechers der CDU/ CSU-Bundestagsfraktion, des in Bayern immer noch allseits beliebten Franz-Josef Strauß, der bekundete, dass er lieber ein potentieller Massenmörder wäre als homosexuell: *Lieber ein kalter Krieger als ein warmer Bruder. Der Spiegel,* Ausgabe 12, 15. März 1971, S. 21.

... Da sei sich Hase nicht sicher; Luckys Weibergeschichten sprächen eine deutlich andere Sprache.

---

[6] Abkürzung für *Mann ohne Freunde*, aber auch für: Multiple Organ Failure (Multiorganversagen); in den Niederlanden abfällige Bezeichnung für einen Deutschen.

»Vielleicht hat er sich bisher verstellt?«

»Des woisch edda« – Das weiß man nicht. Hase wechselte etwas unvermittelt das Thema und fragte Tintin, ob er zufälligerweise Bier organisiere; weil, wenn ja, fühle er sich verpflichtet, schnell nach oben zu laufen.

»Um den anderen WGlern Bescheid zu sagen. Nein! Ich kauf' doch nicht in aller Frühe / Gerstensaft und Hopfenbrühe! Und was sich reimt, das stimmt. *Tausend heulende Höllenhunde!* Wie kommst du darauf?«

MAN MUSSTE sich als Bewohner vor allem des dritten Geschosses beim Biertransport verdammt leise verhalten, denn das geringste Klirren bewirkte, dass auf dem Weg nach oben sich zumindest *eine* WG-Tür öffnete, meistens jedoch lauerten drei Parteien einem verräterischen Geräusch auf. Gierige Füße stürmten – auch stockwerkübergreifend – in Richtung Bierkasten und STANTE PEDE rupften dürstende Hände Flaschen. Welch ein bescheuertes Spiel! Niemand wusste, wer es sich einst ausgedacht hatte. Indessen tat jede Partei mit, um unterm Strich, am Ende der Welt, nicht zu kurz gekommen zu sein. Oft waren statt der von den Mitbewohnern erwarteten zwanzig Pullen bei der Ankunft in der eigenen WG gerade einmal acht bis zehn im Kasten.

Nicht so vorsichtig brauchte sich Frau Drossel-Part zu benehmen, wenn sie, bepackt mit zwei dicken Plastiktüten, aus dem Supermarkt kam. Sie stellte die Kunststoffbäuche unten vor dem Hauseingang ab, legte die Hand bleiern aufs Klingelbord und läutete Sturm – bei allen WGs. Irgendwer drückte *immer* den Türöffner und sie rief – nein, sie sang mit sonorer Stimme: »Kann bittö einer der jungen Leutö helfön?« Ohne mit der Wimper zu zucken trug man ihr den Einkauf in den vierten Stock, wo sie mit zuckersüßem Singsang in die Wohnung hineinrief: »Pürzelchen, der galante Kavalier/das freundliche Fräulein hat mir die Besorgungen hochgebracht! Haben wir nichts, was wir als Dankeschön geben könnten?« *Pürzel* trabte zur Haustüre, in der Hand einen Globus aus Messing, dessen Nordhalbkugel er anhob. Sogleich entpuppte sich das zierliche Schmuckstück als Zigarettenspender: Wie Igelstacheln schauten bis zu fünfundzwanzig *Benson & Hedges 100's Menthol* aus der schlauen Konstruktion. *Pürzel* griff hinein und trennte sich schweren Herzens von ein paar Kippen. »Sei nicht geizig, Pürzelchen, ich kauftö frischö!«, wetterte wagnerianisch singend Frau Drossel-Part und rupfte dem Globusstacheltier weitere Fluppen aus dem Metallkörper.

JEMAND REMPELTE Tintin beim bedächtigen langsamen und behutsamen Hinauftragen der abgezählten Elaborate fränkischer Billigbraukunst an. Ein hastig die Treppen hinunter eilender, verstört wirkender, pummeliger Fremder mit bleichem Pickelgesicht touchierte den Transporteur ausgerechnet in Höhe der *Chaoten* und der *Mädels,* murmelte ein *Tschulligung* und setzte seinen Weg ungelenk in etwas verminderter Geschwindigkeit fort. Im SLM[7] – oder auch Hirnschalenbrecherkasten zu 8,95 DM – schepperten deshalb die Fläschchen. Im selben Moment sprang mit den Jubelworten *'s hat Bier!* die Tür der Damen-WG auf und Tintin *durfte* Wegzoll zahlen: Mit der Frage, was da denn für ein konfuses Michelin-Männchen hinuntereiere, zog Wendi oder Mendi zwei Flaschen aus der Kiste. Des wehrlosen Tintins zehn Finger lagen am Gebinde – ihm waren sozusagen die Hände gebunden. Ob das der neue Treppenhausbieranzeiger sei und wer den engagiert habe, fragte ihre Schwester und entwendete oder entmendete zwei weitere. Marion sagte ... nichts. Sogleich fehlten insgesamt sechs Flaschen *Fassel & Schnitt Märzen* aus dem Kasten der *Genossen.*

Thiemo beantwortete die Fragen der Zwillinge knapp dahingehend, dass die flüchtige Biermelder- und Gummireifenfigur möglicherweise Luckys Liebhaber sei und setzte mit einem spürbar leichteren *Tragl* seinen Weg in den dritten Stock fort. Dabei fluchte er und versuchte, die knorrige Stimme Kapitän Haddocks zu imitieren – freilich kannte er auch alle *Tim und Struppi*-Verfilmungen; im Original *und* in der synchronisierten deutschen Fassung: *Diese heulenden Höllenmoskitos!* Oben angekommen, murmelte Tintin vor sich hin: »Nur *eine einzige* WG hat etwas mitbekommen, der morgendliche Zeitpunkt für den Biertransport ist offensichtlich saumäßig günstig. Am besten, wir holen in Zukunft direkt nach Öffnung des Supermarkts Rülpsgetränke, wenn Chaoten, Mädels und Individualisten noch schlafen. Oh, Mist, das geht nicht: Da pennen wir ja selbst.«

KURZ DARAUF schleppte Hase prall gefüllte Plastiktüten voller Konserven, Brot, Obst, Gemüse, Butter, Honig, Marmelade, Cornflakes,

---

[7] Abkürzung für *Sonderangebots-Ladenhüter-Märzen*, aber auch für: Schweizerische Lokomotiv- und Maschinenfabrik, Standard-Liter pro Minute.

Eier, Schokoriegel, Wurst und Käse im Wert von 50 Mark – diesen Betrag hatte Bajazzo als Entschädigung – gezahlt die Treppen hinauf. Er erwog, unten an der Haustüre bei Drossel-Parts Sturm zu läuten und hinaufzurufen, ob ihm *Pürzelchen* beim Tragen helfen könne und verwarf diese dumme Idee sogleich wieder.

Unterwegs fingen ihn seine Schwestern ab: ob er einen Schluck Bier möchte? Tintin sei so nett gewesen, sechs Halbe Märzen dazulassen.

»Der Schmalzdaggl!«, fluchte Hase, der sich ärgerte, dass ihn Thiemo Rinn belogen hatte. Nein, er wolle nichts trinken, er benötige einen klaren Kopf für diverse, dringend anstehende Transaktionen. Da Mendi und Wendi vor Neugier schier platzten und ihn beknieten, die Neuigkeiten über Lucky zu berichten, ließ er sich dazu breitschlagen ein Tässchen Filterkaffee mitzutrinken, und erzählte ausführlich, was er zusammen mit Jo in Luckys Zimmer sah.

SEHR VIEL SPÄTER, nachdem eine Zwillingsschwester dem armen Lucky einen, wie sie meinte, in informativer Hinsicht überaus erfolgreichen Besuch abgestattet hatte, läuteten die Mädels Brglbid und die übernächtigten Chaoten heraus und luden sie zu einem Bierbrunch ein. »Wisst ihr es schon? Lucky outet sich als Tunte! Ich finde das toll, dass er sich offen zur Homosexualität bekennt. Endlich einmal ein emanzipierter Typ!«, meinte W. oder M.

»Wer ist Lucky?«, fragte schläfrig ein Chaot.

»Der wohnt schräg über uns«, erläuterte *der Brgl'*, wie ihn die Chaoten neuerdings nannten, und äußerte Zweifel: »Der und schwul? Das glaube ich nicht.«

BAJAZZO ERLEBTE, von Jo und Hase derart unsanft geweckt, neben und zusammen mit Lucky einen wortlosen, stumpfen, scheinbar endlos lang dauernden Schockmoment, in dem alles wie in Superzeitlupe wirkte.

Endlich, kurz nachdem Hasso Wandl die Behausung in Richtung Supermarkt verließ und sich Johannes Kurth zu den bereitliegenden Hand-, Handkehand- und Handkebüchern begab, zog er sich an, stahl sich, um Jo *ja* nicht zu begegnen, gebeutelt von einer namenlosen Krankheit zur Toilette, entleerte Darm und Blase und unterzog sich einer eiligen Katzenwäsche. Das demnächst zu erwartende, von ihm finanzierte, gemeinsame Frühstück konnte und wollte er nicht aushalten. Stattdessen raffte er, zurück im Zimmer des Freundes, die Siebensachen zusammen, stürzte mit einem verklemmten, gequälten und zwischen den Zähnen herausgepressten »Tschüss, Lucky. Mach's gut. Wir sehen uns!« aus der Wohnung und dem Haus; fand in Mutters Benz nicht die ersehnte Geborgenheit und raste davon – in ein gediegeneres, *sein* Stadtviertel. Dass er im Treppenhaus jemanden anrempelte, der gerade mit einem Kasten Bier heraufgeschlichen kam, war ihm zutiefst zuwider: schon wieder Körperkontakt; Igitt! Am besten sei es, so dachte er, Nürnberg den Rücken zu kehren, Bayern, Deutschland, Europa – bis Gras oder ein anderes Heilkraut über die unsägliche Sache wüchse. Ein Spaceshuttle sei vonnöten, das ihn in eine ferne Galaxie verfrachte; zu einem Orgienplaneten; mit dem *schnellen Raumkreuzer Orion* zu einem Wilhelm-Reich-Orgon-Stern, einem, auf dem außer ihm nur weibliche Wesen ihr Unwesen, und sei es mit dem Besen, treiben würden.

Ihm als unerschütterlichem Hetero kam es einfach peinlich vor, dass zwei wildfremde Kerle ihn dabei ertappten, wie er nackt und eng umschlungen mit einem Burschen schlafend in einem fremden Bett lag

Und er hatte auch nicht das geringste Bedürfnis, die Episode in einem *intimen* Vieraugengespräch mit Lucky nachzubereiten, bei dem die Freunde hätten herausfinden können, ob das Gefühlschaos durch die zärtlichen Liebkosungen *selbst* oder bloß wegen der Tatsache, *erwischt* worden zu sein, hervorgerufen wurde.

Warum nur war er gestern nicht, wie geplant, zum Klassentreffen gegangen?

LUCKY, DER WIE PARALYSIERT im Bett lag und liegen blieb, hörte, wie lange nach dem uncharmanten Abgang Bajazzos der vollbepackte, ächzende Hase den Einkauf abstellte, einräumte und mit dem allgemeinen Ruf *Dô gibd's was z'ässad!* zum Frühstück bat.

Lukas Glück beschloss, sich möglichst lautlos zu verhalten und im Zimmer zu bleiben, bis sich die beiden Mitbewohner aus der Küche oder besser aus der Wohnung verzogen. Ihm stand der Sinn genauso wenig nach Konversation wie seinem besten Kumpel und Zufallsbettgenossen, der so sang- und klanglos verschwand und sich quasi wie ein heimlicher Furz verdünnisierte. Allerdings stand ihm etwas ganz anderes, nämlich die Pisse bis zum Hals. Der Harndrang schien von Minute zu Minute unerträglicher. *Hilfe!*

Statt wie in der vergangenen Nacht in der Skulptur *Planen und Bauen* herumzuhängen, übte er nun als *Tableau Vivant*, quasi als ein *Lebendes Bild*, angespannt und straff *Halten und Bewahren*.

Durften er und Bajazzo sich in Zukunft weiterhin die *Agas* nennen? War die Verbindung nicht für alle Zeiten verdorben aufgrund besoffener, unzulässiger Hautkontakte? Könne er jemals wieder unschuldig an die Gebrüder Grimm denken, zumal an ihre Kinder- und Hausmärchen, die er schon als kleiner Kerl sehr viel mehr liebte als das wesentlich populärere Märchenbuch *Die Bibel*? Ihm führe nämlich sofort jedes Mal die neue, intime Bedeutung des Titels *Hanns im Glück* in den Kopf. Saddam und Gomera. Pfui Spinne! Er verspürte einen lähmenden *Ganzkörperschmerz*. Nordamerikanische, Schallmauern durchbrechende F86D-Bomber brummten in den Adern, in Herz und Gehirn; eine Empfindung, die er sonst – allerdings wesentlich schwächer – nur kannte, wenn sich eine Freundin abrupt von ihm verabschiedete, weil sie ihn durchschaut hatte. Er war verspannt, der Magen rebellierte, die Gedanken fokussierten sich auf ein einziges Wort: *Scheiße!* Lukas Glücks Rumpf schockte, die Extremitäten pulsten, er glaubte, jede Haarspitze, jede Pore wahrzunehmen; – es fühlte sich an wie eine Herzschlagresonanzkatastrophe. Zudem zeigte das gestern Nacht in Wein aufgelöste Kopfwehpulver nicht die zu erwartende Wirkung: Das Pochen in seiner linken Schläfe nervte unerträglich. Ein Geschmack im Mund piesackte ihn – als hätte er einen Kuhfladen hinuntergewürgt, der nun knapp hinter dem Gaumenzäpfchen festsaß und weder vor noch zurück wollte. *Mir steckt ein Klo' im Hals,* dachte er, konnte aber ganz und gar nicht über das Wortspiel lachen. Ebenso nützten ihm Gedanken nichts wie *Was ist denn eigentlich passiert? Warum zerbreche ich mir überhaupt wegen solch einer Bagatelle Kopf und Herz? Der letzte* Spiegel *berichtet über Chile: Eine Million Kinder seien dort vom Hungertod bedroht. Nach zweieinhalb Jahren unter dem Regime des Generals Augusto Pinochet steige die Sterblichkeitsrate bei Neugeborenen auf über sechs Prozent.* – Ausgabe 23/1976, man beachte die Quersumme, S. 23. – *Und mich bringt ein läppischer Fehltritt aus der Fassung.*

Der Geist war willig, die Wichtigkeit des Vorfalls auf ein gesundes Maß zu reduzieren, das Fleisch zu schwach, um die sinnlosen Schmerzen zu beenden. Wäre es nicht vernünftig, endlich auf die Toilette zu schleichen, sich zu erleichtern und sich die Zähne zu putzen? Seine Blase – scheinbar kurz vorm Platzen – verschaffte ihm ein *irgendwie urämisches Gefühl* obwohl er nicht wusste wie das ist, an einer Harnvergiftung zu leiden. Oh nein, vielleicht würde ihm jemand begegnen!

Wie lange er schon in diesem Elend verharrte? Er wusste es nicht, denn Zeit schien ihm abhanden gekommen zu sein: Sie versickerte Dalí- und Buñuel-artig zäh zwischen den Ritzen im Dielenboden, kein Kirchturm weit und breit. Er selbst besaß keinerlei Chronometer, es hing kein Regulator an der Wand und keine Armbanduhr schmückte das Handgelenk. Den Wecker, den ihm Mutter einst zum Geburtstag schenkte, warf er in ihrem Beisein im hohem Bogen in den Mülleimer und verursachte den sattsam bekannten Rülps-, Heul- und Stöhn-Kollaps.

»Warum bist du so ekelhaft, Lukas?!«

»Aufgrund meines Wahlspruches *dem Glücklucki schlägt keine Stunde,* Mami.«

Dessen ungeachtet kam er sich momentan vor, als sei er ein Teil von *La persistencia de la memoria* geworden. – Die Beständigkeit der Erinnerung, auch *Die zerrinnende Zeit* oder *Die weichen Uhren* genannt, heißt ein Gemälde des surrealistischen Malers Salvador Dalí.

Ohne weiteres hätte Lucky das Firmungsradio einschalten können um auf Nachrichten zu warten, doch er brachte nicht die Energie auf, dem Bett zu entsteigen, um am Schreibtisch irgendwelche Knöpfe zu betätigen.

Als besonders quälend empfand er, dass heute die anderen Genossen keinerlei Anstalten machten, das Frühstück zu beenden und die Küche zu verlassen. Sie fraßen sich unverkennbar nicht an frischem Brot, sondern an einem Thema fest und diskutierten pausenlos. Lukas vernahm ihr Gemurmel, unterschied aber keine Einzelheiten. Wieso hielten sie die Tür geschlossen? Das taten sie sonst nicht. Womöglich ging es um ihn! Wollten sie ihn aus der WG werfen?

IRGENDWANN LÄUTETE ES. Der junge Glück hörte, dass Jo öffnete. Eine Frau fragte, ob Lucky zu Hause sei, weil sie mit ihm reden müsse. Er erkannte die Stimme, wusste freilich nicht, zu welchem Zwilling sie gehörte. *Ein Wandl-Mädel! Oh nein! Was will die bloß von mir?*

Einen Moment später klopfte das W-M an und huschte ins Zimmer, ohne ein *Herein!* abzuwarten. Sofort begann sie zu quasseln; wie mutig das sei, dass er öffentlich zu seinen Neigungen Stellung beziehe; dass sie ihn dafür bewundere; dass sie brennend daran interessiert sei, was Männer so treiben würden, wenn sie ... er wisse schon.

Lukas konnte sich nicht wehren; er lag im Bett; hüllenlos, die Bettdecke bis zum Kinn hochgezogen; im Schädel rumorte es. Er war verloren. »Gib einfach Ruhe,«, murmelte er, »und komm heute

Abend; oder besser morgen; oder irgendwann; oder am besten gar nicht mehr.«

Dann geschah beinahe eine Katastrophe. Unvermittelt langte die freche Schwabengöre unter die Bettdecke, um zu spüren, ob sich denn da überhaupt nichts rühre, und kam Glücks Blase gefährlich nahe. Wie von einer Tarantel gestochen sprang Lucky aus dem Bett und rannte zur Toilette. Das hätte gerade noch gefehlt, auch als Bettnässer überführt zu werden von einer schamlosen und unverschämten Plapperliese respektive *Schwätzbas*, von der behauptet wurde, dass sie zusammen mit ihrer Schwester jedes Boulevardblatt und den Lokalteil jeder Tageszeitung als überflüssig erscheinen lasse. Lukas schloss sich ein und erleichterte sich. Der erste Gedanke beim Pinkeln und Kacken war: *Nur bei absolut reiner Luft gebe ich den Lokus wieder frei! Hugh. Ich habe gesprochen.* Er putzte ausgiebig Zähne und wusch sich das Gesicht.

Der verdutzte Zwilling wartete eine Weile, rüttelte an der Klotür, fragte, ob alles in Ordnung sei, bekam keine Antwort und begab sich deshalb verrichteter und dennoch guter Dinge zurück in den zweiten Stock, wo sie den Mitbewohnerinnen verkündete: »Der Hase lüeget et!« Als Beweis führte sie an, dass Lucky schreiend geflüchtet sei, um sich im Abort zu verbarrikadieren: »Der duad wia d´Gois am Bendel, wenn a Mädle nôch kommd!« – Der gerät völlig aus dem Häuschen, wenn sich ein Mädchen nähert.

Das wolle sie unverzüglich überprüfen, meinte die andere Schwester, und Marion, aufgeregt und mit roten Backen, die sogar durch die dick aufgelegte Puderschicht leuchteten, meinte: »Tu das! Kannst du Lucky – diskret und nebenbei – nach der Telefonnummer seines Freundes fragen? Bitte! Weil …« sie gönnte sich eine bedeutsame Pause: » … ich wünsche mir einen Partner, der angesichts einer Frau nicht nur Sex im Kopf hat; einen, mit dem ich zusammen sein kann, ohne dass er sich auf meine Kosten andauernd streng riechender Körpersäfte entledigen muss.«

Dass sie bestimmt *Michelin Bierremplers* Nummer organisiere, versprach Frau Wandl. Doch erst wecke sie die Chaoten, verteile Frankenplörre und tausche Neuigkeiten aus; und überhaupt – sie wundere sich, derart viel habe sie Marion bislang nie am Stück sagen hören.

INZWISCHEN normalisierte sich Luckys Befinden allmählich – dass eine übervolle Blase die Hirnfunktionen gänzlich außer Kraft setzen konnte, fand er gelinde gesagt erstaunlich! Der Kopfschmerz klang bald ab, die Gedanken wurden klarer, *der Klo' verschwand aus dem Hal'*.

Sobald die *Emanzen*spinatwachtel *aus dem zweiten Stock* abgedampft war, zog er sich an und beschloss, sich einen Schluck Milch oder wenigstens Mineralwasser zu besorgen, um den Brand zu löschen, der nach wie vor in Schlund, Magen und Gedärmen tobte. Dabei wolle er sich benehmen, als hätte er alles im Griff und es sei ein stinknormaler Morgen nach einer stinknormalen Nacht.

Jo begrüßte ihn mit den Worten: »Hoffentlich störten wir dich nicht. Wir hielten als echte Kumpels aus Rücksicht auf dich die Küchentür geschlossen. Stark, nicht wahr? Ach ja: Sag deinem Liebsten danke für den Braunen.« – Fünfzig Mark – »Dank seiner war so viel Futter bisher nie in unserem Kühlschrank! Wir hätten dich ja schlafen lassen. Trotzdem finden wir es gut, dass dich Hases Schwester geweckt hat. Was hatte die denn mit dir zu schaffen? Na, egal. Auch wir müssen dringend reden.«

So sind meine Tage hier doch *gezählt; ein kurzes Vergnügen!*, dachte Lucky. Er versuchte möglichst unbefangen zu klingen, als er ein *Was gibt es zu besprechen?* hervorpresste.

Dübelheini Schrübel Jun. erhöhe die Miete ohne irgendetwas zu renovieren, fluchte Hase: »Der Glufamichl, der Lombaseggl, des Arschbaggagsicht, der Furzglemmr, der Randschdoischloddzer, der Galgaschdrigg!«

»Schau, der Brief war heute im Briefkasten. Die anderen Hausbewohner sind unbedingt davon zu überzeugen, dass wir uns gemeinsam zu wehren haben und mit einer Mieterhöhung nur unter bestimmten Konditionen einverstanden sind, nämlich: Der saubere Herr Schrübel lässt die Fenster isolieren, die Heizung erneuern und die abgeplatzten Emaillebadewannen austauschen«, ergänzte Jo.

»Stimmt! Die Ananasbowle, die beim letzten Chaotenfest das Badewasser ersetzte, kam mir nicht sehr appetitlich vor«, meinte Lucky.

»Ich fragte, ob sie die Wanne geputzt hätten, bevor sie ihren *Luxuspool* mit Sekt, Weißwein, Zuckersirup, Wodka und Dosenfrüchten auffüllten«, berichtete Jo.

»Und?« Hase klang richtig hochdeutsch.

»Brglbids Antwort: ›Alkohol desinfiziert!‹«

»Des isch *ed* wahr, awa?!«

»Zurück zum Thema. Vielleicht ist jemand Mietervereinsmitglied; wenn nicht, hat sich einer von uns zu opfern«, schlug Lucky vor, dem ein Stein vom Herzen fiel – das Gemurmel vorhin drehte sich ja überhaupt nicht um die *Affäre*.

Man beschloss, ein Mieterplenum einzuberufen und auch Frau Drossel-Part und *Pürzel*, ja sogar Herrn Rudolf dazu einzuladen.

Dann ging jeder seinen Geschäften nach: Hase klemmte sich die *Börsen-Zeitung* unter den Arm und machte sich auf zum Spekulieren, Jo verschwand hinter den Innenmauern der Außenmauern der Innenmauern des Elfenbeinturms und Lucky legte sich noch einmal ab, müde und erschöpft von den Ereignissen der vergangenen vierzehn Stunden, die er im Hinüberdösen eher weniger genussvoll an sich vorüberziehen ließ.

Zur Ruhe kam er indes nicht. Kaum nickte er halbwegs ein, fand sich aufs Neue ein Fräulein Wandl neben seinem Bett und zupfte ungeduldig an der Zudecke.

»Wieso bist *du* denn schon wieder hier?«, stöhnte Lucky. »Bei euch kam wohl auch ein Brief vom Vermieter angeflattert? Unsere WG hat bereits beschlossen, etwas dagegen zu unternehmen.«

»A Bogg ond a Goiß, machad anandr hoiß«, antwortete sie. Und dass sie wissen wolle, ob er das *Sprüchle* verstehe und was er von ihm halte.

LUCKY TRAF EIN GEISTESBLITZ: Erst vor kurzem hatte er zum xten Mal einen Lieblingsfilm gesehen. In *Manche mögen's heiß* verführt Joe, Tony Curtis, die hinreißende, wenn auch recht dämliche Sugar 'Kane' Kowalczyk, Marilyn Monroe. Er tut das unorthodox und amüsant: Joe gibt vor, hoffnungslos impotent zu sein, was natürlich Sugars Ehrgeiz anstachelt – und siehe da, letztlich werden die Bemühungen der zuckersüßen Ukulelespielerin von Erfolg gekrönt. So ähnlich verhalte er sich nun Men- oder Wendi gegenüber. Sie solle den Eindruck gewinnen, sie könne einen Mann von der Homosexualität kurieren. Als ob das eine Krankheit wäre! Der Plan ging auf. Er ließ sich zurückver*wandln* in einen *Normalo*.

Beim Anziehen, fragte M/W, *Magic Wandl*, – das englische *magic wand* bedeutet Zauberstab – betont lässig, ob er Namen, Adresse und Telefonnummer *der Michelinschwuchtel* aufschreiben könne: »Ed für mi, für d' Marion!«

Er tat ihr den Gefallen, ohne zu fragen, warum – vielleicht wollte sie der Emanzengenossin einen ähnlichen Zeitvertreib zukommen lassen, wie sie ihn gerade mit ihm erlebt hatte. In Hinblick auf Teint und Statur passten Bajazzo und Marion ja zusammen wie ein verbeulter Wok und ein alter Dampftopfdeckel. Aber die Nachnamen! (Marions wird an geeigneter Stelle verraten.)

AM NACHMITTAG bekam Lucky Besuch vom Brgl'.
»Hast du vor, in Urlaub zu fahren?«, fragte er.
»Nein, es gibt keine konkreten Pläne.«
»Ich möchte dir etwas vorschlagen: Was hältst du vom Libanon?«
»Darüber dachte ich bislang nicht nach, warum auch? Moment, da herrscht doch Bürgerkrieg?!«
»Ja. Da das ein sehr spezieller Urlaub wird, berühren uns die Scharmützel zwischen irgendwelchen Milizen nur peripher; ich denke, das gesellschaftliche und politische Kuddelmuddel ist unserer Sache eher zu- als abträglich.«
»Worum geht es denn überhaupt?«
»Folgendes, Lucky: Du kennst bestimmt die Schweinsbeiner.«
»Die Gebrauchtwagenhändler?«
»Genau. Die spritzten mir einen Mercedes um, den ich jetzt im Libanon verkaufen kann. Westdeutsche Automobile der gehobenen Klasse bringen da unten eine Menge Geld, vor allem *wie neue*.«
»Du hast ein Auto geklaut?«
»Wo denkst du hin! Und wenn es so wäre, hätte ich lediglich einen Kapitalistensack geschädigt – was soll daran unmoralisch sein?«
»Aha. Diebesgut: Und du glaubst, die Araber treiben mit dir Geschäfte?«
»Ich fahre schon zum xten Mal da runter, Lucky. Glaub mir, das funzt. Mit dem Autogeld kann man Waren erwerben, mit denen sich hierzulande exquisiter Reibach machen lässt und die dazu dienlich sind, unser von Geldgier und Machtgelüsten geprägtes imperialistisches Drecksystem zu unterlaufen, indem sie kreativ-subversive Gedanken erzeugen.«
»Shit?«
»Das hast *du* gesagt. Mir fehlt ein Assistent, und da habe ich spontan an dich gedacht. Hängst du nicht immer an die große Glocke, dass du Anarchist bist? Als solcher kannst du an meiner Seite etwas Vernünftiges leisten, von dem jeder rechtschaffene Revoluzzer profitiert. Und nach der unglückseligen Affäre der vergangenen Nacht ...«
»Woher weißt du?«
»Deine Homosexualität, hat sich mittlerweile bis zum Hasenbuck herumgesprochen. Was sag ich: bis zum Plärrer. Mindestens!«

»Ich bin nicht schwul!«

»Denkst du, ich weiß das nicht?« Der Brgl' gab sich jovial. »Es wäre opportun für dich, eine Zeit lang von der Bildfläche zu verschwinden – Gerüchte können hübsch nerven. Du solltest einfach *Gräss* drüber wachsen lassen.«

»Wir fahren in den Libanon. Ich finde es zwar nicht so toll, dass du dich unter dem Mäntelchen der Revolution bereichern willst ...«

»Das tut der WG-Hase auf wesentlich perfidere Art!«

»Na, das Argument schlägt nun wirklich nicht, Piet.«

»Doch! Jeder bescheißt jeden in dieser beschissenen Gesellschaft. Wer das übersieht, träumt. Jeder Politiker gehört in den Knast, jeder Unternehmer, jeder Staatsbüttel, jeder Bänker, jeder Börsianer, jede Persianerträgerin, alle Jasager, alle Deutschen Michel ...«

»Ist ja schon gut. Was muss ich tun?«

Brgl' erklärte den Plan und überzeugte Lucky davon, dass seine Tricks hundertprozentig funktionieren und die Aktion *todsicher* klappt: »Du besorgst dir gesellschaftsfähige Klamotten, einen reputierlichen Koffer und gehst zum Friseur.«

»Muss das sein?«

»Ja. Bis wir zurück sind, sind die Haare nachgewachsen. Ich kenne in der Nordstadt einen, der dich derart herrichtet, dass du das lange nicht vergessen wirst.«

»Salon Nicki?!«

»Nein, kein griechisches Restaurant, einen Friseurladen: Kayserschnitt.«

»Das ist nicht dein Ernst?!«

»Ich schwöre!«

»Okay. Und dann?«

»Dann setzt du dich in den Mercedes. Der brandneue 450 SEL ...«

»Geklaut!«

»Das braucht dich nicht zu interessieren.«

»Und an der Grenze?«

»Wir reisen über Suben nach Austria ein: Ich fahre mit einem alten klapprigen Citroënbus vorneweg. Der trägt ein Peacezeichen auf der Motorhaube und an den Seiten stilisierte Cannabisblätter. An Bord habe ich unsere Fernreisesachen, bequeme Klamotten, und was man halt alles benötigt. Die österreichischen Grenzer und vielleicht auch schon die deutschen werden mich fragen, wohin ich will, und ich gebe als Ziel irgendein Rock- oder Jazzkonzert ...«

»Auf der Stadthallenbühne Wien gastieren am 23. die *Rolling Stones* mit ihrem neuen Gitarristen – ich glaube, der hat bislang bei den *Faces* gespielt: Robin Wood oder so ähnlich. Da hätte ich hinwollen, aber ...« Lucky äffte Vaters Geste nach, rieb Daumen und Zeigefinger aneinander und schaute voller Sehnsucht in die Ferne: »Wo du nicht bist, Herr Jesu Christ.«
»Wann?«
»Heute in einer Woche.«
»Geritzt. Ich organisiere uns zwei Tickets. Die Rolling Stones! Soviel Zeit muss sein. Wedle mit Rockkonzerttickets und schon filzen dich die doofen Grenzer. Jedenfalls.« Der Brgl' vollführte eine seiner typischen Gesten, zuckte mit der rechten Schulter und schob dabei das Kinn nach vorne. Das komme von der kratzigen Unterwäsche, die einem die christliche Seefahrt verpasse, behauptete er, wenn man ihn auf den Tick hinwies. »Während die Zöllner damit beschäftigt sind, die *Chaise* in ihre Einzelteile zu zerlegen, fährst du gemütlich ins Land der Geheimräte und wartest in Linz auf mich; beim Franti.«
»Franti?«
»František Fällscher, ein wilder Freak. Ich kenne den alten Seefahrer seit meinem Leben als Leichtmatrose. Die Adresse schreibe ich dir auf.«
»Und falls sie mich *doch* aufhalten?«
»Du sagst einfach, dass du am Wirtschaftssymposium in Wien teilnimmst und spät dran bist. Eine getürkte Einladung bekommst du von mir. Das schindet Eindruck.«
»Der Plan scheint echt gut durchdacht.«
»Reine Routine. Die Autopapiere sind okay und werden auf deinen Namen ausgestellt. Das erledige ich morgen; du solltest mir aber die Daten geben, die mit dem Reisepass übereinstimmen müssen. Alle notwendigen Reiseunterlagen, Visa und so weiter für Ungarn, Jugoslawien, Bulgarien, die Türkei, Syrien und den Libanon liegen in Linz – ich schicke sie per Post zu Franti. Ach ja: Mein Kontakt verlangt Passfotos – vielleicht *nach* dem Friseur?«
»Uff. Was für eine abgebrühte Logistik!«
»Gell?! Kreativität und Fingerspitzengefühl! Ich kaufe ein paar Dinge ein – Konserven und Limonade zum Beispiel – und steige bei dir zu. Franti lässt den Bus in einem alten Schuppen stehen, bis wir wiederkommen. An der österreichisch-ungarischen Grenze könnte es brenzlig werden; jedoch, da wir *Kunstgeschichte studieren und im Rahmen*

einer Semesterarbeit Budapest besuchen, ergibt sich aller Voraussicht nach kein nennenswertes Problem: Erfahrungsgemäß interessiert das eh niemanden. An allen anderen Grenzen bedarf es unter Umständen geringen Schmiergeldes oder diverser Naturalien: Für eine Flasche *Coca Cola* oder *Schweppes* verkaufen dir die armen jugoslawischen Sozialisten ihre Seele.«

»Echt?«

»Yep! Nach den Stones in Wien geht's über Budapest – da sparen wir uns einen Teil des Autoputs –, Belgrad, Sofia, Istanbul, Ankara und Iskenderun. Nach knapp 3.500 km sind wir in Tripoli, unserem Ziel. Wir brauchen keine vier Tage, wenn wir durchfahren und du die Hälfte der Strecke übernimmst.«

»Und danach?«

»Beginnt unser Urlaub! Für den Mercedes habe ich bereits einen Abnehmer; der schickt Naturalien im entsprechenden Gegenwert per Tabaktransport nach … nein, das solltest du gar nicht so genau wissen. Es hat dir zu reichen, dass die Knete stimmt – und: Je weniger du weißt, desto weniger wirst du im Fall einer Festnahme preisgeben können; *die* allerdings ist absolut unwahrscheinlich. In Zukunft kannst du solche Handlungsreisen auch alleine durchziehen. Die nötigen *Connections* knüpfe ich dir – natürlich für angemessene Provision.«

»Mal sehen. Diesmal teilen wir fifty-fifty?«, fragte Lucky.

»Nach Abzug der Kosten, meinetwegen.«

»Wann starten wir?«

»So, dass wir rechtzeitig auf dem Stoneskonzert eintreffen.«

»Ich weiß nicht! Gewährst du mir Aufschub?«

»Nö. Sag zu oder lass es.«

»Ich mach' es.«

AM ABEND traf Lucky die Zwillingsschwestern in der *Funzel.* Welche ihn denn nun bekehrt und beglückt habe, wollte er wissen. Sie hätten keine Ahnung, wovon er rede, antworteten sie unisono.

»Mindestens eine von euch lügt!«, schloss Lucky messerscharf. Mendi deutete auf Wendi und gleichzeitig mit ihrer anderen Hand auf sich selbst. Wendi verhielt sich, als sei sie Mendis Spiegelbild. Oder umgekehrt. Dann lachten sie silberhell, lauthals und mephistophelisch. Ob wiederholbar sei, was er am Vormittag – mit welcher der beiden auch immer – erlebte? Was das gewesen sein solle, kam als entrüstete Gegenfrage und wie aus einem Mund zurück.

»Zweimal hatte ich Besuch von euch!«
»Vo mir ed: I schwörs!«
»Vo mir au ed: I schwörs!«

Was das *zweimal* betraf, sagten die *Schwabenweiber* die Wahrheit, wurden somit keineswegs meineidig.

Lucky erfuhr nie, ob er mit Mendi oder Wendi geschlafen hatte – so gesehen mit keiner!

MARION KOSTETE ES eine Menge Überwindung, Bajazzos Nummer zu wählen. Als sie seine Stimme hörte, war sie drauf und dran aufzulegen, ohne einen Ton von sich zu geben. Schließlich stotterte sie etwas wie »Hallo, ich bin die Marion. Ich wohne im selben Haus wie Lucky, sah heute morgen, wie du aus dem Haus gingst und fand auf der Treppe ein ... *äh was sage ich bloß: Taschentuch? Nein, das ist doof. Fünfmarkstück?* ... Fünfmarkstück. Gehört das eventuell dir?«

»Nein, ich vermisse nichts.«

»Es ist ein besonderes. Kann ich es dir zeigen? *Oh Gott, geht's däm-, pein- und offensichtlicher?*«

Sie besaß einen Albert-Schweitzer-Gedächtnis-Fünfer aus dem vergangenen Jahr, ein Geschenk von Vater. Marion war gerade dabei, die Sammlermünze einem äußerst frag- und merkwürdigen Zweck zuführen.

»Ich weiß zwar nicht warum, aber du kannst gerne bei mir hereinschauen. Woher hast du denn meine Nummer? Wie heißt du gleich?«

»Marion. Von meiner Mitbewohnerin.«

»Aha. Und wieso kennt die ...«

»Von Lucky.«

»Und womöglich die Adresse auch?«

»Ja.«

Bajazzo wusste nicht recht, was er mit dem Anruf anfangen sollte. Wollte Lucky ihm etwas Gutes tun und den Fehltritt ausbügeln? Auf solch eine spleenige Art und Weise? Das entsprach überhaupt nicht Glücks Stil und ergab zudem nicht den geringsten Sinn. »Okay, komm gegen drei vorbei, wenn du magst. An deiner Sondermünze bin ich nicht interessiert – dagegen vielleicht an ... ach komm einfach.«

Noch während der Brgl' Lucky seine Lumpereien schmackhaft machte, saß Marion in einer Straßenbahn der *Linie acht* Richtung Erlenstegen. Das Herz schlug ihr bis zum Hals, Gefühle fuhren Achterbahn; und gewissermaßen auch der Körper.

DA TRAFEN ZWEI *aufeinander*, die perfekt *zueinander* zu passen schienen: dicklich, pickelig, tapsig, schüchtern; was das andere Geschlecht anging: unbeholfen.

Ein kleines bisschen verliebten sie sich *ineinander*. Da Marion glaubte, dass es sich um einen *harmlosen* Homosexuellen handle und Hanns vermutete, die *Braut* sei ihm von Lucky zugeschanzt worden und habe nichts als Sex im Kopf, liebten sie *aneinander* vorbei. Bajazzo, zu gehemmt, um die Initiative zu ergreifen, wartete ebenso sehnsüchtig wie vergeblich darauf, dass Marion etwas unternahm. Die indes sah sich aufgrund seiner Zurückhaltung bestätigt. Scheinbar ging ihr Plan auf. Und so *mäanderten* sie um *einander* herum. Mäh!

Sie kamen sich dennoch näher; mit endlosen Gesprächen. Ja! Plötzlich redete das Mädel wie ein … na ja, nicht gerade wie ein Wasserfall, eher wie ein Rinnsal; immerhin.

Währenddessen streckten Brgl' und Lucky zusammen mit einer gewissen Solveig Oeming und einer ebenso gewissen Imogen Vogleis die Füße entspannt ins Levantische Meer. Die beiden *Schleichtanten* nahmen die Auto- & Drogenhändler trotz plötzlich aufgetretener zwischenmenschlicher Komplikationen später, nach dem Urlaub, im pinkfarbenen Weiber-Ford-Transit mit und setzten sie in Linz ab. Auch das hatte Brgl' so geplant.

Mittlerweile stellten Hanns und Marion eine nahezu identische Meinung bei elementaren Fragen fest; sie besuchten Theater und Kino, lasen gemeinsam Bücher wie Tolkiens *Der kleine Hobbit* – Marions Idee: »Goldig!« – oder Arthur Schnitzlers *Traumnovelle* – Bajazzos Vorschlag: »Zur *Beschleunigung*.« – Plötzlich ließ sie schüchterne Berührungen zu und Hanns durfte eines Abends stundenlang die Mädchenschwitzhand halten.

Aus der Romanze wurde gleichwohl nichts. Als er nämlich endlich zu fummeln begann und sie fast gar nichts mehr dagegen hatte, entfuhr ihr ein »Ich dachte, du bist schwul!« Der Rest war Schweigen.

Schon wegen der Namen hätte aus der Beziehung nichts werden können. Hanns und Marion, ja. Caspar und Ettenbauer? Niemals.

Dritter Teil

Ende Februar 2010

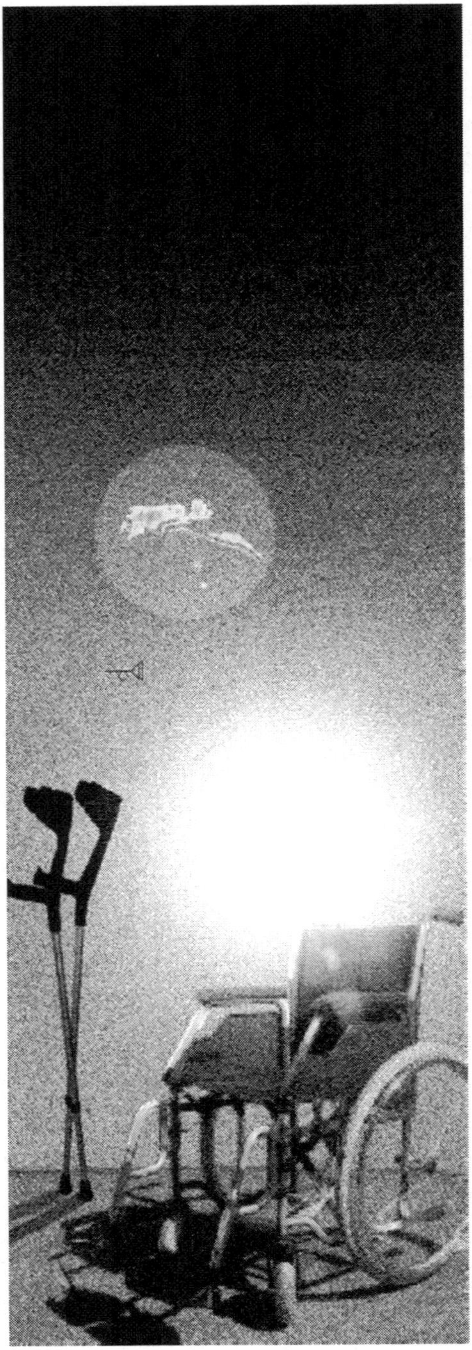

VIII

« Nous sommes tous nés fous. Certains le restent. »
(Samuel Beckett)

»Was liest du gerade?«, nuschelte Bajazzo, die einzelnen Wörter sehr langsam, quasi mühsam und angestrengt artikulierend; so, als müsse er sie sich – eines nach dem anderen – aus dem Mundwinkel laufen lassen.

Lucky drehte sich, scheinbar überrascht, um: »Die *Apotheken Umschau?!*«

Hanns war lautlos von hinten an den Tisch der Klinikcafeteria herangerollt, an dem er seinen alten *besten Kumpel* entdeckt zu haben glaubte. Er hegte gewisse Zweifel, ob es sich bei dem von ein paar nagelneuen Krücken flankierten Herrn, der eine ebenso spiegelblanke Glatze wie Bajazzo trug, und der sich soeben ein auf persönliche Bedürfnisse zugeschnittenes Diätmahl hineinzwang, wirklich um Lukas Glück handelte, den er bestimmt seit fast fünfundzwanzig Jahren nicht mehr gesehen hatte. *Wie die Zeit vergeht!*, dachte Glücks Freund, der sich riesig über Lukas' Reaktion freute. Er jubelte: »Jawohl, die Antwort passt. *Apotheken Umschau!* Die lese ich auch.«

Beide brachen in ungebremstes Gelächter aus und erregten die Aufmerksamkeit aller anderen Anwesenden.

»Was ist denn da gar so ulkig, ihr Eierköpfe?!« entrüstete sich ein uralter, miesepetriger Patient.

»Kennst du den Kerl, den stinkreichen, an Hirnzellenschwund leidenden Bock?«, tuschelte Bajazzo mühsam: »Leeres Geschwätz oder nicht: Auf der Station wird erzählt, dass man ihm, weil er das so wollte, einen sündhaft teuren Gummischlauch in den Penis einoperiert hat. Mittels einer diskreten Pumpvorrichtung kann er bei Bedarf die integrierten *Schwellkörper* betätigen. Ein richtiger Luftikus!«

»Du redest Bullshit!«

»Nein. Das Schärfste kommt jetzt: Der Volldepp scheint immerfort zu vergessen, wie die Maschinerie zu handhaben ist – und nun bekommt er einmal täglich eine Trainingsstunde: ›Wie man einen Schniedel mit Gas füllt.‹ Während die anderweitig Gelähmten üben,

Zungen, Pfoten, Vorderläufe, Hufe und Haxen zu gebrauchen, kümmert sich Schwester Hartmute mehr oder weniger liebevoll um den Kerl und sein aufblasbares Schrumpelglied.«

Aufs Neue lachten die beiden herzhaft und ungeniert.

Bajazzo drehte sich in Richtung des *dementen Playboys*, ließ den Rollstuhl unterm eigenen Gewicht ächzen und prustete los: »Heute schon gepumpt, Meister?« Er fügte jovial hinzu, ohne auf eine Antwort zu warten: „Hat uns Freude bereitet, nicht wahr?"

»Diese Geschichte hätte unser Lügenbaron Axel Springer von und zu Bild nicht trefflicher erfinden können!«, schmunzelte Lucky und wechselte das Thema: »Freund Hanns, wie geht's?«

»So dahin.«

»Ha! Das nenne ich einen gesunden Sarkasmus, *so dahin*. Dito. Und was hat dich hierher verschlagen?«

»Ein leichter zerebraler Insult.«

»Ein Schlaganfall?!«

»Yep. Deshalb bleibe ich aus Höflichkeit sitzen. Ich bin froh, dass Gedächtnis und Sprache halbwegs funktionieren. Zu gehen lerne ich demnächst ja wieder, denn es lahmt nur die linke Körperhälfte, das linke Bein, das Hinkebein. Und wenn es nichts mehr wird mit Stab-stab-stab-stab-Hooochsprung, lasse ich mich eben vom genialen Cat Stevens trösten.«

»Du warst – und wirst es immer bleiben – eine bombastische Sportskanone!«, gluckste Lucky. »Bezüglich Leibesübung, speziell Kampfdisziplin: Cat Stevens leidet ja neuerdings unter dem Cassius-Clay-Syndrom.«

»Was meinst du: *Parkinson*?«

»Nein, *Konversion*: Clay mutierte zu Muhammad Ali, und Stevens versucht ein Comeback als Yusuf Islam.«

Bajazzo kicherte fröhlich »Is' lahm?«, und schaute sogleich betont wehmütig an seinem Bauch hinab in die Richtung, in der man die Genitalien vermuten musste. »Bei mir ginge schon noch etwas; freilich mangelt es an Weiblichem im meiner Umgebung. Darüber hinaus plagen mich Spiegeleier.«

»Was?«

»Ich sehe meine Klöten nur mehr im Spiegel.«

»Es reicht mit den doofen Kalauern. Und dass die Pump-Trainings-Krankenschwester *Hartmute* heißt, glaube ich übrigens nicht. Was wäre das für ein Name?!«

»Hartmute Dotterweich, ich schwöre es allen Glückaposteln zu!«

»Nee, oder? Hanns Caspar, ließ sich denn der Namensänderungswahnsinn heilen? Oder heißt du nach wie vor ... warte, sag nichts, ich komme selbst drauf: Anand Kämpfert?«

»*Nach* heiße ich Caspar; und *vor* heiße ich Anand. Deine Merkfähigkeit ist seit je phänomenal, Lucky.« Bajazzo krümmte anerkennend die rechte Seite der Lippen. »Ich habe 1987, nach meiner Scheidung von Marianne, wieder meinen alten Namen *Caspar* angenommen, dagegen den Vornamen offiziell in *Anand* geändert; eine ebenso lange wie verdrießliche ...«

Lucky fiel dem Freund ins Wort. »Bajazzo! Du stehst zum Namen Caspar? Hast du keine Schwierigkeiten mit den Schülern?«

»Ich glaube, die sind nicht mehr so schlimm wie damals wir es waren.«

»Du *glaubst?*«

»Tja, das Bayerische Kultusministerium übernahm mich nicht in den Staatsdienst.«

»Ah. Das interessiert mich!«

»Davon wollte ich ja gerade eben berichten. Du hast mich unterbrochen. Noch einmal: Die ennuyante Geschichte hat unter anderem mit meinem angeblichen Exhibitionismus – erspare mir Einzelheiten – und meiner glücklosen Beziehung zu Barbara *Baba* Baader zu tun.«

»Meine ehemalige Wohngenossin! Du hast dich scheiden lassen wegen ihr? Du hast zum zweiten Mal geheiratet?«

»Von diesem Trauerspiel erzähle ich dir vielleicht später.«

»Okay.« Lucky schwieg einen Moment lang betroffen. »Apropos Cat Stevens: Du meinst, sein ins Kismet verliebter devoter Song *Moonshadow* könne dich aufmuntern?«

»Genau.« Bajazzo sang leise und trotz halblahmer Zunge zärtlich: »"And if I ever loose my legs, oh weh, I won't have to walk no more, I won't have to walk ..."«

Das traurige Zitat hätte manche zartbesaiteten Zuhörer zu Tränen rühren können. Nicht aber Lucky. »Hör auf mit den ollen Kamellen: Das wird nun auf *Bayern 1 gespielt* – rufe dir ins Gedächtnis, dass das bereits in unseren Sturm- und Drang-Jahren der Sender für scheintote Tattergreise und gramgebeugte Hutzelweiber war.«

»*Das Wunschkonzert* mit Fred Rauch, ich kann mich erinnern!«

»Daran hat sich so gut wie nichts geändert: Damals setzte sich das Programm aus deutschen Vorkriegsschlagern zusammen, heute hauen sie ihren Hörern *The Beatles* oder gar schon *The Boomtown Rats* um die Ohren. Wir hatten nicht einmal das Abitur in der Tasche, als Cat Yusuf Islam Stevens im Stande war Hits zu schreiben.«

»Na und? Der Song bleibt exzellent. Und du bist ein Zyniker. Doch berichte: Warum krebst *du* hier herum?«

»Wegen weniger Schlimmem: Mich hat ein kleines kolorektales Karzinom gezwickt.«

»Autsch! Scheiße, wenn man etwas im Darm hat.«

»Du sagst es. Den Umständen, dem Universum, der Vorbestimmung, τύχη, FORTVNÆ, oder wem auch immer – bloß nicht Gott – sei Dank: Das Geschwür wurde rechtzeitig erkannt und nun sehe ich ein Licht am Ende des Tunnels oder besser – einen künstlichen Ausgang am Ende des Dickdarms. Der Kackeaufbewahrungsbeutel, den ich stets an meiner Seite trage, bedarf hingegen der Gewöhnung. Du, ich bin beim Essen. Können wir nicht über angenehmere Dinge reden?«

»Ganz kurz: Warum die Krücken, Lucky?«

»Ich musste eines kranken Morgens, bald nach der Operation, pinkeln, verschmähte indessen die Urinente und schleppte mich zusammen mit meinem Infusionsständer – oder wie das Ding heißt – zum Klo. Die frisch gewischte Toilette glänzte feucht; ich rutschte – *flottsch!* – aus und ... brach mir den Hals. Glücklicherweise nur den rechten Oberschenkelhals. Das heilte schlecht weil mein Immunsystem geschwächt ist und so weiter. Lass mich einfach mal essen.«

»Was treibst du für Sachen. Einst galt *ich* immer als Tölpel.«

»Wie du meinst; überhaupt trägt Consuela, meine Gattin, an allem die Schuld: *Sie* hat mich unablässig zur Krebsvorsorge gezwungen, wegen *ihr* unterzog ich mich Operationen und Chemotherapien, wegen *ihr* strullte ich *nicht* in dieses doofe Pissfläschchen. Wegen *ihr* gehe ich auf Krücken.«

»Du denkst, du wärst *gesund*, wenn du *nicht* auf deine Frau gehört hättest?«

»Beweise mir das Gegenteil, Bajazzo!«

»Lucky der Logiker: Du lässt sicherlich gleich einen überheblichen Spruch los wie: ›Schließlich habe ich lange genug Philosophie studiert.‹ Egal. Aber *Du* hast *geheiratet?*«

»Vor acht Jahren; stell dir vor! Und du?«

»Oh mei, oh mei, Lucky.«

»Ich verstehe, mein armer, alter, gebeutelter Freund und Kupferstecher.«

Anand Caspar seufzte. »Themenwechsel: Welch ein Zufall, dass wir uns zur selben Zeit in derselben Rehaklinik begegnen!«

»Ich zitiere dich, Bajazzo: Es gibt keinen Zufall.«

»Ach Lucky, das war meine Jugendschwärmerei. Und jetzt bist *du* ein Anhänger des Fatalismus?!«

»Des Determinismus.«

»Aha. Du glaubst also, dass es uns vorbestimmt ist, wie hartgekochte, gepellte eineiige Zwillinge auszusehen und beide schwer gehbehindert zu sein? Brüder, zum Lichte empor?!«

»Na ja, Bajazzo, eineiig wohl nicht; an zwei Zentner Körpergewicht reiche ich nicht heran! Die Scheißmedikamente tragen die Schuld, dass ich nur knapp die Hälfte von dir bin.«

»Wie charmant! Ich wiege 120 Kilo und meine, dass wir uns in Bezug auf unsere kränklich bleichen *Gaggerläsköpf* ähneln.«

»Mir sind die Haare bei der Chemotherapie abhanden gekommen; die werden schon wieder wachsen. Das liegt wohl an den Genen: Es wird behauptet, dass blonde Männer eher zur Glatzenbildung neigen; und warst du nicht einst blond gelockt wie ein germanischer Nationalheld?«

»Lang, lang ist's her; ich kann mich nicht entsinnen. Ernsthaft, Lucky: Was liest du gerade? Ich habe Thomas Pynchon für mich entdeckt. Der neue Roman *Gegen den Tag* ist einfach umwerfend und ich empfehle ihn dir wärmstens. Du wirst es nicht bereuen.«

LUKAS GLÜCK BEFASSTE SICH mit MWI[1] und stopfte während des Krankheitsstandes so ziemlich die gesamte Sekundärliteratur zu Hugh Everett III in sich hinein, stieß auf die Schrödingergleichung, die Bornsche Regel und die Kopenhagener Interpretation der Quantenmechanik. Das alles passte ins atheistische Weltbild und erklärte dennoch scheinbar alle möglichen Phänomene wie Prophetie, Visionen, Vorahnungen oder Bilokationen, schien Paradoxien auflösen zu können und tröstete so einen ausgelaugten Kerl wie ihn ein wenig. Zudem regte es die Phantasie an. Was,

---

[1] Abkürzung für *Many Worlds Interpretation* (Viele-Welten-Interpretation), aber auch für Message Waiting Indicator, ein Leistungsmerkmal von ISDN und Systemtelefonanlagen, das Länderkürzel für Malawi, Missionswissenschaftliches Institut Missio zur Förderung der Wissenschaft, Forschung und Lehre in der katholischen Missionsarbeit und im weltkirchlichen Kontext.

wenn neben der für Erdenbewohner sinnlich wahrnehmbaren *Welt aus Zeit und Raum* unzählbare Parallelwelten bestünden, in denen er als Lucky unendlich oft genau im selben Moment dasselbe denken und identisch handeln würde? Was, wenn sich nicht nur der Raum, sondern auch die Zeit krümmt? Was, wenn wir aus diesem Grunde den Urknall *parallel* aus der *Zukunft und* der *Vergangenheit* vernähmen, (wenn man das überhaupt so formulieren darf)? Was, wenn sich unerschöpflich viele Variationen der Geschichte – mit und ohne Jesus, mit und ohne Hitler, mit und ohne Lucky und Bajazzo und so weiter – unaufhörlich auf ein und derselben Zeitschiene befänden: letztlich hätten doch alle Vektoren dasselbe Ziel, das primordiale Atom? Was, wenn infolgedessen unendlich oft jeder denkbare und undenkbare Augenblick mit allen vorstellbaren und unvorstellbaren Folgen auf das Selbe, das Alleine, das All-Eine, den Big Bang hinausliefe? Weder *Nichts* noch *Alles* sei fassbar; eventuell könne aufgrund der jeweiligen Rätselhaftigkeit eine Identität von *Nichts* und *Alles* in Erwägung gezogen werden. Und trotzdem erträume sich das Wesen Mensch, obwohl bezüglich seiner Wahrnehmungsfähigkeit auf Zeit und Raum beschränkt, alles Mögliche und Unmögliche. Was, wenn alles, was je denkbar sei und jemals gedacht wurde, Realität wäre in beliebig vielen Parallelwelten? Jeder Roman die Beschreibung von Vorkommnissen in einer anderen Wirklichkeit? Jedes Projekt die Nachricht aus einer divergenten Gegenwart, Zukunft oder Vergangenheit?

Der Gedankenaustausch, selbst zwischen *besten Freunden* – das war Luckys Überzeugung –, sei bereits so sehr von Interpretationsunterschieden und Missverständnissen durchzogen, dass man von einer ähnlichen, geschweige denn identischen Sichtweise gar nicht reden könne, schon allein, weil sich zwei oder mehr Individuen im selben Moment nicht am selben Ort aufhalten können – im Idealfall zwar *ganz eng beieinander*, aber nicht gänzlich *ineinander*, nicht einmal beim intensivsten Orgasmus – und deshalb die sichtbare Welt aus unterschiedlichem Winkel wahrnehmen. Um wie viel komplizierter sei das erst bezüglich der abstrakten, der geistigen Welt? Und wie stelle sich das Problem zwischen Menschen dar, die sich gar nicht kennen? Schleppe letztlich nicht jeder Einzelne ein eigenes, unverwechselbares Universum mit sich herum? Warum – und das sei ein Mysterium, an dem Kant, Hegel und Husserl, um einige der wichtigeren Philosophen zu nennen, den Grips schärften – verstünden sie einander nichtsdestoweniger halbwegs?

Luckys Lebensweg kreuzte einst eine schwere Alkoholikerin, die Abend für Abend in der *Funzel* saß und immer wieder ein und dieselbe Frage stellte: *Wo bin ich* jetzt *vor drei Minuten?* Der Gedanke stürzte das arme Mädel – in der Südstadtszene hieß Uschi Zoller darum *Schizo*, die Nöler mussten lediglich das Anfangs-*U* und das End-*ller* weglassen, um auf ihren Spitznamen zu kommen – in einen Abgrund, aus dem sie sich niemals mehr befreien konnte, obwohl Lukas sich liebevoll und rührend um sie kümmerte und versuchte, Uschi Argumente an die Hand zu geben, mit denen sie hätte leben – nein: mit denen sie hätte überleben können.

Inzwischen war sich Lucky einigermaßen sicher, dass die Überlegung *Wo bin ich in diesem Augenblick vor oder in* n *Minuten?* auf einer speziell naturwissenschaftlichen Ebene sehr wohl seine Berechtigung hatte.

Die Erörterung solcher Gedankenspiele empfand Lucky aus verschiedenen Gründen gerade überhaupt nicht passend. Hielte ihn Bajazzo danach für nicht für einen armen Irren, für einen mystischen Spinner, dessen Gehirn aufgrund von Medikamenten schrumpfte oder wegen der Bestrahlung weggeätzt wurde?

Oder schlimmer: Bajazzo gab beim letzten Treffen im Herbst 1986 an, Sartres *L'être et le néant* – *Das Sein und das Nichts* – zu lesen, den Versuch einer phänomenologischen Ontologie; auf dieser Grundlage die Viele-Welten-Interpretation zu diskutieren, würde sich wahrscheinlich als derart anspruchsvoll und üppig entpuppen, dass kein Raum für einen privaten Austausch bliebe. Und wer wisse schon, ob *Aga der Erste* den morgigen Tag erleben werde. Oder Lucky, *Aga der Zweite*. Oder umgekehrt.

Vielleicht war Bajazzo nach wie vor Mitglied irgendeiner zwielichtigen pseudofernöstlichen Sekte, einer obskuren indischen Glaubensrichtung, Anhänger der TM[2]-Bewegung gar, und Luckys Theorien wären Wasser auf seine Mühlen … obwohl – die Filme David Lynchs, eines populären TM-Vertreters, fand auch Lucky genial. Das gab er ohne Wenn und Aber zu. *Mulholland Drive* und *Inland Empire* standen in den Top Ten der persönlichen Spielfilmewigkeitsliste.

---

[2] Abkürzung für *Transzendentale Meditation,* aber auch für: Tatmehrheit, Technische Mechanik, Teisingumo ministerija (Justizministerium in Litauen), Teleskopmast, Thematic Mapper, Topic Maps, Transmann, transversalmagnetisch, Trockenmasse, Turingmaschine, Turkmenistan, Typografische Monatsblätter.

Weil ihm im Moment der Sinn nicht nach Diskussionen über metaphysische, phänomenologische, existentielle und deterministische Themen stand, ließ er Anand Caspar wissen, dass ihm Pynchons Roman *Gravity's Rainbow – Die Enden der Parabel* in der Übersetzung von Elfriede Jelinek sehr wohl bekannt sei; verschwieg hingegen, dass er vermute, Pynchon treibe sich literarisch gesehen gerne bewusst in Parallelwelten herum; tat stattdessen kund, dass er gerade keine Lust auf Inhaltsangaben oder Debatten über Schriftsteller und ihre Werke habe; und vermied Bajazzos möglichen Widerspruch, indem er mit einem gänzlich neuen Thema davon ablenkte: »Hast du eigentlich jemals bemerkt, dass mit unserem Spitznamen *Die Agas* etwas faul ist, Bajazzo?«

»Und was?«

»*Agas* ist als eine Kurzform des ornithologischen Wortes für *Unzertrennliche* zu verstehen.«

»Das weiß ich! *Agaporniden.*«

»Und?«

»Was und? Mach's nicht so spannend!«

»Das Wort bedeutet *Liebesvögel* und setzt sich aus dem griechischem Begriff für Liebe, αγάπη« – agape – »und der griechischen Bezeichnung für Vogel, ὄρνις« – ornis – »zusammen, die korrekte Trennung wäre demnach *Agap-orniden*, unsere Kollegen hätten uns richtigerweise *die Agaps* nennen müssen.«

»Ah, du meinst, aufgrund des falsch gesetzten Trennstrichs hätten sie uns eine Affinität zu Pornographie unterstellt?«

»Das glaube ich wiederum nicht. Dazu waren unsere Klassenkameraden zu dämlich.«

»Na und, du überheblicher Pornide? Was sagt uns das?«

»Nichts. Ich meine ja nur.«

»Klugscheißer.«

»Du kennst mich, Bajazzo: Man sollte, was die Sprache betrifft, genau sein. Das vermeidet Missverständnisse. Erzähle mir lieber, was dir seit deinem Wegzug aus Nürnberg im Herbst 1986 alles widerfuhr, mein Freund.«

»Wenn du das unbedingt hören willst, meinetwegen. Und danach kommst *du* dran! Aber können wir nicht diese elende Kantine verlassen, Lucky?«

Anand warf sich, soweit es seine Behinderung erlaubte, in Pose und nuschelte, als trüge er Kieselsteine im Mund, um wie der alte Demosthenes seine schwächliche Stimme und Konstitution zu trainieren. Er rezitierte – und dabei saß ihm der Schalk im Nacken: »Draußen hält die Sonne sich / lachend ihren runden Bauch, / Himmel hat den indigo- / blauen Kaftan umgetan, / Schnee verheißt uns Reichtum gar: / gaukelt Diamanten vor.« Anand gab sich euphorisch, pathetisch, kitschig.

»Oh! Bajazzo, der Dichter! Oder wen hast du beklaut? Robert Gernhardt?«

»Nein, nein, es handelt sich um Anandische Spontandichtung.« Bajazzo fuhr, zwar nicht mehr im Metrum, aber immerhin in betont schwülstigem Stil fort. »Sieh, alle Bäume sind wie Süßigkeiten – Stämme und Äste kandiert, die Nadeln und Zweige mit Puderzucker gestäubt.«

Lucky stöhnte leise.

»Dachrinnen schmücken sich mit wehmütigen azurnen und jadefarbenen Eiszapfen, die leise den scheidenden Winter beweinen ...«

»Wehmütig jadefarben! So ein Schwachsinn! Ich pack das nicht! Kannst du nicht ein wenig dicker auftragen?«

»Gerne, du Miesepeter: Die Luft duftet nach Aufbruch in ferne Gefilde; unser Atem wird dampfen, als wolle er beweisen, dass trotz unsres Zustands jede Menge Energie in uns steckt, ...«

Lucky übernahm die schwärmerische Beschreibung, um seinen Freund zu *ernüchtern:* »Das Glatteis, unwillig, die Fragen eitler Könige zu beantworten, glänzt stumm, ich rutsche mit meinen Gehilfen, den Gehhilfen, auf dem trügerischem Zauberglas aus: Spieglein, Spieglein unter der Krück': Wer ist der Schönste? Lukas Glück?! *flottsch!* Du kannst mir nicht helfen und rollst stattdessen eine abschüssige Straße hinunter: *Heidewitzka, Herr Kapitän!* Welch eine Lust für den monströsen Gott der Seifenkisten, einen alt gewordenen, um Hilfe rufenden Dreifachzentner den Berg hinab zu treiben.« Lucky hatte eine Sekunde lang das Gefühl, ein Déjà-vu zu erleben: »Und während ich jämmerlich erfriere, wird dein blankpolierter Schädel von einer mitten in der Rollbahn stehenden Betonwand mit der Aufschrift ›Merke des: Bounce!‹ zerschmettert. Denn du kannst nicht davon ausgehen, dass ein freundlicher Negerhäuptling namens Eddie *Boom Boom* Taylor, Sergeant bei der Army, deinetwegen ein frisch eingeschenktes Glas voll *Bloody Mary* verschüttet.«

»Du redest in Rätseln; und erstens: Ich besitze für Notfälle sowohl ein Handy als auch Bremsen; zweitens: Wir legen die Krücken quer über mein Fahrzeug, und du verwendest mich und meinen fahrbaren Relaxsessel als Rollator. Dank des eingebauten Motors erstürmen wir solchermaßen sogar jede Steigung mühelos. Deine Krücken kann ich dir ja zurückgeben, falls du meiner Gesellschaft überdrüssig wirst. Du brauchst einen dicken Mantel und ich eine warme Decke. In meinem Brustbeutel steckt genügend Geld.«

»Ist das der altehrwürdige marokkanische?!«

»Na, was denkst du?«

»Fünfunddreißig Jahre Ledersäckchen: Respekt, mein Lieber!«

»Das reicht nicht: Knapp vierzig hat mein treuer abgegriffener Talisman auf dem Schmutzbuckel! Ich telefoniere mit Hartmuten, der Guten, damit die uns das Nötige bringt. Nun? Bist du zum Feigling geworden?«

»Keineswegs. Surprise, surprise: Auch ich besitze einen Talisman.«

Bajazzo zückte sein *BlackBerry* und wählte Hartmutes Nummer. Unterdessen schaute sich Lucky verstohlen um, und als er sicher war, dass niemand zu ihm herübersah, zog er unterm Hemd das Ende einer Halskette hervor, einen Schrumpfkopf, zeigte ihn seinem Mitaga und ließ ihn fast im selben Moment wieder verschwinden. Bajazzo brach entsetzt den Wählvorgang ab. Er schwankte zwischen Abscheu und Entrüstung.

»Sollte der etwa echt sein?«

»Was denkst du? Angeblich fast ein halbes Jahrtausend alt.«

»Lucky! Du setzt unsere Freundschaft aufs Spiel, wenn du nicht eine plausible Erklärung für eine derartige Geschmacklosigkeit hast, die von unvergleichlicher Misanthropie zeugt. Kenne ich dich überhaupt?«

Lucky mimte den Beleidigten. »Vorsicht, Bajazzo, es gibt nichts Schlimmeres als vorgefertigte Meinungen! Na gut, ich versuche, es zu erklären: Du solltest wissen, dass Consuela – die du unbedingt kennenlernen musst – aus *Sucúa* stammt, einer Stadt in der ecuadorianischen Provinz *Morona Santiago*. Ihr Großvater ist ein steinalter Indiohäuptling vom Stamm der Shuar.« – Menschen; autochthone Völker bezeichnen den eigenen Stamm häufig mit diesem Begriff, so zum Beispiel auch die Inuit. Inuk heißt Mensch. – »Ich traf meine spätere Gattin an der Uni. Die jüngste Tochter des damaligen ecuadorianischen Botschafters in Deutschland studierte im ersten, ich im neunundvierzigsten Semester. Damals begann ich an der FU[3] Berlin

---

[3] Abkürzung für *Freie Universität*, aber auch für: Frauen-Union (eine Vereinigung der CDU), Frequenzumrichter, Fehlerspannung, Funkhaus Berlin.

gerade mit Ethnologie; sie, fünfundzwanzig Jahre jünger als ich, ebenfalls; sie voller Feuer, ich abgebrüht wie eine Klobasse.«

»Im neunundvierzigsten?! Geht das denn?«

»Ob heutzutage die Möglichkeit besteht, sich wann und wo immer man will, zu immatrikulieren, weiß ich nicht. Ich brachte es letztlich auf nicht weniger als sage und schreibe neunundfünfzig Semester, eine Primzahl, die Arno Schmidt, meinem Lieblingsschriftsteller, gefallen hätte. Zurück zum Thema: Als ich zirka ein Jahr vor der wahren Milleniumswende 2001 ...« – Lucky ist zu Recht der Meinung, eine Zählung beginne mit eins und nicht mit Null – »... infolge eines immer wiederkehrenden Traums in eine einigermaßen ernste seelische und körperliche Krise gestürzt wurde, schlug mir Consuela vor, sie in die Heimat zu begleiten, ihren Stamm aufzusuchen, und den Schamanen um Rat zu fragen. Ich hatte mich soeben mit dem Gedanken an gefreundet, endgültig das Studieren aufzugeben.«

»Gingst du mit deiner Indianerin auf Reisen?«

»Mit meiner Viertelindiofrau. Was glaubst *du* denn!«

»Dass du einst magischem Firlefanz aufsitzen würdest, wer hätte das gedacht! Hat der Voodoozauber wenigstens gewirkt?«

»Solange ich *Mitoka*, meinen Feind, so nennt ihn Llompi, der Shuarschamane, zumindest nachts, besser permanent, um den Hals trage, träume ich nicht mehr schlecht. Und im Übrigen hat die ecuadorianische Urbevölkerung nicht das Geringste mit *Voodoo* zu tun, einer aus Afrika stammenden und in der Karibik ansässigen Praxis schwarzer und weißer Magie.«

»Aber mit *Placebo*, einer planetenumspannenden, beliebten Praxis ...«

»Hihi, Bajazzo: Lass uns künftig in Anlehnung an *Voodoo Platzooboo* sagen.«

»Platz, Ubu? Die Aufforderung an einen widerlichen König, berstend zu sterben?! ...« – Die Uraufführung von *Ubu roi* – König Ubu –, eines Theaterstückes des französischen Schriftstellers Alfred Jarry fand 1896 in Paris statt und musste nach dem ersten gesprochenen Wort *Merdre!*, zu deutsch: *Schoiße!*, aufgrund von Tumulten für mehrere Minuten unterbrochen werden. Ubu hat in Pataphysik promoviert. Laut Jarry verhält sich Pataphysik zu Metaphysik wie Metaphysik zu Physik. Das Ergebnis der pataphysischen Berechnung der Oberfläche Gottes lautet beispielsweise: $\pm$*Gott ist der kürzeste Weg von 0 bis ∞*. – »... *Merdre!*, da würde Jarry sich freuen. Gegen den Darmkrebs hat *Placubu, Dein Feind*, dir offensichtlich nicht geholfen, Lucky.«

»Wer weiß ... Willst du etwas über die *Shuar*, die *Menschen*, erfahren?«

»Mach's kurz.«

»Okay. Es gelang niemals, dieses kriegerische Volk nachhaltig zu unterwerfen. So schlugen die Shuar anno 1490 die machtbesessenen Inkas zurück; rund sechzig Jahre später verhinderten sie das Vordringen der spanischen Soldaten, Entdecker, Abenteurer und Glücksritter; obendrein zerstörten die Shuar 1599 die spanischen Siedlungen *Logroño de los Caballeros* und *Sevilla de Oro* und richteten den dortigen Gouverneur hin. Daraufhin beendeten die Konquistadoren ihre Kolonisierungsbemühungen, und die Spanier brachen bis weit ins neunzehnte Jahrhundert alle Kontakte ab.« Lucky ließ eine kleine Kunstpause wirken, bevor er fortfuhr: »Aus den Kopfhäuten getöteter Feinde stellten die Shuar faustgroße Tsantsas ...«

»Tsantsas?«

»... Schrumpfköpfe her und vernähten ihnen den Mund, um das Entweichen von Rachegeistern zu verhindern. Die Lebenskraft des getöteten Präparierten ging auf den Besitzer über.«

»Und du meinst ...«

»Dass mein Tsantsa – nennen wir ihn einfach Placubu – der Gouverneur von *Logroño* und *Sevilla* war? Ich habe keine Ahnung. Mein Angsttraum begann um die Weihnachtszeit 1999, fast exakt vierhundert Jahre nach der Hinrichtung des verhassten Iberers.«

»Lucky?! Wird hier ein atheistischer Revoluzzer auf seine alten Tage zum Mystiker?«

»нет: Ich halte mich nach wie vor an Fakten und vertraue gesundem Menschenverstand; und überhaupt – willst du meinen Intellekt beleidigen?«

»Entschuldige, ich meine das nicht so. Was macht dich zum glücklichen Besitzer des Kopfes? Du weißt, dass das Ding grob geschätzt dreißigtausend Euro bringt!«

»Da schau her. Wieso bist du so gut informiert?«

»Zufall. Ich treibe mich auf Auktionen herum, und da werden hin und wieder solche Perversitäten angeboten.«

»Derselbe feine Pinkel wie früher!«

»Vorsicht, Lucky: Du kannst ja nicht erahnen, wie ich mein Geld verdiente.«

»Verdiente? Raus mit der Sprache!«

»Zuerst kommt deine Placubugeschichte!«

»Llompi versetzte sich in Trance, redete mit Geistern, begutachtete mit ihnen zusammen *nekás wakán* – meine *wahre* Seele – und hielt Ratschlag mit Wesen anderer Welten. Die verrieten dem Medizinmann, dass mein Traum sowohl mit Consuelas als auch mit meinen Vorfahren zu tun habe, bei denen es wohl eine spanische Linie gibt, die mir nicht bekannt ist...« – Nehmen wir an, dass Lucien Lascombe, jener pyrenäisch-aquitanische Bauernlümmel, der während der Napoleonischen Kriege der oberpfälzischen Familie Schitz und damit Luckys Verwandtschaft mütterlicherseits zum Hausnamen Icherer verhalf, iberisches Blut in sich trug, denn *Lula D'Ichére,* wie er sich nannte, wurde in der Gegend des heutigen Lourdios-Ichère, unweit der spanischen Grenze geboren. Deshalb erscheint es zumindest als möglich, wenn nicht gar als wahrscheinlich, dass einer seiner Altvorderen als Konquistador im ecuadorianischen Urwald des ausgehenden sechzehnten Jahrhunderts Geschäften nachging, vielleicht auch amourösen. – »Die Wesen aus den anderen Welten ließen Llompi wissen, dass ein übler Rachegeist von meiner Frau Besitz ergreifen und darum zunächst mich in den Wahnsinn treiben wolle und dass als wirksames Gegenmittel nur ein starker Talisman helfe. Die Naturgötter wiesen auf einen uralten, in Stammesbesitz befindlichen und sehr edel gearbeiteten Tsantsa: genau *der* sei die rechte Medizin. Nach diversen Tänzen, dem Abbrennen von Räucherwerk, dem endlosen Wiederholen irgendwelcher Zauberformeln – unverständlichem Brimborium – vererbten mir die Indios das verschreibungspflichtige Ding zusammen mit der mündlichen Packungsbeilage, es am besten vierundzwanzig Stunden pro Tag zu tragen und es keinesfalls zu verleihen, zu verschenken oder zu verkaufen: das bringe unsägliches Unglück.

Der Schrumpfkopf schaffte sofort spürbare Erleichterung. Ich schlief nachts durch, meine üblen Nackenverspannungen lösten sich nach und nach, die wohl daraus resultierenden rasenden Kopfschmerzen klangen ab und verebbten schließlich ganz, mein Gemüt hellte sich zunehmend auf – der volle Heilungsprozess eben.«

»Du erzählst Märchen.«

»Nein, Bajazzo.«

»Bon. Ich lasse das einfach so stehen; obwohl ich deinen Geschichten nicht traue. Erzähl mir deinen Traum, du hast meine Neugier geweckt.«

»Okay. Du wirst es bereuen.« Lucky räusperte sich und begann im blumigen, nein welken Duktus eines unechten pseudoorientalischen *Tausendundeine-Nacht*-Geschichtenerzählers.

»IN EINER URALTEN, unansehnlich dunkelgrau gewordenen Blockhütte, abseits jeglicher Zivilisation, haust ein unbändig starker, gefährlich primitiver, hässlicher Mann, dessen einziger Daseinszweck darin besteht, elementare Bedürfnisse zu befriedigen. Um Engpässe zu vermeiden, hält er sich ein Weib, das er einst mit wilder Gewalt und ohne Rücksicht auf Verluste – er nimmt sie in Kauf wenn er sie nicht selbst erleidet – aus dem weit entfernten Dorf entwendet hat. Dabei tötet er zwei Bauernburschen und verletzt drei weitere derart schwer, dass die nie mehr richtig laufen können oder gesund werden.

Seine *Eroberung* wird gezwungen, abends für ihn das Essen zubereiten, das er sich tagsüber in den Wäldern erjagt. Die Speisekarte reicht von der Ratte bis zum Brillenbären, vom Sperling bis zum Jaguar. Es geht das Gerücht, es habe ab und zu gar ein argloser Wanderer, ein mutiger Landvermesser, ein erfahrener Trapper, ein schmucker Jagdeleve, der sich zu weit in die Wildnis vorgewagt hat, dem Unhold als Abendmahl gedient.

›Es sind wieder welche verschwunden, *Freund* und *Helfer*, Polizeimeister aus der Stadt, die jener Sache auf den Grund gehen wollten!‹ murmelt man sich in der Siedlung ins Ohr – mit vorgehaltener Hand und ängstlichem Blick.

Nicht nur fragwürdige Rezepte bereitet ihm seine von ihm wie eine Sklavin behandelte *Frau* zu, sie hat auch für Getränke zu sorgen, baut Gerste, Weizen und Hopfen an, kümmert sich um Weinstöcke, braut ihm Bier, keltert Trauben und Äpfel und brennt klare Spirituosen aus Fallobst.

Um eine Flucht zu verhindern, hält sie der Wüstling Tag und Nacht an einer langen und massiven Kette gefesselt, deren eines Ende in den Boden inmitten der Hütte betoniert ist, dessen anderes Ende er ihr um den Hals geschmiedet hat. Zudem trägt sie eine enge Fußfessel mit einer Eisenkugel, die nur sehr kleine Schritte erlaubt. Sollte bis zur abendlichen Rückkehr nicht alles nach seinem Geschmack erledigt sein, schlägt er sie und quält sie bis auf die Knochen. Das geschieht nicht selten.

Schließlich, wenn das hünenhafte, nach Kot, Pisse und Sperma stinkende, vor Dreck starrende Ungeheuer ...«

Bajazzo unterbrach Lucky Geschichte: »Muss ich mir den Kerl ungefähr vorstellen wie den Dämon in David Lynchs *Mulholland Drive*, der im Hinterhof des *Winkie's* am Sunset Boulevard für den Bruchteil eines Augenblicks um die Ecke schaut?«

»Du kennst den Film?! Ich sah ihn mindestens zehnmal, und immer wieder einmal keimte in mir für einen Moment der Eindruck auf, die Geschichte verstanden zu haben: Lynch lässt die Figuren zwischen Traum und Wirklichkeit wechseln, zwischen Parallelwelten, die sich ausgesprochen ähnlich sind – und bisweilen auch nicht ... Ja, so ähnlich sah mein Nachtmahr aus, bloß viel schrecklicher.« Lucky nahm einen Schluck vom stillen Mineralwasser, das er vernachlässigt hatte, seit Bajazzo an ihn herangerollt war, und fuhr mit der Traumgeschichte fort: »Wenn das Scheusal nach Feierabend genügend lang die krummen, schwarzgeränderten Fingernägel in den Braten gekrallt und sich schieres Fleisch in das von fauligen, gelben Zähnen verunzierte Maul geschoben hat, wenn er sich mit dem Handrücken oder gar dem haarigen Unterarm das Fett aus dem ungepflegten Bart gewischt, einen Krug Bier oder Wein und einen Schoppen Schnaps in den Schlund gekippt und mit furchterregenden Rülpsern Platz im Magen geschaffen hat, wird *seinem Mädchen* gewaltsam aufgenötigt, sexuelle Dienste zu leisten.

Er zwingt die Gefangene zu Praktiken, die man sich besser nicht zu genau vorstellen sollte, und beschläft sie ohne jegliche Zärtlichkeit, ohne das geringste Anzeichen von Zuneigung; quälend lang, bis er am Ende erschöpft zur Seite sinkt, um sie am nächsten Morgen sich selbst zu überlassen – solange er seinen kaltblütigen Jägerberuf ausübt. Wenn er geht, spricht er gewöhnlich kein einziges Wort, verabschiedet sich nicht, gibt keine Anweisung, nichts dergleichen.

Eines Tages, um die Mittagsstunde, stehe ich, der ich nicht weiß, was mich in diese TERRAM INCOGNITAM, die trostlose Gegend, verschlagen hat, noch wie ich dorthin geraten bin, vor der Blockhütte und bemerke, dass sich zwischen Türstock und der wuchtigen, angelehnten Eichentür, eine riesige sich träge bewegende Anakonda schlängelt, der ich in den Garten hinter dem Haus folge. Sie verwandelt sich – nach und nach – in eine schwere rostige Eisenkette. Am Ende, an dem ich ursprünglich den Kopf des Reptils vermutet habe, und das sich nun als eine Halsfessel entpuppt, die einem aufgerissenen Schlangenmaul ausgesprochen ähnlich ist, erblicke ich ein elfengleiches, zartes Wesen, das mich mit unendlich traurigen, mandelbraunen Augen ansieht. Die Frau haucht ängstlich: ›Seht zu, *Señor estimado,* dass Ihr verschwindet, sonst werdet Ihr heute Abend lebend ausgeweidet, morgen tagsüber am Spieß gegrillt und zur *Cena,* zum Abendschmaus, gefressen!‹

Es trifft mich wie ein Blitz: Ich verliebe mich unsterblich und schwöre beim Großen und Kleinen Jesus, bei meinen älteren Brüdern, meiner jüngeren Schwester, mir und allen anderen neunundfünfzig Aposteln, lieber zu sterben als sie mit diesem Elend alleine zu lassen.«

Würde man Lucky verdächtigen, Anhänger einer wie auch immer gearteten zahlenbezogenen Geheimlehre zu sein, fiele die Annahme vielleicht auf fruchtbaren Boden, denn der alt gewordene Glück leistet einen Eid auf neunundfünfzig *Apostel,* die Anzahl der Semester, die er studiert hat, fügt zwei Jesusgestalten hinzu – bei christianisierten Indios ist es gemeinhin Brauch, Heilige in verschiedenen Erscheinungsformen anzubeten – und nennt schließlich Matthäus, Markus, Lukas und Johanna, seine Geschwister und sich, die vier »miss*glück*ten« Evangelisten. Es sei Verschwörungstheoretikern und Mystikern anheimgestellt, nach der Bedeutung der *Zwei* und der *Vier* zu forschen; und natürlich auch nach dem an den Haaren herbei gezogenen tieferen Sinn der Zahl fünfundsechzig als Produkt aus den Primzahlen fünf und dreizehn: die Gesamtzahl der Personen, die Lucky hier benennt (und fernerhin das von Glücks Lieblingsschriftsteller Arno Schmidt erreichte Alter). An dieser Stelle wird explizit betont, dass derart abwegigen Spekulationen keineswegs Raum gegeben werden soll.

»Es will mir nicht gelingen, sie von ihren Fesseln zu befreien, kein Werkzeug erweist sich dazu als stark genug. Der Termin bis zur voraussichtlichen Rückkehr des Wuwu – so nennt ihn *sein Mädchen* – rückt immer näher, die panische Angst der Frau steckt mich an, Hektik kommt auf, ich beginne zu schwitzen. Die Indianerin, die sich mir als Anna Ghonda vorgestellt hat, in meinem Traum aber immer mehr meiner Consuela ähnelt, fleht mich an, das Weite zu suchen – und ich kann und will mich nicht dazu entschließen, sie schutzlos zurückzulassen. Letztendlich holt mich die *Boleadora* des heimkehrenden Scheusals von den Beinen.«

Die *Boleadora* oder *Bola*, eine Wurfwaffe südamerikanischer Jäger, besteht aus zwei Leinen, an deren Ende sich ein Lederbeutel mit Steinen befindet. Die Leinen werden ähnlich wie beim Lasso über dem Kopf gewirbelt und sodann dem zu fangenden Wesen an die Läufe geworfen, um die sie sich wickeln, um es zu Fall zu bringen.

»Der Wuwu zertrümmert mit einer Art Baseballschläger erst meine Knie, dann mit eiskalter Gründlichkeit meine Arme und Beine – jeder erbarmungslose Treffer sitzt exakt einen Zentimeter neben dem vorhergehenden; danach schlägt er meinen Rumpf zu Klump und steckt meinen blutenden, zermatschten Torso in ein Fass, das zur Hälfte mit scharfen Gewürzen und edlem, kalt gepresstem Speiseöl gefüllt ist. Die obere Hälfte meines Kopfes schaut heraus, so dass ich gerade noch durch die Nase atmen kann. Während ich schmerzhaft spüre, wie die Beize sich mit meinem Blut vermengt, muss ich zusehen, was er mit Anna *Consuela* Ghonda treibt.

Später zieht er mich an den Haaren genügend weit aus der Tonne, um mich mit der Machete köpfen zu können und trennt mit einem Streich mein Haupt vom Körper. Doch der ersehnte Tod tritt nicht ein.

Das entsetzliche Geräusch, ein abartiges Knirschen, das entsteht, als er mit seinen Pranken gewaltsam meinen Mund öffnet, um sogleich den Unterkiefer abzureißen, verfolgt mich bis zum heutigen Tag.

Zuletzt beißt mir der Wuwu die Zunge ab, verschlingt sie genüsslich schmatzend und stellt den Rest meines Schädels als Trophäe auf den Sims über dem offenen Kamin, platziert zwischen einer *Pututu* ...« – Indiobezeichnung für *Schneckentrompete*, ein aus der Schale einer Meeresschnecke gefertigtes Blasinstrument – »... und dem abgebrochenen Hals einer *Tromba Marina*.« – *Trumscheit*, mittelalterliches Streichinstrument – »Unglücklicherweise kann ich nicht sterben und sehe unter unbeschreiblichen körperlichen und seelischen Schmerzen am folgenden Tag der verzweifelt schluchzenden Consuela zu, wie sie meinen Körper aufbricht und aus den weniger zähen Teilen, dem Herz und den Lenden, ein Gulasch zubereitet; es ist unbeschreiblich grauenvoll, dass ich nicht allein die Wunden an meinem Restschädel, sondern auch weiterhin die meinem Körper zugefügten Verletzungen wahrnehme. Bei jedem Schnitt von Consuelas Messer muss ich schreien – tonlos, denn meine Stimmbänder existieren nicht mehr. Endlich erwache ich; schweißgebadet und am ganzen Körper zitternd; oft tränkt sich das Bettlaken mit Urin.

In manchen Nächten foppt mich der Traum. Ich kenne – selbst *träumend* – den Ablauf der gruseligen Geschichte; indes geschieht nichts; außer, dass über mir, im Abstand von zirka fünf Zentimetern in voller Größe und Mächtigkeit der Wuwu schwebt, parallel zu meinem ausgestreckten, paralysierten Körper, mich anstarrt und mir seinen nach Alkohol und kariösen Zähnen stinkenden Atem ins Gesicht bläst; der Zustand scheint kein Ende zu nehmen, Schlaf kennt keine Zeit, ich drohe zu ersticken.«

Lucky ließ Bajazzo gestisch wie mimisch wissen, dass an dieser Stelle die Traumerzählung zu Ende gegangen war und schwieg quälend lang. Auch Bajazzo blieb stumm – eine peinliche Leere entstand.

Schließlich fuhr Lucky fort: »Natürlich probierte ich verschiedene Tricks, um dem Terror zu entgehen, hielt mich krampfhaft wach oder versuchte, nur tagsüber zu ruhen; es half nichts. Kaum schlief ich aus Erschöpfung ein, wiederholte sich die Geschichte, in kleinen Variationen zwar, gleichwohl ohne Hoffnung auf ein Ende; bis zu dem Tag, an dem mir die Shuar den Schrumpfkopf überließen.«

Bajazzo, der sich vom Schauder mehr schlecht als recht erholt hatte, versuchte das Gruselgefühl mit gekünstelter Schnoddrigkeit zu überspielen: »Das kommt davon, wenn man sich mit Indianerweibern einlässt. Sag, Lucky: Hast du seit deiner Heilung jemals versucht, nachts ohne den Tsantsa zu schlafen?«

»Nein, mein Freund; so weit geht meine Experimentierfreude nicht. Schlimm genug, dass ich mich an den Traum *erinnere*; ich bin alles andere als darauf erpicht, ihn noch einmal zu *durchleben*.«

»Vielleicht ist der Spuk ja vorbei und du kannst *Placubu, Mitoka,* den *Gouverneur, Wuwu* oder wen auch immer der Schrumpfkopf verkörpert, an eine völkerkundliche Sammlung irgendeiner Universität weiterreichen.«

»Du meinst, ich soll das trotz der eindringlichen Warnungen Llompis riskieren? Sag, hast du nicht zugehört?!«

»Versuche ihn in einer der kommenden Nächte einfach wegzulassen! Alles Weitere wird sich ergeben.«

»Bajazzo, du verlangst Unmögliches von mir. Magst du meinen Traum nicht übernehmen?«

»Danke. Kein Bedarf.«

UM AUF POSITIVE GEDANKEN zu kommen, schlug Anand vor, endlich im Kurpark zu *promenieren,* und funkte *nun aber endgültig* die wohl von ihm favorisierte Betreuerin und Krankengymnastin Hartmute Dotterweich an, mit der höflichen und nichtsdestotrotz dringenden Bitte um passende Kleidung, wärmende Decken und aufmunternde Worte.

DER IN DEN LETZTEN ZÜGEN liegende Winter zeigte sich in der Tat von der glanzvollsten Seite. Es herrschte Windstille und die Mittagssonne wärmte schon ein wenig. Während sie durch die verzauberte Landschaft lahmten und eierten, berichtete Bajazzo von der Beziehung zu Baba und was ihm im vergangenen Vierteljahrhundert passiert war.

Nach der abrupten Auflösung der Wohngemeinschaft *Glück & Genossen* im Herbst 1986 zog Anand Kämpfert, wie er sich in jenen Tagen nannte, mit Baba in ein schnuckeliges jedoch renovierungsbedürftiges *Hexenhäuschen* in der Nähe der Reuther Ebermannstädter Straße, um den Dienst als Chemie- und Biologielehrer am Gymnasium Forchheim römisch zwei – seit 1990: Ehrenbürg-Gymnasium – anzutreten. Zur selben Zeit freundete er sich mit dem Gedanken an, die Lasten in Kauf zu nehmen, die eine Scheidung von Marianne Kämpfert bedeuteten. Bislang hatten es beide bei ihrer Ehe belassen; in gegenseitigem Einverständnis und in dem Bewusstsein, dass sie ohnehin nicht mehr heiraten wollten. Barbara hingegen insistierte darauf, dass Bajazzo sich auch rechtlich von der Gattin trennen müsse, »damit alles seine Ordnung hat!« Außerdem solle er den blöden Namen Kämpfert ablegen; Caspar sei viel edler – und er könne ja auch einen anderen Vornamen annehmen – oder »da wir uns sowieso bald vermählen, kannst du dir auch überlegen, ob du Hanns Baader heißen willst.«

»Wenn schon Baader, dann ändere ich meinen Vornamen in *Andreas*.«

Er konnte den Lehrerjob aus den bekannten Gründen nicht antreten.

Die scheinbar unvergängliche *Liebe auf den ersten Blick* bekam zudem von vornherein einen tiefen Riss, weil die Polizei Bajazzo zu den Vorgängen in der unseligen Nacht verhörte, die ihm eine Anzeige wegen Exhibitionismus' eingebracht hatte. Baba warf ihm ernsthaft vor, dass er am Morgen *nach der Tat* in der WG-Küche geflunkert und das Malheur beschönigt und darüber hinaus, dass er sich als strahlender Held und Polizisten-an-der-Nase-herum-Führer gebrüstet habe: Sie zitierte ihn, sarkastisch Hanns' Stimme imitierend: »Ich lüge, dass sich die Balken biegen: Sodbrennen und Brechreiz aufgrund einer schweren Magenerkrankung hätten mich dazu bewogen, mich zum Haus meiner Mutter zu schleppen«, und sprach mit normaler Stimme weiter: »Da hast du in der Nacht nicht nur *Freund* und *Helfer* angelogen, sondern am Morgen auch noch deine Kumpels – wie soll ich dir da jemals wieder vertrauen?! Und falls du schwörst, ab sofort immer die Wahrheit zu sagen – wie kann ich mich versichern, dass du keinen unterzuckerten Meineid leistest wie einst Fritz Zimmermann? Und kannst du die Zukunft sehen? Selbst, wenn du behaupten würdest, dass du *immer* lügst, hätte ich die Gewissheit, dass du aufs Neue schwindelst. Drehe und wende es, wie du willst: Du kannst dich dieser Paradoxie nicht entwinden.« Die sprachgewandte Germanistin Baba, zudem mit einem Elefantengedächtnis gesegnet, erwies sich als geradezu fundamentalistische Moralistin.

Bajazzo versuchte, das Problem auf der Meta-, später gar auf der *Pata-Ebene* – eine anandische Wortschöpfung in Anlehnung an Alfred Jarry – zu lösen. Baba ließ sich nicht darauf ein.

Zur *Pataphysik*, die Bajazzo einzig als vorsurrealistischen Klamauk eines schrulligen *Clément luxe 96* fahrenden Außenseiters verstand, die Baba indes enorm ernst nahm, meinte sie: »Meiner Überzeugung nach ist Jarry nicht ganz auf der Höhe, wenn er die Oberfläche Gottes als etwas Zweidimensionales – eine Strecke – beschreibt!«

»Nicht als eine Strecke, Barbara, als einen Weg; und der kann – pataphysikalisch gesehen – nahezu beliebig breit sein; ein wenig breiter als null und ein wenig schmaler als unendlich. Über seine Tiefe – oder Dicke? – will ich gar nicht spekulieren.«

»Du lenkst vom Thema ab, Anand. Sag mir lieber, wie du dem Paradoxon entrinnen willst.«

»Wenn es nach dir geht, gar nicht.«

Von der staatlich verordneten Arbeitslosigkeit und Barbaras dogmatischer Strenge frustriert und enttäuscht, musste Bajazzo sich abreagieren. Er legte deshalb all seine Energie in die Renovierung des neuen *Alten Häuschens*, das heißt, er werkelte monatelang – genauer von Oktober 1986 bis Mai 1987 – an einer Art Nestbau, obwohl ihm immerzu André Hellers böses Lachen aus dessen bitterem *Emigrantenlied* auf der 1978 erschienenen LP *Basta* durch den Kopf schwirrte: *Misstraue der Idylle, sie ist ein Mörderstück. Schlägst du dich auf ihre Seite, schlägt sie dich zurück.*

Anand schlug, sobald es die Wetterlage erlaubte, an den Außenmauern lockeren Putz ab, behandelte Ausblühungen mit *Salpetertod*, rührte Reparaturmörtel an, glättete die Fassade, bepinselte sie mit umweltfreundlichem Tiefengrund und versah sie mit blütenweißem Außenanstrich; beizte Türen, Fenster, Tür- und Fensterstöcke ab, strich sie, nachdem er Unebenheiten gekittet hatte, mit farbloser, ökologisch sinnvoller Lasur; versah alle Hausöffnungen mit Dichtungen gegen Zugluft und kultivierte die Fensteraußenseiten und Läden mit friesischblauer Wetterfarbe; der so hervorgerufene Eindruck einer Sehnsucht nach Ἑλλάς – Hellas, Griechenland – stand verblüffend aber durchaus ästhetisch in steilem Widerspruch zum fränkischen Satteldach, das mit wunderschön lebendig wirkenden, alten, verwitterten Biberschwanzziegeln gedeckt war – fränkisch-griechische Labsal für die Augen.

Bajazzo ersetzte die bröselig gewordenen, in dreckfangenden Bleirohren liegenden Stromkabel und die vorsintflutlichen Steckdosen und Drehschalter mit zeitgemäßem Material: schlug Schlitze und Löcher in die Wände, um die gesamte Elektrik unter Putz zu legen; zog Holzdecken und wo nötig Dielenfußböden ein, tapezierte die Wohnung mit Raufaser und strich die Wände in freundlichem, kunstvoll meliertem Toskanagelb.

Unglücklicherweise versäumte er es während all der Arbeiten, auf Baba Einfluss zu nehmen.

Die hatte nämlich plötzlich keine Lust mehr aufs Studium und sah es als einen Glücksfall an, in Forchheims Zentrum einen *Kolonialwarenladen* übernehmen zu können. Diese anachronistische Bezeichnung hielt sich in der großen Kreisstadt hartnäckig, obwohl es – abgesehen von einem hirnrissigen Intermezzo der Nazis in Neuschwabenland, einer küstennahen Region in Ostantarktika, in der die Schließung der *Fettlücke* vorangetrieben werden sollte – seit dem Ende des Ersten Weltkrieges überhaupt keine deutschen Kolonien gab.

Vorbereitend legte sich Barbara Baader ein Edelsteinpendel zu und trug es einige Tage am Körper, um zwischen sich und dem Gegenstand eine *lebenslange Beziehung auf energetisch schwingender Ebene* aufzubauen. Dann begann sie für das Biogeschäft Brot, Gemüse, Eier, Obst und Käse auszupendeln – »Fleisch, Fisch und jede Ware, die dich ansehen kann, kommt mir nicht über die Türschwelle!« – und schaffte allen möglichen *spirituellen* Krimskrams ins *Eso-Lädla*, das sie ursprünglich *Zur Soulness* nennen wollte. Das Gewissen der Germanistin gewann glücklicherweise die Oberhand. Sie besorgte sich Räucherstäbchen und Horoskopedelsteine, von denen sie behauptete, sie seien »Geschöpfe aus dem Reich der Materie, die durch ihre Schwingungen einen direkten Bezug zu Sternzeichen und Planeten unseres Sonnensystems herstellen«, sie kaufte Fläschchen mit verschiedenen Zauberelixieren ein, *Belebtes* Granderwasser, Tanztropfen für exzessive Nächte, keltische Lichtbringer, Orientalischen Pflanzenzauber, magische Salzsteine, indianische Fruchtbarkeitsstatuen und vieles mehr; und so nebenher fing Baba an, Literatur zu UFO-Erscheinungen, Engelssichtungen und Weltuntergangsprophezeiungen zu verkaufen, Bücher über Leylinien, Feng Shui, Geomantie, Parapsychologie und Levitation, Schriften von Bhagwan Shree Rajneesh und anderen Gurus.

Besonders Begriffe wie *Seelenwanderung* und *Seelenfamilie* zogen sie magisch an und sie erwog ernsthaft, vielleicht für immer nach Indien zu reisen und zum Hinduglauben zu konvertieren. Da nützte es dem erfahrenen Fernostglobetrotter Bajazzo nichts, darauf hinzuweisen, dass das dortige Kastensystem als perfider, vor ewigen Zeiten ausgeklügelter Mechanismus der Unterdrückung funktioniert: »Wirst du mit dunkler Hautfarbe geboren, bist du ein Paria, ein Ausgestoßener, darfst höchstens als Handlanger und Hilfsarbeiter arbeiten und daran trägst allein du selbst die Schuld: dein schlechtes Karma ist das Resultat eines früheren Leben, in dem du Mist gebaut hast; darum vegetierst du als Ausgestoßener am Rande der Gesellschaft dahin. Sei getrost! Wenn du dich tapfer verhältst und dich den selbst verschuldeten Gegebenheiten anpasst, winken dir in irgendeiner fernen Zukunft alle Privilegien hellhäutiger Herrenmenschen. Was für eine Religion!«

Baba konterte: »Möglicherweise sucht sich eine Seele – davon gibt es junge und alte, und du scheinst im Gegensatz zu mir eine *sehr* junge zu beherbergen! – eine Existenz als Ausgestoßener, um Erfahrungen zu sammeln und sich zu vervollkommnen; und nur eine Seele, die so wie ich fast alle Möglichkeiten auf Erden erprobt hat, kann nach dem letzten irdischen Besuch jegliches Karma ablegen und ins Nirv...«

»Aha, ein reizender Gedanke, einer, mit dem sich *alles* entschuldigen lässt! Körper und Psyche können nichts dafür, dass eine experimentierfreudige Seele sie auserkor? Chapeau! Der Kinderschänder, die CDU-Politikerin, der Kannibale, das Fallschirm springende FDP-Mitglied, der Diktator, die Serienmörderin, der Waffenhändler, der Selbstmordattentäter: alles Seelen, die sich weiterentwickeln wollen? Na, ich danke.«

»Wie gesagt: Du bist eine sehr junge Seele, mein armer Anand, eine *sehr* junge, sonst würdest du nicht so dogmatisch reden. Ich merke mit Genugtuung, dass deine unqualifizierte Kritik meinem uraltem Wesen nicht im Geringsten etwas anhaben kann.«

Derart desolat gestaltete sich immer häufiger die Kommunikation der unlängst blind ineinander Verliebten – und jeder für sich stellte fest: »Unsere Beziehung scheint *nicht das Gelbe vom Ei* zu sein, vielmehr *ein Irrtum des Universums!*«

Da Barbara zu jener Zeit schon den größten Teil der Tage und bald darauf auch eine Vielzahl der Nächte mit Meditation verbrachte, kümmerte sich Bajazzo um Einkauf, Abrechnung, Umsatzsteuervoranmeldung und Einkommensteuererklärung, durfte nach Ladenschluss den Tresen putzen und die Ware wegräumen, überprüfte ganz alleine das *Inventar,* ja irgendwann verdonnerte sie ihn dazu, tagein, tagaus den Verkäufer zu spielen: »Du hast ja eh nichts anderes Sinnvolles zu tun!«; und begann – als Reaktion auf die Unlust, die er bei diesen Tätigkeiten verspürte und die Abneigung, die er dabei gegen Baba aufbaute –, wieder ein wenig mehr seiner Neigung zum Alkohol zu frönen, das heißt, er besuchte ein- bis zweimal pro Woche – eher aus Frustration, denn aus Ambition – den *Schachzirkel Walberla*. Walberla ist die fränkische Bezeichnung für die Ehrenbürg, einen Zeugenberg in der Nähe von Forchheim. Das Wort leitet sich von *Walburga* ab.

Die ausnahmslos männlichen Vereinsheimer trafen sich Abend für Abend in der nahen Gaststätte *Zum Wiesent* zu bierseligen geselligen Turnieren.

Geneigte Zeitgenossen vermuten, dass der Name der Kneipe ein Kofferwort aus dem gleichnamigen Fluss, der direkt am Lokal vorbeiführt und dem europäischen Wildrind namens Wisent darstellt. Misanthropen oder auch nur Menschenkenner wissen hingegen, dass die Ursache der merkwürdigen Schreibweise in der latenten oder offenkundigen Legasthenie des jeweiligen Betreibers liegt. *Der Strohalm,* ein Kleinkunstbühnerich in Erlangen, mag als weiteres Beispiel dienen.

Es bereitete Anand Caspar keine Mühe, der Reihe nach alle *Forchheimer Bauernburschen* vom Brett zu fegen, Landintellektuelle – Unternehmer, Lehrer, Bänker, Pfarrer, Postbeamte –, die zwar beflissen ihre Schachbücher studierten, gleichwohl nicht über jenen Funken Kreativität verfügten, der nötig ist, um dem wunderbaren Spiel Glanz und Leben einzuhauchen; so bot auch der Schachclub auf längere Sicht keine Lösung und stimmte Anand Caspar nicht wirklich fröhlich; stattdessen begann er sich zu langweilen und sich neben einer im Durchschnitt pro Abend stetig wachsenden Anzahl von *Penning-Fuxler's Kellerbier* auch das eine und andere *Schnäbbsla* einzuverleiben.

Eines Tages, der *Schachzirkel Walberla* schickte sich gerade an, die Bretter zu verteilen und die Figuren aufzustellen, tauchte ein uralter Mann auf, der sich als Артём Данна – Artjom Danna – vorstellte und ohne Umschweife in gebrochenem Deutsch-Russisch-Gemisch лучших в комнате – den Besten in Zimmär – zu einem Duell forderte. Da ein Clubmitglied halb verächtlich, halb bewundernd in Richtung Bajazzos wies, mit leicht nach links gedrehtem Kopf und einem kurzen Nicken des vorgeschobenen Kinns, unter Verwendung des linken Daumens, mit dem er in Trampermanier über der Schulter nach hinten deutete und die Geste mit nach unten gezogenen Mundwinkeln und den Worten *Gäih nindä zon Pfeffersagg, der setzd alle madd!* unterstrich, und da niemand widersprach, nahm Артём mit einer höflichen Verbeugung an Anands Tisch Platz. Er gab an, ein Russlanddeutscher aus der Oblast Nowosibirsk zu sein; в пути – auf Transit –, wie er betonte. Was denn das Ziel seiner Wanderung sei, fragte ihn Bajazzo während er die Figuren aufstellte. Артём zuckte mit den Schultern und meinte в другом месте – Anders wo.

Anand hatte vorgehabt, just an diesem Abend zu verkünden, den *Schachclubberern* als Gegner nicht mehr zur Verfügung stehen zu können und sich aus ihrem Kreis zu verabschieden, entschied sich jedoch – bereits nach dem ersten Spiel mit dem *Russ'n*, wie die Vereinsmitglieder ihn fortan im *Wiesent* nannten – zu bleiben. Endlich war ein würdiger Gegner erschienen. Артём erwies sich obendrein als haushoch überlegen. Zunächst schob Bajazzo die Schuld darauf, sich nicht richtig auf die Partie konzentrieren zu können, weil *der Russ'* wie ein sibirischer Moschusochse zur Brunft müffelte; nach einer Parfümmischung, in deren Kopfnote nichts als Maiglöckchen klingelten. *Fast so schlimm wie* Opium pour Homme ... *Das ist die Lösung, man kann ja Teufel mit Beelzebub austreiben,* sagte sich Bajazzo. Er brauchte nur nach Erlenstegen zu fahren und Vaters Fläschchen zu *sozialisieren*.

Es half nichts. An der unorthodoxen Spielweise von Артём biss sich Anand beim folgenden Treffen quasi wieder die Zähne aus. Ob er sich nun von wohligen Düften abgelenkt fühlte oder nicht, egal, der Alte war einfach kaum zu besiegen. Selbst der Ölsardinentrick des alten Caspar verfing nicht: *Der Russ'* soff wie ein Blücher, und Bajazzo gab sich auch in dieser Hinsicht geschlagen. Das führte – außer zu einem Kanonenrausch – dazu, dass Bajazzo länger ausblieb, als er mit Baba verabredet hatte: Allein das erste Spiel dauerte fast fünf Stunden. Артём gewährte месть – Revanche. Der Wirt, als Schachfanatiker Initiator des Zirkels, kiebitzte und vergaß darüber die Sperrstunde, Bajazzo die ganze Welt. Häuslicher Krach schien deshalb vorprogrammiert: »Du störst mich bei der Kontemplation. Woher kommst du um halb fünf Uhr in der Früh überhaupt? Was? Vom Schachspielen? Lüge mich nicht an, du hast eine Andere – eine Frau *riecht* das, da magst du noch so fintenreich versuchen, den Gestank der Tussi mit deinem Opiumduft zu kaschieren! Dir ist *schon* klar, dass du um neun Uhr den Laden aufzusperren hast!«

BAJAZZO GING JETZT nahezu jeden Abend *Zum Wiesent*. Barbara, die ihm einmal nachschlich, just um festzustellen, dass er tatsächlich bloß Schach spielte, verfiel darauf, ihm das Biertrinken zu verbieten. Ihre Begründung dafür kam Anand hochgradig absurd vor: »Wenn du nachts nach Hause kommst, schleppst du unentwegt die Seelen verblichener Alkoholiker mit in unsere Wohnung und merkst es gar nicht! Sie stinken nach Schnaps; sie rülpsen, furzen und speien auf meinen Astralkörper. Ich halte das nicht mehr lange aus. Du solltest wissen: Jeder, der in einer Kneipe einen über den Durst trinkt, zieht verstorbene *Leberzirrhosen* wie magisch an – die merken sich natürlich Ort und Person und sind am nächsten Abend aufs Neue zugegen. Außerdem spricht sich das in deren Kreisen herum: Sie berauschen sich nämlich äußerst gerne an lebendigen Trinkern. Zuerst brachtest du nachts nur *eine* Alkoholikerseele mit; inzwischen sind es sage und schreibe *sieben!*«

Bajazzo dachte sich: *Die schäbigste Hos'n is die Leberzirrhos'n aufm Vogelbeerbaum bei der Nacht. Elisabeth, Eh Lisa Bett!* Und: The Dead Alcoholics – *das wäre ein Bandname!*

Die Beziehung geriet in eine Titanicartige Schieflage und das Liebesthermometer sank tagtäglich um ein paar Grade in immer frostigere Bereiche. Bajazzo regte es *tierisch* auf, dass Baba jedes Mal, wenn sich irgendjemand eine kritische Bemerkung zu ihrer Gesinnung erlaubte, ebenso überheblich wie abwertend dagegenhielt: »Du bist eben – nach wie vor – ein Suchender!« Zudem brüstete sie sich, in einer früheren Existenz *schon einmal* eine Schamanin gewesen zu sein.

Um die militante Vegetarierin und zunehmend extrem werdende Esoterikerin zu ärgern, brachte er eines Nachmittags nach dem Besuch des Annafestes neben einer Hundertschaft unsichtbar torkelnder, unriechbar stinkender und unhörbar johlender Schnapsdrosselseelen sowohl *a grillds Schweinsgnöchla mit Semft und zwaa Weggla*, als auch einen betrunkenen alten Nowosibirsker *und* einen Mordsruss'n – fränkisch für Vollrausch – mit und behauptete, er habe Артём lediglich *Frankens schönste Kirchweih* nahegebracht.

Aus der Ehe zwischen Baba und Bajazzo wurde nichts, und Bajazzo begann nach vielen Jahren wieder, Fleisch zu verzehren, was ihm sein Magen unverzüglich mit neuen Refluxattacken quittierte.

KURZ ZURÜCK ZU APTËM: Die Konversation zwischen dem Russlanddeutschen und Bajazzo beschränkte sich im Wesentlichen auf ein häufig ausgesprochenes *на здоровье* – Gesundheit – und spielbezogene Äußerungen wie *Гардез!* – Gardez! – oder *Шахматы!* – Schach! *Шах и мат!* – Schachmatt! – hörte man zu gut achtzig Prozent aus dem Mund von APTËM, rund zehn Prozent der Spiele endeten mit einem Remis. Aufgrund der überwiegenden Chancenlosigkeit hätte Anand sich genauso langweilen können wie zuvor mit den anderen Gegnern. Das geheimnisvolle Wesen *des Russ'n* faszinierte ihn jedoch, die enorme Energie, das Charisma, eine vielschichtige Aura, die wahrzunehmen Anand einst in Indien gelernt zu haben glaubte; und er hätte gerne alles über den unergründlichen Kaukasier erfahren, der ihm eines Abends nach der finalen Partie und im Gehen mitteilte: *Я уйду завтра* – Ich morgen weit weg. Einen Satz identischen Inhalts, allerdings in akzentfreiem Germanistendeutsch, hatte er im Morgen*grauen* desselben Tages bereits gehört – von Barbara, die übrigens bald darauf einen polnischen *Esojazzer* namens Kryštof Barber heiratete und dessen Nachnamen annahm.

PLÖTZLICH FÜHLTE SICH BAJAZZO wieder einsam und verlassen, mehr noch – alleine wie nie zuvor. Unlängst war nämlich der alte Caspar in Las Vegas von einem Herzinfarkt überrascht worden und auf dem Weg ins Hospital gestorben; eine (un)glückliche Fügung verhinderte in letzter Sekunde, dass der unheilbar spielsüchtige Privatier und Exfabrikant die Reste des in der Schweiz geparkten Vermögens der einstmals so stattlichen Bleistiftwerke in Einhändige Banditen, Black Jack und Roulette investierte.

Mit den wenigen übrig gebliebenen Spuren seines Verstandes wies Papa, der sich seit drei Wochen einmal mehr auf *Geschäftsreise* befand, die Banken an, ihm höchstens insgesamt 10.000 DM auszuzahlen – pro Tag, versteht sich –, gewann jedoch seitdem keine nennenswerten Beträge. Im Gegenteil! Er wankte jede Nacht mit einem Verlust von etwa 10.000 DM ins Bett.

Am Abend seines Ablebens wollte er das Überbleibsel des Tageskontingents auf die Dreiundzwanzig setzen, kam aber nicht mehr dazu. Ein plötzliches Schwächegefühl ließ ihn zu Boden sinken. Er hörte das obligatorische *No more bets!*, und unmittelbar danach, ihm schwanden die Sinne, bildete er sich ein, wie zum Hohn die Worte *Red twenty three* zu vernehmen. Das versetzte ihm wohl den Todesstoß. Caspars letzte Worte – in der *Ambulance* – hörten sich angeblich an wie *Dreiundzwanzig! Rot! So eine Schei...*

Kurz darauf musste Bajazzos Mutter den mit bewundernswerter Tapferkeit geführten, langen und aussichtslosen Kampf gegen das Krebsleiden aufgeben. Ironie des Schicksals: Die Ärzte entdeckten schon 1984 bei Anands Mama, die alle für eine Bilderbuchhypochonderin hielten, viel zu spät ein malignes Mesotheliom. Sie folgte ihrem Gatten, einem ebenso einnehmenden Menschen wie grandiosen Versager, in die Familiengruft, vier Wochen nach dessen Tod und ein paar Tage nach dem Ende von Anands Beziehung zu Baba Baader.

Der war als Einzelkind selbstverständlich Alleinerbe. Er brach umgehend das glückloses Forchheimer Leben ab und zog (sich) zurück nach Erlenstegen, vor allem wegen der geliebten Dobermänner Roger und Fritz, die er nie einem Tierheim überlassen hätte können. Anand hatte sowohl in Indien als auch während seiner Zeit mit Baba gelernt, sparsam zu walten und kam – man schrieb inzwischen 1988 – mit den Zinserträgen aus den Schweizer Konten gut durchs Jahr; der Fiskus durfte natürlich nichts davon spitzkriegen ... je nun, hier gab es ja erprobte Tricks! Er vegetierte vor sich hin, zwar ohne Geldsorgen, aber auch ohne Perspektive, las viel, trank viel, wurde wieder hässlich und dick, hässlicher und dicker als je zuvor, und wagte sich nicht an die Öffentlichkeit, aus Angst vor Enttäuschung.

»Lucky? Ach wärst du in meiner Nähe gewesen! *Du* schienst unauffindbar.«

»Tja, Bajazzo. 1988 war ich weit weg. Nach Auflösung der *Glück & Genossen*-WG gelang es mir, auf die Schnelle eine absonderliche Mannschaft dazu zu gewinnen, die WG zu usurpieren – die *Projektheimer*, eine brutal infantile Säufertruppe, die im Kulturladen Nord tagte und von autarkem Landleben – abgekürzt: 🄰 L🄰 LE – träumte.« Lucky entfuhr ein anarchistisches H🄰 H🄰! »Das Quintett verfügte über keinerlei WG-Erfahrung, entstammte – nein: *entsprang* – einem stockbürgerlichen Umfeld und bezeichnete in seiner Überheblichkeit jeden nicht gewerkschaftlich organisierten oder wenigstens als Parteimitglied in der SPD tätigen Genossen als *frei schwebendes Arschloch* (ein Bonmot Herbert Wehners). Diese *Lebenshilfegruppe ohne Betreuer* suchte eine entsprechende *Location* zum *Probewohnen*. Ich ließ die fünf Wirrköpfe, die merkwürdigerweise alle *Hans, Hannes, Hanno* und *Hans-Jürgen* hießen, in der Vormannstraße achtzehn einziehen, verdonnerte *Hanno II* – einen mit valentinesker Konstitution gestraften, deshalb kränklich wirkenden und stets gebeugt gehenden, extrem langhaarigen freischaffenden Töpfer- und Siebdruckkursleiter mit penibel grau gefärbtem Karl-Marx-Bart – dazu, in einer Art feindlicher Übernahme, ohne Frau Geiger, die Vermieterin, zu informieren, als Hauptmieter zu fungieren: Dem Rest, einem subalternen Postbeamten, einem aus Dortmund stammenden Fernmeldeingenieur, einem Sozialpädagogen und einem Betriebsratsvorsitzenden fiel jeweils der eine und andere Schroppen vom verzagten Herzen.

Wie gesagt, seltsame Vögel. Besonders der Westfale hatte es mir angetan. Wenn er etwas vorschlug – egal zu welchem Thema – leitete er das immer mit den Worten ein: ›Spezialisten sind der Ansicht, dass ...‹«

»Und was stört dich daran, Lucky?«

»Na ja, Bajazzo, ein *normaler* Mensch tut *seine* Meinung kund: ›Ich glaube, das könnte man so oder so managen.‹ Hans hingegen – die Namensähnlichkeit zu Hanns tut mir leid ...«

»Kein Problem, ich heiße Hanns und bin Anand!«

»... Hans hingegen schob imaginäre Fachleute vor, deren Grundsätze, in Wahrheit die eigenen, er natürlich widerspruchsfrei übernommen sehen wollte. Im Klartext: ›Ihr seid alles Stümper, Bastler und Amateure. Ich aber weiß, dass ich ein Profi bin. Alles wird erledigt, wie *ich* es sage!‹«

»Und? Besaß er ein Expertenzertifikat?«

»I wo! Es kam nichts als Mumpitz – eines von Hans *Wusch* Hanuschins Lieblingswörtern – heraus. Und wenn jemand ungewöhnlichen Elan in einer Sache an den Tag legte, intervenierte er mit den Worten *Es gibt Wichtigeres zu tun*. Weil er als Preuße natürlich im Vergleich zu der fränkischen Restmannschaft die größte Klappe hatte, tanzten die übrigen vier Pfeifenköpfe bald nach *Wuschs* Betonblockflöte. Er hegte die felsenfeste Überzeugung, dass neben ihm alles andere *unter fernen Oliven* rangiere.«

»Worunter?«

»Unter ferner liefen – davon ging er aus – sei eine Redewendung, die jeden Inhalts entbehre. Hans mokierte sich über sie, sobald er sie hörte und *verbesserte* sie unverzüglich. Nebenbei: Er war derart ungebildet, dass er den griechischen Philosophen Heraklit für einen Kraftkleber hielt.«

»Aha. Ich will *deine* Geschichte hören, die *Projektheimer* sind für mich nicht von Interesse. Apropos: *Unter fernen Oliven* passt gut in meine Sammlung falsch angewandter Begriffe.«

»Beispiel?«

»*Lauchsemmeln* statt Laugenbrötchen, *Bunkerloch* statt Bungalow, *Krokusmakronen, Krokusmatronen, Krokusmakrelen* für ein leckeres Jahrmarktsgebäck, *Aubergerin* statt Aubergine, *Kompasshaufen* statt Misthügel, *Marinierte Machos* nach Hausfrauenart, *Kartoffelkretin! Kolonie* statt Kolonne, Zittern wie *ein Laubfrosch* statt Espenlaub, *Klitoris*, auf der zweiten Silbe betont, statt Clematis, *Syphilis-* statt Sisyphusarbeit, *Christopher Colombo, Robinson Caruso, Marokko Polo.* Drei Tenöre: *Flamingo, Sarotti, Carrera* …«

»Schreib's auf, fotokopulier's und lamentier's!«

»In meinem Forchheimer Leben gab es einen Bauern, der mit Fremdwörtern nur so um sich warf; zur Belustigung der meisten Gesprächspartner waren die stets fehlerhaft; er meinte beispielsweise bezüglich eines anstehenden Rechtsstreits, er gehe, wenn es sein müsse, bis in die *höchste Distanz*. Hin und wieder fand er etwas *eminenz* wichtig und schließlich schwärmte er von der *Neuen Resistenz in Bamberg*, die zu besichtigen er einst die Ehre – oder die Ähre? – hatte. Kam einem Zuhörer ein Lachen aus, bezeichnete er das als *dümmerlich*.«

»Du flunkerst, Bajazzo!«

»Keineswegs. Ach, eines will ich dir nicht vorenthalten: Mein Autokorrekturprogramm hat *Vestalin* in *Westfalin* geändert. Stell dir das bildlich vor: eine preußische Hüterin des Herdfeuers im Tempel der römischen Göttin Vespa. Sorry – Vesta; das ist fast ebenso köstlich, als würde eine Vanilljen-Kanallje *Vestalin* betonen wie *Vaselin!* … oder umgekehrt.«

»So lass mich auch in dieselbe Kerbe schlagen: Soviel ich weiß, himmelte unser damaliger Wanderpräsident Karl Carstens in den frühen Achtzigern den Liedermacher Heinz Rudolf Kunze als den *besten zeitgenössischen Lyriker Deutschlands* an. Du kannst dich an dessen Song *Dein ist mein ganzes Herz* erinnern?«

»Ja. Und?«

»Außer der ersten Zeile des Refrains, die Nuschelkönig Kunze von Ludwig Herzer und Fritz Löhner-Beda, den Librettisten Franz Lehárs geklaut hat, verstand ich keinen Ton vom Rest und wusste nicht, was das soll: *Dein ist mein ganzes Herz, du bist mein Leib aus Schmerz, wir werden Chinesen sein* …«

»Du denkst an die gleichnamige Lehár-Arie aus der Operette *Das Land des Lächelns*, die größtenteils in Peking spielt?«

»Ah. Nein, bislang nicht. Aber solcherweise schließt sich der Kreis: *Wir werden Chinesen sein, uns wird die Welt zerteilt.*«

»Gott! Erzählst du nun weiter? Möge unser Gespräch wieder ein wenig an Telligenz zunehmen!«

»Telligenz?«

»Wenn jemand Fürze, Urin oder Stuhl nicht zurückhalten kann, leidet er unter Inkontinenz. Kannst du mir folgen?«

»Klar: Es geht dir um die Vorsilbe *in*, die ein Unvermögen ausdrückt. Und du meinst, genau diese Vorsilbe beim Wort Intelligenz sei überflüssig, ja sogar falsch?! Ein wahrhaft *telligenter* Gedanke!« Lucky brach in ein hemmungsloses, *fantiles* Gelächter aus.

»Übe dich *in Contenance*, mein Freund. Kann ich endlich deine Geschichte hören?«

»Okay. Anscheinend komme ich nicht drum herum.« Lucky wischte sich eine Lachträne aus dem Augenwinkel, räusperte sich und fuhr fort: »Ich selbst machte mich einige Tage später, Anfang Oktober 1986, heimlich still und leise auf die Socken. *Hanno II* war im Übrigen in seinen *Citroën Acadiane Hochdachkombi* so sehr verliebt ...«

»Wie *du* vermutlich in die *Projektheimer*, sonst würdest du nicht schon wieder abschweifen.«

»Du hast Recht – über die könnte man, nebenbei, eine Novelle verfassen. Ganz kurz: *Hanno II* verwandelte mit weißer und schwarzer Lackfarbe im Innenhof des *Kuno*[4] seine Chaise in ein *Tarnzebra*, deklarierte die akribisch genaue Pinselkleinstarbeit als *Happening* und war auf die anachronistische *Hippietat* riesig stolz. Als ich ihm unmittelbar vor meinem Verschwinden berichtete, wie man Autos wirklich wirkungsvoll verfremdet, raunzte er pikiert: ›Jetzt bin ich aber irgendwie echt beleidigt und sauer!‹ Nämlich flunkerte ich ihm vor, wie ein guter Bekannter einst einen *Audi 80* in einen Polizeiwagen verwandelte: ›Die Motorhaube des mit den ordnungshüterüblichen Querstreifen versehenen cremefarbenen Autos beschriftete er im amtlichen *Arial Black*, elfenbeinweiß, mit *Pozilei*, in die polizeigrünen Teile der linken Tür schrieb er *Pozilie*, der rechten *Pizolie* und aufs Heck *Pizolei*, was ihm zur Ehre gereichte und ein gerichtliches, hochnotpeinliches Verfahren einbrachte, das er selbstredend verlor. Zebraauto? Albern und drollig!« Lucky lachte sardonisch: »Das politische Bewusstsein der Achtzigerjahre drückte sich in Nürnbergs

---

[4] Abkürzung für *Kulturladen Nord*, aber auch für: Kriminalitätsbekämpfung im unbaren Zahlungsverkehr unter Nutzung nichtpolizeilicher Organisationen; und Kinder-Uniklinik Ostbayern.

Norden als gestreifter französischer Schaukelkastenwagen aus. So, Bajazzo, *du* bist wieder dran.«

»Nein Lucky, erzähle weiter! Was hältst du davon? Dort drüben ist eine Kneipe, die verhältnismäßig einladend aussieht – es wird frisch und die Sonne steht tief – ich habe einen und vielleicht auch einen anderen kalten Fuß.

»Glaubst du, dass das Aufsuchen einer Gaststätte im Sinne der medizinischen Rehabilitationsmaßnahmen ist, Anand?«

»He, Lucky, du wirst wirklich alt!«

»Ich komme ja mit, du Nervi.«

Als sie in die spärlich beleuchtete und wegen der mit selbstklebender transparenter Butzenscheibenimitatfolie versehenen Fenster – so sparte sich der Wirt die Putzkolonne – schummrig wirkende Lokalität *Pingu's Pinte* eintraten oder vielmehr einfuhren und -hinkten, schlug ihnen verbrauchter, abscheulicher Spelunkenduft entgegen. Es roch nach altem Bohnerwachs, Schweiß, sauren Rülpsern, abgestandenen Alkoholika und schlecht gespülten Gläsern, es muffelte nach jahrzehntelang mit Nikotin gebeiztem Holz, penetrant und permanent, trotz des neuerdings staatlich verordneten strikten Rauchverbots. Vielleicht nutzte dieser *Pingu* ein paar der unzähligen, von der bayerischen Staatsregierung aus Opportunismus gegenüber dem Gastgewerbe geschaffenen Schlupflöcher aus und deklarierte seine Pinte als Raucherclub, als Eckkneipe gar? Der CSU steckte die Landtagswahl 2008 mit dem drittschlechtesten Wahlergebnis seit Kriegsende in den zitternden, morschen Knochen; und die erzkonservativen christlich Sozialen versuchten beizeiten, auf Wählerfang zu gehen – natürlich wie immer mit allen Mitteln!

»*Pingu*: Was für ein blöder Name für einen Wirt!« Lucky, genervt von falschen Apostrophen, stellte sich sofort einen befrackten, rotnasigen, leicht gebeugt und unterwürfig daher wackelnden Watschelgänger vor, dem ein elegant gefriergetrocknetes, schneeweißes Gläserspültuch über dem Arm hing; der ein vor Kälte dampfendes Tablett in der Hand trug, voll gestellt mit gefrosteten Getränken, und mit chronischem Antarktisschnupfenstimmchen in kaiserpinguinisch schnäbelte: »Derf ich dän Härren ainen Aistee brängen?«

Die Freunde machten es sich, so gut es ging, an einem alten, mit Bier und Rotwein gebeizten fleckigen Eichentisch bequem.

»Eine *Basis*kneipe!«, stellte Bajazzo bewundernd fest: »Sieh mal, Lucky, das alte Emailleschild: *Ausspucken auf den Boden strengstens verboten!* Goldig!«

Sie orderten, nach längerer Diskussion über den Sinn oder Unsinn alkoholischer Getränke während der Gesundungsphase, bei einer opulenten, gelangweilten Kellnerin zwei Bier; die tat so, als bedauere sie von Herzen die alten, indisponierten Männer, ihre einzigen Gäste, und sie schien im Handumdrehen eine latente Krankenschwesterader zu entdecken.

»Schieß los, Lucky!«

»Die Geschichte mit Consuela, meinem Traum und dem Tsantsa kennst du. Es ist wieder an dir, zu berichten, Bajazzo.«

»Ja, aber was geschah in der Spanne zwischen WG und Schrumpfkopf?«

Aga N° 2 stöhnte genervt. »Bajazzo, du Quälgeist!«

LUCKY, SEHR UNGLÜCKLICH und verwirrt darüber, wie *die Vormannstraße* sich binnen – ja man kann fast sagen – Stunden auflöste, war dessen ungeachtet alles andere als ein Kind von Traurigkeit. Er rief *ehemalige* Bettgefährtinnen an, erzählte ihnen von dem Dilemma und fragte um Unterschlupf nach, wie er es einst in der Prä-WG-Epoche von 1971 bis 1974 zu tun pflegte, als er offiziell *noch daheim* wohnte.

Er begann mit Aayla, einer afghanischen Germanistikstudentin und wollte – als letzte Chance und wirklich nur notfalls – mit Zyta, einer polnischen Fließbandarbeiterin enden. Nachdem Lukas erfolglos Ida, Iffi und Ilona kontaktiert hatte, begegnete ihm auf der Straße unverhofft, wenn auch exakt im richtigen Augenblick und sich ins *ABC* – als sei das ein Naturgesetz – perfekt einfügend, eine alte Schulkameradin, mit der er vor über zehn Jahren eine sehr flüchtige Zweifrauschlupfzeltgeschichte erlebt hatte. Imogen Vogleis, die *rein zufällig* in Nürnberg weilte, um der Goldenen Hochzeit ihrer Eltern beizuwohnen. Der Glückliche sparte sich ein Ferngespräch nach Berlin. Im Oktavheft stand sie als nächste, vor Inge, Ingeborg und Ingebrit, gelistet als Inge I-III. Es folgte auf dem eng beschriebenen Blatt N° 10 recto Isolde, während man auf Blatt N° 10 verso bloß Julia und Jutta fand. WG-Genossin *Inge III* würde er nicht erreichen; und außerdem hatte er sie bislang nicht einmal *befummelt,* geschweige denn *beschlafen;* darum stand sie im Katalog *eigentlich nur prophylaktisch*.

Auf dem Umschlag des Din-A6-Heftes stand *Englische Vokabeln*. Lukas funktionierte es schon im Laufe des Pennälerdaseins zum privaten Telefonbuch um. Er kannte den *Englischen Gruß*, auch *Engelsgruß* genannt – eine Schnitzerei von Veit Stoß, in der Lorenzkirche – und so fand er das Wort *englisch* in seiner alten Bedeutung außerordentlich passend und witzig: *Englische Vokabeln = die Namen der Engel.* Da musste ja gar nicht erst der Titel geändert werden! Es gab zu jedem Buchstaben des Alphabets eine Doppelseite, ein Blatt, auf dem er in kleinster Handschrift Vornamen, Nachnamen, Adresse und Telefonnummer jeder Frau, mit der er aktuell körperlichen Kontakt pflegte, eintrug; um halbwegs Ordnung halten zu können – schließlich kam immer wieder *ein neuer Engel* hinzu –, ließ er entsprechenden Platz zwischen den Zeilen: Inge I, II und III quetschte er einigermaßen zusammen; Julia und Jutta hingegen – auf der betreffenden Rückseite ziemlich weit unten – waren die einzigen Einträge unter *J*. Das abgegriffene Heftchen hütete er – wie seinen Augapfel? Nein: – wie seinen Penis.

Während der – teilweise recht peinlichen – Telefonate erwog Lucky einen Moment lang, die Kladde neu zu organisieren, Liebschaften nicht nach dem Alphabet, sondern nach dem Datum des Kennenlernens zu ordnen und verwarf diese Idee sogleich wieder als unrealisierbar. Zwar entsann er sich des ungefähren Zeitpunkts, an dem er das erste sexuelle Abenteuer erlebte, nämlich mit Silke, einer von Vaters *Massagekundinnen.* Lukas zählte kaum sechzehn Lenze, sie fast dreißig. Und ihn übermannten wehmütige Gefühle bezüglich der jüngst Verflossenen, Inge III, die als WG-Frischling vor ein paar Tagen dem Missverständnis ihres Lebens aufgesessen war und ihm eine Szene geliefert hatte, die jedem Spielfilm zur Ehre gereicht hätte. Aber zwischen der Affäre mit Silke und dem unrühmlichen Abgang von Inge III – kamen da zuerst Christine und Franziska? Und später Isa? Oder vorher Simone, Thea oder Brigitte, Maria, Bernadette und Karin, Olga, Herad, Otti oder Asmido, Eva-Maria und Evelyn? Und wann – um Himmels willen – war er mit Tina I oder Doro zusammen?

IMOGEN UND SOLVEIG, dicke Freundinnen, besuchten einst wie die um ein Jahr älteren *Agas* das Realgymnasium.

Imo brüstete sich, eine Verwandte des eher unbedeutenden Musikhistorikers Martin Vogleis zu sein. Manchen Namen ist die Aussprache und die dazugehörige Worttrennung nicht unbedingt von vorneherein eindeutig zuzuweisen: Nach-trieb oder Nacht-rieb? Übel-eisen oder Übe-leisen? Scheue-recken oder Scheuer-ecken? So eben auch bei Imogens Nachnamen: Vogl-eis oder Vo-gleis?

Sol Oemings Familie stammte aus Bad Doberan in Mecklenburg-Vorpommern und floh in gegen Ende der 1950er in den Westen. Eine Verwandtschaft oder Verschwägerung der Oemings mit Manfred Oeming, einem evangelischen Theologen an der Universität Heidelberg existierte nicht einmal im Entferntesten.

»Erinnerst du dich an *Aki & Elo*, – sorry! – *Sol & Imo*, Bajazzo?«

»Die Schleichtanten, die weiblichen *Agaporniden*, die Lesben?«

»Wie kommst du darauf, dass die homosexuell gewesen sein sollen?«

»Das wussten alle!«

»So, so. Die Mädels waren genauso lesbisch wie wir schwul.«

»Hör mit den verdrießlichen alten Geschichten auf, Lucky!«

Glück gluckste: »Was für eine prekäre Situation, einst in der Holzweger-WG. *Mein lieber Schieber*, wie Hase, ein damaliger schwäbischer Wohngenosse gesagt hätte. Du kannst dich also an die beiden erinnern?«

»Allemal. Sie, eine oder zwei Klassen unter uns, bewegten sich – stets untergehakt – auf wunderliche Art vorwärts; schoben beim Gehen irgendwie die Knie nach vorne. Deshalb ihr Spitzname!«

»Stimmt. Kannst du etwas mit dem US-amerikanischen Undergroundkarikaturisten Robert Crumb anfangen?«

»Klar, Lucky – du beleidigst mich. Als ob ich den subversiven Pornographen nicht kennte! Autor und Zeichner von *Fritz The Cat* und *Mr. Natural*.«

»*Herr Natürlich*. Und nicht zu vergessen von *Die militanten Panthertanten – die Befreiung der Frau*...« – Die Bundesprüfstelle setzte den Titel, im Original: *Lenore Goldberg and Her Girl Commandos*, in den 1970ern auf den Index der jugendgefährdenden Schriften. Der Bann wurde 2002 durch Gesetzesänderung automatisch aufgehoben. – »... Solveig Oeming und Imogen Vogleis sahen nämlich wie Crumbs Protagonistin aus und im Übrigen wie fast alle Damen, die der amerikanische Graphiker, der seine Angst vor Frauen offen zugibt, je zeichnete.«

»So ist es: Meist gingen *Sol & Imo* wie die Figuren des Comiczeichners in Kniestiefeln und hatten dazu Miniröcke an, um die properen Beine, zumal die Oberschenkel...«

»Mordsstampfer!«

»... richtig zur Geltung zu bringen. Beide trugen dicke Brillen und oft quer gestreifte Rollkragenpullis. Du solltest wissen, Lucky,«, Bajazzos Stimme nahm eine geheimnisvolle Färbung an: »Wegen denen, doch vor allem hinsichtlich ihrer Mitschülerin, ließ ich mich in der Untersekunda – oder bereits in der Obertertia? – vom

Turnunterricht befreien. Das klappte problemlos: Mamas Ärzte, allesamt Hypochondriespezialisten, bescheinigten mir *Labile Hypertonie*.«

»Ja. Jetzt, da du das erwähnst, fällt es mir wieder ein. Eines Tages bliebst du weg – and you never came back.«

»Und was sich reimt, das stimmt! Lucky? Wieso bist du sicher, dass die Tanten nichts miteinander hatten?«

»Interessiert dich das wirklich? Was das vermutete Lesbentum der Mädchen angeht, so verhielt es sich in der Tat eins zu eins zu unserem wahrscheinlich bereits in der Penne von unseren Kameraden ebenfalls heimlich angenommenen Schwulsein – es war schlicht und ergreifend inexistent: Ich weiß es, Bajazzo, denn ich verbrachte nach Beendigung *unserer* kurzen und schmerzhaften Schwuchtelkarriere einen Sommerurlaub in Iskenderun mit dem Brgl' – den kennst du wahrscheinlich nicht – und den Schleichtanten. Dort hatte ich mit Solveig ein Techtelmechtel und gleich darauf mit Imogen. Erstere, die uns in ihrem Zelt erwischte, redet seitdem kein Wort mehr; mit mir nicht und nicht mit *Imo*. Hätte ich die Sache anders herum angefangen, würde mich wahrscheinlich *Imo* beleidigt ignorieren, ich wäre wohl in Nürnberg geblieben; und was dann? Das steht ja nicht einmal in den Sternen. «

»Ah, sind wir nun wieder bei deiner Geschichte angekommen?! Erzähle!«

»Nein, erst berichtest du von *deinen* Erfahrungen mit *Sol & Imo nach* der Unterrichtsbefreiung, die niemandem auch nur im Geringsten befremdlich erscheinen wollte. Die gesamte Klasse meinte nämlich, dass dich eine irreversible *Leistungsfunktionsstörung* plage: Dein Revuekörper sprach Bände. Andererseits vermissten wir dich *sehr* in *Leibeserziehung* – verwendet man dieses Wort heutzutage noch? Es trägt einen widerlichen braunen Beigeschmack, findest du nicht? –, du überraschtest stets aufs Neue mit Tollpatschigkeit; du untertrafst jedes bislang schlechteste Ergebnis. Und so spürten wir alle schmerzlich, welch einen Bombenkrater dein plötzliches Fehlen in den postnationalsozialistischen westdeutschen Sport schlug: Das Anmutigste, was dir glückte, war zur Erheiterung aller – außer des Lehrers, dem angesichts deiner regelmäßig die Zornesadern schwollen –, eine irgendwie ungelenk gewürfelte Rolle vorwärts. Diverse Leibesertüchtigungen, die wir genauso gerne wie die *Sahneschnitten-Schaumrolle* sahen, trainierten (mit ä, weil wir Tränen lachten) ebenfalls unsere Bauchmuskulatur: Du ranntest regelmäßig den Kasten über den Haufen und stürztest wie ein bekiffter Albatros in den Weichboden. Ein

Felgabzug ließ dich kopfüber in die Matte krachen, beim Felgumschwung tropftest du unter der Reckstange ab und lagst wie ein *Gregor Samsa* auf dem Rücken – bloß zappelten keine sechs, sondern nur vier Extremitäten. An der Sprossenwand hingst du wie ein nasser Seesack im Nordostpassat, schwitzend und zitternd am ganzen Körper, Seilklettern endete nach fünf Zentimetern, am Barren rangst du vergeblich gegen die Schwerkraft, und an den Ringen barst ...«

»Du übertreibst!«

»Keineswegs. Hast du je ein Freischwimmerabzeichen erworben?« Lucky sah Bajazzo forschend an: »Warst du wirklich unfähig oder ein genialer Simulant?«

Anand überging die Frage mit hintergründigem Grinsen. »*Ich* brauchte im Gegensatz zu dir den Wehrdienst *nicht* zu verweigern. Mein körperlicher Zustand und Vaters Beziehungen bewirkten, dass der Bund mich von vorneherein nicht übernahm.«

»Als bester Freund sorgte ich mich allerdings um dich, im Gegensatz zu den anderen Klassenkameraden, die dich als *Pflunze* bezeichneten; die dich bei Mannschaftsspielen höchst ungern in ihren Reihen sahen, da eine Niederlage aufgrund deiner Mitwirkung zu hundert Prozent garantiert zu sein schien. Als du in den Turnstunden eine Lücke hinterließt, vermutete ich eine ernsthafte Erkrankung, eine Herzklappenschädigung oder Schlimmeres.« Lucky schmunzelte: »Den englischen Begriff für Frauenbewegung, nämlich *Women's Liberation,* kannte ich wohl; von einer infolge eines gelegentlichen Bluthochdrucks erteilten Turnunterrichts-*liberation due to women* hörte ich bis dato freilich nichts, obwohl ich hätte wissen können, wann und warum in dir die sys- und diastolischen Werte sym- und diabolische Tangos tanzten.« Lucky freute sich über das misslungene Wortspiel, trank sein Bier aus und kam auf die vom Lehrplan verordnete Körperertüchtigung zurück. »Weißt du, was sich für alle Zeiten in mein Gedächtnis eingebrannt hat? Der grammatikalisch leicht schräge Wahlspruch unseres Sportlehrers, des Herrn Ignaz Illner aus Niederbayern: ›Bubenz, lerntz schwimmenz‹.«

»In meines auch, Lucky! Der hieß mit Spitznamen tatsächlich *Nazi*.«

»Die Bezeichnung trug er zu Recht! Er ließ uns der Größe nach antreten – welch eine Diskriminierung des Kleinsten, ähnlich der Herabwürdigung der sozial schwächsten Familien im Jahresbericht. Beruf des Vaters: Schaffner!«

»Du bist der Alte geblieben, Lucky: Wieder darf dieses bescheuerte Heftchen herhalten. Hör auf!« Bajazzo vollführte eine abwehrende Handbewegung. »Als der Mickrigste der Klasse galt der arme Matts, ein spindeldürrer, laufender Meter.«

»Wergerl? Warst *du* nicht der Stöpsel?«

»Zu Beginn der Pubertät, glaube ich. Bald überholte ich den kümmerlichen Matthias Wergerl, *a matts Zwergerl*, wie Nazi zu bemerken pflegte, und rückte auf den vorletzten Platz.«

»Ich weiß immer noch nicht, was du mit den Schleichtanten getrie…«

»Gleich, Lucky. Der Nazi brüllte zu Beginn jeder Stunde ›Richt euch!‹«

»Ja! Wir zipperten an einer weißen Linie entlang, bis alle Zehenspitzen sie berührten, und sogleich stieß der Leibeserziehungsprofi den nächsten Schrei aus: ›Augen geradeaus!‹«

»… was ich ewig nicht überriss: Ich wusste nicht wie man Augen *gerade* macht und – und wie sie *aus*gemacht werden, erschien mir ebenfalls schleierhaft – sie brannten ja eher selten und mussten doch somit nicht gelöscht werden.«

»Was meinst du?«

»Na, weil der Nazi zwischen *gerade* und *aus* eine übermäßige Kunst- oder vielmehr Luftholpause brauchte, um das *aus!* so richtig zum Klingen zu bringen – es hörte sich an, als würde eine *Stielhandgranate 24* aus dem Zweiten Weltkrieg neben unseren Ohren explodieren.«

»Ach so. Du hast Recht, Anand: Der Nazi brüllte wie am Spieß. Wie *ein* Spieß, ein Feldwebel, meine ich.«

»Ignaz Illner – ein Prachtexemplar der damaligen Pädagogenspezies.« Bajazzo drehte sich mit quietschenden Rädern in Richtung Schankanlage: »Bettina! Zwei Bier bitte.«

»Wäisu wisst'n ihr, wäi iich hassn dou?«

»Ach? Sie heißen…? Zufall!«

»Zufälle gibt es nicht, Bajazzo.« Lucky wandte sich an die Kellnerin: »Das ganze Universum singt!« Lucky intonierte den Namen unter Verwendung der Anfangsmelodie – d'-c'-g – des italienischen Schlagers *Volare:* »Bet-ti-na«, und sprach mit pathetischer Geste weiter: »oh, oh, wenn Sie vor den Tresen treten, meine Begehrenswerte.«

Die Kneipenhilfe drehte die Augen nach oben und gab ein genervtes *Pff* von sich.

Bajazzo fauchte: »Lucky, du bist unmöglich! Reiß dich zus…«

»Du hast es nicht nötig, dich für mich zu schämen. Mit einem Bettinaproblem kämpften wir ja *schon* einmal. Damals war es eher ein enzyklopädisches. Can you remember how I imitated Groucho?

»Die tätowierte Lydia im Bügelbrett!«

»Genau – die Gute lieferte den Hauptgrund meines Umzugs nach Berlin. Zurück zum Turnen. Nachdem wir die Augen *gerade aus* gemacht hatten, wie du das so interessant interpretierst, brüllte Ignaz Illner ein obligatorisches ›Links um! Im Gleichschritt Marsch! Zwei, drei, vier!‹ Worauf du regelmäßig den Matts umranntest, Bajazzo – was sage ich! – niederwalztest, ein Würfel aus Fettgewebe, geringfügig höher als Matts Wergerl und fünfmal schwerer.«

»Ich habe nie herausbekommen, was Nazi mit *linksum* meinte: *Mein* Links oder *sein* Links.«

»Oh, du Linkshänder! Sein Linksum – und das sagte uns schon der Spitzname – war von ihm aus gesehen ein Rechtsum.«

»Wie bitte? Jetzt wüsste ich wieder nicht ...«

Lucky seufzte.

Bettina, die in diesem Moment mit zwei Krügen Bier in der Hand bei den Kahlköpfen ankam, bezog den inbrünstigen Laut auf sich, knallte die frisch gezapften Getränke unmutig auf den Tisch und sang: »Voilà, Re-ndner-debbn, oh, oh!« Die soeben erst entdeckte latente Krankenschwesterader schwoll zur hässlichen Varikose, derer man irgendwann ausschließlich mittels mentaloperativer Maßnahmen würde Herr werden können.

Bajazzo kicherte. »Du hattest einst wesentlich mehr Erfolg, mein Freund. Ich nenne dich in Zukunft EC^5.«

»EC?«

»Ex-Charmeur.«

Lucky lenkte ab: »Die Schleichtanten genossen eine Freistunde, während wir turnten. Und weiter?«

»Die weiblichen Agas *und* Viktoria Schnell: da ich *Sol & Imo* für Lesben hielt, warf ich meine Sehnsucht und Begierde auf Vicki, ein kleines, zierliches Mädchen mit kurzen blonden Haaren, Arme und Gesicht übersät mit Sommersprossen. Hast du ein Bild vor dir?«

»Ja. Von weitem sah sie rostbraun aus wie Winnetous Schwester; und ihre Körperhöhe entsprach der deinen zentimetergenau. Wäh-

---

5 Abkürzung für ... nein. Der Autor hat keine Lust, hier ›Europacup‹, ›Eishockeyclub‹, ›Entschieden für Christus‹ und anderen Schwachsinn zu erwähnen; er fordert stattdessen den Leser auf, selbst bei Wikipedia zu forschen!

rend sie ein Wunderstumpen von knapp anderthalb Metern blieb, erlebtest du bald darauf einen gewaltigen Größenschub – dir muss die dicke fette Schwarte gekracht haben?!«

»Stimmt, Lucky.«

»Und lief da etwas? Nein. Ich weiß ja, dass sich die Frage erübrigt.«

»Sie schenkte mir immerhin meinen ersten Zungenkuss. Er schmeckte wie saure Drops, nur ...«

Lucky fiel seinem Freund ins Wort: »... Nur dass Viktoria, die stets am gesamten Körper nach Zitronen duftete, Süßigkeiten verabscheute; zumal Bonbons. Besonders widerlich empfand sie säuerlich schmeckende. Weißt du, dass wir so geschmacklos waren, das *V* wie ein Vogel-V auszusprechen?«

»Wie ein vögel-V. Lucky?! Du hast es mit Viktoria Schnell getrieben? *Auch* mit *meiner* Vicki ...«

»Lange nach dem Kuss und dem anschließenden missglückten Rendezvous.«

»Sie erzählte dir davon?«

»Haarklein.«

»Und verspottete mich. Na toll!«

»I wo, Bajazzo. Sie haderte mit sich, sie bedauerte, dass du die Zeichen nicht verstandst. Sie mochte dich von Herzen gern, sie hatte eine Riesenlust auf dich, sie hätte dich am liebsten mit Haut und Haaren vernascht.«

»Das sagst du bloß so.« Bajazzo stöhnte wehmütig. In null Komma nichts handelte auch er sich einen galligen, giftigen Blick von Bettina ein, was Lucky mit einem unterdrückten Kichern kommentierte. Anand überging diese Gesten, wenn auch ein wenig indigniert. »Was erzählte sie denn?«

»Dass du sie eines Vormittags im *Wiener Café* mit roten Backen und glühenden Ohren fragtest, ob sie am Nachmittag *eventuell* mit dir ins Kino gehen möchte, präziser – in den *Phoebus-Palast,* wo ...« – Mit 2.046 Sitzplätzen galt das Lichtspielhaus am Nürnberger Königstorgraben 11, das zwischen 1933 und 1945 *Ufa-Palast* hieß, als Nordbayerns größter Kintopp. Er wurde 1927 eröffnet, 1945 zerstört, 1952 wiederaufgebaut und 1972 im Zuge des damaligen allgemeinen Kinosterbens endgültig geschlossen. Anstelle des mächtigen, Tradition und Moderne repräsentierenden Kulturdenkmals findet sich heute ein Stahl-Glas-Beton-Klotz der *DZ Bank AG*. – »... im Kleinen Haus *The Magic Christian* mit Peter

Sellers und Ringo Starr, im Großen Haus *Deine Frau das unbekannte Wesen* von Oswalt Kolle lief.« Bajazzo seufzte, *die Bettina* verschoss spitziger werdende, giftgrüne Curareblicke. »Ich wollte mit Viktoria *natürlich* in den Aufklärungsfilm, obwohl wir beide das erforderliche Alter von achtzehn nicht erreicht hatten. An der Kasse verließ mich der Mut und ich löste zwei Karten fürs Kleine Haus.«

»Feigling!«

»Ja. Immerhin orderte ich Sperrsitz!«

»Ich weiß. Der Sinn stand dir nach fummeln.«

»Als ich mich zu guter Letzt endlich getraut hätte, Vickis Pfötchen zu berühren ...«

»Ich kenne das Drama, Bajazzo: Sie wartete sehnsüchtig auf einen wie auch immer gearteten Hautkontakt. Deine Flosse kam der ihren so nahe, dass die Härchen deines Unterarmes sie kitzelten. Das empfand sie nach und nach immer unangenehmer; darum legte sie die Hand anderswo hin, worauf du keine weiteren Annäherungsversuche unternahmst. Die *schnelle Vicki* war frustriert und angefressen ...«

»... und ich traurig, weil ich dachte, sie habe nichts am Hut mit mir.«

»Armer Bajazzo, das scheint wohl dumm gelaufen zu sein damals.«

»Mir ging es alleweil so mit Frauen. Während sich auf den Partys ein Pärchen nach dem anderen bildete und sich die Tänze immer lasziver gestalteten, saß ich in einer dunklen Ecke und schrubbte mir auf Tante Bettis geliehener Rock'n'Roll-Gitarre aus den Fünfzigerjahren die Finger wund und den Blues von der Seele.« Bajazzo zitierte mit Bitterkeit in der Stimme einen – wie er behauptete – Standardsatz aus jener Zeit: »›Falls du zu unserer Fete kommst, bringst deine Klampfe mit, gell?‹ Ja klar, zu erotischen Zwecken taugte ich ja nicht, ein schüchterner, einsamer Fettsack.«

»Du leidest anscheinend weiterhin darunter.«

»Es hat sich ja nicht wirklich etwas geändert, Lucky.«

»Was machte dich denn verrückt nach Vicki?«

»Oh, dafür gab es einen sehr profanen Grund. Die Mädchen unterhielten sich eines Morgens im Café darüber, was sie in der Nacht für Klamotten tragen: Imogen einen Schlafanzug, Solveig ein Nachthemd. Ich fragte Viktoria – und du kannst mir glauben, dass ich meinen gesamten Mut zusammennahm: ›Und was ziehst *du* nachts an?‹ Die antwortete mit einer Doppeldeutigkeit und einem hinreißend frivolen Augenaufschlag: ›Ich ziehe nur die Beine an.‹ Da war es um mich geschehen.«

»Ja, die Frau Schnell ist ein raffiniertes Luder; ohne Zweifel.«

»Du hast Kontakt?«

»Nein. Ich gehe davon aus, dass sie putzmunter und quietschvergnügt vor sich hin liebt.«

Lucky sah wehmütig und wie von seelischen Schmerzen geplagt in eine unbestimmte Ferne, bevor er mit einem emphatischen Seitenblick auf Bettina, *die Bettina,* seinen Freund Bajazzo darauf hinwies, dass die *Agas* tatsächlich gealtert seien: »Junge Menschen schwelgen nicht in der Vergangenheit! Ihnen steht genügend *Jetzt* zur Verfügung.«

»Schwelgen, Lucky? Schwelgen?!«

»Okay, mein alter, von der holden Weiblichkeit gemiedener Unglücksrabe, Themenwechsel. Ich werde dir *doch* erzählen müssen von meinen *Tätigkeiten* in Berlin.«

Lucky dachte einen Moment lang darüber nach, ob der rechte Augenblick gekommen sei, Bajazzo in seine Idee und deren Umsetzung einzuweihen – nämlich auf die eleganteste aller Arten für immer *von der Oberfläche* zu verschwinden – und entschied sich für einen späteren Zeitpunkt. Bajazzo schriee eh Zetermordio angesichts der Lügen, die ihm vom besten Freund aufgetischt worden waren und im Handumdrehen würde er ihn für verrückt erklären; aber schließlich fände Bajazzo Gefallen am Experiment und ginge mit *Co-Aga* auf Biegen und Brechen, auf Teufel komm raus – in die ungewisse … ja: Zukunft?, Vergangenheit? Gegenwart? Na ja, er ginge mit; allemal.

LUKAS GLÜCK BEGEGNETE IMOGEN im September 1986 mitten in Nürnberg. Die beiden erkannten sich sofort wieder und jubelten fast synchron ein *Was-machst-du-denn-hier?!*

Imogen erzählte, dass sie den Eltern einen Besuch abstatte, weil ihr für eine Konzeption eine Menge Geld fehle und sie gehofft habe, sich von den alten Leutchen Unterstützung erbitten zu können: »Fehlanzeige! Als ich den Jubilaren mitteilte – mein Gott! Fünfzig Jahre halten es die Idioten miteinander aus ohne jemals etwas voneinander verstanden zu haben –, dass ich die Chance hätte, in Berlin eine Szenekneipe zu eröffnen, ertönte das sattsam bekannte, alte Lied: ›Dafür hast du nicht studiert, Kind! Du bist eine einzige Enttäuschung, nicht einmal einen Ernährer schnappst du dir! Solange wir leben, siehst du keinen Pfennig von uns! Das ganze Programm, das verschrumpelte, enttäuschte Ignoranten eben herunterleiern können.«

Imogen wollte die Unterstützung, die sie sich erhoffte, in ein brandneues Traumprojekt investieren, die *Bar Busig,* sah jedoch ihre Felle davonschwimmen, die Idee den *Bach runtergehen.* Sie hätte die *Alten* anlügen müssen. Da sie als grundehrliche Haut das aber nicht tat, durfte sie auf die Erbschaft weiterhin sehnsüchtig und vergeblich hoffen, wie so oft zuvor, wenn sie mit irgendeiner Schnapsidee die Eltern löcherte. Die Greise erfreuten sich ebenso unnatürlicher Gesundheit wie gnadenloser, unerbittlicher Konsequenz. Als Einzelkind würde sie früher oder später eh alle Besitztümer der Familie Vogleis einheimsen, indessen »Was nützt mir die Knete als Greisin?! Mensch, Lucky, ich muss die *Bar Busig* unbedingt eröffnen – jetzt oder nie!«

Glück konnte ein Lachen nicht unterdrücken und fragte, ob sie den Namen für eine kluge Wahl halte und ob sie tatsächlich *oben ohne* servieren werde. Er persönlich finde die Vorstellung übrigens außerordentlich reizvoll; er habe seit dem kurzen Techtelmechtel im Schlupfzelt an der türkischen Mittelmeerküste über all die Jahre immer wieder an wohlgeformte, wunderhübsche, saftige Ontarioäpfel gedacht und sich dabei ...

»Hör auf, du Charmeur!«, unterbrach ihn da Imogen, errötend.

Die Sache mit dem Kneipennamen verhielt sich in Wirklichkeit anders. Imogens Oma mütterlicherseits war eine geborene Busig. Sie lernte Manfred Flach, einen Kommunisten, der es während des Tausendjährigen Reiches vorzog, den Ball gemäß des eigenen Nachnamens flach und das Maul zu halten, in einem traditionellen Berliner Wirtshaus namens *Taverne zum Schlendrian* kennen.

Gäbe es nicht eine chronologische Diskrepanz, könnte man auf die nicht allzu fern liegende Idee kommen, dass die noble Kneipenadresse auf einem Gustav-Gründgens-Schlager aus dem 1938er Spielfilm *Tanz auf dem Vulkan* basiert, in dem es heißt: *Wenn die Bürger schlafen geh'n in der Zipfelmütze und zu ihrem König fleh'n, dass er sie beschütze, zieh'n wir festlich angetan hin zu den Tavernen. Schlendrian, Schlendrian, unter den Laternen.* Oder ließ sich Otto Ernst Hesse von der *Taverne zum Schlendrian,* in der er sich in den dreißiger Jahren als Feuilletonchef der *B. Z. am Mittag* gerne aufhielt, gar zu dem Text inspirieren, den er zu Theo Mackebens Musik beisteuerte. Wer weiß?

Manfred Flach, der vorsichtige Nichtverhinderer wurde 1934 Oma Busigs Gatte, ein paar Wochen später kam Imogens Mami zur Welt. »Wäre mein Opi nicht so ein Feigling gewesen, gäbe es mich nicht«, stellte die Schleichtante einst resigniert fest und zweifelte damit zu Recht den fragwürdigen Spruch des überaus selbstgefälligen Helmut *Indula* Kohl an, seines Zeichens seit 1982 Bundeskanzler und das bis 1998. Übrigens: *Typische Kohl-Floskeln wie ›In diesem unserem Lande‹ [...] sind längst geflügelte Worte geworden: Beispiele erhabener Lächerlichkeit. Der Spiegel, 25.10.1982, S. 248.* Der Kerl warf wider besseres Wissen und Gewissen schon 1984 vor der Knesset Folgendes in die Runde: »Ich rede vor Ihnen als einer, der in der Nazizeit nicht in Schuld geraten konnte, weil er die Gnade der späten Geburt und das Glück eines besonderen Elternhauses gehabt hat.«

Der ehemalige *Schlendrian* – in den Siebzigern *die Planungskneipe* – stand zur Disposition, und Imogen wollte bei einer etwaigen Übernahme den Namen zu Ehren der *Granny* in *Bar Busig* ändern und die Wände mit historischen Fotografien, Plakaten, Faksimiles von *Entarteter Kunst* dekorieren und andere Zeitdokumente hinzufügen: die passende Musik etwa.

Ursula Busig erwies sich in jungen Jahren als *ein echter Vogel*: Als sie den Liebsten heiratete, den man allgemein nur den Flachmann-Fred nannte, bestand sie auf einem Doppelnamen. Und so hieß sie nach der Vermählung Uschi Flach-Busig. Alle Beteiligten fanden den neuen Familiennamen *zum Kugeln,* log er doch unüberhörbar Omis gewaltigen Vorderbau weg. Oma Busig trug in jungen Jahren übrigens den Namen *Ohren-Bärle*. Die gewichtigen Gene gingen auf Imogen über.

Lucky, aufgrund von Imogens Großmuttergeschichte Feuer und Flamme, fasste einen spontanen Entschluss, den er postwendend der Gesprächspartnerin ins Ohr flötete: »Imogen, i mou geh'n! / nach Berlin zieht's mich hin, / ohne Scheiß, Frau Vogl-eis / und sei's vo' Gleis zu Gleis, wenn es sein muss. Und was sich reimt, das stimmt!«

Ob er ihr finanziell *unter die Arme greifen* könne, wollte die Schleichtante wissen, und vor allem, ob er denn *Lust* – *Imos* volle Lippen stellten dieses Wort umwerfend überzeugend dar – dazu habe. *Unter die Arme greifen? Von hinten? Aber ja!,* dachte Lucky, sagte indes nichts.

»Und? Standen dir die Mittel zur Verfügung?«

Das sei eine lange und komplizierte Geschichte, die nicht einmal er selbst zu hundert Prozent durchblicke, antwortete Lucky.

KAUM WAR die Vormannstraßen-WG in Auflösung begriffen, hatte Lucky das nötige Geld zusammen, um eine Taxikonzession zu kaufen; wenigstens fast.

»Das ist nicht billig. Glaube mir! Einen Moment lang dachte ich daran, dich zu fragen, ob du mir die restlichen 10.000 Mark leihst, Bajazzo. Das kam mir dann irgendwie doof vor.«

»Fragen kostet nichts!«, grinste der Freund zweideutig.

»Egal. Es ging auch anders. Ich überzeugte eine außerordentlich gut aussehende und mir nach wenigen schmachtvollen Augenblicken wohl gewogene Mitarbeiterin der Dresdner Bank davon, mir den Betrag als Darlehen zu gewähren.«

»Du warst kreditwürdig?«

»Es existierte ein von meinem Bundesbahnvater eingerichteter BHW-Bausparvertrag – mit 9.000 DM nahezu angespart – und zur Not ein brandneuer Mercedes W123, den mir mein Genosse Piet Brieghel just zur rechten Zeit überließ (die Chaise brauchte ich jedoch gar nicht ins Rennen zu werfen): Ich könne die Limousine in monatlichen Raten zu mindestens 500 DM – er akzeptiere auch höhere Summen – abzahlen, zinsfrei verstehe sich, auf jeden Fall in bar, da der Brgl' den Offenbarungseid geleistet habe und sich deshalb keine Kontobewegungen erlauben dürfe. Der Deal bringe ihn stressfrei über die Runden; und auch mich, der ich mit einem eigenen Taxi viel leichter *Kohle mache*, weil ich mein eigener Herr sei und mich kein *Taxiunternehmerarschloch* mehr ausbeute. Dass ich im Handumdrehen selber zum Kapitalisten werden würde, erwähnte der Brgl' natürlich mit keinem Wort. Hingegen beteuerte er, dass die Papiere *voll in Ordnung* seien; Fahrzeugschein und Brief: *lupenrein;* ein Kaufvertrag mit dem Autohändler Raschid *Dope* Doppe in Grashausen, Landkreis Eichstätt: *einwandfrei*. Die Kiste sei Vollkasko versichert und überhaupt: *alles bestens!* Dass ich vom *Dope* natürlich einmal pro Jahr fürs Finanzamt eine Quittung über die bezahlten Raten bekomme, verstehe sich von selbst, auch das habe er *voll im Griff,* beteuerte mein Ganovenkumpel.«

»Hattest du keine Skrupel, Lucky?«

»Und wie! Demungeachtet zerstreute Brgl' alle Zweifel. Meine Bedenken wegen der offensichtlichen Geldwäscherei räumte er mit den Worten aus der Welt:« – Glück imitierte Piets rauchiges Timbre – »Wem schadet es, dass ich die schmutzigen Moneten eines Konzerns hin und wieder weichspüle – sanft und nicht zu heiß?« Lucky, den das Verstellen der Stimme anstrengte, räusperte sich und fuhr fort. »Ich sei aus dem Schneider, da ich das Fahrzeug *wie es geht und steht* und arglos gekauft hätte. Mehr wolle ich gar nicht wissen. Die übliche Anzahlung in Höhe von fünfzehn Prozent des Neupreises, die ich nicht wirklich leisten müsse, hätte ich laut Vertrag *Cash* beglichen. Falls mich jemand frage, woher das Geld stamme, solle ich einfach angeben, gute Freunde und Genossen hätten es mir geliehen, als zinsloses Darlehen, Namen bräuchte ich da nicht zu nennen. Und wenn doch: Rechtsanwalt Dr. G. Mauschel – ›Kennst du?‹ – sei eingeweiht; und außerdem ein paar wichtige Personen, die in seiner, Brglbids Schuld stünden. Adressen gebe es bei Bedarf.«

Bajazzo schüttelte den Kopf: »Das klappte?«

»Nein! Natürlich nicht. Der Brgl' wanderte im Nu nach Bayreuth in den Knast und der Cebil entwickelte sich endgültig zu meinem Todfeind. Du erinnerst dich an den Erfinder des *Löfser*, jener hoch gefährlichen Kombination aus Suppenlöffel und Steakmesser?«

»Nein Lucky, ich bekam ihn ja nie zu Gesicht – trotzdem kann ich mich sehr wohl an die Ereignisse am Morgen nach unserem unglückseligen Besuch im Bügelbrett erinnern. Verschiedentlich fiel sein Name; und irgendwann hast du mir auch die Geschichte von der Suppe mit Wursteinlage erzählt.«

»Der Cebil trug eine Narbe davon, die sich vom Mundwinkel aus mehr als drei Zentimeter an der Wange hinauf erstreckt und das blöde Dauergrinsen pittoresk verstärkt. Er behauptete natürlich, dass das ein Studentenschmiss sei und erzählte voller Geltungsdrang abenteuerliche Mantel- und Degen-Geschichten, über die sogar ein Alexandre Dumas den Kopf geschüttelt hätte.«

WILHELM ZECHERN, gierig wie ein ausgehungerter Hai, tippte in der dritten Septemberwoche 1986 einen Fünfer mit Zusatzzahl – das brachte zwar nicht den ganz großen Lottogewinn, aber immerhin knappe fünfzigtausend Mark. Mit diesem Umstand gab er ein paar Wochen nach dem ruhmlosen Abgang aus der WG in deren ehemaliger Stammkneipe beim *Sotos* – »Der heißt Σωτήρης!« »Ja, Lucky!« – an »wie zehn naggerde Neecher«. Also sprach Sarah Duster, eine ehemalige Lehrerin, die an der Dreistigkeit und Dummheit der Schüler und der Borniertheit und Provinzialität der Kollegen und Vorgesetzten gescheitert und im Begriff war, einen *fränkischen Selbstmord* zu begehen, das heißt, sie soff sich zu Tod. Die Immanuel-Kant-Kennerin und -Verehrerin trank Abend für Abend bis zu jenem letzten Schluck, der nicht mehr den Schlund hinunter wollte. Dann legte Sarah, auf dem Stuhl leise hin- und her schwankend und einen imaginären Punkt in unbestimmter Ferne fixierend, den Zeigefinger der rechten Hand unter die Unterlippe und presste sie gegen die untere Zahnreihe um zu verhindern dass ihr der Gerstensaft links und rechts aus den Mundwinkeln troff.

Cebil trumpfte gegen den zufällig *beim Sotos* ebenfalls anwesenden Lukas Glück auf, um ihm die in der WG erlittenen Peinlichkeiten heimzuzahlen. Er dachte nämlich, Neid und Argwohn, Geiz und Rachsucht, Eigenschaften, die er an sich selbst wahrnahm, seien völlig normal und auch allen anderen Menschen zu eigen. Unverhohlen schadenfroh gickelte er zudem darüber, dass die WG *Glück & Genossen* so sang- und klanglos auseinandergebrochen war, und bedauerte Lukas aufs Widerlichste.

Man schrieb Freitag, den 26. September, Lucky hatte den *Projektheimern* seine Wohnung endgültig überlassen und pennte nur noch übergangsweise in der Vormannstraße, begab sich in den vergangenen beiden Tagen auf die Suche nach jener Ex, bei der er sich einnisten wollte, traf am Vormittag Imogen und sagte ihr etwas unbedacht schnelle finanzielle Hilfe zu.

Er ließ Cebils Hohn und Triumph, Gift und Galle über sich ergehen und gab sich betont geknickt in dem Bewusstsein, dass sich ein ausgesprochen dummer Feind wie es Wilhelm Zechern nun einmal war, leicht überraschen und besiegen lässt, wenn er beim Gegner eine Schwächung festzustellen meint.

»Soll ich dir ein wenig Geld leihen? Damit du dir endlich deine Taxikonzession kaufen kannst?«, höhnte Zechern. »Wie viel Kies fehlt dir? Zehntausend? Zwanzigtausend?«

Lucky kam blitzartig eine Idee, die nach sofortiger Umsetzung schrie: »Du kannst es haben, Wilhelm!«

Seit Längerem rumorte in ihm der Gedanke, dass es besser wäre, wenn er sich von Brgl' und dessen Geschäften möglichst fern hielte. Nun schlug er vielleicht mehrere Fliegen mit einer Klappe – fast wie *Das tapfere Schneiderlein*: Imogen Geld für die *Bar Busig* leihen, mit ihr nach Berlin ziehen, den ungeliebten Taxijob an den Nagel hängen, dem Brgl' *ent-* und womöglich dem Bastard Cebil eins *aus-* wischen.

»Was kann ich haben?«

»Eine Tracht Prügel! Nein, das war ein Scherz. Mein Taxigeschäft steht zur Disposition. Es gibt genügend Brunzer, um die Kiste rund um die Uhr zu bewegen und ich muss nicht einmal mehr selber hinters Steuer, nur wenn mich der Rappel packt. Es erweist sich als höchst rentabel.«

»Und warum willst du es loswerden?«

»Weil mir diese Stadt zum Hals heraushängt. Ich brauche Luftveränderung, will in Berlin studieren, ein neues Leben anfangen. Den Benz bekommt der Käufer natürlich dazu. Der ist zwar nicht abbezahlt, die Monatsrate von fünfhundert Mark erscheint im Vergleich zu dem, was die Lizenz allein schon pro Woche abwirft, hingegen lächerlich gering.«

In Cebils Augen begannen Währungskürzel-Spiegelbilder zu funkeln. »Zeig mir deine Bücher und Unterlagen, Kaufverträge, Verbindlichkeiten – vielleicht kommen wir ja wirklich ins Geschäft. Und ...« Zechern setzte sein charmantestes Grinsen auf: »... lass uns das Vergangene vergessen. Ich gebe dir einen aus, Lucky. Was willst du trinken?«

»*Küstennebel* – um klar zu sehen. Du auch?«

DIE UMSCHULDUNG ging zügig über die Bühne und an jenem Montag, an dem Helmut Qualtinger starb, hatten Glück und Zechern einen Termin mit Petra Nunz, Luckys derzeitiger Flamme, von ihm liebevoll *Penunze* genannt, bei der Dresdner Bank, einen Tag später beim Notar, und zum ersten Oktober saß Herr Glück auf dem Beifahrersitz von Frau Vogleis' klappriger Ente und durchschaukelte mit ihr zusammen das Staatsgebiet der DDR in Richtung Berlin. Lucky war vollkommen mittellos, während Imogens Konto die stattliche Summe von vierzigtausend Westmark aufwies.

»Und?«, wollte Bajazzo wissen.

»Die Geschichte flog wie gesagt auf, Wilhelm Zechern gab den Mercedes gezwungenermaßen an den rechtmäßigen Besitzer zurück, zahlte quasi die *Zechern* und ich konsultierte aufgrund von Stalking und Morddrohungen vonseiten Cebils und wegen sonstiger Unannehmlichkeiten den genialen Rechtsanwalt Dr. G. Mauschel, der mich vorbildlich vertrat und alles zu meinem Vorteil regelte. Piet Brieghel besuchte ich hin und wieder in Bayreuth.«

»G. Mauschel: Lucky, hieß der wirklich so?«

»Ja, Dr. jur. utr. Ganija Mauschel, ein Bosnier jüdischer Abstammung, der seit 1968 in Deutschland praktizierte. Sag Bajazzo, fällt dir denn gar nicht auf, dass fast alle Individuen in unserem Umfeld höchst abstruse Namen tragen, uns eingeschlossen?«

»Stimmt. Ein komischer Zufall.«

»Saukomisch. Aber Zufall?«

»Und wie erging es dir in Berlin?«

»Davon später: *Du* bist dran mit *deiner* Geschichte.«

»Die ist schnell erzählt, Überschrift: *Monotone und einsame Jahre.* Von 1988 bis 1990 schwelgte ich zwischen Buchdeckeln, das heißt, ich stopfte mich mit erlesener Literatur ...«

»Haha, erlesene Literatur. Aparte Wendung!«

»Ich weiß schon, was ich sage! ... stopfte mich und mein Bücherregal mit den Werken von Arno Schmidts, Alfred Jarrys und Georges Perecs Lieblingsschriftstellern voll und stellte – um ja keine Lesezeit zu verlieren – ein illegal in Deutschland lebendes, polnisches Schwarzarbeiterpaar ein. Tosia und Tadzik Tutasz, ich nannte sie *Tu dies* und *Tu das,* das ging mir leichter von den Lippen, und auch die Eheleute fanden es witzig, durften in der Villa mietfrei wohnen, hielten für angemessenen oder vielmehr stattlichen Lohn Haus und Garten in Schuss und kröpften mich mit polnischer Hausmacherkost wie eine Hafermastgans. Ich lebte – zwar nicht wie ein Nomade – doch immerhin im Speck.«

»Hast du Robert Gernhardt zitiert? *Mit den Nomaden im Speck?*«

»Klar, Gernhardt bleibt für immer einer *meiner* Lieblingsschriftsteller.«

»Und wie weit bist du gekommen mit den Lieblingsautoren der Lieblingspoeten?«

»Ach, weit! Manches zu ergattern erwies sich als abenteuerlich, vieles gab es nur antiquarisch, etwa Marcel Schwobs *Kinderkreuzzug,* eine Ausgabe aus dem Jahr 1917. Das ist eher eine Broschüre denn ein Buch. Dann, wie aus heiterem Himmel, brach die Wende mitten hinein in meine Idylle.«

»Die Wände brachen? Ach so! Die Wende. Welche – deine oder das Ende der SED-Herrschaft?«

»Beides: Im Januar 1991 erwarb ich auf dringendes Anraten von *Tu das* für den symbolischen Preis von einer D-Mark eine Firma, die sich schon zu Zeiten des legendären *Horch P240 Sachsenring* auf die Herstellung von Kleinteilen für die Autoindustrie spezialisierte und nun rapide bankrott gegangen war. *Tu das* wurde von Verwandten in der *Ostzone* so bald wie möglich darüber informiert, hatte indes selbst nicht den Mumm, einen Betrieb zu leiten. Trabant und Wartburg wurden, wie du weißt, um 1990 herum nicht mehr hergestellt. Ich heuerte ehemalige dem Betrieb angehörende Genossen an und unterbreitete ihnen den Vorschlag, kapitalistisch zu produzieren und den Gewinn kommunistisch zu teilen.« Bajazzo nahm einen kräftigen Schluck Bier, wischte sich mit dem Handrücken über den Mund und fuhr fort: »*Es gibt kein richtiges Leben im Falschen* behauptete zu Recht Theodor W. Adorno, aber dass *richtige Inseln im Falschen* zu schaffen sind, glaubte *ich* und handelte im Geist der utopischen Sozialisten Henri de Saint-Simon, Robert Owen und Charles Fourier. Ich brachte den Betrieb wieder zum Funktionieren, zahlte zu Anfang an die Genossen *Überlebensgehälter* aus Papas Kapitalistenkasse, und nach fünf Jahren schrieben wir schwarze Zahlen. Wir sparten dennoch an unseren Löhnen, um moderne Produktionsmittel anschaffen zu können ohne uns unnötig in Abhängigkeit von Kredithaien zu begeben. Bald fertigten wir elektronische Bausätze nicht nur für Ostblockautos. Als die weltweite Computerrevolution an Eigendynamik gewann, stellten wir die Produktion auf Mikrochips um. Zur passenden Zeit, wie sich zeigte.« Bajazzo verfiel in ein fassungslos wirkendes, kurzes Schweigen und starrte in sein fast leeres Bierglas. »Lucky, ich bin ein steinreicher Mann. Meine Genossen haben mich per demokratischen Mehrheitsentschluss – 1.233 Stimmen dafür, sieben Enthaltungen, eine Gegenstimme: meine! – aus der Firma herausgekauft. Meine kommunistischen Ideen seien ebenso abgefahren wie abgelaufen. Seitdem ist unsere Firma weiter nichts als eine ausschließlich auf Profit gerichtete Produktionsstätte. Man investiert Gelder in betriebsferne Branchen, geht an die Börse, expandiert ins Ausland, weil das in ökonomischer Hinsicht günstiger scheint ... Zum Verzweifeln!« Anand konnte die Tränen nicht verbergen.

Lucky erhob sich vom Stuhl, schleppte sich zum Vis-à-vis und nahm Bajazzo tröstend in den Arm, bevor er bei Bettina eine Runde doppelter Pogauner orderte. »Kennen Sie nicht? Dann halt *normale* Pflaumenschnäpse. Und sehen Sie ruhig her, was Sie angerichtet haben, Sie herzloses, gefühlskaltes Wesen. Von wegen *Volare, oh, oh!*«

»Lukas!« zischte Bajazzo.

Der grinste böse. »Anand, mein linker Bruder: In der Sache liegt ein Denkfehler. Die Rohstoffe, derer du zur Produktion deiner Chips bedarfst, stammen zum Großteil aus Ländern, in denen Ureinwohner und Bodenschätze ausgebeutet werden, brutal und widerlich.«

Die Bettina stellte mit vor Wut funkelnden – oder vor Rührung feuchten? – Augen zwei schlecht eingeschenkte doppelte Obstbrände auf den Tisch der Freunde und bekritzelte die kleine antiquierte, holzgerahmte Schiefertafel, die an einem am Tisch festgeschraubten Kettchen hing, mit acht Strichen.

»Was wird uns da angekreidet? Ist in diesem Spheniscidenlokal ein Klarer genauso teuer wie ein Bier, Bettina?«, bellte Glück.

Mit einem knappen »Ja, edds hobda vier Seidlä ond zwa dobbldä Schnäbbslich«, wandte *die Bettina* sich ab.

»Lukas!«, flüsterte Bajazzo in beschwichtigendem Ton und kam aufs Thema zurück. »*Es gibt kein richtiges Leben im Falschen!* Das weiß ich. Ich wollte ja auch nur ein paar bescheidene Keimzellen setzen, auf dem utopischen Eiland der besseren Welt.«

Lucky lachte los: »Welch ein Pathos! Und: Keimzellen! Eiland! Du betreibst vergebliche, verbale In-vitro-Fertilisation! *À la recherche de la conscience politique perdu* – Auf der Suche nach dem verlorenen politischen Bewusstsein ...« Lucky bezieht sich auf einen Roman Marcel Prousts: *À la recherche du temps perdu – Auf der Suche nach der verlorenen Zeit*, in dem der Autor erkennt, dass Vergangenheit einzig in der subjektiven Erinnerung existiert. »... Na denn Pruust. Oder ... *Flottsch!*«

Bajazzo ignorierte zunächst Luckys erhobenes Schnapsglas. »Ich bin gescheitert – meine utopische Insel ist abgesoffen. Du kannst ja versuchen, mich angeditschtes Weichei zu trösten, indem du mir von Berlin erzählst. *Flottsch!*«

DIE *BAR BUSIG* entwickelte sich zu einer *angesagten* Szenekneipe, Lucky und Imogen häuften Geld an; und der alternde Glück hatte das Gefühl, den Hafen der Trauminsel gefunden zu haben, auf der er sich für immer und ewig niederzulassen gedachte – er verstand sich mit der Partnerin perfekt, zumal auch auf der für ihn so wichtigen sexuellen Ebene; sie teilte alle Vorlieben hedonistisch, ja erhöhte sie sogar zu ungeahnten Verfeinerungen: Tag für Tag, Nacht für Nacht.

»Warum verloren wir uns damals bloß aus den Augen, wieso musste uns deine doofe Schleichschwester Solveig nur erwischen im Zweifrauschlupfzelt, in dem wir uns gerade einmal ein halbes Stündchen vergnügten statt Tausendundeine Nacht lang?!«, stöhnte Lucky.

Imogen antwortete überlegen, ihre linke Augenbraue hochziehend wie ein perfekter Mephistodarsteller: »Alles hat seine Zeit. Das weißt du.«

»Gibt es nicht Schwänke aus dem Leben als Kneipier, die du erzählen kannst, Lucky? Muntere mich auf!«, bat Bajazzo den Freund.
»Es bockt mich nicht, dich mit solch einem Unsinn zu unterhal...«
»Einen oder zwei: etwas, das dir spontan einfällt.«
»Von zig Begebenheiten könnte ich berichten ... Weil *du* es bist: Ein tapferer Trinker zerbricht im Rausch ein Cognacglas, schneidet sich beim ungelenken Aufsammeln der Scherben in den Daumenballen, blutet heftig und erregt die Aufmerksamkeit aller Anwesenden. Daraufhin hebt er die lädierte Hand und verkündet: ›Ich bin nämlich ein Heiler!‹ Er spuckt auf die Wunde, verreibt das Speichel-Blut-Gemisch und redet so salbungsvoll, als sei er der Messias: ›Wahrlich, ich sage euch, Betschwestern, Atheisten und restliche Schwuchteln – in ein paar Wochen ist davon nichts mehr zu sehen.‹«
»Herrlich! Mach weiter!«
»Bajazzo, du nervst.«
»Bitte.«
»Meinetwegen: An einem Tisch sitzen sehr unterschiedliche Typen. Der eine, ein scheinbar stoischer Beobachter, trinkt heftig, bleibt stumm und unterbricht sein Schweigen ausschließlich, wenn er ein Getränk ordert. Der andere, ein Zappelphilipp, führt oberflächliche *Friseurgespräche* mit allen möglichen Leuten, die vorbeigehen, die an Nebentischen sitzen; lauthals, damit ihn auch jeder versteht. Er begnügt sich ansonsten mit einem kleinen Glas Sprudel, an dem nur nippt; nicht einmal zur Sperrstunde bekommt er es geleert. Der Phlegmatiker, der dem Hyperaktivitätsgestörten den ganzen Abend über immer wieder skeptische, genervte und letztendlich bösartige Blicke zugeworfen hat, gibt kurz vor ein Uhr Zeichen, dass er zahlen möchte – sieben Bier, drei Magenbitter, einen Tequila und einen Obstler, mithin eine bemerkenswerte Zeche; zieht die Geldbörse, kramt darin herum, zählt Unmengen Münzgeld ab, Fünfmarkstücke, Zwickel, Mark-, Fünfzigpfennig-, Zehnpfennig-, Fünfpfennigstücke, Pfennige; gibt ordentliches Trinkgeld – und lässt mit den Worten ›Stimmt so!‹ die Münzen aus der hohlen Hand ins immer noch zu einem Viertel vollen Wasserglas des konsterniert dreinblickenden, endlich sprachlosen Nachbarn gleiten.«
Anand gluckste.
»Oder: Zwei *Literaturkenner* streiten über einen gar nicht so dürren und matten Schweizer Schriftsteller, der, als das Gespräch stattfindet, quicklebendig am *Durcheinandertal* arbeitet. Der eine zum ande-

ren: ›Wenn der Dürrenmatt wüsste, dass du denkst, dass er schon tot ist ... der würde sich im Grab umdrehen!‹«

»Noch einen, bitte!«

»An Schnabbs?« mischte sich die geschäftstüchtige Kellnerin ein.

»Naa, zwaa Biää!«, äffte Lucky Bettinas Dialekt nach und tat seinem Freund den Gefallen: »Ein Gast enthüllt: ›Ich bin ein ausgesprochener Quartalsäufer. Immer um Vollmond herum schlucke ich wie ein Loch. Das Ganze beginnt zwei Wochen vorher und hört zwei Wochen danach wieder auf.‹«

Bajazzo lachte lauthals auf: »Klasse!«

»Ich bin froh, dass *du* wenigstens die Pointe verstehst. Die meisten, denen ich diese Episode bislang erzählte, sahen mich verständnislos an und fragten: ›Und? Was soll denn daran witzig sein?‹ Schwamm drüber: unsere Mitmenschen werden immer blöder.«

»Du siehst die Welt zu defätistisch.«

»Ich? I wo: Das wäre müßig, die aktuelle Version *ist* längst perdu.« Lucky winkte ab. »Lass dir lieber einen weiteren Schwank erzählen: Ein Gast lässt den Globetrotter heraushängen mit den Worten ›Die Beneluxstaaten kenne ich aus dem Effeff, ich habe nämlich alle drei bereist, zuerst Schweden, dann Dänemark; zuletzt Norwegen.‹ Oder stelle dir die folgende Situation vor: Eine Autonome, eine in ihren schwarzen Klamotten furchterregend wirkende Punkerin, betritt das *Busig* und entdeckt einen am Tresen lagernden *Schickimicki*. Sie mustert ihn von oben bis unten, sticht mit der leichenviolett lackierten Kralle ihres Zeigefingers auf das Emblem von dessen *Lacoste Fitted Polo Uni* ein, das sich in der Herzgegend befindet, und sagt so laut, dass es alle Anwesenden hören können ›Det kenn ick: Große Klappe, kleena Schwanz!‹« Lucky nahm einen Schluck Bier. »Ein Gast behauptet, dass die Wörter *schier* und *kaum* dasselbe ausdrücken und streitet bestimmt eine halbe Stunde mit mir, mit der Begründung, *schier unmöglich* sei identisch mit *kaum möglich*. Schier nicht oder wenigstens kaum zu glauben! Eine solche ignorante, borniere, rechthaberische, freche, unterbelichtete, vernagelte, rotzdumme ...«

»Und dann hast du deine Ecuadorindianerin getroffen und die bedingungslose Liebe zur *Bar-Busig*-Besitzerin Imogen verbockt?«, mutmaßte Bajazzo, der sich genötigt sah, seinen *Mitaga* zu bremsen.

»Keineswegs! *Verbockt* ist – im Vertrauen – ein sehr passendes Wort für notorische Fremdgänger, denen wegen Untreue eine Beziehung in die Binsen geht. Nein, Imogen gab mir nach zwanzig bewegten, glücklichen Jahren die Rote Karte, weil ich – ein ewiger Pennäler, der früher zu oft verlassen wurde und deshalb traumatisiert war ...«

»Du?! Zu oft verlassen?!«

»Ja, ich! Soviel ich weiß, schickte *ich nie* eine Frau in die Wüste. Es lief immer umgekehrt.«

»Die Frauen werden wissen warum.«

Lucky nickte verzweifelt. »Ein Mädel auf einmal hat mir so gut wie nie gereicht – es mussten immer mindestens zwei sein, die ich liebte; ich meine: richtig liebte, Esprit, Seele *und* Körper; manchmal waren es bis zu fünf. Und oft durfte die eine von der anderen nichts wissen. Was glaubst du, was das für einen Stress bezüglich der Planung bedeutet?! Schließlich will man ja die Übersicht nicht verlieren und zur Olga nicht plötzlich Simone sagen; oder Herad. Mit Imogen indes gestaltete es sich anders: Ich starb fast an meinen *großen Gefühlen*. Als *Imo*, der ich die Treue, wie ich es eben konnte, hielt – ach was, ich war auf meine Art eigentlich immer loyal, gegenüber jeder! –, sich kurzfristig mit einem gewissen Axel Ottl einließ, einem grottenblassen, verhinderten pseudomexikanischen Schwanzlurch, der es nicht wert schien, auch bloß ihren hinreißend tätowierten Fuß zu küssen, machte mich Liebeskummer, Verzweiflung und panische Angst schier verrückt. Dabei entpuppte sich *Imos* Axelitis als bloße *tempête dans un verre d'eau*. Was gäbe ich darum, die Uhr zurückdrehen zu können, um mich angemessen und richtig zu verhalten!« Lucky blickte traurig in die Ferne. Bevor ihn Bajazzo aber bedauerte, fuhr er fort. »Was Consuela betrifft: Anand, da habe ich dir etwas zu beichten. Die Indiofrau gibt es in Wirklichkeit gar nicht.«

»Was sagst du da? Und wenn Consuela erfunden ist, dann wohl zwangsläufig item Alptraum- und Schrumpfkopfgedöns! Und womöglich die dumme Taxigeschichte, der Umzug nach Berlin, die unendlich vielen Semester! Du hast dem besten Freund einen Streich gespielt? Einen derart üblen dazu? Ich schmunzle über deine Geschichten, erleide mit dir Höllenqualen wegen der Kannibalenvisionen, und es stellt sich heraus: Alles erlogen und erstunken!«

Na ja, nicht ganz – über den Wahrheitsbegriff berichte ich vielleicht später, nachdem du dich ein wenig beruhigt hast. Kennst du das Münchhausen-Trilemma?« – Diesen Begriff prägte der deutsche Philosoph und Soziologe Hans Albert, ein Vertreter des *Kritischen Rationalismus,* neben Karl Popper, Theodor W. Adorno und Jürgen Habermas einer der Akteure im so genannten Positivismusstreit. – »Es gibt keinen privilegierten Zugang zur Wahrheit!«

»Verschone mich, du falscher Fuffzger. Und lenke nicht ab mit Pseudowissenschaftlichkeit!«, wehrte sich Bajazzo entrüstet.«

»Verzeih mein kleines Experiment, Anand; ich will versuchen, es dir zu erklären.«

»Okay. Gelingt es dir nicht, ist es aus mit der Blutsbrüderschaft, Pornide, grausiger!«

LUCKY HATTE in der Cafeteria der Rehaklinik ein paar Tage vor dem Zusammentreffen mit seinem Freund diesen aus der Ferne entdeckt und beschlossen, ihn als Versuchskaninchen zu missbrauchen: Er wollte ihm eine erdachte *wahre Geschichte* auftischen, etwas Haarsträubendes, Unglaubliches und dennoch in sich derart Schlüssiges, dass es sogar ein kluger, wachsamer, kritischer Mensch wie Bajazzo einfach fressen *musste*. Zu jenem Zweck kaufte er sich bei eBay für knapp fünfzig Euro einen Schrumpfkopf – aus Ecuador und Ziegenhaut. Die dazugehörige Erzählung entwickelte sich wie von selbst. Bis zur Ankunft des Päckchens reifte Luckys Bericht, wurde schlüssig und in sich stimmig. An Detailgenauigkeit mangelte es ebenfalls nicht, denn schließlich war selbst so ein alter Knochen wie Lucky in der Lage, mittels Internet sein universelles Wissen aufzufrischen und zu ergänzen und sich ohne Weiteres über alles Mögliche zu informieren, über autochthone Volksstämme in Lateinamerika und deren Dialekte und Riten, über Tsantsas und die Geschichte der Neuen Welt, über den Einfluss der katholischen Kirche und die Vermischung christlicher Lehren mit archaischem Glauben an Naturgeister; und er sah es als keine große Kunst an, das hinzugewonnene Wissen in die Historie des eigenen Lebens einzubauen, um die Räuberpistole *noch* glaubwürdiger zu gestalten – »Du weißt, dass mein Schitz-Opa Erich hieß und den Hausnamen Icherer trug?« –, um eine Verwandtschaft zu einem spanischen Konquistadoren zu entwerfen; zu guter Letzt streute er eine geschmackvolle Menge jener fein gemahlenen verbalen Gewürzmischungen ein, die zum Zusammenbasteln einer schlüssigen und deshalb überzeugenden Geschichte vonnöten sind.

Nach ausufernden, spannenden Lesenächten im Krankenhaus und während der Rehabilitation, in denen er sich mit allerlei naturwissenschaftlichen und religiösen Texten und Aufsätzen zum Wahrheitsbegriff auseinandersetzte, war Glück zur Überzeugung gekommen, dass es objektive Wahrheit nicht geben könne und dass alles solange wahr sei, bis jemand das Gegenteil beweise, bis also ein Widerspruch auftauche oder der Geschichtenerzähler sein Konstrukt als Lüge entlarve.

Sogar, wenn zwei Freunde quasi zur selben Zeit am selben Ort dasselbe erfahren hätten, verändere sich das Erlebte im Lauf der Jahre und des Einen Wahrheit werde vom Anderen angezweifelt: »Was redest du nur, du Geschichtenerfinder!« Wahrheit müsse folglich rein subjektiv bleiben.

Jeder Homo sapiens erkenne die Einmaligkeit der eigenen Sichtweise allein schon daran, dass er sich nicht zur selben Zeit exakt am selben Ort wie ein zweiter befinden kann. Zumindest sei kein solcher Fall bekannt; es bleibe ihm somit nichts übrig, als Dinge individuell zu sehen trotz des Hilfsmittels Sprache, mit dem er gelernt habe, sie zu benennen, um sich mit den Artgenossen auszutauschen. Denn in jedem Augenblick verändere sich die Welt: πάντα ῥεῖ – Panta rhei, *Alles fließt*, wie es schon dem griechischen Sekundenkleber Heraklit in den Mund gelegt wurde.

Der Himmel ist für einen Europäer blau, für einen australischen Ureinwohner dunkel. Wer will darüber streiten, ob *Arier*, nur weil sie die eigenen Augen für so blau halten wie das Firmament, das ja in Wirklichkeit überhaupt nicht existiert, näher an der Wahrheit sind als die *Aborigines* oder Antipoden, die rätselhaften Gegenfüßler und ihre weit rätselhafteren Inseln?

Das lateinische Wort FIRMAMENTVM für Befestigungsmittel, entstammt der Vorstellung dass sich über die Erdenscheibe eine Art Käseglocke stülpt, an der die Gestirne festgeschraubt sind, die in geheimnisvoller gottgewollter Mechanik daran entlangfahren, bis die Welt untergeht, das heißt, bis VRBIS, die Stadt Rom und ORBIS, der Erdkreis – da ist es wieder, das absurde, katholische, *zweidimensionale* Weltbild – irgendwie in Schieflage gerät und im Ozean versinkt.

1 + 1 = 2. Das stimmt bis zu jenem Moment, in dem jemand nachweisen kann, dass diese Rechenoperation genauso gut zu anderen Lösungen führen kann.

Luckys Stolz schwoll, weil er glaubte, dass der folgende Gedanke ausschließlich *seinem* Intellekt entsprungen war. »Es gibt – das sagt der Name – nur ein einziges Universum, das *All*; also *ein Universum* plus *ein Universum* ergibt in der Summe weiterhin *ein Universum*, bleibt unumstößlich *eins* – oder *null*, falls man die Begriffe *Alles* und *Nichts* gleichsetzen will. Jedes Individuum trägt ein eigenes unverwechsel-

bares Universum in sich und um sich herum. Selbst wenn wir im gekrümmten Raum und in einer Zeitschleife gefangen sind, in der sich alles AD INFINITVM wiederholt, immer gleich und auch in allen [!] denkbaren und vielleicht undenkbaren [!] Variationen: Weltall bleibt Weltall. Daraus folgen zwei neue, die Mathematik revolutionierende Grundsätze.
1.) 1 + 1 (vel 1 + eine unendlich große Zahl) = 1;
2.) 1 + 1 (vel 1 + eine unendlich große Zahl) = 0;
Es folgt: 1 + 1 = 1/0.«

Pataphysik in Vollendung, ein *Wach*traum Alfred Jarrys, der gewiss in diesem Moment *von einer anderen Seite aus* Beifall zollte! *Warum auch nicht?*

Demgegenüber war für Lucky *Erkenntnis* nichts als der spontane Gedanke eines blinden Sehers, des kleinen Maulwurfs Oxymoron, der den Kopf aus dem Hügel streckt: ›Heute habe ich mir die ganze Welt als Rollkragenpulli angelegt.‹ Von wem stammte der Cartoon noch? Robert Gernhardt? Friedrich Karl Waechter?

Eine gut konstruierte Geschichte – und zu solchen gehört zweifellos die Mathematik, weil sie notwendig auf Axiomen gründet – sei vorerst wahr. *Wahrheit wird nicht gefunden, sondern produziert. Sie ist relativ.* Friedrich Schlegels Satz gefiel Lucky ausgezeichnet!

LUCKY FÜHRTE BAJAZZO an der Nase herum, um ihn für ein Experiment vorzubereiten, das er alleine zu bewerkstelligen sich nicht im Stande fühlte. Er glaubte, auf eine genial einfache Methode gestoßen zu sein, um die Viele-Welten-Interpretation des Hugh Everett III zu verifizieren, das heißt, Lucky wollte ins Land der einzelnen Socken und der verschwundenen Feuerzeuge reisen oder profan ausgedrückt, von der Oberfläche verschwinden – in eine Parallelwelt. Dabei musste er nicht einmal Meerschweinchen befragen, wie es in den frühen vierziger Jahren Verwandlungskünstler und Privatdetektiv *Quimby* in der turbulenten filmischen Adaption des Musicals *Hellzapoppin'*, der gleichnamigen Hollywoodkomödie, tat: *Cavia porcellus* wandert bekanntermaßen quietschvergnügt meist völlig unbemerkt und ohne jedes Problem zwischen Zeit-Raum-Paradoxien hin und her – für das possierliche Tierchen eine Selbstverständlichkeit wie für den Igel der Winterschlaf.

GUT GERÜSTET platzierte sich Lucky am denkwürdigen späten Dienstagmorgen des 23. Februars 2010 an genau dem Tisch, an dem Bajazzo gegen Mittag vorbeizurollen pflegte und harrte der unausweichlichen Dinge, denn *Es gibt keinen Zufall!* Davon war er überzeugt, seitdem er sich mit dem Determinismus und Alfred Jules Ayer, Albert Einstein und Marshall McLuhan befasste. Er spielte die Verwunderung über die Anwesenheit des *Mitagas* beim Wiedersehen wie ein Profi und drehte sich in der Tat nur *scheinbar* verblüfft um: »Die *Apotheken Umschau?!*«

Am Anfang dieses Kapitels ist der Satz *Lucky drehte sich, scheinbar überrascht, um* in Wahrheit richtig – ein voreiliger Korrektor, der hier statt des Wortes *scheinbar* das richtig erscheinende *anscheinend* einfügen will, hat unrecht.

LUCKY GELANGTE mit seinen Ausführungen nicht recht weit. Bald rief Bajazzo mit aufgebrachter Stimme und viel zu laut: »Lucky, du bist *so* ein Arschloch! *So* ein Arschloch!«

»Des stimmd fei!«, ließ sich, völlig unqualifiziert, *die Bettina* vernehmen und warf mit triumphierenden Blicken um sich – in alle Richtungen, obwohl offensichtlich lediglich zwei Gäste in Pingu's Pinte saßen: Lucky und Bajazzo.

»Redns ned so gscheerd und denners nu zwaa Zwetschgä her, Frollein: Dobblde!«, konterte Lucky gekonnt. Der akzentfrei gesprochene Dialekt und das postwendend mit *Giftpfeilblicken aus dem Indianerreservat* angelieferte flüssige Obstbrandargument besänftigten den Freund ein wenig, der über Luckys Bemerkung »*Die Beddina* is fia mich grod etzertla a ganz a echde Boggahondas worn«, schmunzelte. *Boggahondas:* fränkische Bezeichnung für eine berühmte indianische Häuptlingstochter vom Stamm er Virginia-Algonkin namens Pocahontas oder Mataoka – *die Verspielte* oder *die alles durcheinanderbringt.*

IM FOLGENDEN erläuterte *Aga (tha Christie) No 2 Aga (Khan) No 1* in aller Ruhe die Gründe seines scheinbar hirnverbrannten Handelns.

»Warum zum Teufel hattest du es nötig, mich unbedingt mit diesem Schrumpfkopf und dem grauenhaften Traum zu foppen? Hätte dir nicht etwas weniger Dramatisches einfallen können?«

»Keine Ahnung: Es hat sich wie von Geisterhand selbständig zusammengefügt. Lass mich versuchen, es zu erklären: In irgendeiner Parallelwelt findet genau jene Tsantsageschichte statt; vorausgesetzt, meine Vermutung stimmt, dass alles, was ein vernunftbegabtes Wesen denkt und *erfindet,* auch real passiert.«

»Lucky, was redest du für ein groteskes Zeug, was verbreitest du für ein verquastes Gedankengut? Dich hat das viele Studieren sprichwörtlich in den Wahnsinn getrieben!«

»Was ich soeben sage, ist insofern *wahr*, als du es hören kannst. Es wird *niedergeschrieben* – freilich nicht in St. Nimmerleins Goldenem Buch – und es verschwindet nicht! Der Energieerhaltungssatz sagt aus, wie du hoffentlich weißt, dass die Gesamtenergie eines isolierten Systems sich nicht mit der Zeit ändert. Zwar kann Energie zwischen verschiedenen Energieformen umgewandelt werden, beispielsweise von Bewegungsenergie in Wärme. Es scheint nach Stand der Dinge jedoch nicht möglich, innerhalb eines abgeschlossenen Systems Energie zu erzeugen oder zu vernichten: Energie ist eine Erhaltungsgröße. Und da das Universum als Ganzes als adiabatisches System gilt, und man laut Stringtheorie davon ausgeht, dass vom Weltall möglicherweise unendlich viele verschiedene Ausgaben existieren, darf ich einen Schritt weiter gehen und vermu…«

»Das ist mir zu hoch. Und wieso meinst du, dass es irgendwann niedergeschrieben wird?«

»Nicht irgendwann, sondern genau jetzt!«

»Ich verstehe kein Wort von dem, was du mir sagen willst.«

»Vielleicht hättest du Michio Kakus Arbeiten lesen sollen: *Im Hyperraum – Eine Reise durch Zeittunnel und Paralleluniversen*. Oder die Schriften von Witten, Lüst, Polchinski, Schwarz, Green, Becker, Becker, Zwiebach …«

»Du kannst mir Vieles aufzählen, du Angeber: *Bäcker, Bäcker, Zwieback, Schwarz, Grün* – Die hast du dir flugs ausgedacht?!«

»Wie kommst du darauf, Bajazzo?«

»Weil du schon einmal etwas Ähnliches fabriziert hast. Erinnerst du dich nicht? Du hast in der Unterprima oder im Abiturjahr dem Schecksl Walter …«

»Der *Wechselschalter*?! Ein wahrhaft selten dummes Exemplar in unserem Klassenverbund!«

»Du hast dem Walter Schecksl in der Früh vor Unterrichtsbeginn auf die Schnelle ein Referat geschrieben über russische Schriftsteller.«

»Oh ja, dessen kann ich mich entsinnen: Der Schlot vergaß, seine Hausaufgaben in die Schule mitzubringen oder hatte sie erst gar nicht erledigt.«

»Er rannte dir bereits bei der Namensnennung ins Messer.«

Lucky lachte und zitierte sich selber: »Turgenew, Tolstoi, Dostojewski, Gogol, Mogul, Puschkin, Wodka, Tschechow, Slowakow, Gorki, Gurkow und Bananski« oder so ähnlich ... Der Volldepp las das alles vor. Was aber das Schärfste war, dem *Johnny* fiel bis zur Nennung Bananskis nichts Ungewöhnliches auf. Außer, dass sich einige Kameraden lautlos wanden, um nicht loszuprusten.«

»Unser *Johnny* hat das zweifelsohne alles bemerkt!«

»Hat er nicht: Der werte Herr Deutschlehrer verlangte vom Schecksl, ihm das Hauptwerk Bananskis zu nennen. Ich schrieb – während der wilden Morgenimprovisation fiel mir nichts Besseres ein – *Rotpeters Bericht für den Kreml* auf. *Der Wechselschalter* las den Titel brav vor und *der Johnny* meinte bass erstaunt, dass er den Roman ›ja gar noch nicht‹ kenne.«

»Falsch! *Johnny* interpretierte mit uns kurz zuvor Kafkas *Bericht für eine Akademie*, ihm war der Affe *Rotpeter* unbedingt ein Begriff!«

»Deine Realität lässt sich nicht gleichsetzen mit meiner – völlig normal. Aber lass mich versuchen, es anders zu erklären: Dir dringt ins Bewusstsein, dass fast alle Namen unserer Bekannten verschroben sind, eine Ansammlung von Wortspielen und ähnlichem Firlefanz. Das geht schon mit uns los: Hanns Caspar und Lukas Glück, und setzt sich fort mit Marion Ettenbauer, Karsten Brood, Patt Tina und Berner Tina, Erich Icherer, František Fällscher, Axel Ottl, Mendi & Wendi Wandl, Jo Kurth, Matts Wergerl, die Bababa-Germanistin Barbara *Baba* Baader, neuerdings Barbara Barber, Nadja Röhrl, Hartmute Dotterweich, um nur einige zu nennen ...«

»Das ist nicht ganz richtig: Solveig Oeming und Imogen Vogleis tragen bodenständige Namen!«

»Sicher, Bajazzo? Pass auf: Die Buchstaben sind dieselben, ein Anagramm. Und darüber hinaus, der Vorname der einen Schleichtante wird aus den Buchstaben des Nachnamens der zweiten gebildet; das lässt sich logischerweise umkehren: Imogen – Oeming, Solveig – Vogleis.«

»Stimmt! So ein Zufall!«

»Wie oft soll ich dich noch zitieren, du alter Rollstuhlhocker: ›Zufälle gibt es nicht.‹ Wenn du willst, beweise ich dir, dass wir beide der Imagination eines Wesens – nennen wir es X – entstamm...«

»Lucky! Ich sorge mich ernsthaft um deinen Verstand!«

»Mein Intellekt schärft sich wie nie zuvor! Apropos Anagramm. Ich gebe dir ein weiteres Beispiel: Der Russe, der sich während des Forchheimer Intermezzos als Schachspieler in dein Leben schlich und als eine Art Schutzengel die unselige Liaison mit Baba hintertrieb, hieß Артём Данна.« – Artjom Danna.

»Und?«

»Fällt dir nicht auf, dass *Danna* ein Anagramm von *Anand* darstellt – und *Artjom* von *Traum,* zwar in irrlichternder, James-Joyce-artiger Unschärfe, jedoch immerhin klanglich nachzuvollziehen?«

»*Trjaom.* Was willst du beweisen, Lucky?«

»Nichts. Ich will dich überreden, an einem Experiment teilzuhaben, das es uns ermöglicht, uns *aus dem Bild zu stehlen,* wenn alles klappt.«

»Du willst die Zeche prellen bei der überaus charmanten *Bettina?* Du hegst Rachegedanken?«

»Nein, Anand. So dünn ist mein Portemonnaie und so nieder sind meine Instinkte auch wieder nicht – keine Beleidigungen!«

»Schon geschehen, würde Karl Valentin glasklar und gleichmütig bemerken.«

Lucky kicherte. »Die Zeche wird nicht geprellt und es wird keine Rache genommen. Nach meiner Theorie befinden wir uns in einer Novelle oder gar einem Roman, den *wir von innen heraus* beeinflussen können. Lass mich das deichseln Bajazzo, du wirst sehen, dass das funktioniert!«

»Dass *was* funktioniert? Wovon redest du?«

»Wir überreden *X* dazu, seiner Geschichte eine hundertprozentig idiotische Wendung zu geben, und im Handumdrehen befinden wir uns in einer Parallelwelt. Wie die aussieht, weiß ich nicht – ohne Selbstversuch bekommen wir es nie heraus. Sollte sich nichts ändern, hätte ich mich halt getäuscht. Oder unser *X* erweist sich als ein nüchterner Sturkopf, ein affirmatives Würfelhirn, das auf der imbezillen Prämisse beharrt, dass nichts sein kann was nicht sein darf.«

Bajazzo schüttelte fassungslos den Kopf und zeigte dem Freund den Vogel.

Der aber fuhr fort: »Mir ist nach einem Lokusbesuch. Komm mit, wir können es dort in aller Heimlichkeit versuchen. Doch zuerst will ich die Zeche zahlen.« Lucky deutete eine gestische Zäsur an, bereit zum Aufbruch. »Bemerkst du, wie absurd unsere Dialoge sind? Ein imaginärer kritischer Leser fasst sich an den Kopf! Der heutige Tag besteht bloß aus dummen Geschichten, Kalauern und platten Witzen: Dafür sind *wir* verantwortlich!«

»Ja, freilich, Lucky – wer sonst?!«

Lucky schob einen Hunderter unter die Schiefertafel. Mit den Worten »Uns wird kein Zahlungsmittel mehr belasten!« legte er dem protestierenden Bundesgenossen zwei Krücken auf den Schoß und schob ihn in Richtung 00.

»Schwachsinn, Lucky, dummes Zeug – du hast die Chemotherapie nicht vertragen, du leidest unter totalem Realitätsverslust. Warum lasse ich mich auf dich ein, du Irrer.«

»Weil ich dein Blutsbruder bin?«

»Das wird wohl stimmen – ich denke, ich muss dich vor dir selber schützen, denn es fühlt sich an als ob du mit mir eine Art kollektiven absonderlichen Suizid begehen willst. Wenn wir gleich mit Wasserabschlagen fertig sind, bist du vom Misslingen der Zeitreise hoffentlich nicht gar zu sehr enttäuscht. Ich wünsche mir, dass du auf den Boden der Realität zurückkommst.«

»Danke, dass du das Experiment begleitest. Mit Zeitreisen hat das aber nicht die Bohne zu tun.«

»Ich habe keinerlei Bedenken, am Versuch teilzunehmen. Er kann ja schon deswegen nicht gelingen, weil es eine ewig lange Periode braucht, um *unserer* Geschichte eine andere Wendung zu geben, falls *X*, von dem ich vermute, dass es eine Art Schriftsteller ist, von deiner verrückten Idee tatsächlich *inspiriert* werden könnte. Wir hätten – grob geschätzt – ein halbes Jahr auf der Toilette zu warten; immer vorausgesetzt, dass wir tatsächlich Figuren in ... wo auch immer sind. Ha! Ein hübscher Romantitel: *Wo auch immer* – wie: *Kaff auch Mare Crisium*.«

»Stimmt, was den Titel betrifft! Für das Übrige gilt: Du hast keine Ahnung, Bajazzo. Gedanken sind unabhängig von Zeit. Sie werden unserem *X* genau in dem – nicht nur literarisch gesehen – optimalen Moment eingepflanzt, der unser Abtauchen vorbereitet. Wenn wir in naher Zukunft den Pinkel-Pinten-Abort...«

»Pingu's Pinkel, äh Pinte!«

»Ja, ja, die Blinkel-Blinden-Latrine betreten, geht unsere Geschichte weiter. Nahtlos. Wetten?«

»Was sonst? Wie banal! Unser Leben eben.«

»Sag – ich frage dich das korrekterweise: Was geschähe im Fall eines Verschwindens: gäbe es Hunde – oder gar Menschen, die dich vermissen?«

»Roger und Fritz die Zweiten liegen wie ihre Vorgänger – die Ersten – längst friedlich nebeneinander begraben in meinem Garten. Außer *Tu dies* und *Tu das* bewegt es niemanden. *Ich bin der Welt abhanden gekommen.*«

»Ah! Du beziehst dich auf Friedrich Rückerts Gedicht. Bravo!«

Bajazzo winkte ab. »Den Polen wäre eine monatliche Leibrente auszuzahlen und sie genössen Wohnrecht bis zu meiner Wiederkehr. Wenn ich hingegen stürbe oder für tot erklärt würde, träten sie die Erbschaft meines gesamten Eigentums an: Die anfallende Steuer wöge leicht, was bedeuten schon dreißig Prozent bei einem Vermögen von fünf Millionen! Den Polen stünden unterm Strich so um die dreieinhalb zur Disposition – mehr als die bescheidenen Leutchen je zu verpulvern in der Lage sind. Das Testament ist geschrieben und liegt in einem Notariat. Mit dem restlichen Geld kaufte ich vor ein paar Jahren – nach meinem Rausschmiss aus der Firma – ein kleines Stückchen brasilianischen Regenwaldes in der Größe der BRD und schenkte es den Ureinwohnern. Und du?«

»Ich verfüge über keine Güter – wozu auch? – und habe keine Verpflichtungen; nur Sehnsucht nach der *Bar-Busigen Imo*.« Lucky seufzte leise und traurig.

Die beiden beroll-, behumpel- und berumpelten eine anachronistisch anmutende Herrentoilette, in der es nach Pinkelsteinen, angepissten Fingern und ungewaschenen Geschlechtsteilen stank, vermischt mit dem Ammoniakdunst alten Urins.

»Hm! Entsinnst du dich des 00s in der *Funzel,* Bajazzo? An der Wand stand: ›Jesus geh du voran auf der Reeperbahn!‹ Weißt du das noch?«

»Pfui Teufel, nein!« Bajazzo schnappte nach Luft. »Lucky, du musst mir beim Bieseln helfen, mit diesem blöden Sessel komme ich an kein Urinal, geschweige denn an eine Pissrinne. Und in die Scheißkabine kann ich nicht rollen: zu schmal.«

»Setzen wir uns also wieder dem Verdacht aus, homosexuell zu sein.«

»Und? Können wir damit nicht umgehen?«

»Statt dir die Hosen runterzuziehen und dich an die Klosettwand zu lehnen, mein lieber Freund, sage ich *Steh auf und wandle.* Und du wirst aufstehen und klowandeln wie weiland der Heiland…«

IX

'Always, no, sometimes I think it's me, but you know I know when it's a dream. I think 'er, no' I mean 'er, yes', but it's all wrong, that is I think I disagree.'
(John Winston Ono Lennon)

Bettina Kaltwasser, *Serviermädchen* in der Gaststätte *Pingus's Pinte*, gab in der Zeugenvernehmung an, dass ihr die beiden – allein körperlich gesehen – ungleichen Brüder sofort aufgefallen seien: »Logisch, däi woan ja meine zwaa aanzichn Gäst' und danooch is aa kanner mehr kumma!« Die Zwillinge hätten sowohl unter Vollglatze als auch unter *Vollschuss* gelitten. Der Rollstuhlfahrer habe wohl zweieinhalb Zentner gewogen, der »Grüggngängä« hingegen nicht einmal die Hälfte, was in etwa dem optischen Unterschied zwischen *Obelix* und dessen Vetter *Talentix aus Lutetia* entspreche.

Die oberfränkischen Kriminalkommissare Max Halt-Freundlich und Max Helferlein beölten sich bei der Aufnahme der Personalien insgeheim über den Namen *der Bettina, der Kalt*-Wasserbett-*Ina: um sie wellt, wogt, wabbelt, wabert's wunderbar!*, statt sich an den eigenen Nasen zu packen. Frau Kaltwasser zeigte sich übrigens betont unterkühlt, wenn nicht gar eisig – offensichtlich konnte sie glatzköpfige Frührentner genau so wenig leiden wie beflissene Polizeibedienstete; vielleicht letztlich aber überhaupt niemanden.

»Sie werden uns einen Augenblick entschuldigen.« Max Helferlein wandte sich mit dem ihm möglichen, verbliebenen Ernst an die Kellnerin. Und dem Kollegen raunte er zu: »Kannst du mit nach draußen kommen?«

Vor der Kneipentür prustete er los: »... und dann arbeitet die in einer Südpolarkneipe!«

Max, ein humorig aussehender, jugendlich wirkender, schmaler Kerl, mimte gewöhnlich den naiven, niedlichen *Helfer* – gemäß der Aufforderung, die in seinem Namen steckte. Schon im Kindergarten brachte man ihn mit *Daniel Düsentrieb* in Verbindung, was ihn nicht weiter störte, weil der von Haus aus naive Polizeibeamte über ein ausgesprochen sonniges Gemüt verfügte.

»Was meinst du mit Südpolar?«, fragte der andere Max, ein bärbeißiger, kurz vor der Pensionierung stehender, unangenehm wirkender, stets schwitzender und nach anachronistischem Nyltesthemdenschweiß müffelnder Typ mit Habichtsnase, dessen gewiefte Schweinsäuglein in krassem Gegensatz zum Profil standen. Er spielte fast nie den *Freund,* sondern so gut wie immer den *bösen Bullen* und kam somit der dringenden Bitte, die ihm der Doppelname stellte, sehr selten nach.

»Na ja: Bettina *Kaltwasser* bedient bei *Pingu's:* Mit dem Namen und der Bezeichnung assoziiere ich zugefrorenes Meer, Gletscher, dampfenden Atem, Forscherteams, die eigens angereist sind, um die Kolonien der Packeisbrüter zu zählen ... Und übrigens: Kennst du nicht den *Pingu,* Max?«, fragte Helferlein und erläuterte: »Das ist eine Knetgummifernsehfigur, ein antarktischer Watschelvogel eben. Meine Sprösslinge waren früher schier verrückt nach den Trickfilmabenteuern des kleinen Pinguins und dessen Familie.«

»Nein, den kenne ich nicht; glücklicherweise habe *ich keine* Kinder! Im Übrigen hat der Name, soviel ich weiß, mit der TV-Serie nicht das Geringste zu tun. Der Besitzer heißt einfach Pinkwart Gustav – Pingu. Und außerdem: Hätte er denn die Kneipe Pingu-Inn nennen sollen?«

»Aber ja! Welch ein Spaß: Die Angestellten wären verpflichtet, sich rote Schnabelnasen aus *Fimo* umzuschnallen, trügen schwarze Fräcke über weißen Hemden, würden sich wie von selbst einen Watschelgang angewöhnen und *Møk! Møk!* hupen, wenn ihnen jemand im Weg stünde. Haha! Stell dir die Kalt-*Wasserbett*-Ina vor, Max! Hihi!«

»Fimo?«

»Knetgummi, den man backen kann!«

»Sachen gibt's ... und hör auf mit deinem dämlichen Getue; reiß dich zusammen. Wir sind schließlich im Dienst!«

»Soll ich dir *ainen Aistee* bestellen?«

»Schluss. Du bist albern.«

»Møk! Møk! – Max, das ist kaiserpinguinisch und heißt: Aye aye, Sir!«

NACHDEM HELFERLEINS Lachanfall abgeklungen war, begaben sich die ungleichen Polizeibeamten zurück in den Gastraum, um Kaltwasser und später Pinkwart zu befragen, »damit vor unserem inneren Auge ein Bild über den Tathergang entstehen kann.«

Zunächst vermutete *die Bettina*, die Kahlköpfe hätten die Zeche geprellt, weil sie gemeinsam die Toilette besuchten und von dort nicht wiederkehrten. Sie berichtete: »Ä'scht homs a Mordsgwerch gmacht, bis endli durch die Dia kumma sin! A-suu schmool is die nämli aa widder ned, dassmer dou hängerbleim kennerd. Abber der aa Bläidl hod seinä Grüggn äm andern Hirnheiner gweer ibber die Schoß gleecht. Wäi bei di Schildbürchä. Und dabei homsä si ononderbrochen oo-gaaferd, däi zwa Doldis! Däi Hulzkaschber!«

»Møk! Møk!«, säuselte Helferlein dem Kollegen Halt-Freundlich ins Ohr und fing zu kichern an. Der strafte ihn mit vorwurfsvollem Blick.

Als Kaltwasser zehn Minuten nach dem geräuschvollen Verschwinden ihrer Gäste ärgerlich und frustriert die halb vollen Biergläser wegräumte und beim Reinigen und Abwischen des Tisches »väzzich Euro underm Schieferdäferlä« fand, entschloss sie sich, im Abort nachzusehen. Vielleicht war ja etwas passiert. Zuvor wechselte sie den Hunderter und schob stillschweigend sechzig Euro Trinkgeld ein – das brauchte ja nicht jeder zu wissen. Schließlich schienen vierzig Euro korrekt abgerechnet für acht Bier und vier Doppelte. Der Einfachheit halber kostete im *Pingu's* nämlich eine Spirituose dasselbe wie eine Halbe. Dies förderte das Kopfrechnen und sparte dem geizigen Wirt Papier. Beim Arbeitgeber beklagte sich Kaltwasser, dass die »zwaa Mistviecher« bloß einen Euro vierzig extra gegeben hätten statt der üblichen und korrekten zehn Prozent. »Das wird wohl an deiner charmanten Art liegen«, vermutete ihr Chef, »und außerdem hast du dich verrechnet!«

AM *DADORD* roch es ungewohnt frisch und zugleich intensiv nach Ozon. »Wäi wenn ä alder Foddogobierer haaß glloffn is.« In der Toilette herrschte zudem dichter Nebel. »Die zwaa Gaggerläskäpf hod scheinds der Deifl ghulld«. Sie wirkten wie vom Erdboden verschluckt.

Gustav Pinkwart, der am anderen Ende der Stadt wohnte und heute *frei* hatte, traf auf die dringende, telefonische Bitte von Frau Kaltwasser mürrisch, unrasiert, ungewaschen, mit fettigen Haaren und wohl nicht mehr ganz nüchtern in *Pingu's Pinte* ein. Sein Adidas *Firebird TT Jacket*, vollgesabbert mit Zahnpastaresten und Rotweinflecken, passte zur strampelanzugblauen Trainingshose, die nach diversen Körpersäften und Ausdünstungen muffelte. An den Füßen trug er diarrhöbraune Socken und ausgelatschte Schlaufensandalen. Der den ästhetischen Anforderungen des Lokals perfekt Genüge leistende Besitzer beschloss nach kurzer Beratschlagung mit *seiner* Bettina, bei der Polizei anzurufen.

»Und dann hod mei Scheff bei aich oogrufn.«

Pinkwart, der natürlich sofort das angeblich vernebelte Klo besichtigte – »Was redest du, Bettina? Hier wallt doch kein Nebel, nicht einmal der übliche *Dampf,* wie ihr Franken für *Gestank* und *hochgradiges Betrunkensein* zu sagen pflegt« –, ärgerte sich zunächst, weil die Wände des Pissoirs wieder *neue Schmierereien* aufwiesen, zumal sie erst kürzlich *renoviert und frisch heruntergeweißelt* worden waren. »Dieses Mal allerdings ist das anders; ein irgendwie seltsames, befremdliches Zeug«, erklärte er dem Beamtenduo, bevor er es zum *Tatort* führte.

»Inwiefern?«, fragten *Freund* und *Helfer* simultan.

»Es sind nicht die üblichen dummen Sprüche, Telefonnummern und Strichzeichnungen erigierter Penisse. Das Ensemble anzusehen, bereitet mir ein diffuses, mulmiges Gefühl in der Magengegend. Was soll man denn davon halten, dass ein leerer Rollstuhl im 00 steht, daneben zwei fein säuberlich an die Wand gelehnte Krücken, und dahinter ein kreisrunder, heller Fleck mit einem Durchmesser ... ungefähr so,« – der Gastronom streckte die Arme aus und zeigte mit den nach innen gewandten Handflächen etwa den Abstand eines Meters an – »von wesentlich intensiverem Weiß als das unlängst applizierte *Dulux Magic White,* eine Dispersionsfarbe der gehobenen Güteklasse! Und von den Besitzern des Fortbewegungsmittels und der Gehhilfen gibt es nicht die geringste Spur!«

»Lass das 'mal die SpuSi ...« – die Spurensicherung – »... entscheiden, Bingi, ob es nicht *die geringste Spur* gibt!«, meinte Max Halt-Freundlich, der den Wirt dem Anschein nach persönlich kannte.

»Nenn mich nicht immer *Pinki.* Du weißt, ich mag das nicht. Ich bin kein Papagei, kein Ara und kein Liebesvogel und erst recht kein Graukopf!«

Bis zum Eintreffen des Inhabers lichtete sich wie gesagt der Nebel, und nun war links neben dem Waschbecken die vermutlich flüchtig hin gekritzelte Buchstabenkombination *Axxon N.* und leicht schräg darunter ein akribisch genau gezeichnetes »Piktogramm eines gedämpften Posthorns« zu sehen, wie Gustav Pinkwart, *Neigschmeggder* – Zugezogener –, es prätentiös und mit fast unmerklichem Berlinerischen Zungenschlag nannte. Die Franken respektierten den Pankower wohl aufgrund von dessen im hiesigen Landstrich ungewohnt hohen musikalischen Know-hows, das er sich als Jugendlicher im Niederschönhausener Posaunenchor angeeignet und in der dortigen *Friedenskirche* nicht selten unter Beweis gestellt hatte. Der ursprünglich bloß Geduldete avancierte zum gern gesehenen ersten Flügelhornspieler der hiesigen Stadtkapelle.

Vor ein paar Jahren ließ er sich in dem oberfränkischen Kurort nieder, und seine Pinte, ein ehemaliges Wirtshaus, gab es dementsprechend seit 2008. Am vakant gewordenen Posthorn änderte er so gut wie nichts – das alte, abgewetzte Interieur fand er »trendy«, die »Vintageplastikfolien« an den Fenstern »irre«, selbst der »Retrolook« der Klosetts begeisterte ihn; nur den Namen glaubte er ändern zu müssen: »Das Millenium, in dem eine Kneipe ungestraft Posthorn heißen durfte, scheint glücklicherweise vorbei. Schicke Kennzeichnungen wie Pingu's Pinte sind Balsam für die Branche – der Name ist genial, denn die Alliteration ›Pin-Pin‹ pinnt sich unmittelbar und unauslöschlich ins Gedächtnis – ähnlich wie ein Oberpfälzer Ökolimo mit dem Namen now! Stellt man das Wort auf den Kopf, machen die Buchstaben Mou – wie ein Mou's-Büffel; oder eine unhörbare Muhdose! Bonfortionös! Es schreibt sich für ewig ins Unterbewusstsein – MOU now. Du kannst es drehen und wenden, wie du willst.«

»Die Zeichnung des Posthorns – oder handelt es sich eher um ein Boxhorn [sic] …«, *Helfer* deutete mit den Fäusten eine passende Bewegung an, »… stellt sie sich wirklich als gedämpft und nicht etwa als gesotten, gebraten gebacken, paniert, gekocht dar?« Der Staatsbeamte kicherte dümmlich.

Freund, Trompeter in derselben Musiktruppe wie Pinkwart, knuffte *Helfer* und zischelte: »Man stopft Posthörner manchmal mit Dämpfern – das ändert den Klang und die Tonhöhe; und der Ton wird leiser. Ein bisschen Bildung täte Not, Helferlein!«

DER ABORT mit der Aufschrift *Herren* maß ungefähr fünf mal zweieinhalb Meter. Links von der rechts angeschlagenen Eingangstür erstreckte sich eine drei Meter lange Pissrinne. An der kahlen Wand rechts befand sich ein Automat für Kondome, dessen Geldeinwurfschlitz ein Stück graues und mit *Defekt* beschriftetes *Tesaband* abdeckte und ein ebenfalls an die Wand geschraubter, momentan nicht bestückter Spender für Einmalhandtücher; darauf, wahrscheinlich von einem Stammgast deponiert, ein Stück Seife mit der kaum noch lesbaren Prägung *Feinste Lanolinseife überfettet;* darunter ein blecherner Papierkorb ohne Inhalt. In der Mitte der Wand hing ein uraltes, emailliertes, einigermaßen lädiertes Handwaschbecken mit vielen abgeplatzten Stellen; Gegenüber der Eingangstür lagen die beiden Kabinen mit den Sitzklosetts ohne Deckel, deren lumpige, versiffte Holztüren geschlossen, jedoch nicht versperrt waren. Die leeren Klopapierhalter und die kleinen, vergitterten, von innen verriegelten Fenster an der Rückseite des Raums sah man also zunächst nicht.

Die SpuSi entdeckte nichts: keine Kampfspuren, keine ungewöhnlichen oder zerstörten Objekte; nicht einmal Fingerabdrücke, nicht auf dem Waschbecken, nicht auf dem Papierspender und dem Präserautomaten, nicht auf den Türgriffen und nicht auf den an rostigen Eisenkettchen hängenden Ziehvorrichtungen aus Porzellan für die unter der Decke angebrachten Spülwasserkästen, in denen sich naturgemäß keine versenkten Schusswaffen versteckten, lediglich Kalkablagerungen und die üblichen Spinnweben; und was sonderbar und einfach unerklärlich erschien: auch nicht auf dem Rollstuhl und den Krücken, die links neben dem Waschbecken standen. Wer hatte soviel Muße, alle Spuren menschlicher Fette derart akribisch abzuwischen, ja alle Gegenstände geradezu zu polieren?! Aus welchem Anlass bloß?

Flüchteten da Ganoven, die so taten, als seien sie behindert? Wovor hauten sie ab? Warum nur ließen sie einen wertvollen Hightech-Rollstuhl zurück? Das alles wirkte absurd, denn *die Brüder* bezahlten ja brav; aber immerhin war eine Flucht *möglich:* Man hätte sich nämlich in der kalten Jahreszeit durch den Biergarten verdrücken können, zu dem – vorbei an den Toilettenanlagen – ein Hausgang führte. Allerdings verriegelte Pinkwart im Winter die Türe mit einem Vorhängeschloss. *Freund* und *Helfer* ließen sich gleichwohl aufsperren und traten hinaus in die sternenklare Nacht. Im Hinterhof stapelten sich winterfest gemachte Festzeltgarnituren und es lag ... alter unberührter Schnee – ohne jegliche Fußspuren.

Obwohl am nächsten Tag die gesamte Mannschaft mit *Freund* und *Helfer* den kuriosen bizarren Fall im Präsidium diskutierte, kam man auf keinen wirklich grünen Zweig – und nicht nur wegen des Winters. Einzige Lösung: Eine Behinderung der Verschollenen gab es nicht und Kaltwasser schlief hinterm Tresen.

Zur Mittagspause ging eine Vermisstenmeldung aus der Rehaklinik ein: Ein gewisser A. Caspar und ein gewisser L. Glück waren seit dem Vortag abgängig. Die Rezeption versuchte, Angehörige oder wenigstens Bekannte zu erreichen, hatte aber keinen Erfolg. Schwester Dotterweich gab an, den beiden »gestern, wohl kurz nach dem Frühstück, ein paar warme Sachen zur Verfügung gestellt« zu haben, da sie einen »Spaziergang durch den Park« hätten unternehmen wollen. Sie wartete am Abend vergeblich auf die Rückkehr von

Caspar und Glück. Aufgrund der Tatsache, dass es sich um geistig gesunde wenn auch körperlich behinderte Männer handele, hielt sie es für unnötig zu dieser Zeit eine Meldung zu machen. Die Personenbeschreibung Dotterweichs deckte sich mit jener Kaltwassers.

Der Regionalteil des *Nordbayerischen Kuriers* vom Donnerstag, 25. Februar 2010 vermerkte auf Seite zehn, rechts unten im, wie immer knapp gehaltenen, stilistisch grandiosen Polizeibericht vorsichtig: »Auf der Herrentoilette einer hiesigen Kneipe am vergangenen Dienstag auf mysteriöse Weise und spurlos verschwunden sind zwei Kurgäste.«

ES LASTETE SEIT GESTERN ein wenig auf Max Helferleins Gemüt, dass ihm der Kollege am Tatort den man ja eigentlich gar nicht als solchen bezeichnen konnte, mangelnde Bildung vorwarf. Er bat deshalb am Mittwochabend seinen fünfzehnjährigen Sohn, das Internet nach *Pics* von *gedämpften Posthörnern* zu durchforsten. *Das kleine Helferlein*, wie Paps den Ältesten liebevoll nannte, wurde schnell fündig. Die Zeichnung, die *Google* bei der Bildersuche an oberster Stelle anbot, entsprach genau dem Piktogramm im Klo von *Pingu‚s Pinte*: ⊶⊲. Auf die zugehörige Beschreibung *Wikipedias* konnte Max Helferlein sich allerdings keinen Reim machen: Einen Schriftsteller namens Pynchon kannte er bis dato ebenso wie dessen Roman *Die Versteigerung von No 49* nicht; und was bedeutete das: *Seine* [Pynchons] *kunstvoll gestrickte Verschwörungstheorie* [gerät ihm] *zum Sinnbild der zweifelhaften Erkenntnisfähigkeit des Menschen.* »Hä?«

»Und, Paps, alles klar? Du schaust so skeptisch!«

»Kannst du noch etwas für mich suchen, Junior? Tipp ein: *Axxonn* … Nein, nicht Axiom; und auch nicht Axon, sondern a, ix, ix, o, en, en.«

»Okay … Herzlich Willkommen bei der *Axxon Autoverwertung*. Wir sind ein zertifiziertes Unternehmen für Automobilrecycling. Bei Stilllegung von Altautos, Unfall- oder …«

»Nein! Hinten mit zwei *n*.«

»*Hinten* schreibt man immer mit zwei *n*?! Ach so, jetzt verstehe ich dich, Paps – *Axxonn*, eine Rockgruppe aus Los Angeles.«

»Lass hören … Ah! … Muss das derart laut sein?! … Nein, drück' Stopp! Uff. Was soll *das* denn?«

»*Art Metal*, Paps.«

»Was für eine Art Mädel?«

»Das ist englisch und heißt Kunstmetall.«

»Aha. Das braucht die Welt?! Gibt es sonst einen – wie nennst du das – Link?«

»Gartenzubehör: Chinesischer Hersteller von Gartenmöbeln und -utensilien, Briefkästen sowie Weihnachtsbaumständern aus Gusseisen.«

»Nein, warte. *Axxonn* war unüblich geschrieben und sah anders aus.« Er fertigte eine Skizze. »So ungefähr:«

A X x ° N N.

»Wie soll ich *das* bewerkstelligen? Paps, du nervst! Ah, ich habe da ein *Pic*. Sieh her! Bei den Bildern wieder ganz oben, ein gewisser David Lynch.«

»Genau so sah das aus! Junior, du bist ein Genie.« Das kleine Helferlein las: »"*The Axxon N.*, which always appears over doorways, may mark them as Alice-in-Wonderland rabbit holes."«

»Kannst du mir das übersetzen, Junior?«

»Äh, ja: ›Das *Axxon N.*, das stets über Zugängen auftaucht, markiert diese eventuell als Alice-im-Wunderland-Kaninchenlöcher.‹«

»A-ha«, stotterte der verwirrte Paps und murmelte: »Was bedeutet das bloß? Es scheint, als kommen mir lauter Geisterfahrer entgegen – oder bin gar *ich* auf der falschen Seite?« Der biedere Polizeibeamte gab auf, nach einer Essenz zu suchen.

In der Nacht träumte er von Pynch- und Lynchon-Justiz, wachte auf, spielte mit den Buchstaben, die Pynchon von Lynch unterscheiden: »*Pol N* – Polen? Oder ein Polizist mit dem Namen *N* wie Napoleon? Nordpol? Gepolterter, nein, gepolter Neutralleiter?«, schlief wieder ein und träumte von einem französischen Verleger namens *Henri Plon*, dessen Brüdern *Nolp* und *Lonp* und vom Suezkanal. Alles stellte sich als sehr obskur und verworren dar.

Als er am nächsten Morgen dem Kollegen Max Halt-Freundlich von den Entdeckungen im Internet und nächtlichen Alpträumen berichtete, erntete er Hohngelächter und den diskreten Hinweis, dass er seine Arbeit ordentlich ausführen und *zu delirieren* aufhören solle.

DA BEI DEM *FALL* nicht ein einziger Mensch zu Schaden kam oder besser: da kein Schaden nachweisbar war und niemand Anzeige erstattete, wurde der Vorgang bei der örtlichen Polizeidienststelle postwendend zu den Akten mit den ungelösten Fällen gelegt. Die Boulevardpresse allerdings machte noch eine Zeit lang Aufhebens um das ungeklärte Verschwinden der Männer, stocherte in deren Vergangenheit herum und förderte Geschichten zu Tage, die so nie passiert waren.

Die *Neue Welt im Spiegel* wusste: »[...] Jährlich verschwinden pro Jahr in der BRD 1.500 Menschen auf Nimmerwiedersehen [...] Manche Wissenschaftler behaupten, es gebe *Lücken im Raum*, Türen in andere Dimensionen. [...] Ein spektakulärer Fall ereignete sich neulich in Oberfranken. [...]«

Die *Supernova* titelte in der Serie *Schicksale*: »*Krücke und Rollstuhl: Eine bewegende Lebensgeschichte* (von Nadja Röhrl) [...] machte aus den besten Schulfreunden, die sich einst *die Gagas* nannten, erbitterte Feinde bis in den mysteriösen Tod.«

Im *MORTZ* stand zu lesen: »*Die Tricks der Undergrounder* [...] Der gesuchte Terrorist LG, der zu Zeiten der RAF den Decknamen ›Lucky‹ trug, [...] war als Drogenhändler und Waffenschieber für diverse Diktaturen tätig. Er wurde Anfang März in Kolumbien gesichtet, wo er möglicherweise unter dem Schutz eines mächtigen Drogenkartells steht. [...] Vermutlich befindet sich der verwaiste Multimillionär Anand Caspar als Geisel in seinen Händen.«

Das Blitz-Blatt meldete: »Die Belegschaft der aufstrebenden ostdeutschen Anacas-GmbH & Co. KG betet für den herzensguten Seniorchef.«

Und schließlich berichtete das *Zweite Deutsche Fernsehen* in der Dauerbrennersendung *Aktenzeichen XY... ungelöst* über die verschwundenen Männer und vermerkte am Ende eines reißerisch produzierten Kurzfilms in der üblichen, sachlichen weinerlichen Art: »Der im Lauf der Ermittlungen aufkeimende Verdacht, dass die Kellnerin ihre Gäste ermordete und hinterher vergrub, erwies sich bald als unhaltbar.«

Danach verdünnisierte sich die Episode mir nichts dir nichts ins Land der einzelnen Socken und der verschwundenen Feuerzeuge.

X

«κάμνουσι γάρ τοι καὶ βροτῶν αἱ συμφοραί, καὶ πνεύματ' ἀνέμων οὐκ ἀεὶ ῥώμην ἔχει οἵ τ' εὐτυχοῦντες διὰ τέλους οὐκ εὐτυχεῖς. ἐξίσταται γὰρ πάντ' ἀπ' ἀλλήλων δίχα.»
(Euripides)

Bajazzo wurde schwindelig. Der Rollstuhl entschwand ihm unterm Hintern, während er das Gefühl hatte, er werde aus dem Sitz gehoben; im nächsten Moment stand er fest auf beiden Beinen; und plötzlich, im Begriff sein Wasser abzuschlagen, zielte er auf den Treffpunkt – oder besser: die Treffstrecke – von senkrechter Wand und waagrechtem Boden. Er hielt wie immer den Penis zwischen Daumen und Zeigefinger der rechten Hand und deckte die Genitalien mit dem Handrücken ab. Solch sittsame Pinkelstellung hatte der verdächtig homophobische Vater dem damals noch keine vier Jahre alten Linkshändersöhnchen einst eingetrichtert. Nun konnte Hanns gar nicht mehr anders. Wer mag ermessen, ob dieser Umstand auch nur das Geringste mit dem Unglück zu tun hat, welches Bajazzo im Laufe des Lebens in Hinsicht auf Beziehungen zustieß – abgesehen von der Freundschaft mit Lucky, die nun schon quasi doppelt zu halten scheint?

Anand konnte gar nicht so recht realisieren, was ihm da widerfuhr: Vor den Augen verwandelte sich die Pissrinne wie in einem zappaesken surrealistischen Knetgummizeichentrickfilm in ein Urinal und er sah ungläubig und verstört zu einem um Jahrzehnte verjüngten Lucky hinüber, der dabei war, den Blaseninhalt in hohem Bogen einem anderen Pinkelbecken zu übereignen.

»Du siehst exakt aus wie ein *signo de interrogación*, ein spanisches Fragezeichen am Anfang des Fragesatzes, mein junger Freund: ¿Sang ich dir nicht Folgendes ins Ohr?« Lukas Glück räusperte sich, verpackte das Geschlechtsteil, rappte gut gelaunt los und deutete wie ein Mitglied des *Wu-Tang-Clans* mit den Zeige- und Mittelfingern rhythmisch auf viele imaginäre Gegenstände zu seinen Füßen: »Erhebe dich und wandle wie weiland der Heiland von Mailand aufm Eiland in Thailand!«, und fuhr fort wie der Gesalbte selbdritt oder – viert oder –fünft: »Und wahrlich, ich sage dir, wir sind – oder haben? – soeben *Klo gewandelt.* PER ASPERA AD ASTRA« – Durch raues (Lokusgemäuer gelangt man) zu (den) Sternen – »Du hast Latrinenwände durchdrungen und nun umschwirren dich Sternchen. Sieh, was da steht!«

»Nichts! Wo ist der Rollstuhl, wo die Gehhilfen?«

»Falsch! Du sollst nicht Dinge suchen, die unnötig geworden und deshalb verschwunden sind. Lies lieber die Schrift an der Wand: *Jesus, geh du voran auf der Reeperbahn*, ah! Und hier daneben findet sich ein neuer Spruch: *Dinge essen Räume*, nicht schlecht! Weißt du, was ich vermute? Unser *X* hat uns in der *Funzel* abgesetzt.«

»Lucky, hör auf mit dem Firlefanz. Du nimmst nicht im Ernst an dass ich glaube dass das Pissoir der *Funzel* genau so aussieht wie 1976!«

»Nein, Bajazzo. Aber du siehst aus wie das blond gelockte Pickelgesicht, das du vor knapp fünfunddreißig Jahren warst.«

»Du denkst ... Was hast du mir denn ins Bier getan? Wahnsinniger!«

»Das beste Designerzeug aller Zeiten. Es erweitert das Bewusstsein wie nichts zuvor ... Quatsch. In deinem Getränk befand sich außer Wasser, Hopfen und Hefe nur Malz. Finde dich einfach mit einer neuen Realität ab.

Übrigens: *Was* denke ich?«

»Du denkst ...«, stotterte Hanns Caspar.

»... dass wir in der Zeit zurückgesprungen sind? Ich habe keine Ahnung, Bajazzo. Vermuten ließe es sich immerhin; uns bleibt nichts als zu versuchen, Näheres in Erfahrung zu bringen.«

»Das ist alles restlos irre. Lass uns vor die Türe gehen und uns beratschlagen, bevor wir *die Funzel* betreten.«

»Okay! Verlassen wir *toi, toi, toi* – die Toilette.«

Die Freunde traten unbemerkt hinaus in eine milde Juninacht, huschten die Straße entlang und fanden Schutz unter dem Portal der nahe gelegenen *Herz Jesu Kirche*.

»Was hast du für komische Hosen[1] an, mit Retroglöckchen unten dran? Sie passen gut zu deiner Weste[2], doch der Kragen[3] gibt mir den Rest, äh – derart lang und spitz, ein Witz ...« Bajazzo versuchte sich mit mäßigem Erfolg für Luckys kürzlich erlebten Rapanfall zu revanchieren.

»Damit ich dich besser schlachten kann!« Lucky gab auf ähnlich niedrigem Niveau den bösen Wolf. »Schau dich lieber selber an: Von

---

[1] extra weit ausgestellte Schlaghosen-Hüftjeans der Marke Jinglers.
[2] goldfarbener Flokati-Plüsch.
[3] blütenweiß.

Caspars Beinkleidern[4] bekommt man Augenkrebs – Shit, was reimt sich auf Krebs? Perhaps Nutella-Crêpes? – und sieht diese Jacke[5] überm Pullover[6] nicht mindestens genauso bescheuert aus? Applaus, a Graus, a...«

»Jetzt, da du das ansprichst, Lucky! Aber wirf einen Blick auf deine Schuhe[7]! ... Huch, ich trage ja eine ähnliche Scheußlichkeit[8].«

»Das gibt einen Punktabzug für den *Schöpfer*, der sich wohl gerade über die widerlichen Geschmacklosigkeiten kringelt, die er uns verpasst hat.«[9]

»Schöpfer? Ach Lucky, du fantasierst!«

»Was ich andererseits als sehr anregend empfinde und wofür ich mich bei *Ihm* ausdrücklich bedanken möchte: hast du es denn nicht beim Pinkeln bemerkt? – ich fühle mich jung an, knackig wie der *Twen*, der ich war; und außerdem erscheint es mir höchst angenehm, dass ich keine Angst verspüre; allenfalls ein wohliges Erstaunen – da hat unser *X* wirklich überwältigende schriftstellerische Arbeit geleistet, findest du nicht? Er hätte uns ebenso gut sterben lassen können in der *Pinkel-Pinte*. So wäre sein Roman wenigstens in Würde beendet worden.«

»Sterben? Wie?«

»Zum Beispiel ertragen wir die Visionen nicht, die uns ein abartiges Nervengift vom Stamm der Shuar aus dem tiefsten ecuadorianischen Dschungel beschert – du weißt, dass der Mund eines Schrumpfkopfes zugenäht ist, um das Entweichen negativer Energie, tödlicher Flüche und Pestilenz bringenden Atems zu verhindern.«

»Hör auf!«

»Die Nähte des Tsantsa, den ich um den Hals trage, haben sich aufgelöst, die Kraft des bösen Geistes entströmt und reißt alles was sich in unmittelbarer Umgebung befindet in den Abgrund, ins Verderb...«

»Und wenn wir tatsächlich am Abkratzen sind und uns Trost spendende, körpereigene, finale Halluzinogene ins Jenseits befördern?«

---

[4] knallbuntes Patchwork.
[5] khakibrauner Chevron-Cord.
[6] schwarz-roter Rollkragen-Strickpulli, ›hippiegemustert‹.
[7] Glänzende schwarze Lackschuhe mit Plateausohle und Riesenschnalle.
[8] Flechtsandalen und Arztsocken.
[9] {[(Aber ja, wenn auch nur innerlich!)]}

»Oder MAO[10]-Hemmer? Harmalin? Dummes Zeug! Geht es dir nicht blendend?«

»Ja. Allein – wenn unser Zeitempfinden gestört ist und...«

»Wir krepieren an einer Überdosis des neuesten bewusstseinserweiternden Rauschgiftes mit dem vielsagenden Namen TM[11], das zu schweren Halluzinationen führt. In wenigen Augenblicken betreten wir das Wirrwahna; und, um die Geschichte weiterzuspinnen: hinter dem Vorgang steckt der berüchtigte Brauereikonzern-Erpresser Doktor Ogen. Er hat es in die Maische gemantscht. Wir werden nämlich gleich unsere Schädel zerdeppern, weil wir meinen, wie die Erzengel Michaela, Gabi, Raphaela, Urinelle, Jophelia, Zadkitty und Camelia durch Kirchenwände gehen zu können, die eigentlich Klosettwände sind.«

»Doktor Ogen?«

»Ja. Otto Ludwig Ogen. Kannst du dich nicht an ihn erinnern? Er war Schüler in einer unserer Parallelklassen und startete bereits in der Untersekunda eine lukrative Karriere als Haschischverkäufer auf dem Schulhof. Sein Werbespruch lautete: ›Der Pausenjoint macht die Penne zum Preund.‹«

»Zum ›Preund?‹ Wegen der strengen Stabreimgesetze in der Bundesrepublik?«

»Nein, Bajazzo. Ogen zitierte lediglich den katholischen Religionslehrer Dr. Friedreich [!] Pfundner.«

»Schweinsäuglein? Dreifachkinn?«

»Genau *der!* Er war so fett, dass ihm die Hängebacken nicht erlaubten, den Buchstaben *F* richtig zu artikulieren: ›Paule Stricke kriegen die Pümpen und Sexen, wenn sie nicht besser lernen.‹ Entsinnst du dich? Und dass der Stricke-Paul sich stets betroffen fühlte?«

Bajazzo, plötzlich wie von Zauberhand[12] jugendlich aufgelockert und vergnügt, improvisierte: »Fundners Ferd, entweder eingeferdt oder angeflockt unterm Flaumenbaum, macht oft Fützen aufs Flaster. Auf dem Fosten neben der Eingangsforte zur Farrei sitzt meist der Fau Fiffikuss, der häufig feilschnell Dünnfiff auf die Flanzen neben dem Fad hinunterfeffert. Fui, fui! Unser Farrer ist aus dem Oberfälzer

---

[10] Abkürzung für *Monoaminooxidase* (ein Enzym), aber auch für den Flughafen Maunaus (Brasilien) und die Chemikalie Methylaluminoxan.
[11] Abkürzung für die halluzinogene Designerdroge *Time Machine*, aber auch für ... siehe Fußnoten S. 203 und S. 234.
[12] {[(Tja, wer kann, der kann!)]}

Freimd und ein Fennigfuchser. ›Ja, der is'ne Feife und morgen wird er gefändet!‹, meint Fanni, die Faffengehilfin. Sie hat eine Haut, zart wie ein achtzehn Jahre alter Firsich, und sieht es als Flicht an, ihm selbst in der Fastenzeit fast täglich in der Fanne Feffersteak mit Fifferlingen zu braten.«

»Bravo, Anand! Du veralberst gerade einen Aspekt des Berlinerischen? Ganz der Alte! Der Reli'lehrer konnte aber sehr wohl ein ›P‹ aussprechen; im Gegensatz zum ›F‹: Parrer Pundners Pau Pippikuss hätte logischerweise vom Posten hinuntergepeppert.« Lucky klopfte dem Kumpel gut gelaunt auf die fischgrätengemusterte Cordjackettschulter. »Ich wollte etwas anderes berichten. Farrer – Herrschaft, nun fange ich selber an! Pfarrer Pfundner litt unter *Schuppenpflechte* und kratzte sich unablässig mit der rechten Hand am linken Handrücken. In der Sexta verstand ich nicht, was er mit *Pümpen & Sexen* meinte und dachte, er drohe uns nicht mit schlechten Noten sondern mit seinem Ausschlag.«

Bajazzo lachte und juckte sich am Kopf: »Ich glaube, ich kriege die Pümpen!«

Lucky fuhr fort: »Zurück zu Ogen. Nach dem durch und durch versemmelten und vergeigten Abi studierte Otto Ludwig Theaterwissenschaften; für das Fach gab es nämlich keine Zulassungsbeschränkung. Ogen wollte – bereits vollends plemplem geworden – unbedingt einen Doktortitel erlangen.«

»In Erlangen? Und, hat er promoviert?«

»Er *wollte*. Der Doktorvater schlug ihm nach der mit Ach und Krach bestandenen Zwischenprüfung ein akzeptables, ja sogar nicht ganz uninteressantes Thema vor: *Nacktes Theater – der befreite Körper auf der Bühne der Moderne* oder so ähnlich. Ogen, der sich übrigens – warum auch immer – täglich die Augenbrauen abrasierte, verplemperte weiter sein Leben und hatte andere Flausen im Kopf.«

»Jetzt erinnere ich mich an ihn. Unter der rechten Braue versuchte sich zur Schulzeit verzweifelt ein erhabenes rötliches Muttermal zu verstecken.«

»Stimmt. Er rasierte sich während des Studiums die Brauen, um das Ding richtig zur Geltung zu bringen und somit selbst unverwechselbar zu werden. Das ist meine bescheidene Meinung.«

»Vielleicht lagen die Gründe hierfür in einer verqueren sexuellen Neigung, einem Haarfetisch? Oder strebte er gar eine Schauspielerkarriere an?«

»Wie meinst du?«

»Denk an Robert De Niros Leberfleck auf der rechten Wange, an Manfred Krugs Narbe auf der Stirnglatze, an Angela Winklers Oberlippenmal, an Eva Mattes'...«

»Ja, ich habe es kapiert! Glaubst du, das war der Anlass zur ›Gesichtsverschönerung‹ – Die Höckernase verunstaltete den Feuerrotschopf eh hinreichend? Arbeitete er auf einen *Mephisto* à la Gustav Gründgens hin? Hingegen: Ogen, ein Schauspieler?«

»Oh ja, ich habe ihm einmal in der Erlanger Theaterwerkstatt zugesehen. Das Team übte einen Dreiakter des frühen Thomas Bernhard, *Ein Fest für Boris*. Darin spielte er einen der vielen Beinlosen. Die Krüppel bekommen Kuchen zu essen und Ogen fragt: ›Ist da nicht *Fenschel* drin?‹ Und die anderen antworten: ›Ah! Nis.‹ Seine Art, ›Fenchel‹ zu sagen, fand ich derart bemerkenswert, dass ich es noch heute weiß.«

»Na, wenn du dich da 'mal nicht täuschst, Hanns. Aber egal. Ogen war total verpeilt. Wahrscheinlich warf er des Morgens zu viele Aufputschmittel und des Abends zu viele Tranquilizer ein. Der verhinderte Dr. phil. O. L. Ogen...«

»... bekleidet das Amt des Vorsitzenden des Philologenverbandes Middlfranggn?«

»Nein. Er hat das Studium abgebrochen; und *nennt* sich lediglich ›Doktor‹ – ein *Spitzname* wie der von John Mac Rebennack Jr. oder der Band Feelgood.«

»Ah! Jetzt verstehe ich: Drogen – *Dr. Ogen*. Du flunkerst?!«

»Ich weiß nicht, Bajazzo; vielleicht wächst so etwas auf dem Mist unseres *X*, der ein arger Wortspieler zu sein scheint...«

»Das hatten wir schon – die vielen eigenartigen Namen um uns herum!«

»...ja, ja; und der dir nebenbei voller Gnaden die Angst weggeschrieben hat. Hast du es bemerkt? Abgesehen von blödsinnigen spätpubertären Sprachirritationen: Fühlst du dich nicht ebenfalls enorm verjüngt?! Wie ein Mittzwanziger, ein Mann in der angenehmsten aller Lebensetappen?! Egal; wir werden die *Wahrheit* herauskriegen, davon bin ich überzeugt.«

»Stopp, Lucky, diese Theorie widerspricht jedem Naturgesetz! Angenommen, wir sitzen in der *Funzel*, während wir im schützenden Schatten eines Gotteshauses herumlungern. In Kürze begeben wir uns in die Gaststätte und...«

»... würden uns jetzt daran erinnern, dass damals zwei Menschen in die *Funzel* schlichen, die genau so aussahen wie *Die Doppelgänger von Sacramento*; sorry, in unserem Fall wie wir. Das tun wir aber nicht. Daher besteht keine Gefahr, dass wir uns verdoppeln, und ergo findet keine Kausalitätsverletzung statt. Empirisch gesprochen: es existiert kein historischer Beleg für die physische Multiplikation eines Individuums. Stimmig?«

»Nein, unstimmig: Irgendwo sind unsere Originalversionen!«

»Sicher. Woanders eben. Du hast noch nichts von Bilokation gehört?«

»Logisch! Oder besser *paranormo*logisch. Höre auf mit dem mystischen Kokolores. Ich arbeitete lange daran und las viel, um mich endlich von Glaubensdingen jedweder Couleur abnabeln zu können. Übrigens bewunderte ich deinen radikalen Atheismus von Herzen.«

»Ich habe mit Mystik nichts am Hut.« Lukas versuchte Hanns zu erklären, dass Bilokation ein normales Phänomen ist: »Ich – und das mag nur als ein aus der Luft gegriffenes Beispiel stehen – trinke soeben bei den Wandlschwestern Schädelsprengerbier und versuche ein letztes Mal herauszubekommen, welche der beiden ich beschlief; und du hängst im Moment wahrscheinlich im Kinderzimmer Zweifeln nach und grübelst über sexuelle Orientierung. Gleichzeitig labert eine weitere Ausgabe von L&B hier unterm Kirchenportal dummes Zeug.«

Bajazzo schüttelte den Kopf. »Wir befinden uns momentan an zwei Orten? Beweise es.«

»Was gibt es denn da zu beweisen? Meistens fällt eine Bilokation ja gar nicht auf. Da wäre erstens exakt die Zeit zu messen. Sagen wir um dreiundzwanzig Uhr dreiundzwanzig, das zeigt deine Kapitalistenprotz*Rolex* gerade an, werfen deine Eltern einen Blick auf die antike Standuhr und sehen just in diesem Moment, wie du nachdenklich das Zimmer betrittst. Indes bemerken *Freund & Helfer*: ›Holla, da stehen ja zwei verdächtige Subjekte im Schatten unserer Lieblingskirche. Exakt um äh, äh dreiundzwanzig Uhr dreiundzwanzig – wie spaßig!‹ Schau nicht so kariert, Bajazzo, das meinte ich ironisch. Warum um Himmelswillen will jemand ausgerechnet *jetzt* wissen, wie spät es ist?! Und zweitens müssten sich deine Eltern und *Freund & Helfer* darüber austauschen, *wann* genau sie dich *wo* gesehen haben. Warum sollten sie das tun, zumal sie sich mit allergrößter Wahrscheinlichkeit nicht kennen? Und schließlich halte ich es für die Ausnahme schlechthin, dass wir uns unserer Verdopplung überhaupt bewusst sind – davon ahnen die beiden 1976er-Originale bestimmt nichts – und wir nur aus einem einzigen Grund: weil wir gemeinsam handeln.« Luckys triumphale

Gestik und Mimik drückten seine Überzeugung aus, dass ihm ein geniales Argument geglückt war; und er setzte eins drauf: »Hin und wieder lässt sich Bilokation dokumentieren: wenn von ein und derselben Person bemerkenswerte Taten zu gleicher Zeit an verschiedenen Orten begangen werden. Es gelang angeblich Antonius von Padua, Josef von Copertino und unlängst dem Faschisten Pater Pio, sich zur selben Zeit an verschiedenen Orten aufzuhalten und *zu wirken* – das behauptet zumindest die katholische Kirche, die jene Männer, soviel ich weiß, heilig gesprochen hat, mein doppeltes Bajazzochen! Martín de Porres, ein Peruanischer Dominikaner, und der schwedische Theosoph und Mystiker Emanuel Swedenborg sollen – nicht alle auf einmal, sondern jeder für sich – zur selben Stunde an verschiedenen Orten aufgekreuzt sein; warum nicht auch wir? Dir passierte bestimmt schon Ähnliches: Jemand behauptet, er habe dich gestern Nachmittag über den Hauptmarkt laufen sehen. Du jedoch weißt, dass du – beispielsweise – zu dieser Zeit in einem Zug saßt, der dich von Hamburg nach Nürnberg brachte. Du teilst das dem Bekannten mit und – ich garantiere dir – er wird etwas sagen wie: *Dann hast du einen Doppelgänger!* und das Thema wird abgeschlossen.«

»Ja, da ist was dran. Mir fällt ebenfalls jemand ein, Herr Glück, der Bi-*Lukas*-ion perfekt beherrschte: Guru Sathya Sai Baba! Den wollte ich 1984 in seinem Ashram besuchen; leider hat das nicht geklappt, da er sich wohl gerade an ein paar anderen Orten aufhielt.« Hanns lachte.

Lucky kicherte: »*Wie* heißt der? ›Sathya Sag Tschüss – Say bye bye‹?«

»Nein, nicht say bye bye! Sai Baba! Wie Barbara *Baba* Baader. Auf die Betonung kommt es an; sei nicht so doof!«

»Wie deine Verflossene – eine Merkwürdigkeit am Rande. Und übrigens begegnet uns hier ein weiteres Wunder, mein Freund – wir befinden uns vermutlich erst im Jahr 1976 und du hast Kenntnis davon, was 1984 geschieht. Du bist unter die Hellseher gegangen, St. Bajazzo von den Urinalen!«

»Tatsächlich!«

»Hanns, nur Mut! Tauchen wir ein ins historische und – wenn uns das Pech verfolgt – ins hysterische Geschehen. Meine *da*hingehende oder meinetwegen da*hin*gehende Strategie – wir strullten, verpackten unsere Schniedel, wuschen unsere unschuldigen Pfoten in Jahrzehnte altem Wasser, trockneten unsere Hände an uralten Einmalhandtüchern; und nun stehen wir in den Startlöchern eines hässlichen, allzu schmalen Kirchenportals.«

»Oui, mon ami! ›Es sind 106 Meilen bis Chicago, wir haben genug Benzin im Tank, ein halbes Päckchen Zigaretten, es ist dunkel und wir tragen Sonnenbrillen!‹ ...«

»Moment, Bajazzo: Denkst du, *die Blues Brothers* gibt es schon – oder handelt es sich bei diesem Zitat um Casparsche Clairvoyance?«

»Keine Ahnung, Lucky!«

»Wir geben zügig und mutig unseren sakralen Stützpunkt auf.«

»Hoffentlich hat uns keiner zugehört und heimlich die Männer in den weißen Kitteln angerufen. In solch einem Fall stünde uns ein schreckliches Los bevor – zwei Seelenverwandte, für immer weggesperrt in einer Heil- und Pflegeanstalt, in Zwangsjacken gesteckt und ohne rettenden Klosettfluchtweg. Aus wär's mit ›PER ASPERA AD ASTRA‹ ... Was folgt?« Bajazzo fragte mit betont gekünstelt zitternder Stimme.

»Na, so schlimm wird es nicht. Hast du jemanden her- oder wegschleichen sehen? ... Eben! Du meinst, unsere neu entdeckten Reisewege führen stets durch Scheißhäuser? Witzige Idee!«

»Ich weiß es nicht.«

»Wir werden es urinieren, äh, ruinieren, eruieren. Lass dir zunächst meine Strategie für das jetzige Vorgehen erklären: Der *Südstadtwilli* hat im Vorraum einen Tisch mit allen möglichen Zetteln und Pamphleten aufgebaut. Vielleicht erinnerst du dich. Von dort nehmen wir uns irgendeinen Prospekt der Frauenbewegung mit, eine Ökobroschüre, das aktuelle Zirkular der Marxistischen Gruppe oder das Kinoprogramm der *Meisengeige* und bürgerlicher Filmtheater. Dann wissen wir wenigstens, in welchem Jahr wir uns befinden.«

»Und ich frage in der Kneipe beiläufig, was wir denn heute für ein Datum ist und was für ein Wochentag.«

»Stopp! Das geht bequemer. Beim Wirt hinterm Tresen hing – besser hängt – stets ein Abreißkalender mit revolutionären Sprüchen auf der Rückseite. Davon spicken wir Monat und Wochentag ab; Willi vergisst nie, zu Beginn der Sperrstunde die Weisheit des Vortages zu verkünden, um Punkt ein Uhr. Entsinnst du dich? Irgendetwas von Lenin war das. Was ich sagen will: W. O. von Weechs Kalender wird von ihm quasi rituell zuverlässig auf den neuesten Stand gebracht.«

»Ein Spruch von Lenin? Nein. Keine Ahnung. Und wenn Pächter oder Besitzer gewechselt haben?«

»Sähe das Klo genauso aus?«

»Möglich wäre es immerhin! Denk an das Etablissement, dem wir erfolgreich entkommen sind.«

»Na ja, dieser *Pinkus* ...«

»Der heißt *Pingu!*«

»Ja, ja, *Pingu's*. Der Gastronom von vorhin, den wir leider nicht kennenlernten und von dem wir vermuten dürfen, dass ihn seine *Bettina* würdig vertrat, scheint eine andere Mentalität zu besitzen als jeder uns bekannte Kneipier oder gar ...«

»*Ottokar?*«

»Was meinst du? Ach: *Oder gar!* Oder gar Wilhelm Ottokar von Weech, der hoch geschätzte *Südstadtwilli*. Okay. Lassen wir uns einfach überraschen. Apropos, in deinen verbalen Manifestationen wirkt wohl ein nicht gerauchtes Gelaber*grass*, – beziehungsweise eines, das du 1976 konsumiert hast? Oder hörst du schlecht, weil wir durch Zeit und Klowand gerauscht sind?«

»Wer spielt denn seit zig Jahren mit Wörtern, Herr Glück?!«

»Diese Marotte ist längst überwunden; und im Übrigen hattest du auch stets Spaß daran. Erinnerst du dich an *vorne schreibt man hinten mit e?*«

»Oh ja: Haben wir damit nicht einen *Funzel*gast fast in die Phrenesie getrieben?«

»Na klar! Glücklicherweise sind wir nicht die einzigen, denen verbaler Unsinn Freude bereitet. Kennst du die Tänzeltemplerin, die Tempeltänzerin?«

»Klar, du Hellseher. Das kommt im witzigsten deutschen Fernsehkrimi aller – in Zukunft bisherigen – Zeiten vor. Die bekifften Münchner Kommissare Ivo Batic und Franz Leitmayr werden genial gewesen sein.«

Die Freunde gluchsten und zitierten wie aus einem Mund: »Die armen Hascherl!«

»Ja, Kekse für die Kommissare!«, johlte Caspar,

»Klapptasche!«, Glück.

»Lucky, glaubst du, mich trifft ein ›bash flack‹, ein Flashback – vermutest du, ich erwundere mein blaues Leben?«

»Ja, das meine ich. Reiß dich erst einmal zusammen. Wir betreten Neuland.«

»Neu-*seh*-land?«

»Neu-*seel*-land.«

LUCKY UND BAJAZZO entschlüpften dem schützenden Schatten des mickrigen Kirchentors, überquerten das verkehrsarme Sträßchen sehr schräg nach rechts, schlichen in der Paulstraße an den

Hauswänden entlang und öffneten schließlich die schwere *Funzel*türe.

Bajazzo griff sich einen Filmprogrammzettel und las vor: »*Es herrscht Ruhe im Land. Schulmädchen-Report 10. Teil. Mit Pulverdampf und frommen Sprüchen. Einer flog übers Kuckucksnest. Brust oder Keule. Taxi Driver. Dumbo, der fliegende Elefant.* Lucky? Was glaubst du?«

»Das hört sich tatsächlich nach 1976 an, das Jahr, in dem wir das einzige Mal zusammen die *Funzel* besuchten. Wir verpassten das Abiturientreffen zur Feier des fünfjährigen Reifezeugnisjubiläums und ließen uns eben hier volllaufen.«

»Falsch, Lucky. Wir rauchten bei dir in der WG ein paar fette Joints und versuchten danach, uns nüchtern zu fressen – schließlich verschlug es uns auf ein Bierchen in deine Stammkneipe …«

»… wo wir ganz nebenbei Unmengen an Nudeln vertilgten!«

»Das weiß ich nicht mehr.«

»Jedenfalls scheint uns der Schöpfer, *Der geheimnisvolle Mister X*, einen *zeitnahen* Abend zu gönnen. Lassen wir uns überraschen.«

Lukas Glück, dem plötzlich das Herz bis zum Hals schlug, fasste Mut und schlich in den Kneipenraum, gefolgt von einem nicht minder aufgeregten Bajazzo, der glaubte, seinen Puls in den Schläfen pochen zu hören und der vor Angst zitterte; ja, ihm schlotterten die Beine und er klapperte mit den Zähnen.[13]

»NA, IHR ZWEI SÜSSEN traut euch schon wieder unter *Menschen?!*« Der MG-Mecki versuchte, Rache für unlängst erlittene Diskussionsschmach zu nehmen.

Lucky und Bajazzo, die Situation sofort richtig einschätzend, warfen einen Blick auf Willis Abreißkalender und vermuteten, dass sie kurz nach dem gemeinsamen *Funzel*abend aufs Neue hier gelandet waren. Ans damalige genaue Datum erinnerten sie sich natürlich nicht. Immerhin waren für die beiden mehr als dreißig Jahre vergangen.

Ihre angebliche Homosexualität hatte in der neuen und gleichzeitig alten Realität spürbar die Runde gemacht.

»Alle Menschen sind frei, gleich und *brüderlich:* Was hältst du von diesem Satz, Mecki? Und übrigens wissen Bajazzo und ich, wie es ist, ein *Homo* zu sein, du hingegen darfst eventuell

---

[13] {[(Kleine Sünden straft *»Der geheimnisvolle Mister X«* sofort. Denkt an das erste Gebot! – Das war nur ein Spaß.)]}

nur raten. Und komme uns nicht mit deiner Standardausrede, dass das in irgendeinem Plenum der *Marxistischen Gruppe* noch nicht angesprochen geschweige denn diskutiert wurde!«

Auf soviel Souveränität – die sich letztlich auf einem Zeitvorsprung von Jahrzehnten gründete – wusste Mecki nichts zu erwidern, zumal sich der *Südstadtwilli* einmischte: »Sag an, Lucky: du hast dich erst vor einer knappen Stunde zusammen mit den Wandl-Sisters in der *Funzel* abgemeldet, eingehakt bei Mendi-links und Wendi-rechts oder umgekehrt: Was treibst du jetzt *wieder* hier? Hat das Sich-abschleppen-lassen nicht geklappt? Zwei Bräute sind wohl doch zu viel für dich?«

Ich mit Mendi und Wendi?, dachte Lucky. Ja. Ich erinnere mich dunkel. Schade, dass wir uns nicht begegnen können! Zwei Luckys und zwei Wandls (das Glück im Wandel – der Glück in der Wandl!) – das hätte eine Eulenspiegelei gegeben, Wirrwarr, Tohuwabohu, Chaos! Den Zwillingen hätte ich's heimgezahlt. Es wäre interessant gewesen, wie der andere – der 1976er – Lukas Glück reagiert hätte. Mein lieber Scholli! Er erwiderte: »Mir rollte zufällig Bajazzo über den Weg; und nun gelüstet es uns nach einer Portion der erlesenen, einmaligen, enormen, brillanten, epochalen, extraordinären *Lunghi*.«

»*Lunghi*? Respekt! Über den Weg *gerollt*? So fett wie die momentan zeilenfressende Ausdrucksweise sieht dein Spezi auch wieder nicht aus!«, wunderte Wirt Willi sich.

»Waren das *Spaghetti*, die wir aßen?« mischte sich Hanns ein: »Ich kann mich dessen nur bruchstückhaft entsinnen.«

Willi wirkte pikiert und wandte sich verwundert an Lucky: »Der Hanskasper kann sich *dessen kaum entsinnen*? Hat er nicht erst gestern anderthalb Portionen verdrückt? Oder leide *ich* unter Gedächtnisschwund? Und wieso kennst du die italienische Bezeichnung für extralange Nudeln? Und hast du nicht vor einer halben Stunde einen Riesenteller weggespachtelt? Muss ich statt Elefantenportionen künftig Blauwalrationen liefern?«

Ach, gestern!, dachte Lucky. Er wehrte ab: »Nein, nein, du weißt, die sind *mehr* als gut bemessen. Ich fühle mich zu einem Solidaritätsessen verpflichtet. Hanns hatte heute – glaube ich – bislang nicht das Vergnügen.«

»Stimmt!« bestätigte Bajazzo, der merkte, dass sein Magen mit erwartungsvollem Knurren einen Mordshunger andeutete. »Könnte ich vielleicht eine *doppelte Fuhre* bestellen?«

»Nein. Du beleidigst meine Ehre als Gastronom.«

Willi wurde rechtschaffen zornig, der Teint flammte auf, Schläfenadern traten hervor.

»Das ist ja fast genauso schlimm, wie wenn jemand – ein Lebensmüder – angesichts meiner Bologneser *Sugo* Salz, Pfeffer und nach der Ketchupflasche fragt. Ich warf Gäste aus geringerem Anlass hinaus – und wenn du nicht Luckys Kumpel wärst ...« Willis Augen funkelten und er markierte eine *sizilianische* Bewegung, das heißt, er strich sich resolut mit der waagrecht gehaltenen flachen Rechten über die Gurgel. »Iss! Und wenn es wirklich nicht reicht, koche ich dir eine weitere Ladung, die wieder knackig und heiß sein wird; im Gegensatz zu einer pappigen lauwarmen zweiten Hälfte einer Doppelportion.« Der *Südstadtwilli* – er hielt Bajazzo für einen Pfennigfuchser – raunzte verächtlich: »Übrigens hast du einen Bierdeckel bei mir, den du Lucky vermacht hast; der weist ein Plus von zwei Pfennigen auf. Soll ich ihn später verrechnen?«

Lucky feixte innerlich. Er erinnerte sich zwar nicht an den Umstand, die Kleinigkeit war ja Ewigkeiten her, aber er kannte seinen *Pappenheimer*.

»Das hast du dir über all die Jahre merken können?«, entfuhr es dem ernsthaft erstaunten Bajazzo. »Willi, du bist ein echter Genosse und nicht ein Kapitalistenknecht wie alle anderen.«

»Ja, wenn seit gestern Jahre vergangen sind ...«, antwortete der Wirt verwundert, der Zorn in der Stimme klang ab: »Danke für das Kompliment!«

Hanns wandte sich schüchtern und leise an Lucky: »Kannst du mich aufklären? Was ist besonders an dem Nudelgericht?«

»Die Gewürzvielfalt in einer überaus reichhaltigen Hackfleischsauce,«, säuselte Glück, »die ausgewogenen Zutaten aus Tomaten, Pilzen und Erbsen; der frisch geriebene *Parmigiano Reggiano*. Die Spaghetti *lunghi*, die man besser einzeln auf die Gabel rollt, damit sich ein perfekt portionierter Happen in den Mund schieben lässt. Willis Standardgericht wirkt wie ein Feuerwerk für die fünf Sinne – denn die adrett angeordneten Basilikumblättchen sind unbedingt vonnöten, da sie nicht nur das Auge erfreuen, sondern auch die Nase aufs Angenehmste kitzeln. Ich habe die Mischung oft genug genossen – sie schmeckt einfach fantastisch. Seit dreißig Jahren rutschte mir nichts Vergleichbares so angenehm den Gaumen hinab. Oft hörte ich mich damals wohlig brummen und schmatzen – um auch dies zu erwähnen.« Lucky wandte sich an den Wirt: »Bring uns zwei Halbe, Willi; und zweimal Spaghetti: Wir wollen, wie du dir denken kannst, den Deckel auflösen.«

Wilhelm Ottokar von Weech zeigte sich versöhnlich und lachte lauthals: »Deckel auflösen! In Salzsäure oder was? Spaß beiseite: Es kommt mir als reine Materialverschwendung und eine ausgesprochene, ökologische Dummheit vor, ein umweltgrünes *Bierfilzlä* wegen zweier Pfennige einzuschmieren!«

Im Handumdrehen brachte er zwei Steinkrüge, gefüllt mit jener sagenhaften dunklen, fränkischen Bierspezialität aus dem kleinen Ort Hohenschwärz, die er schwärmerisch als *Hofmannströpfchen* anpries, und legte den Freunden jeweils Löffel und Gabel auf den Tisch; die waren bereits am Nachmittag von Willis Freundin Friedel – »*Elfriede den Hütten! El Krieg den Palästen!* (Georg ›El‹ Büchner), leicht modifizierter Kalenderspruch vom vergangenen Februar« – liebevoll in revolutionsrote Servietten eingewickelt worden.

NACH WIE VOR glaubte Bajazzo zu träumen. Er, plötzlich verjüngt und vergleichsweise dünn, trug passende Klamotten im Stil der Siebzigerjahre. Von den Folgen des Schlaganfalls bemerkte er nicht die geringste Spur und die meisten Wörter, die seinem Mund entströmten, gerieten von Mal zu Mal absurder und infantiler: *Wieso nur?*, fragte er sich verzweifelt.

»Lucky, jetzt schenk mir reinen Wein ein: Welche Drogen hast du mir ins Bier getan? Lass mich aufwachen! Ich finde das *momentan langsam irgendwie vorerst ein Stück weit echt nicht mehr* amüsant.«

»Ha! *Momentan langsam irgendwie vorerst ein Stück weit echt nicht mehr*: Dein Jargon wirkt für das Jahr 1976 doch sehr futuristisch. Keine Pilze, nichts Synthetisches, nichts in dieser Hinsicht. Es ist real! Man muss sich *lediglich* Zugang zu einer ›AE‹[14] schaffen, vielmehr zu einer Instanz, die sich auf einer ›AE‹ befindet und die zudem Lust hat, handelnd einzugreifen; und dann sollte einem die Kontaktaufnahme gelingen, Bajazzo – schon werden solche bislang unerklärlichen Phänomene wie Bilokation, Hellseherei und so fort zu simplen, natürlichen Vorgängen.«

»Wer brachte dich auf den Irrsinn?«

»Paul Austers Roman *Mann im Dunkel*.«

»Auster! Einer meiner Favoriten. Aber *den* Titel kenne ich gar nicht.«

---

[14] Abkürzung für *Andere Ebene*, aber auch für: Adverse Event, Annoncen-Expedition, Astronomische Einheit, Aufenthaltsermittlung, Ausfuhrerklärung, Eilverfahren in Asylsachen.

»*Man in the Dark* wird im Jahr 2010 relativ neu sein – Austers Held vermutet darin Parallelwelten und bezieht sich in diesem Zusammenhang auf den vogelwilden Priester, Dichter und Philosophen Giordano Bruno, der wohl als erster ...«

»... die Unendlichkeit des Weltraums und dessen ewige Dauer postulierte und dafür 1600 auf dem Scheiterhaufen endete.«

»Stimmt. Seine Überlegungen schlossen sowohl Schöpfung als auch Jüngstes Gericht aus. Ein absolutes No-Go für den Katholizismus.«

»*No-Go*, Lucky? Spinnst du? Seit wann bedienst du dich des Neudummdeutschen?«

»Bruno wurde in *Nola* bei Neapel geboren. *Nogo – Nola*. Ich habe ein Wortspiel probiert.« Lucky räusperte sich verlegen. »Nun ja ... Apropos: kennst du den frühen Spike-Lee-Streifen *She's Gotta Have It*?«

»Mit T. C. Johns als *Nola Darling*. Gewiss, ein bemerkenswertes Werk.«

»Wir schweifen ab. Du willst wissen, wer mich auf den ›Irrsinn‹ mit den *Anderen Ebenen* – nenn sie *Parallelwelten* – brachte. In denke an Michael Endes *Die unendliche Geschichte*; an Brian Ó Nualláins *At Swim-Two-Birds – In Schwimmen-Zwei-Vögel*. Und ich halte mich außerdem, wie gesagt, an Fachliteratur.«

»*Zwei Vögel beim Schwimmen*, wie der Romantitel des irischen Dichters Flann O'Brien in den 1960ern ebenso falsch wie bieder übersetzt wurde.«

»Die Übersetzerin wusste wohl nicht, dass *Snámh-Dá-Éan* eine Furt ...«

»Ja, ja, du G'scheithaferl!«

»... Worauf sich sogleich die Frage stellt, ob *in* die richtige Präposition für eine Furt ist; um mit Karl Valentin zu reden: ›In der Sendlinger Straße könnt man ja gar nicht wohnen, weil immer die Straßenbahn durchfährt.‹ Besser wäre in Hinsicht auf eine Furt oder auch auf die Sendlinger Straße *bei*, meinetwegen auch *an*. Aber da der *kori-fähige* Irlandkenner Harry Rowohlt immerhin bis zum Jahr 2001 ...«

»Hast du *In Schlucken-zwei-Spechte* gelesen?«

»Freilich!«

»Wie klänge *Bei Schlucken-zwei-Spechte*? Was hieltest du von *An*, von *Auf Schlucken-zwei-Spechte* ...«

»Du sollst Recht behalten. Jetzt hab ich's: *Zwei Spechte mit Schluckauf!* Bajazzo?«

»In einer hausbackenen Translation à la 1966? Tock, tock!« Caspar tippte sich an die Stirn und äußerte ein fränkisches »Higgs! Wie du bemerkt hast, wir, Higgs, schweifen ab.«

»Wer hat angefangen mit – ach, egal. Unser X funktioniert wie ich spüren kann, wirklich famos. Ich schicke ihm einfach einen Gruß!« Lucky befreite das Besteck von der Serviette, erhob sich feierlich, trank einen Schluck des frisch gezapften Biers, schlug mit dem Spaghetti- oder vielmehr Suppenlöffel ans Glas und hielt in der Manier eines Mitglieds der *Beat Generation* eine anachronistisch-existentialistische Ansprache. So kam es ihm zumindest vor. Er sprach laut, damit sie jeder der Anwesenden hörte: »Lieber unbekannter Autor! Lass dich X nennen, *Hicks!*, – *ohne asch mü-äh* – und wie mein lieber Freund und Rollstuhlfahrer soeben recht treffend auf middlfränggisch artikulierte: *Higgs*. Dein Name steht wohl nicht im *libri*-Titelkatalog und vielleicht hast du im Jahr 1976 alles mögliche im Sinn, nur nicht, Romane zu schreiben. Ich schmettere meine Wünsche eventuell in eine ferne, unbestimmte Zukunft, obwohl du möglicherweise gerade eben in diesem Etablissement unter uns weilst, ohne deine Berufung zu kennen: Möge dein Name eine Buchhülle zieren, direkt hinter dem vieldeutigen Titel *Wo? Auch: Immer;* möge der Umschlag, der den edlen Leinenband schützt, zum Blickfang der *dann* stattfindenden Frankfurter Buchmesse werden. Mögen die zweihundertzweiundneunzig Seiten gesetzt in Garamond 12pt – wohl gemerkt: zweihundertzweiundneunzig ohne Anhang –, die Bajazzos und meine Geschichte erzählen, amüsant und spannend sein und in einem akzeptablen Stil geschrieben, so dass Lektoren und Kritiker keinen einzigen Moment lang genervt sind. Drücken wir gemeinsam Daumen und schmettern dir entgegen: *We saW: Weiter so, alter Wirrkopf.*«

»Wieso?«, fragte Bajazzo.

»We saw!«

Einige Gäste applaudierten verwundert und ohne irgendetwas verstanden zu haben.

Lucky setzte sich und wandte sich wieder Bajazzo zu: »War das pietätlos, Hanns? Ich denke nein. Es bereitet ihm fraglos ähnliches Pläsier wie uns.«

»Das nennst du Pläsier?»

»Bleib locker. Lass mich erklären.«

Lucky erinnerte seinen Freund an die *Möbiusschleife*, deren Außenseite auch ihre Innenseite ist: »Ein zweidimensionales Wesen, das sich auf dieser nicht orientierbaren Fläche entlang bewegt, wird, ohne es zu bemerken, in die dritte Dimension gebracht.«

»Ich weiß, Lucky. So wurde versucht, uns, als wir Kinder waren, die vierte Dimension zu erklären. Wie die Möbiusfläche krümmt sich der Raum und wir empfinden ihn deshalb als unendlich. Übrigens: kennst du *Topologik* von Erich Fried?«

»Ein hinreißendes Liebesgedicht. Es endet mit den Zeilen: ›Ich habe mir ein Möbiusherz gefaßt das sich in ausweglose Streifen schneidet.‹ Ich schätze den alten Apo[15]– oqA sehr! Aber zurück zum Thema. Ich versuche ein anderes Beispiel: Stell dir unseren Schöpfer als einen geometrischen Punkt vor, ein Ding ohne Ausdehnung. Um ihm auf die Spur zu kommen, kann es von zwei sich kreuzenden Geraden in deren Schnittpunkt lokalisiert werden. Die Geraden verwandeln wir – schnipp schnapp – in Strecken und erhalten etwas, das du dir bitte als zweidimensionales Zeichen denken sollst.

»Als X?«

»Als X. Und jetzt lasse das X in deiner werten Vorstellung genügend schnell um die eigene Längsachse rotieren. Geht das?«

»Klar. Rotiert der Punkt mit?«

»Nein. Er hat ja keine Ausdehnung. Nennen wir ihn einfach *Gøtt*. Begutachten wir nun das herumwirbelnde X. Was siehst du?«

»Ein Stundenglas, eine Glasen-, eine Eier-, eine Sanduhr – so nennt man das aussterbende Ding, glaube ich.«

»Du hast das zweidimensionale X AD INFINITVM vervielfältigt und dreidimensional gemacht.«

»Na und?«

»Schau dir die Eieruhr von oben an.«

»Ein Kreis.«

»Stimmt. Egal, ob der sich dreht oder nicht. Man sieht es ihm nicht an. Du weißt aber, dass es sich nicht um einen Kreis, sondern um eine Eieruhr handelt.«

»Ja.«

»Verwandle nun den Kreis in eine Kugel. Reicht die Vorstellungskraft?«

---

[15] Abkürzung für *Außerparlamentarische Opposition,* aber auch für: Abiturprüfungsordnung, Abteilungsparteiorganisation, Aktionspotential, Alpha Phi Omega (Studentenverbindung in den USA), Army Post Office, Auckland Philharmonia Orchestra, Ausbildungs- und Prüfungsordnung der Deutschen Reiterlichen Vereinigung.

»Also hör mal, Lucky! Okay.«

»Somit hast du dein X in eine vierte Dimension gekrümmt. Wir können uns leider nicht vorstellen, was aus der Eieruhr wird, nur, dass sie, irgendwie multipliziert, sich ∞ + ein Mal in der Kugel versteckt – wie das rotierende X, das aufgrund der Drehung zu unzählbar vielen unbeweglichen Einzel-X mit derselben Achse wird.«

»Lucky, du spinnst. Mir wird schwindelig.«

»Es setzt sich fort: Stell dir vor, die Ausdehnung unserer Kugel geht gegen null: möglicherweise stellt sie sich auch bloß als ein geometrischer Punkt, ein *Gøtt,* dar.«

»Eine eindimensionale Kugel? Lächerlich! Higgs!«[16]

»Was meinst du schon wieder mit mit *Higgs?*«

»Keine Ahnung. Vielleicht ein extra kurzer Schluckauf, obwohl es sich nicht so anfühlte? Das Wort rutscht mir heraus: ›Higgs‹. Ein Punkt? Und das Ganze beginnt aufs Neue? Stopp, Lucky, es reicht. Du machst mir gerade ein ›Higgs‹ – na, was ist denn?! – ›X‹ für ein ›U‹ vor.«

»Stimmt. Wenn ›U‹ für unendlich stehen soll, hast du es bloß umzukippen, die Enden zu verdrehen und zusammenzukleben: ∞. Volià, ein Möbiusband – oder *Die Enden der Parabel.*«

»Du magst Pynchon? Ach ja, du hast es mehrfach erwähnt. Was willst du mir sagen?«

»Dass wir unseren Zustand nur als eine Verdrehung in weitere Dimensionen zu verstehen haben; das scheint ein Kinderspiel zu sein! Nicht wahr, Herr Schriftsteller?« Lucky erhob sich ein zweites Mal und schmetterte mit absichtlich übertriebenem und deshalb irgendwie blasphemisch wirkendem Pathos in die Runde: »Kleiner *Gøtt,* großer *Higgs* – wie immer du heißt, du, dessen Namen wir niemals unnütz führen würden, wenn wir ihn kennten, gib uns ein Zeichen!«[17]

LUCKY UND BAJAZZO schlichteten viel zu hastig Willis Nudelgericht in sich hinein, was ihnen böse Blicke seitens des Kochs einbrachte. Aber schließlich hatten sie in der Tat den lieben langen Tag nichts Nennenswertes zu sich genommen, und eventuell wurde man durch Klowandeln ja hungrig – wer kann einschätzen, wie viele Kilokalorien da verheizt werden?

---

16 {[(Ha, ich habe es ihn aussprechen lassen!)]}
17 {[(Den Teufel tu ich! Oder gebe ich ihnen vielleicht doch etwas zum Grübeln? Mal sehen.)]}

Nach der höchst genussvollen Stärkung malten sie sich mögliche Fortsetzungen der Geschichte aus. Es wäre ja ein Unding, zusammen mit ihren Originalen, quasi in doppelter Ausgabe, die eigene und die Historie der Menschheit zu verändern. Sie waren sich schnell einig, dass der Aufenthalt in der *Funzel* des Jahres 1976 bloß ein Intermezzo darstellen durfte, und dass sie schleunigst diese Realität zu verlassen hatten. Sie beschlossen, zurückzukehren zu exakt jenem Punkt, an dem sie die Toilette von *Pingu's Pinte* behumpelten und berollten, wie Bajazzo vorhin treffend bemerkte – nicht ohne Bitterkeit.

Als es ans Zahlen ging, fingerte Bajazzo im Brustbeutel vergeblich nach Scheinen, die recht knapp bemessenen Münzen klimperten – was erwartete er? – in der Währung, die vor der dem Euro gültig war. Zwei Portionen Spaghetti und zwei Bier kosteten zusammen genau zehn Mark, davon zehn Prozent Trinkgeld, also eine Mark, abzüglich der zwei Pfennige Deckelguthaben ... Hanns Caspar entleerte Umhängebörse und fand zwei Fünfmarkstücke, ein Fünfzigpfennigstück, *vier Zehnerle, ein Fünferl*, ein Zweipfennigstück und einen Pfennig. Nicht mehr und nicht weniger.

»So ein Zufall: exakt die Summe, die ich zahlen will!«

»Zufälle gibt es nicht, Hanns!«

»Fast glaub ich das auch wieder.«

*Funzel*wirt Willi sah die Münzen verwundert an: »Die Fünfer sind Sonderprägungen, Johannes Gutenberg aus dem Jahr 1968 und Albert Schweitzer 1975.[18] Willst du die wirklich so mir nichts dir nichts in die Runde werfen?«

»Warum nicht? Ich weiß ja nicht einmal, woher die stammen, denn ich sammle nicht und kann mit Münzen eh schlecht etwas anfangen, vor allem wenn sie nichts mehr wert sind. *Ups, verplappert.*«

»*Gesegnet sei, wer die Schrift erfand. Ehrfurcht vor dem Leben.*«, las Willi und erläuterte: »Die Zitate stehen jeweils als Randschrift rund um die Seiten der Münzen.«

»Echt? Das wusste ich nicht. Zeig her. Tatsächlich. Lucky, willst du dir das nicht ansehen?«

---

[18] {[(Der abgezählte Betrag ist das erwünschte Zeichen, die Sondermünzen sind L&B in ihren Romanleben schon begegnet. Und nun bemerken das meine beiden Könige nicht! Na ja, was darf man sich von Schimären schon erwarten?)]}

»Nein. Wozu? Musst du nicht Pipi, Bajazzo?« Lucky wandte sich an Willi: »Wir werden gleich verschwinden – heute gilt es, Dinge zu erledigen, die keinen Aufschub vertragen ... oder vielleicht unendlich viel Zeit kosten.«

»Na, immerhin merke ich, dass meine Genossen im Gegensatz zu gestern keine Fünfmarkstücke für Blumenautomaten benötigen, um sich die Schädel wegzublasen. Tschüss!«

DIE BEIDEN FREUNDE standen minutenlang ratlos auf der Toilette herum, bis Bajazzo den Verdacht äußerte, dass sie zu *Melmoths,* zu Wanderern zwischen den Zeiten mutiert waren; und wenn das stimme, wolle er pünktlich an jenem Abend, an dem das folgenschwere Treffen mit Lydia im Bügelbrett stattfand, eben dort eintreffen um herauszubekommen, »ob wir nicht doch ...«

»Ich erläuterte dir vorhin, dass das Unsinn sein *muss*. Wir würden uns an unsere Verdopplung erinnern!« Lucky versuchte gegen die dumpfen Punkbässe und den schrecklichen Lärm anzubrüllen, der sie plötzlich umgab. Er sah erst Hanns und dann die bekritzelte Klosettwand verdutzt an: *Ich geh kaputt. Gehst du mit?* stand da mit dickem, schwarzem, wasserfestem Filzstift an die eklig weiß gekachelte, neonbestrahlte Wand geschrieben, daneben *Die Zukunft war früher auch besser (Valentin)* und darunter *Ihr habt das Geld, wir die Zeit – Anarchie ist machbar, Herr Nachbar.*

»Weißt du, was ich glaube?« fragte Bajazzo.

»Lass uns das Hinterzimmer betreten, damit ich glaube, was du offenbar schon weißt.«

Sie sahen die Konterfeis gut gelaunt, wenn auch ohne Getränk, in einem Gespräch.

Lucky II und Bajazzo II versuchten sich bemerkbar zu machen – ohne Erfolg. Sie wurden von den *Ebenbildern aus der Vergangenheit* nicht einmal erahnt, obwohl sie sich in epischer Breite vor ihren Erstausgaben aufbauten und sie mit den laut und deutlich gesprochenen Worten »Was lesen wir gerade?« begrüßten.

»Hosi nass!« meinte just in diesem Augenblick *Lucky I*, der andere Lucky, indem er das vermeintliche Ende eines Ernst-Jandl-Gedichtes zitierte.

Bajazzo II (BII) erinnerte sich im selben Moment eines Vorfalls, den er während der gegenwärtig in naher Zukunft liegenden unseligen Liaison mit Baba erlebte und der ihm unerklärlich erschien: Ein mit Forchheimer *Bächla Leicht* frisch gefüllter Willybecher sprang vor seinen Augen mitten entzwei. Unmittelbar nach Erklingen eines leisen Geräusches – es hörte sich an, als hätte eine Geisterhand mit unsichtbarem Hammer und Meisel das Gefäß punktgenau und zielgerichtet malträtiert – zeigte sich ein rund um das Glas verlaufender Riss, und gleich darauf schäumte die Hälfte des *Hebendanzer* Schankbiers auf den Tisch. Dass von Hanns »eine schlechte Energie« ausgehe, meinte Barbara *Baba* Baader und strafte ihn mit einem vernichtenden Blick.

»Hosi nass,«, wisperte *BII*, »ich habe eine Idee.«

»Du brauchst nicht so leise zu reden, die nehmen uns nicht wahr, wie dir aufgefallen sein dürfte!«, gab *Lucky II (LII)* zurück. »Was für eine Idee?«

»Lass uns versuchen, dem Abend eine erfrischende, nicht ganz trockene Wendung zu geben.«

Bevor *LII* fragen konnte, was der Freund vorhatte, brachte Lydia – *die Bettina* – zwei Gläser Bier an den Tisch. *BII* schlug, just als das tätowierte Magermädel die Humpen abstellen wollte, von unten ans Tablett, und der Gerstensaft ergoss sich über Lukas und Hanns.

»Hosi nass!«, kicherte *BII*.

LII nickte anerkennend: »Bilokation und Hellseherei reichen dir wohl nicht, liebster Anand – gehst du auch noch unter die Schutzengel?«

»Passt doch auf, ihr Vollpfosten!«, fluchte Lydia, die sich keinerlei Schuld bewusst war; zu Recht.

Lucky und Bajazzo sprangen schimpfend und zeternd auf. Sie mutmaßten, dass sie in der »Scheiß Punkerszene« unerwünscht sind und verließen daher fluchtartig das *Bügelbrett*. Einen Augenblick später fanden sie sich auf der Straße wieder, in strömendem Regen.

Die Bettina rief ihnen nach: »Wer zahlt die Getränke?«

»Na, wer sie verschüttet hat!«, blaffte Bajazzo zurück.

BII durchforstete seinen Brustbeutel. »Kein Schein, keine Münze: leer! Da werde ich – *mene mene tekel uparsin* – wohl anschreiben lassen«, bemerkte er trocken; im wahrsten Sinne des Wortes, denn der Regen konnte *BII* und *LII* im Gegensatz zu den *Originalen* nichts anhaben.

»Und was passiert jetzt?«, fragte *LII* beklommen.

»Wir als Schutzengel könnten an der Seite der beiden bleiben um zu erfahren, wie sich unser Leben in dieser Parallelwelt entwickelt«, meinte *BII*.

Das Gespräch verstummte für eine Weile. *LII* und *BII* hörten den anderen Versionen zu.

»Ich schlage dir etwas vor«, ließ Lucky vernehmen. »Wo hast du den Bus stehen? Du fährst uns in meine WG und wir trinken dort auf gemeinsame Erlebnisse, bis unsere Klamotten getrocknet sind; in der Bude steht ein alter Ölradiator und ein Fläschchen *Brunello di Montalcino* – das hat mir neulich eine gute alte Bekannte aus der Schweiz geschenkt!«

»Meine Exfrau Marianne?«

»Quatsch! Wie kommst du darauf?«

»Wenn wir uns unserer nassen Klamotten entledigt haben … *flottschen* wir uns wohl unbedeckt zu? Und du versuchst mich wieder ins Bett zu kriegen? Nein, danke – es verging zwar mittlerweile ein Dezennium, indes, das Theater vergaß ich nicht. Erinnerst du dich, wie deine Mitbewohner, wie hießen die? Windl und Gurtl? …«

»Lass mich bloß nicht daran denken, Bajazzo! Gut dass ich mich mit dem Brgl' in den nahen Osten aufmachte, damals.«

»Anderer Vorschlag: wir fahren nach Erlenstegen zu meiner Mutter. Mein Vater kurzweilt derzeit in Nevada und deshalb können wir uns aus seinem Kleiderschrank Klamotten leihen. Zugegeben, die passen höchstens leidlich und entsprechen gar nicht deinem Stil, aber in der Not frisst der Teufel Fliegen und Krawatten, weiße Hemden und maßgefertigte Anzüge. Und wir ziehen aufs Neue los – um beispielsweise zu gucken, ob es die *Funzel* und den legendären Wirt – den *Südstadtwilli*? – noch gibt. Später übernachtest du in einem der Gästezimmer unserer Villa. Sittsam und ohne Arglist. Morgen früh wird die Kleidung getrocknet sein.«

»Ich hatte nie Hintergedanken! Keine Beleidigungen, mein Freund!«

»Das war so dahin gesagt. Ich kenne meinen weiberverehrenden Mitaga! Ach gib mir doch nur ein Zwanzigstel von deinem *Glück bei den Frauen* ab, *Bel Ami*.«

LII SCHÜTTELTE VERZAGT den Kopf und meinte, dass die neue Sachlage, die *Dopplungssituation,* für ihn unerträglich anstrengend sei und er sich – im Gegensatz zu BII – einer Schutzengelkarriere ganz und gar nicht gewachsen fühle. Zudem würde es ihm wahrscheinlich ziemlich bald fad werden. Angst kroch in ihm hoch, da er vermutete, es gebe keine Möglichkeit, zum Ausgangspunkt dieses selbst eingebrockten Irrsinns zurückzukehren: »Am liebsten wäre es mir, wenn wir retourklowandeln und in *Pingu's 00* auftreffen könnten; du ließest dich in den Rollstuhl plumpsen, ich griffe mir meine Krücken – und wir täten so, als sei nichts gewesen.«

»Wie soll das funktionieren? Womöglich müssen wir beten. Großer X, erlöse uns von dem üblen Tohuwabohu und führe uns nicht ins Mögeldorf noch ins Bleiweißviertel noch nach Johannis, sondern heim in *Pingu's Pinte*, denn dein sei die Romanhandlung im Augenblick und vielleicht in Ewigkeit und Amen, am End'.«

»Hör auf, Bajazzo.«

»Apropos, so zu tun als sei nichts gewesen, geht überhaupt nicht! Es wird nämlich nicht *nichts gewesen sein*, weil wir in einer anderen Parallelwelt ja tatsächlich verschwunden sind. Irgend ein *Freund* schnüffelt zusammen mit irgend einem *Helfer* herum, und wer weiß, welche Auswirkungen das auf die Geschichte der Menschheit hat.«

»Ja, das ist uns aber egal, solange wir unser Leben in unserer Welt wiederbekommen – und im Moment des bevorstehenden und [!] zurückliegenden Urknalls ist eh *Alles* gleich *Nichts*. Übrigens haben wir bei unserem kurzen *Funzel*intermezzo vorhin bereits eine weitere Parallelwelt erzeugt. Wer weiß, was aus dem MG-Mecki wird, nach unserem unechten und verlogenen Schwuchtel-Coming-Out. Vielleicht driftet er zu anderen Ufern? Und rettet damit womöglich die Welt.«

»Der Mecki?!« *BII* lachte auf, um im nächsten Moment in melancholisches Grübeln zu verfallen. »Aber du hast Recht. Das wirkt alles krank!«

»Wieso, Bajazzo? Bloß, weil uns brandaktuelle Aspekte der Unendlichkeit zuteil geworden sind? Denke an Alfred Jarry und die Pataphysik: ±*Gott ist der kürzeste Weg von 0 bis ∞*.«

»Du kennst …«

»Freilich! Befinden wir uns nicht im Selben …?«[19]

---

[19] {[(Ich denke, ich kann meine beiden Helden an dieser Stelle getrost ihrem Schicksal überlassen. Dabei baue ich auf die Phantasie der Leser des vorliegenden Romans, denen ich mit Fug unterstelle, dass sie für Lucky und Bajazzo unendlich viele neue Parallelwelten zu schaffen in der Lage sind. Sie brauchen ja nur die Geschichte weiterzuspinnen. Ferner vertraue ich auf *meinen* ganz persönlichen *Higgs* … oder *b*, – *wegen der Inspiration* – der mir hin und wieder Zeichen gibt. Beispiele hierfür gibt es genug. Derzeit schreibt er mir etwas in mein Leben, das als Romanstoff schwer zu schlucken wäre und nicht nur mir, sondern wahrscheinlich auch allen Bücherfreunden recht unglaubwürdig vorkäme. Einer meiner Bekannten, ein Ire, haust in den schottischen Highlands. Er heißt David Pynch, wird arg vom Schicksal gebeutelt und verpasst sich täglich eine

Überdosis Alkohol. Sonst ertrüge er das Dasein nicht. Stellt er eine Mischung aus David Lynch und Thomas Pynchon dar? Wer weiß? *Freund* und *Helfer* wissen es nicht. Ich höre jetzt auf zu mutmaßen. Gute Nacht – in meiner Gegenwart wird es gleich 23:00 Uhr, Zweitligist Greuther Fürth spielt gegen Bundesligatabellenführer Borussia Dortmund. Es steht 0:0 im DFB-Pokalhalbfinale und die Verlängerung ist so gut wie vorbei. Sollte das die Wirklichkeit sein?
Kurzer Nachtrag: Wir hören den Urknall sowohl aus der Vergangenheit als auch aus der Zukunft; daraus folgt: der Urknall ist jetzt; daraus folgt: es gibt weder Zukunft noch Vergangenheit, geschweige denn Gegenwart. Und beim Duell zwischen Fürth und Dortmund kam es nicht einmal zum Elfmeterschießen.)]}

Anhang

1

Übersetzung fremdsprachiger Zitate

S. 5 *Nichts ist wahr. Alles ist erlaubt.¹*

S. 7 *Wenn ich mich nämlich täusche, bin ich.*

S. 7 *Es ist also unzweifelhaft, dass ich bin, wenn er mich täuscht; und er täusche mich, so viel er kann, niemals wird er es fertigbringen, dass ich nichts bin, so lange ich denke, dass ich etwas sei. Und so komme ich, nachdem ich nun alles mehr als genug hin und her erwogen habe, schließlich zu der Feststellung, dass dieser Satz: Ich bin, ich existiere, so oft ich ihn ausspreche oder in Gedanken fasse, notwendig wahr ist.*

S. 7 *Wenn ich nicht existiere, existiert das Weltall nicht.*

S. 20 *Wie fühlt man sich, wenn man zu den wunderschönen Leuten gehört? Liebling, du bist ein reicher Mensch.*

S. 29 *Lydia oh Lydia, sagt, kennt ihr Lydia? Lydia, die tätowierte Dame; sie hat Augen, die von den Leuten vergöttert werden, doch in noch weit größerem Maße wird ihr Oberkörper angehimmelt: Lydia oh Lydia, das Nachschlagewerk, oh Lydia, die Königin der Tätowierung. Auf ihrem Rücken ist die Schlacht von Waterloo, etwas abseits auch Das Wrack der Hesperus (Gedicht von Henry Wadsworth Longfellow) und darüber flattert stolz das Rot, Weiß und Blau (der US-amerikanischen Nationalflagge). Von Lydia kann man eine Menge lernen.* (Aus dem Marx-Brothers-Film *Im Zirkus*, 1939)

S. 31 *Die Komödie ist zu Ende!*

---

¹ Friedrich Nietzsche: *Also sprach Zarathustra*, Vierter und letzter Teil, Kapitel *Der Schatten*.
Den Satz – *Nothing is true. Everything is permitted* – legt W. S. Burroughs in seinem Roman *Nova Express*, Kapitel *Farbe bekennen* dem Perser Hasan-i Sabbah als dessen *letzte Worte* in den Mund. Ob zu Recht oder nicht: die Entscheidung überlässt der Autor dem werten Leser.
Burroughs bezeichnet Hasan-i Sabbah fälschlicherweise als den *Alten vom Berge*. Mit diesem Attribut ist allerdings der um etwa 100 Jahre jüngere Syrer Raschid ad-Din Sinan (etwa 1133–1192), arabisch رشيد الدين سنان, gemeint, ein Sektenführer der ismailitischen Assassinen in Syrien zur Zeit des Dritten Kreuzzugs.

S. 45 *Das Flusswasser, das du berührst, ist das letzte von dem, was weggeflossen ist, und das erste von dem, das heranfließt. So ist die Gegenwart.*

S. 56 *Mal so, mal so! Das ist eine großartige Wendung, tra-la-la-la. Falls dich jemand fragt, wie es dir geht, ist es korrekt zu sagen: Mal so, mal so!*

S. 59 *Es ist Opium, das du deinem Volk einflößt.*

S. 68 *Ein Tor öffnet sich zum Anderswo. Geheimnis und Sinnlichkeit des Maskulinen.* Opium pour Homme *weiht ein in eine neue Beziehung zwischen Männern und ihrem Duft. Mehr als ein Parfüm, ist es ein Lebensstil, eine Möglichkeit, an die eigenen Grenzen zu gelangen. Bourbonvanille – Szechuanpfeffer – Atlaszeder – Amber. Ein Hauch von Frische, Frucht und Dynamik. Reichhaltiger und sinnlicher Charakter. Orientalische Struktur, würzig und sinnlich. Eine intensive und elementare Variante, welche die Sinnlichkeit des Dufts unterstreicht.*

S. 70 *Ich tanzte an einem farbigen Wind vorbei, baumelte herab von einem Seil aus Sand. Du musst mir Lebwohl sagen.* Textstelle aus Tom Waits' Song *Singapore* (LP Raindogs, 1985).

S. 83 *Das Leben ist ein Witz und alles deutet darauf hin; so dachte ich einst und nun weiß ich es.*

S. 84 *Wahre Liebe kommt nur einmal im Leben.*

S. 89 *Mein Lebewohl hat der Mond in den Himmel geschrieben.*

S. 89 *Shiver Me Timbers: Potz Blitz.* Titel aus dem Tom-Waits-Album *Heart Of The Saturday Night* (Samstagnachtherz, 1974)

S. 97 *Ich möchte lieber nicht.*

S. 143 *Schwäche kann Zärtlichkeit hervorrufen und den überheblichen männlichen Stolz erfreuen; doch die großzügigen Liebkosungen eines Beschützers werden nicht einen edlen Verstand zufriedenstellen, der danach lechzt und es verdient, respektiert zu werden.*

S. 163 *...und auch ansonsten ist es sehr schmutzig.*

S. 189 *Wir werden alle verrückt geboren. Einige bleiben es.*

S. 191 *Und sollte ich je meine Beine verlieren, muss ich nicht mehr laufen.*

S. 239 *Sturm im Wasserglas.*

S. 249 *Immer, nein, manchmal glaube ich, ich bin es, doch bekanntlich weiß ich, wann es ein Traum ist. Ich denke »äh, nein«, ich meine »äh, ja«, aber es ist alles falsch, also ich glaube, ich habe etwas dagegen.*

S. 251 *Erst machten sie einen Riesenlärm, bis sie endlich durch die Türe gelangten! So schmal ist die nämlich auch wieder nicht, dass man daran hängenbleiben könnte.*

Aber der eine Blödmann legte seine Krücken dem anderen Hirni quer über den Schoß. Wie bei den Schildbürgern. Und dabei gifteten sie sich ununterbrochen an, die beiden Deppen! Die hölzernen Kasperlfiguren!

S. 259 *Oft lässt der Menschen Unglück nach, und Sturmwind bläst nicht immer gleich, noch bleibt Erfolg auf ewig. Denn alle Dinge ändern sich und schaffen Platz einander.*

2

Personenregister

Adenauer, Konrad Hermann Joseph, eigentlich *Conrad Hermann Joseph Adenauer* (1876–1967): Politiker.
S. 79

Adler, Alfred, (1870–1937): österreichischer Arzt und Psychotherapeut.
S. 14

Adorno, Theodor W., eigentlich *Theodor Ludwig Wiesengrund* (1903–1969): deutscher Philosoph, Soziologe, Musiktheoretiker und Komponist.
S. 34, S. 108, S. 134, S. 174, S. 245, S. 250

Albert, Hans (*1921): deutscher Philosoph und Soziologe.
S. 249

Alberti, Leon Battista (1404–1472): Humanist, Schriftsteller, Mathematiker, Kryptologe, Architekt und Architekturtheoretiker.
S. 19

Ali, Muhammad, eigentlich *Cassius Marcellus Clay Jr.* (*1942): US-amerikanischer Boxer.
S. 198

Algren, Nelson (1909–1981): US-amerikanischer Schriftsteller.
S. 160

Antonius von Padua, lateinisch Antonius Patavinus, Geburtsname *Fernando Martim de Bulhões e Taveira Azevedo* oder *Ferdinand Martin von Bulhon und Taveira Azevedo,* oft auch Antonius von Lissabon genannt (1195–1231): portugiesischer Franziskaner, Theologe und Prediger, Heiliger der römisch-katholischen Kirche.
S. 276

Apollinaire, Guillaume, eigentlich Wilhelm Albert Włodzimierz Apolinary de Wąż-Kostrowicki (1880–1918): französischer Autor italienisch-polnischer

Abstammung.
S. 163

Aristoteles, griechisch Ἀριστοτέλης (384 v. Chr.–322 v. Chr.): griechischer Philosoph.
S. 134

Artmann, Hans Carl (1921–2000): österreichischer Poet, Schriftsteller und Übersetzer.
S. 26

Augustinus von Hippo (354–430): lateinischer Kirchenlehrer und Philosoph.
S. 7

Auster, Paul (* 1947): US-amerikanischer Schriftsteller und Regisseur.
S. 282

Ayer, Alfred Jules (1910–1989): britischer Philosoph.
S. 2453

Baader, Berndt Andreas (1943–1977): deutscher Terrorist und eines der führenden Mitglieder der „ersten Generation" der Rote Armee Fraktion (RAF).
S. 215

Bakunin, Michail Alexandrowitsch, russisch Михаил Александрович Бакунин (1814–1876): russischer Artillerieoffizier, Mathematiklehrer, Revolutionär und Anarchist.
S. 102

Bataille, Georges (1897–1962): französischer Schriftsteller.
S. 164

Becker, Hellmut (1913–1993): deutscher Jurist, Rechtsanwalt, Bildungsforscher und Bildungspolitiker.
S. 108

Becker, Katrin (*1967): deutsche theoretische Physikerin.
S. 254

Becker, Melanie (*1966): deutsche theoretische Physikerin.
S. 254

Beckett, Samuel Barclay (1906–1989): irischer Schriftsteller.
S. 101, S. 107, S. 197

Berbuer, Karl (1900–1977): deutscher Komponist und Schlagersänger.
S. 325

Bernhard, Thomas (1931–1989): österreichischer Schriftsteller.
S. 274

Blanco, Roberto Zerquera (*1937): deutscher Schlagersänger und Schauspieler.
S. 107

Blyton, Enid Mary (1897–1968): Kinder- und Jugendbuchautorin.
S. 15

Börne, Carl Ludwig, eigentlich *Juda Löb Baruch* (1786–1837): deutscher Journalist, Literatur- und Theaterkritiker.
S. 91

Bogdanovich, Peter (*1939): US-amerikanischer Filmregisseur.
S. 67, S. 324

Born, Max (1882–1970): deutscher Mathematiker und Physiker.
S. 201

Brecht, Bertolt, auch Bert Brecht, gebürtig *Eugen Berthold Friedrich Brecht* (1898–1956): deutscher Dramatiker und Lyriker.
S. 18, S. 125

Büchner, Karl Georg (1813–1837): hessischer Schriftsteller, Mediziner, Naturwissenschaftler und Revolutionär.
S. 282

Brown, James (1933–2006): US-amerikanischer Soulsänger.
S. 25

Bruno, Giordano (1548–1600): italienischer Philosoph.
S. 283

Buñuel Portolés, Luis (1900–1983): spanisch-mexikanischer Filmemacher, surrealistischer Regisseur.
S. 185

Burdon, Eric Victor (*1941): britischer Rockmusiker.
S. 88

Burroughs, William Seward (1914–1997): US-amerikanischer Schriftsteller, Mitglied der Beat Generation.
S. 140, S. 174, S. 295, S. 326

Cacoyannis, Michael, griechisch Μιχάλης Κακογιάννης (1922–2011): zypriotisch-griechischer Filmregisseur, Drehbuchautor und Produzent.
S. 324

Caesar, Gaius Julius (100 v. Chr.–44 v.Chr.): römischer Staatsmann, Feldherr und Autor; war beteiligt an der Zerstörung der Römischen Republik und an ihrer Umwandlung in ein Kaiserreich.
S. 140, S. 161

Captain Beefheart, eigentlich *Don Glen Van Vliet, geboren als Donald Vliet,* (1941–2010): US-amerikanischer Autor, Sänger und Maler.
S. 25

Carstens, Karl (1914–1992): deutscher Politiker.
S. 225

Churchill, Sir Winston Leonard Spencer- (1874–1965): britischer Staatsmann.
S. 145

Connery, Sir Thomas Sean (*1930): schottischer Schauspieler, Filmproduzent und Oscar-Preisträger.
S. 40

Cooper, James Fenimore (1789–1851): US-amerikanischer Schriftsteller.
S. 163

Copertino, Josef von, auch *Joseph von Cupertino,* italienisch *Giuseppe da Copertino,* eigentlich *Giuseppe Desa;* (1603–1663): italienischer Franziskaner, Heiliger der katholischen Kirche.
S. 276

Crumb, Robert (*1943): US-amerikanischer Künstler, Illustrator und Musiker.
S. 230

Curtis, Tony, eigentlich *Bernard Schwartz* (1925–2010): US-amerikanischer Filmschauspieler, Maler, Autor und Künstler ungarischer Abstammung.
S. 188

Dalí i Domènech, Marqués de Púbol, Salvador Felipe Jacinto (1904–1989): spanischer Maler, Grafiker, Schriftsteller, Bildhauer und Bühnenbildner.
S. 185

Day, Doris, eigentlich *Doris Mary Ann Kappelhoff* (*1924): US-amerikanische Filmschauspielerin und Sängerin.
S. 112, S. 113

Demosthenes, griechisch Δημοσθένης, (384 v. Chr.–322 v. Chr.): griechischer Redner.
S. 204

Derwall, Josef *Jupp* (1927–2007): deutscher Fußballspieler und -trainer und deutscher Bundestrainer.
S.132

Descartes, René (1596–1650): französischer Philosoph, Mathematiker und Naturwissenschaftler.
S. 7

Diamond, I. A. L., eigentlich *Itek Domnici* (1920–1088): US-amerikanischer Drehbuchautor.
S, 325

Dorst, Tankred (*1925): deutscher Dramatiker und Schriftsteller.
S. 131

Dostojewski, Fjodor Michailowitsch russisch Фёдор Михайлович Достоевский (1821–1881): russischer Schriftsteller.
S. 254

Douglas, Kirk (* 1916): US-amerikanischer Schauspieler.
S. 167

Dr. John, eigentlich *John Malcolm (Mac) Rebennack Jr.* (*1940): US-amerikanischer Musiker und Produzent.
S. 274

Dürer, Albrecht der Jüngere (1471–1528): deutscher Maler und Grafiker.
S. 133

Dürrenmatt, Friedrich (1921–1990): Schweizer Schriftsteller und Maler.
S. 248

Dumas der Ältere, Alexandre, auch *Alexandre Dumas Davy de la Pailleterie* oder *Alexandre Dumas père* (1802–1870): französischer Schriftsteller.
S. 241

Dylan, Bob, eigentlich *Robert Allen Zimmerman* (*1941): US-amerikanischer Folk- und Rockmusiker und Lyriker.
S. 25

Eilert, Bernd (*1949): deutscher Schriftsteller.
S. 110

Einstein, Albert (1879–1955): theoretischer Physiker.
S. 253

Engels, Friedrich (1820–1895): deutscher Philosoph, Gesellschaftstheoretiker, Historiker, Journalist und kommunistischer Revolutionär.
S. 36, S. 82, S. 172

Everett III, Hugh (1930–1982): US-amerikanischer Physiker.
S. 201, S. 252

Ewiger, Henry (*1952): fiktive Figur aus dem Roman *Reïnklonation* (Knopfverlag, 2010).
S. 7, S. 326

Fassert, Fred (*1935): US-amerikanischer Rockmusiker, Mitglied der *Regents*.
S. 324

Feddersen, Helga (1930–1990): deutsche Schauspielerin, Autorin und Sängerin.
S. 112

Feuchtersleben, Ernst Maria Johann Karl Freiherr von (1806–1849): österreichischer Popularphilosoph, Arzt, Lyriker und Essayist.
S. 92

Feuerbach, Ludwig Andreas (1804–1872): Philosoph und Anthropologe, Religions- und Idealismuskritiker.
S. 122, S. 123

Fourier, Charles (1772–1837): französischer Gesellschaftstheoretiker, Vertreter des Frühsozialismus, Kapitalismuskritiker.
S. 245

Freud, Sigmund, eigentlich *Sigismund Schlomo Freud* (1856–1939): österreichischer Arzt, Tiefenpsychologe und Religionskritiker, Begründer der Psychoanalyse.
S. 14, S. 51

Fried, Erich (1921–1988): österreichischer Lyriker, Übersetzer und Essayist.
S. 285

Gay, John (1685–1732): englischer Schriftsteller.
S. 87

Georg, St., neugriechisch Άγιος Γεώργιος (3. Jahrhundert–ca. 303): Märtyrer.
S. 24, S. 27

Gernhardt, Robert (1937–2006): deutscher Schriftsteller, Zeichner und Maler.
S. 110, S. 140, S. 205, S. 244, S. 252

Ghose, Aurobindo, Sri Aurobindo, bengalisch অরবিন্দ ঘোষ, (1872–1950): indischer Politiker, Philosoph, Mystiker, Yogi und Guru.
S. 22, S. 34, S. 45, S.61

Ginsberg, Allen (1926–1997): US-amerikanischer Schriftsteller und Vertreter der Beat Generation.
S. 326

Goethe, Johann Wolfgang von, *geadelt 1782,* (1749–1832): deutscher Dichter, Naturwissenschaftler und Politiker.
S. 21, S. 89

Gogol, Nikolai Wassiljewitsch russisch Николай Васильевич Гоголь; (1809–1852): russischer Schriftsteller ukrainischer Herkunft.
S. 254

Goppel, Alfons (1905–1991): deutscher Politiker.
S. 117

Gorki, **Maxim,** russisch Максим Горький, eigentlich *Alexei Maximowitsch Peschkow*, Алексей Максимович Пешков, (1868–1936): russischer Schriftsteller.
S. 255

Goscinny, René (1926–1977): französischer Comic-Autor.
S. 39, S. 43

Goya y Lucientes, Francisco José de (1746–1828): spanischer Maler und Grafiker.
S. 52

Green, Michael Boris (*1946): britischer Physiker.
S. 254

Grimm, Jacob (1785–1863): Sprachwissenschaftler und Sammler von Märchen, Gründungsvater der Deutschen Philologie bzw. Germanistik.
S. 184

Grimm, Wilhelm (1786–1859): Sprachwissenschaftler und Sammler von Märchen, Gründungsvater der Deutschen Philologie bzw. Germanistik.
S. 184

Gründgens, **Gustaf,** eigentlich *Gustav Heinrich Arnold Gründgens* (1899–1963): deutscher Schauspieler, Regisseur und Intendant.
S. 238, S. 274

Gutenberg Johannes, *eigentlich Johannes Gensfleisch,* (1400–1468): Erfinder der Druckerpresse.
S. 90, S. 287

Habermas, Jürgen (* 1929): deutscher Philosoph und Soziologe.
S. 250

Händel, Georg Friedrich (1685–1759): deutsch-britischer Komponist des Barocks.
S. 131

Hagen, Catharina »Nina« (*1955): deutsche Sängerin, Schauspielerin und Songwriterin.
S. 170

Hallervorden, Dieter »**Didi**« (*1935): deutscher Schauspieler.
S. 111, S. 132

Handke, Peter (*1942): österreichischer Schriftsteller und Übersetzer.
S. 173, S. 174, S. 182

Hardy, Oliver Norvell *Babe* (1892–1957): US-amerikanischer Komiker und Filmschauspieler.
S. 326

Hårfagre, Harald, auch *Harald Hårfager, Harald I. „Schönhaar"* oder *Haarschön, Haraldr hinn hárfagri* (ca. 852–933): erster König Norwegens.
S. 325

Hasan-i Sabbah, persisch حسن صباح (*um 1034–1124): persischer Anführer der Assassinen, einer ismailitischen Religionsgemeinschaft, die heute unter dem Namen Assassinen bekannt ist..
S. 5, S. 295

Hegel, Georg Wilhelm Friedrich (1770–1831): deutscher Philosoph, gilt als wichtigster Vertreter des deutschen Idealismus.
S. 36, S. 82, S. 134, S. 168, S. 202

Heine, Christian Johann Heinrich (1797–1856): deutscher Dichter, Schriftsteller und Journalist.
S. 91

Heller, André, eigentlich *Francis Charles Georges Jean André Heller-Hueart* (*1947): österreichischer Chansonnier, Aktionskünstler, Kulturmanager, Autor und Schauspieler.
S. 179, S. 216

Hendrix, James Marshall *Jimi* (1942–1970): US-amerikanischer Gitarrist und Sänger.
S. 25

Heraklit von Ephesos, griechisch Ἡράκλειτος ὁ Ἐφέσιος (ca. 520 v. Chr.–460 v. Chr.): vorsokratischer Philosoph.
S. 224, S. 251

Herder, Johann Gottfried von (1744–1803): deutscher Dichter, Übersetzer, Theologe und Philosoph.
S. 134

Hergé, (RG) eigentlich *Georges Prosper Remi* (1907–1983): belgischer Comic-Autor und -Zeichner.
S. 172

Herzen, Alexander Iwanowitsch (Pseudonym *Iskander)*, russisch Александр Иванович Герцен (1812–1870): russischer Schriftsteller und Philosoph.
S. 131

Herzer, Ludwig, eigentlich *Ludwig Herzl* (1872–1939): österreichischer Arzt und Librettist.
S. 225

Hesse, Hermann (1877–1962): deutsch-schweizerischer Schriftsteller und Nobelpreisträger.
S. 20

Hesse, Otto Ernst (1891–1946): deutscher Dramatiker, Publizist, Komödienautor, Erzähler, Lyriker und Theaterkritiker.
S. 229

Higgs, Peter (* 1929): britischer Physiker, nach dem das Higgs-Boson benannt wurde. Mit dem Higgs-Boson oder Higgs-Teilchen konnte wahrscheinlich im Juni 2012 das letzte Elementarteilchen im Standardmodell der Elementarteilchenphysik experimentell nachgewiesen werden. Seinem (hypothetischen) Vorhandensein kommt eine zentrale Bedeutung zu.
S. 284, S. 286, S. 291

Hitchcock, Sir Alfred Joseph (1899–1980): britischer Filmregisseur und Filmproduzent.
S. 113

Hofstadter, Douglas Richard (*1945): US-amerikanischer Physiker und Informatiker.
S. 36

Homer, griechisch Ὅμηρος, gilt als Autor der Ilias und Odyssee und damit als erster Dichter des Abendlandes. Weder Geburtsort noch das Datum der Geburt oder des Todes sind zweifelsfrei bekannt.
S. 40

Hornez, André (1905–1989): französischer Drehbuchautor und Texter.
S. 154

Hornklofi, Þórbjörn (9. Jahrhundert): norwegischer Dichter.
S. 325

Husserl, Edmund (1859–1938): Philosoph und Mathematiker.
S. 7, S. 42, S. 174, S. 202

Ibscher, Walter (1926–2011): deutscher Bildhauer, Grafiker, Medailleur, Restaurator und Kunstpädagoge.
S. 141

Jacobs, William Wymark (1863–1943): englischer Schriftsteller.
S. 326

Jain, *Rajneesh* **Chandra Mohan,** Hindi रजनीश चन्द्र मोहन जैन, auch Acharya Rajneesh, Bhagwan Shree Raijneesh und Osho (1931–1990): indischer Philosophieprofessor und Begründer der Neo-Sannyas-Bewegung.
S. 22, S. 217, 323

Jandl, Ernst (1925–2000): österreichischer Dichter und Schriftsteller, Vertreter experimenteller Lyrik in der Tradition der Konkreten Poesie.
S. 11, S. 26, S. 27, S. 288

Jansson, Tove (1914–2001): finnische Schriftstellerin.
S. 325

Jarry, Alfred (1873–1907): französischer Schriftsteller.
S. 207, S. 216, S. 244, S. 252, S. 291

Jelinek, Elfriede (*1946): österreichische Schriftstellerin.
S. 204

Johns, Tracy Camilla (* 1963): US-amerikanische Schauspielerin.
S. 283

Joplin, Janis Lyn (1943–1970): US-amerikanische Sängerin.
S. 25

Joyce, James (1882–1941): irischer Schriftsteller.
S. 256

Kafka, Franz, tschechisch *František Kafka* (1883–1924): deutschsprachiger tschechischer Schriftsteller.
S. 255, S. 326

Kaku, Michio japanisch 加來 道雄 (*1947): US-amerikanischer Physiker.
S. 254

Kant, Immanuel (1724–1804): bedeutender deutscher Philosoph der Aufklärung.
S. 36, S. 134, S. 202

Kazantzakis Nikos, griechisch Νίκος Καζαντζάκης) (1883–1957): griechischer Schriftsteller.
S. 324

Kerouac, Jack (1922–1969), US-amerikanischer Schriftsteller.
S. 326

Kierkegaard, Søren Aabye (1813–1855): dänischer Philosoph, Essayist, Theologe und religiöser Schriftsteller.
S. 134

Knorr, Peter (*1939): deutscher Satiriker und Autor.
S. 110

Kohl, Helmut (* 1930): deutscher Politiker, Bundeskanzler von 1982 bis 1998.
S. 65, S. 78, S. 239

Kolle, Oswalt (1928–2010): Journalist, Autor und Filmproduzent.
S. 124, S. 236

Korner, Alexis, eigentlich *Alexis Andrew Nicholas Koerner* (1928–1984): englischer Blues-Musiker. Er gilt als Schlüsselfigur der britischen Bluesrockszene.
S. 25

Kracht, Dietmar (1941–1976): deutscher Schauspieler.
S. 50

Krug, Manfred (* 1937): deutscher Schauspieler.
S. 274

Kryn, Luzy (1919–2000): deutsche Schauspielerin.
S. 50

Kunze, Heinz Rudolf Erich Arthur (*1956): deutscher Schriftsteller, Rocksänger, Texter und Übersetzer von Musicals, Dozent.
S. 225

Lachman Harry (1886–1975): Schauspieler, Designer und Regisseur (USA).
S. 326

Lanza, Mario, eigentlich *Alfred Arnold Cocozza* (1921–1959): US-amerikanischer Tenor und Schauspieler.
S. 58

Laurel, Stan, eigentlich *Arthur Stanley Jefferson* (1890–1965): englischer Komiker und Filmschauspieler, Drehbuchautor und Regisseur.
S. 326

Lee, Spike (* 1957): US-amerikanischer Regisseur und Drehbuchautor.
S. 283

Lehár, Franz (1870–1948): österreichischer Komponist ungarischer Herkunft, Mitbegründer der sogenannten Silbernen Operettenära.
S. 225

Lenin, russisch Ленин (Kampfname), eigentlich *Wladimir Iljitsch Uljanow,* russisch Владимир Ильич Ульянов, (1870–1924): kommunistischer Politiker, marxistischer Theoretiker, Begründer der Sowjetunion.
S. 136, S. 277

Lennon, John Winston, später *John Winston Ono Lennon* (1940–1980): britischer Musiker, Komponist und Autor. Mitgründer, Sänger und Gitarrist der britischen Musikgruppe The Beatles.
S. 44, S. 259

Leonardo da Vinci (1452–1519): italienischer Maler, Bildhauer, Architekt, Anatom, Mechaniker, Ingenieur und Naturphilosoph.
S. 19, S. 47, S. 325

Leoncavallo, Ruggero (1857–1919): italienischer Komponist und Librettist.
S. 15, S. 28, S. 33

Ligeti, György Sándor (1923–2006): österreichischer Komponist rumänienungarisch-jüdischer Herkunft.
S. 90

Lincke, Paul (1866–1946): deutscher Komponist und Theaterkapellmeister.
S. 324

Löhner-Beda, Fritz, eigentlich *Bedřich Löwy* (1883– †1942 in Auschwitz): österreichischer Librettist, Schlagertexter und Schriftsteller.
S. 225

Lorenz, Peter (1922–1987): deutscher Politiker. Der Landesvorsitzende der Berliner CDU (1969–1981) wurde am 27.2.1975 von Mitgliedern der *Bewegung 2. Juni* verschleppt. Die Kidnapper verlangten die Freilassung und Ausreise sechs inhaftierter Gesinnungsgenossen. Nachdem die Bundesregierung sich entschloss, auf die Forderung der Entführer einzugehen (übrigens das einzige Mal in der Geschichte Westdeutschlands), wurde Peter Lorenz am 4.3.1975 freigelassen.
S. 102, S. 320

Lüst, Dieter (* 1956): deutscher theoretischer Physiker.
S. 254

Luppe, Willy Hermann Rudolf Ernst (1874–1945): von 1920 bis 1933 Oberbürgermeister der Stadt Nürnberg und Gründungsmitglied der liberalen Deutschen Demokratischen Partei (DDP).
S. 122

Lukács, Georg (1885–1971): ungarischer Philosoph, Literaturwissenschaftler und –kritiker.
S. 110, S. 133, S. 134

Luxemburg, Rosa (1881–1919): bedeutende Vertreterin der europäischen Arbeiterbewegung und des proletarischen Internationalismus.
S. 169

Lynch, David Keith (*1946): US-amerikanischer Regisseur, Schauspieler, Maler, Fotograf, Komponist und Animationskünstler.
S.203, S. 210, S. 211, S. 266, S. 292

Mackeben, Theo (1897–1953): deutscher Pianist, Dirigent und Komponist.
S. 238

Mann, Angelus Gottfried »Golo« Thomas (1909–1994): deutsch-schweizerischer Historiker, Publizist und Schriftsteller.
S. 132

Mann, Luiz Heinrich (1871–1950): deutscher Schriftsteller.
S. 14, S. 132

Mann, Paul Thomas (1875–1955): deutscher Schriftsteller.
S. 132

Mao Zedong, chinesisch 毛澤東 (1893–1976): Vorsitzender der Kommunistischen Partei Chinas, Vorsitzender der Zentralen Volksregierung, Staatspräsident der Volksrepublik China.
S. 45, S. 173, S. 178

Marley, Bob eigentlich *Robert Nesta Marley*, ab März 1981 *Berhane Selassie* (1945–1981): jamaikanischer Sänger, Gitarrist und Songwriter, Mitbegründer und einer der bedeutendsten Vertreter des Reggae.
S. 25

Márquez, Gabriel José García (1927–2014): kolumbianischer Schriftsteller, Journalist und Literaturnobelpreisträger.
S. 30

Marvin, Lee (1924–1987): US-amerikanischer Schauspieler.
S. 176

Marx, Adolph Arthur »Harpo« (1888–1964): US-amerikanischer Entertainer, Pantomime und Schauspieler.
S. 58, S. 114, S. 295

Marx, Julius Henry »Groucho« (1890–1977): US-amerikanischer Schauspieler und Entertainer.
S. 29, S. 58, 295

Marx, Karl (1818–1883): preußischer Philosoph, Nationalökonom, Gesellschaftstheoretiker, politischer Journalist, Kritiker der bürgerlichen Gesellschaft.
S. 36, S. 82, S. 83, S. 91, S. 134, S. 172, S. 224

Mattes, Eva (* 1954): österreichische Film- und Theaterschauspielerin, Hörspiel- und Hörbuchsprecherin und Chansonsängerin.
S. 274

Maturin, Charles Robert (1782–1824): irischer Schriftsteller.
S. 326

May, Karl Friedrich, eigentlich *Carl Friedrich May* (1842–1912): deutscher Schriftsteller, Autor von Abenteuerromanen.
S. 163

McLuhan, Herbert Marshall CC (1911–1980): kanadischer Philosoph, Geisteswissenschaftler, Professor für englische Literatur, Literaturkritiker, Rhetoriker und Kommunikationstheoretiker.
S. 253

Melville, Herman (1819–1891): US-amerikanischer Schriftsteller, Dichter und Essayist.
S. 101

Misraki, Paul (1908–1998): französischer Komponist von Schlagern und Filmmusik.
S. 154

Monroe, Marilyn, eigentlich *Norma Jeane Mortenson* (1926–1962): US-amerikanische Filmschauspielerin, Sängerin, Fotomodell und Filmproduzentin.
S. 188

Morris, eigentlich *Maurice de Bévère* (1923–2001): belgischer Comiczeichner.
S. 43

Mosch, Ernst (1925–1999): deutscher Musiker, Komponist, Arrangeur und Dirigent.
S. 28

Münchhausen, Hieronymus Carl Friedrich Freiherr von (1720–1797): deutscher Adliger aus dem Kurfürstentum Braunschweig-Lüneburg. Ihm werden die Geschichten vom Baron Münchhausen zugeschrieben.
S. 178

Munch, Edvard (1863–1944): norwegischer Maler und Grafiker.
S. 131

Nietzsche, Friedrich Wilhelm (1844–1900): deutscher klassischer Philologe, Philosoph, Dichter und Komponist.
S. 5, S. 295

Niro, Robert De (*1943): US-amerikanischer Schauspieler.
S. 274

O'Brien, Flann, eigentlich englisch *Brian O'Nolan* oder irisch *Brian Ó Nualláin* (1911–1966): irischer Schriftsteller.
S. 283

O'Neal Ryan (* 1941): US-amerikanischer Schauspieler.
S. 324

Owen, Robert (1771–1858): britischer Unternehmer und Frühsozialist, Begründer des Genossenschaftswesens.
S. 245

Perec, Georges (1936–1982): französischer Schriftsteller und Filmemacher.
S. 244

Pflug, Eva (1929–2008): deutsche Schauspielerin.
S. 326

Pinochet Ugarte, Augusto José Ramón (1915–2006): chilenischer General und Diktator.
S. 184

Pater Pio, italienisch *Padre Pio*, eigentlich *Francesco Forgione* (1878–1968): katholischer Priester und Kapuziner.
S. 276

Patrick von Irland, lateinisch *Magonus Sucatus Patricius*; (Ende 4./Anfang 5. Jh.–461 oder 493): christlicher Missionar; gilt in Irland als Nationalheiliger.
S. 326

Pocahontas, auch Matoaka, nach ihrer Taufe Prinzessin Rebecca Rolfe (1595–1617): Tochter des Indianerhäuptlings Powhatan-Sachem, Vermittlerin zwischen den Stämmen der Virginia-Algonkin und den englischen Kolonisten.
S. 21, S. 253

Polchinski, Joseph Gerard (*1954): US-amerikanischer theoretischer Physiker.
S. 254

Popper, Karl Raimund (1902–1994): österreichisch-britischer Philosoph.
S. 250

Porres, Martín de, auch *Martin von Porres*, der „Besenheilige", (1569–1639): peruanischer Dominikanermönch, Wundarzt und Apotheker.
S. 276

Potter, Henry Codman (1904–1977): US-amerikanischer Regisseur.
S. 326

Praunheim, Rosa von, eigentlich *Holger Bernhard Bruno Mischwitzky, geboren als Holger Radtke,* (*1942): deutscher Filmregisseur.
S. 50

Prell, Bally, eigentlich Agnes Pauline Prell (1922–1982): deutsche Vortragskünstlerin und Gesangshumoristin.
S. 324

Prell, Ludwig (1887–1965): deutscher Verwaltungsangestellter, Komponist, Gitarrenvirtuose und Volksdichter.
S. 324

Proust, Valentin Louis Georges Eugène Marcel (1871–1922): französischer Schriftsteller und Kritiker.
S. 246

Puschkin, Alexander Sergejewitsch, russisch Алекса́ндр Серге́евич Пу́шкин (1799–1837): russischer Schriftsteller.
S. 254

Pynchon Jr., Thomas Ruggles (*1937): US-amerikanischer Schriftsteller, bedeutender Vertreter der literarischen Postmoderne.
S. 201, S. 204, S. 265, S. 286, S. 292

Qualtinger, Helmut Gustav Friedrich (1928–1986): österreichischer Schauspieler, Schriftsteller, Kabarettist und Rezitator.
S. 243

Mady Rahl eigentlich *Edith Gertrud Meta Raschke* (1915–2009): deutsche Bühnen- und Filmschauspielerin, Synchronsprecherin und Chadnsonsängerin.
S. 326

Rauch, Fred (1909–1997): österreichischer Textdichter, Kabarettist, Sänger und Hörfunkmoderator.
S. 199

Reich, Wilhelm (1897–1957): österreichisch-US-amerikanischer Psychiater, Psychoanalytiker, Sexualforscher und Soziologe.
S. 183

Reiser, Rio, eigentlich *Ralph Christian Möbius* (1950–1996): deutscher Sänger, Musiker, Komponist, Texter und Schauspieler.
S. 145

Rousseau, Jean-Jacques (1712–1778): eidgenössisch-französischer Schriftsteller, Philosoph, Pädagoge, Naturforscher und Komponist.
S. 134

Rowohlt, Harry (* 1945): Übersetzer, Schriftsteller und Schauspieler.
S. 283

Rückert, Friedrich (1788–1866): deutscher Dichter, Übersetzer und Mitbegründer der deutschen Orientalistik.
S. 257

Sachs, Fritz Gunter früher auch *Gunter Sachs von Opel* genannt (1932–2011): deutsch-schweizerischer Industriellenerbe, Bobfahrer, Fotograf, Dokumentarfilmer, Kunstsammler und Astrologie-Forscher.
S. 81

Sade, Donatien-Alphonse-François, Marquis de (1740–1814): französischer Adeliger, Verfasser pornographischer und kirchenfeindlicher Romane.
S. 61, S. 83, S. 91

Saint-Laurent, Yves Henri Donat Mathieu- (1936–2008): französischer Modeschöpfer.
S. 70

Saint-Simon, Henri de, eigentlich *Claude-Henri de Rouvroy, Comte de Saint-Simon* (1760–1825): französischer Soziologe und Philosoph.
S. 245

Sartre, Jean-Paul Charles Aymard (1905–1980): französischer Romancier, Dramatiker, Philosoph und Publizist.
S. 96, S. 203

Sathya Sai Baba, Hindi सत्य साई बाबा eigentlich *Sathya Narayana Raju Ratnakaram* (1926–2011): indischer Guru.
S. 276

Sayyid, al-Wali Mustafa, spanisch El Uali Mustafa, arabisch سيد الوالى مصطفى (1948–1976): Volksheld der Sahrauis, Mitbegründer

der Unabhängigkeitsbewegung der Frente Polisario, Präsident des neugegründeten Staats Demokratische Arabische Republik Sahara.
S. 178

Schlegel, Friedrich, eigentlich *Karl Wilhelm Friedrich von Schlegel* (1772–1829): deutscher Philosoph, Schriftsteller, Kritiker, Literaturhistoriker und Übersetzer.
S. 252

Schmah, Werner (1926–1997): Schlagersänger.
S. 154

Schmidt, Arno Otto (1914–1979): deutscher Schriftsteller.
S. 21, S. 22, S. 26, S. 96, S. 207, S. 212, S. 244

Schnitzler, Arthur (1862–1931): österreichischer Erzähler und Dramatiker, Vertreter der *Wiener Moderne*.
S. 194

Schönherr, Dietmar (* 1926): österreichischer Schauspieler, Moderator, Sprecher und Schriftsteller.
S. 326

Schrödinger, Erwin Rudolf Josef Alexander (1887–1961): österreichischer Physiker und Wissenschaftstheoretiker.
S. 201

Schuricke, Rudi eigentlich *Erhard Rudolf Hans Schuricke* (1913–1973): deutscher Sänger und Schauspieler.
S. 176

Schwarz, John Henry (*1941): US-amerikanischer theoretischer Physiker.
S. 254

Schwarzer, Alice (* 1942): deutsche Frauenrechtlerin.
S. 325

Schweitzer, Albert (1875–1965): Arzt, evangelischer Theologe, Organist, Philosoph und Pazifist.
S. 193, S. 287

Schwob, Marcel (1867–1905): französischer Schriftsteller und Übersetzer.
S. 244

Segal, Jakob (1911–1995): Biologe.
S. 21

Sellers, Peter (1925–1980): britischer Filmschauspieler und Komiker.
S. 236

Shaftesbury, Anthony Ashley-Cooper, 3. Earl of (1671–1713): englischer Politiker, Moralphilosoph, Schriftsteller und Philanthrop.
S. 134

Shelton, Gilbert (*1940): US-amerikanischer Cartoonist und Illustrator.
S. 173

Smith, Patti Lee (*1946): US-amerikanische Punk- und Rockmusikerin, Fotografin, Malerin und Lyrikerin.
S. 169

Sokrates, griechisch Σωκράτης (469 v. Chr.–399 v. Chr.): griechischer Philosoph.
S. 134

Springer, Axel Cäsar (1912–1985): deutscher Zeitungsverleger.
S. 159, S. 198

Starr, Ringo, *eigentlich Richard Henry Parkin Starkey Jr.* (*1940): britischer Musiker und Schauspieler.
S. 236

Stevens, Cat (*1948): britisch-zypriotischer Sänger und Songwriter. Seit seiner Konversion zum Islam Ende 1977 heißt er *Yusuf Islam*, als Künstler *Yusuf*.
S. 198, S. 199, S. 200

Stolz, Robert Elisabeth (1880–1975): österreichischer Komponist und Dirigent.
S. 176

Stoß, Veit, auch: *Stoss*, polnisch *Wit Stwosz* (um 1447–1533): Bildhauer und -schnitzer der Spätgotik.
S. 228

Streisand Barbra (* 1942): US-amerikanische Filmschauspielerin, Sängerin und Filmregisseurin.
S. 324

Strauß, Franz Josef (1915–1988): deutscher Politiker.
S. 179

Strohm, Holger (*1942): deutscher Sachbuchautor.
S. 28

Swedenborg, Emanuel (von), eigentlich *Swedberg* (1688–1772): schwedischer Wissenschaftler, Mystiker und Theologe.
S. 276

Teufel, Fritz (1943–2010): West-Berliner Kommunarde, politischer Aktivist, Autor und aktiver Teilnehmer der Studentenbewegung. Fritz Teufel wurde beschuldigt, an der Entführung Peter Lorenz' mitgewirkt zu haben. Nach 5 Jahren Untersuchungshaft fand 1980 (!) die Gerichtsverhandlung statt. Erst nach den Plädoyers der Verteidigung und der Staatsanwaltschaft, die 15 Jahre Haft gefordert hatte, legte Teufel ein Alibi vor, mit dem er nachweisen konnte, dass er zur Tatzeit in einer Fabrik unter falschem Namen gearbeitet hatte.
S. 102, S. 171

Thimig, Hermann (1890–1982): österreichischer Theater- und Filmschauspieler und Regisseur.
S. 326

Thoeren, Robert gebürtig *Robert Thorsch* (1903–1957): österreichisch-böhmischer Schauspieler, Schriftsteller und Drehbuchautor.
S. 325

Thomas, Dylan Marlais (1914–1953): walisischer Schriftsteller, Verfasser von Gedichten, Essays, Briefen, Drehbüchern und Erzählungen.
S. 26

Tolkien, John Ronald Reuel (1892–1973): britischer Schriftsteller und Philologe.
S. 102, S. 194

Tolstoi, Lew Nikolajewitsch Graf, russisch Лев Николаевич Толстой (*1828–1910): russischer Schriftsteller und Anarchist.
S. 40, S. 254

Tschechow, Anton Pawlowitsch, russisch Антон Павлович Чехов (1860–1904): russischer Schriftsteller, Novellist und Dramatiker.
S. 254

Turgenew, Iwan Sergejewitsch, russisch Иван Сергеевич Тургенев, (1818–1883): russischer Schriftsteller.
S. 164, S. 254

Uderzo, Albert (*1927): französischer Comiczeichner, Mitautor der bekannten Comicserie *Asterix*.
S. 43

Valentin, Karl, eigentlich *Valentin Ludwig Fey* (1882–1942): bayerischer Komiker, Volkssänger, Autor und Filmproduzent.
S. 57, S. 224, S. 256, S. 283, S. 288

Vitruv, auch *Vitruvius* oder *Marcus Vitruvius Pollio* (1. Jahrhundert v. Chr.): römischer Architekt und Ingenieur.
S. 325

Waechter, Friedrich Karl, als Künstler *F. K. Waechter* (1937–2005): deutscher Zeichner, Karikaturist, Cartoonist, Autor von Kinderbüchern und Theaterstücken.
S. 252

Waalkes, Otto (*1948): ostfriesisch-deutscher Komiker, Comiczeichner, Sänger und Schauspieler.
S. 111

Waigel, Theodor »Theo« (*1939): deutscher Politiker, Bundesminister der Finanzen und CSU-Vorsitzender.
S. 17

Waits, Thomas Alan »Tom« (*1949): US-amerikanischer Sänger, Komponist, Schauspieler und Autor.
S. 66, S. 94, S. 296, S.324

Wehner, Herbert Richard (1906–1990): deutscher Politiker.
S. 223

Wezel, Johann Karl (1747–1819): deutscher Dichter, Schriftsteller und Pädagoge.
S. 96

Wilder, Billy (1906–2002): US-amerikanischer Drehbuchautor, Regisseur und Produzent.
S. 325

Winkler, Angela (* 1944): deutsche Schauspielerin.
S. 274

Witten, Louis (* 1921): US-amerikanischer Physiker.
S. 254

Wolf, James, eigentlich James Isaac (1870–1943, gestorben im KZ Theresienstadt): Hamburger Volkssänger, Komiker und Varietéstar jüdischer Herkunft, Mitglied des *Wolf-Trios*, auch *Gebrüder Wolf*.
S. 324

Wolf, Leopold, eigentlich Leopold Isaac (1869–1926): Hamburger Volkssänger, Komiker und Varietéstar jüdischer Herkunft, Mitglied des *Wolf-Trios*, auch *Gebrüder Wolf*.
S. 324

Wolf, Ludwig, eigentlich Ludwig Isaac (1867–1955): Hamburger Volkssänger, Komiker und Varietéstar jüdischer Herkunft, Mitglied des *Wolf-Trios*, auch *Gebrüder Wolf*.
S. 324

Wollstonecraft, Mary (1759–1797): englische Schriftstellerin, Übersetzerin, Philosophin und Frauenrechtlerin.
S. 149, S. 169

Zetkin, Clara Josephine (1857–1933): sozialistische deutsche Politikerin, Friedensaktivistin und Frauenrechtlerin.
S. 169

Ziehrer, Carl Michael (1843–1922): österreichischer Komponist.
S. 68

Zimmermann, Friedrich auch *Fritz Zimmermann*, (*1925): deutscher Politiker. Wegen eines aufgrund von »Unterzuckerung« geleisteten Meineids *Old Schwurhand* genannt.
S. 215

Zwiebach, Barton (*1954): peruanischer theoretischer Physiker.
S. 254

3
Sachregister

S. 20 *Red Leb:* Roter Libanese, Haschisch aus dem Libanongebirge.
S. 20 *Buddha,* Sanskrit बुद्ध, wörtlich Erwachter: bezeichnet einen Menschen, der Bodhi (wörtlich *Erwachen*) erfahren hat. Darüber hinaus ist der Begriff die Bezeichnung für den historischen Buddha, Siddhartha Gautama, der mit seiner Lehre zum Stifter einer Weltreligion wurde.
S. 20 *Shubh Prata,* Sanskrit सुप्रभात: Guten Morgen.
S. 21 *Literaturnaya Gaseta,* russisch Литературная газета, Literaturzeitung: eine auf kulturelle Themen spezialisierte russische Wochenzeitung seit 1830.
S. 22 *iraṇṭu:* Tamil இரண்டு, zwei.
S. 22 *Ashram,* Sanskrit आश्रम (āṣrama): Ort der Anstrengung, klosterähnliches Meditationszentrum in Indien.
S. 22 *Pondicherry, Puducherry,* Tamil புதுச்சேரி: südindische Stadt.
S. 22 Bhagwan, Sanskrit भगवत्: in Indien der Begriff für Gesegneter, Erhabener, Gott, Herr, Glücklicher, Verehrungswürdiger, Liebenswerter.
S. 22 *Anand:* von aananda, Devanagari आनन्दो, Glückseligkeit.
S. 28 Das Kernkraftwerk *Tschernobyl,* ukrainisch Чорнобільська AEC, befindet sich im Norden der Ukraine nahe der Grenze zu Weißrussland. Es ist etwa vier Kilometer von der Stadt Prypjat und 18 Kilometer von Tschornobyl entfernt. 1986 explodierte der Reaktor des Blocks 4.
S. 31 *mūṉṟu:* Tamil மூன்று, drei.
S. 37 *Rù jìng wèn sú* – 入境問俗: Kommst du in ein fremdes Land, frage nach seinen Sitten.
S. 39 *₰*: Für *Pfennig* verwendete man früher vorrangig das Kürzel *d*, wobei *d* für den denarius steht, eine kleine römische Münze Das Pfennigzeichen war ein in der deutschen Kurrentschrift geschriebenes *d* mit einem Endungsschwung nach unten.
S. 42 *Lóng,* 龙: Chinesischlehrbuch für Anfänger.
S. 42 *Xu Sufang,* 徐懔方: Handwörterbuch chinesisch-deutsch, deutsch-chinesisch.
S. 43 *Lu-cky-Lu-cky-As-te-lix:* 幸運幸運的星號.

S. 45   Der Text des Liedes *Die Schönheitskönigin von Schneizlreuth* stammt vom Münchner Volkssänger Ludwig Prell. Musikalisch hat er sich im Refrain bei den Hamburger Brüdern Ludwig, Leopold und James Wolf (Wolf-Trio) bedient (Die Nazis brachten James im KZ Theresienstadt um.) So verwendet er die Melodie des Refrains von *An de Eck steiht 'n Jung mit 'n Tüddelband*, außerdem zitiert er einen Walzer von Paul Lincke. Interpretiert wurde Prells Lied von Tochter Bally Prell (1922–1982). Am 31. Oktober 1953 debütierte sie damit im Münchener Platzl und karikierte den aufkommenden Schönheitswahn durch ihr rustikales Auftreten.

S. 53   ℔: Das alte Zeichen für Pfund, Kürzel für das lateinische libra (Waage), lb ≙, wird noch in der Umgangssprache als Abkürzung für *500 Gramm* benutzt: 200 Pfund entspricht einem Doppelzentner (dz) = 2 Zentner (Ztr.) = 100 Kilogramm.

S. 62   *Rex Fluxus ...:* König/avantgardistische Kunstrichtung/Wettesser (eigentlich Reflux, Regurgitation), wortspielerische Umschreibung dafür, dass Speisereste über die Speiseröhre (Ösophagus) in den Rachen (Pharynx) gelangen.

S. 67   *What's Up, Doc?* (USA 1972, Regie Peter Bogdanovich,), Screwball-Comedy, mit Barbra Streisand (*1942) und Ryan O'Neal (*1941).

S. 68   *Go* – Umwälzung (Zeichen aus dem *I Ging*, dem Buch der Wandlungen).

S. 68   *Li* – Haftendes, Feuer (Zeichen aus dem *I Ging*, dem Buch der Wandlungen).

S. 73   **Апа Тилли Мапа:** Ara Tilli Mara.

S. 75   *Catweazle:* Britische Fernsehserie um einen schrulligen angelsächsischen Zauberer aus dem Mittelalter, der versehentlich in der Gegenwart landet; 1974 im ZDF zum ersten Mal ausgestrahlt.

S. 94   *Shiver me ...: Potz Blitz,* aus dem Tom-Waits-Album *Heart Of The Saturday Night* (Samstagnacht-Herz, 1974)

S. 94   *Raindogs:* Das Wortspiel lässt sich nicht übersetzen: *Sundogs* bedeutet *Nebensonnen,* eine Haloerscheinung.

S. 94   *Time: Zeit,* aus dem Tom-Waits-Album Raindogs (1986)

S. 94   *Downtown Train: City-Bahn,* aus dem Tom-Waits-Album Raindogs (1986)

S. 98   *Bababa:* Baba, Bajazzo. Vgl. die aus dem Jahr 1961 stammende *Regents*-Nummer *Barbara-Ann* von Fred Fassert: *Bababa* (von den *Beach Boys* erfolgreich gecovert).

S. 126 Doobie ist eine Slangbezeichnung für einen Zweiblattjoint.

S. 130 Alexis Sorbas (Originaltitel: *Zorba the Greek*) ist die Verfilmung des gleichnamigen Romans von Nikos Kazantzakis. Der Film wurde 1964 von Michael Cacoyannis gedreht.

S. 136 Ölsardinenschuppen: *Apostelgeschichte 9.18* (Bekehrung des Saulus): Und sogleich fiel es wie Schuppen von seinen Augen, und er wurde sehend, und stand auf und ließ sich taufen.

S. 140 *Vitruvianischer Mensch:* Die Zeichnung von Leonardo Da Vinci aus dem Jahr 1492, deren Name an den römischen Architekten Marcus Vitruvius Pollio erinnert, zeigt einen Mann mit ausgestreckten Extremitäten in zwei überlagerten Positionen. Mit den Fingerspitzen und den Sohlen berührt die Figur sowohl ein sie umgebendes Quadrat als auch einen Kreis. Das Aussehen der Figur ist nicht allein durch Kreis und Quadrat bestimmt, sondern auch durch Proportionsregeln für die einzelnen Körperteile (Fuß, Kopf etc.)

S. 152 Шашлык, *Schaschlik:* gegrillter oder gebratener, meist marinierter Fleischspieß.

S. 152 *guðr* Altnordisch für *Kampf.* »grenjuðu berserkir, guðr vas á sinnum, emjuðu Ulfheðnar, ok ísörn dúðu.« – Es brüllten die Berserker, der Kampf kam in Gang, es heulten die Wolfspelze und schüttelten die Eisen. Aus einem Lobgedicht des Skalden *Þórbjörn Hornklofi* über die Entscheidungsschlacht Harald Hårfagres am Hafrsfjord.

S. 160 Man verpasste dem armen Deutschlehrer den Spitznamen *Hemul* aufgrund einer Figur aus der Serie *Die Mumins* der Augsburger Puppenkiste. Es handelte sich dabei um ein kahlköpfiges, glotzäugiges Wesen mit übergroßer Nase, Mitglied einer ganze Spezies von zumeist korrekt-zwanghaften Individuen, die vorwiegend als Briefmarkensammler, Botaniker, Parkwächter oder Polizeiinspektoren ihr Unwesen trieben – mit einer Hingabe und einer Gewissenhaftigkeit, die an Fanatismus grenzte.
Die *Mumins* sind von Tove Jansson erfundene, nilpferdartige Trollwesen.

S. 170 *Emma:* dreimonatlich erscheinende deutschsprachige politische Zeitschrift. Sie wurde Ende der 1970er von der deutschen Feministin Alice Schwarzer gegründet.

S. 171 *Heraus zum ...:* Slogan des Deutschen Gewerkschaftsbundes zum Kampftag der Arbeiterbewegung.

S. 172 *Die Ducks. Psychogramm ...:* Verfasser Grobian Gans (Sammelpseudonym dreier Autoren), Rowohlt 1970.

S. 183 *Raumpatrouille – Die phantastischen Abenteuer des Raumschiffs Orion:* Science-Fiction-Fernsehserie (BRD 1966).

S. 188 *Manche mögen's heiß:* Komödie aus dem Jahr 1959. Geschrieben wurde sie von I. A. L. Diamond und Regisseur Billy Wilder nach einer Geschichte von Robert Thoeren.

S. 200 *Kolorektales Karzinom:* Darmkrebs.

S. 200 *tychē,* altgriechisch τύχη: Schicksal, Zufall.

S. 200 *fortuna*, lateinisch FORTVNA: Glück, Geschick.

S. 205 *Heidewitzka:* Schlager von Karl Berbuer (1900–1977) aus dem Jahr 1936. *Heidewitzka* ist eine onomatopoetische Interjektion, die Schnelligkeit zum Ausdruck bringt (*Hei, wie der Blitz*).

S. 216 *Clément luxe 96:* Fahrradtyp; am Ende des 19. Jahrhunderts Ausdruck unerhörter Modernität.

S. 230 *Aki & Elo:* Zwei Personen aus dem Roman *Reïnklonation*, (Henry Ewiger, Hrg. Hero Weiling, Knopf-Verlag 2010), den Lucky favorisierte.

S. 232 *Gregor Samsa:* Protagonist in Franz Kafkas Erzählung *Die Verwandlung*.

S. 252 *Hellzapoppin':* deutsch *In der Hölle ist der Teufel los:* Spielfilm USA 1941, Regie Henry C. Potter.

S. 275 *Die Doppelgänger,* englisch *Our Relations:* US-amerikanische Spielfilmkomödie, Regie: Harry Lachman, mit dem Komikerduo Stan und Olli aus dem Jahre 1936. Der Film basiert auf der Kurzgeschichte des britischen Autors William Wymark Jacobs. Im deutschsprachigen Raum wurde der Film zeitweise auch unter den Titeln *2 mal Dick und 2 mal Doof, Die lieben Verwandten, Die beiden Pantoffelhelden* oder *Die Doppelgänger von Sacramento* veröffentlicht.

S. 278 *Nicht jugendfrei:* ARD-Tatort Nummer 578, November 2004, mit Dietmar Schönherr und Eva Pflug, Protagonisten der Science-Fiction-Fernsehserie *Raumpatrouille – Die phantastischen Abenteuer des Raumschiffs Orion*.

S. 279 *Der geheimnisvolle Mister X:* Spielfilm, Deutschland 1936, Regie: Hermann Thimig. In einer Nebenrolle war die junge Mady Rahl zu sehen.

S. 283 Die legendäre Furt *Snámh-Dá-Éan* (Swim-Two-Birds) liegt bei *Curleys Island* zwischen *Shannonbridge* und *Clonmacnoise*. Hier überquerte der Missionar und irische Nationalheilige Patrick den Shannon nach Connacht.

S. 284 *Beat Generation:* wichtige Strömung der US-amerikanischen Literatur der 1950er Jahre. Bekannte Beatautoren sind Jack Kerouac, Allen Ginsberg und William S. Burroughs.

S. 288 *Melmoth der Wanderer,* englisch *Melmoth the Wanderer:* Schauerroman des irischen Schriftstellers Charles Robert Maturin.

S. 289 *mene mene tekel ...:* akkadische Gewichtseinheiten: 60, 60, 1, 30: Belsazar erschien eine geisterhafte Schrift an der Wand, die Daniel sehr frei übersetzte. (Altes Testament, Buch Daniel, 5. Kapitel)

S. 290 *Du hast Glück bei den Frau'n, Bel Ami:* Der Schlager (1939) gewann im Deutschen Reich starke Popularität, was angesichts seines *unheldischen* Refrains bemerkenswert ist.

4

Witze

EIN NACKTER MANN betritt eine katholische Barockkirche in Roth bei Nürnberg.

Entsetzt und entrüstet läuft der Priester herbei: »Was machen Sie hier?! Das ist Kirchenschändung, Gotteslästerung, Erregung öffentlichen Ärgernisses!«

»Wäisu?«, gibt der Unbekleidete zurück: »Schaun Sä si di glann Engerlä oh, däi do droom rumhoggn: Alle naggerd!«

»Aber die sind doch aus Stein!«

»Na und? Iich bin aus Schwabach!«[1]

S. 138

FRONLEICHNAMSPROZESSION in der Bamberger Gegend: Zwei ältere Eheleute, Feriengäste aus Norddeutschland, sehen dem merkwürdigen Treiben zu.

Die Frau sagt angesichts der festlich gekleideten Mädchen zu ihrem Mann: »Sieh mal, die hübschen kleinen Elfchen!«

Da dreht sich eins der Kinder um und ruft entrüstet: »Mir sin' Engerlä, du Oaschluuch!«

S. 138

EIN MANN BETRITT eine Metzgerei und verlangt ein halbes Pfund Leberwurst: »Aber bitte von der fetten, groben.«

»Des gäiht ned«, antwortet die Metzgerin, »däi is haid in der Berufsscholl.«

S. 138

---

[1] Für Nichtfranken: Stein ist eine Stadt im mittelfränkischen Landkreis Fürth. Sie liegt unmittelbar an der Nürnberger Stadtgrenze.

Ein herzlicher Dank geht an
Heike Berghofer für die gewissenhafte Korrektur
und an Hanne Hertlein für wertvolle Tipps.

Inhalt

Erster Teil – Anfang September 1986	9
I »... flottsch«	11
II «La commedia è finita!»	33
III «L'acqua che tocchi de' fiumi ...»	47
IV « C'est de l'opium que tu fais prendre ... »	61
V 'Life is a jest, ...'	87
Zweiter Teil – Mitte Juni 1976	99
VI "I would prefer not to."	101
VII 'Weakness may excite tenderness ... '	149
Dritter Teil – Ende Februar 2010	195
VIII « Nous sommes tous nés fous. ... »	197
IX 'Always, no, sometimes I think it's me, ...'	259
X «κάμνουσι γάρ τοι καὶ βροτῶν αἱ'...»	269
Anhang	293
1 Übersetzung fremdsprachiger Zitate	295
2 Personenregister	299
3 Sachregister	323
4 Witze	327